Ann Granger
Fuchs, du hast die Gans gestohlen

Ann Granger

Fuchs, du hast die Gans gestohlen

Roman

Aus dem Englischen von
Edith Walter

Gustav Lübbe Verlag

Für John,
der immer mein erster Leser ist

KAPITEL 1

Die hochgewachsene junge Frau zuckte zurück und steckte den Daumen in den Mund, um das tropfende Blut zu stillen. Als sie ihn wieder aus dem Mund nahm, war der Einstich im geröteten Fleisch deutlich zu sehen und hatte zu pochen begonnen. Finster betrachtete sie die Ursache ihrer Verletzung. An der Cottagetür war mit Klebeband ein großer, schreiend bunter Stechpalmenkranz aus Plastik befestigt. Die Blätter waren limonengrün, mit weißer Farbe und Silberglanz betupft. Glänzende rotbraune Plastikbeeren, die zwischen den Blättern hervorschauten, steckten an kleinen Drähten, von denen sich einer in ihren Daumen gebohrt hatte. Und obenauf thronte ein Vogel, der einer unbekannten Spezies angehörte, wohl ein Rotkehlchen darstellen sollte und den Charme einer Krähe hatte. Auf dem Spruchband in der Mitte des Kranzes stand: *Fröhliche Weihnachten.*

Sie versuchte zum zweitenmal, aber vorsichtiger, den Schmuck zu entfernen. Sie hatte nichts gegen Weihnachtsdekorationen, aber dieses Ding war mehr als inakzeptabel. Sie konnte sich nicht vorstellen, wer es aufgehängt hatte. Das Cottage hatte ein paar Wochen leer gestanden und gewissermaßen auf ihre Ankunft gewartet. Sie lehnte den Kranz an ihren Koffer, der neben ihr auf dem Weg stand, suchte den Schlüssel aus der Tasche heraus, drehte ihn im Schloß herum und stieß die Tür auf. Mit einem leisen Rascheln, das von dem Papier herrührte, das im Flur auf dem Boden lag, schwang die Tür nach innen auf. Mit Koffer und Stechpalmenkranz zwängte die junge Frau sich durch den Spalt und stand in einem fremden Heim, das – zumindest für das nächste Jahr – das ihre sein würde.

Die Morgenpost lag noch auf dem Teppich. Sie hob sie auf, blätterte sie durch. Drei Postwurfsendungen, ein Anzeigenblättchen, ein Brief für die Russells, die Besitzer von Rose Cottage, den sie nachsenden mußte, und ein weißer Briefumschlag, adressiert an *Miss Meredith Mitchell, Rose Cottage, Pook's Common bei Bamford;* gestempelt war er in Oxford.

»Der ist ja für mich«, sagte sie, und ihre Stimme hallte laut durch den leeren Flur. Sie drehte den Umschlag hin und her und fragte sich, wer davon wußte, daß sie hier erwartet wurde. Sie war bis vor kurzem als britische Konsulin in Ungarn akkreditiert gewesen und hatte bekommen, was alle Angehörigen des Auswärtigen Dienstes eines Tages erwartet: eine Berufung nach Hause. Es hatte sie nicht überrascht. Sie war viele Jahre im Ausland gewesen. Doch es bedeutete ein ganz neues Leben. Jetzt würde sie sich jeden Morgen mit anderen Pendlern in überfüllten Zügen nach London drängen und den Tag am Schreibtisch verbringen müssen, bevor sie sich abends wieder heimwärts kämpfte. Auch hatte sie sich eine angemessene und bezahlbare Unterkunft suchen müssen.

Aber sie hatte Glück gehabt. Die Russells – mit der weiblichen Hälfte des Paares war sie verwandt – waren zur Zeit in Dubai, wo Peter als Arzt arbeitete. Sie freuten sich, Meredith ihr Heim für eine eher symbolische Miete zu überlassen, auch wenn das für sie bedeutete, daß sie jeden Morgen Punkt sechs aufstehen mußte, um den Bahnhof in Bamford zu erreichen, der an der Hauptstrecke nach London lag, war die Strecke von hier aus zu bewältigen. Wenn sie sparsam lebte – so hatte sie sich grimmig ausgerechnet –, würde sie sich eine Monatskarte der British Rail leisten können.

War auch die Tatsache, daß Rose Cottage zu haben, gemütlich und billig war, der Hauptgrund dafür gewesen, das Angebot der Russells anzunehmen, mußte Meredith dennoch zugeben, daß der Name »Pook's Common« darüber hinaus eine Verlockung für sie darstellte. »Pook« kam landauf und landab auch in anderen Namen vor und hatte, wie sie vermutete, die gleiche Bedeutung wie *Puck* – Kobold – oder koboldhaft wie die Figur bei Shakespeare. Sie hatte in einem Wörterbuch nachgesehen und festgestellt, daß es auch das Wort *Pooka* gab. Es stand für einen Spuk, der im allgemeinen in Gestalt eines Pferdes erschien oder dargestellt wurde. Die Gelegenheit, eine Weile an einem Ort zu wohnen, der vom Geist eines Zauberpferdes heimgesucht wurde, konnte man nicht so einfach ausschlagen.

Sogar heute noch hatte Pook's Common etwas Unberechenbares und Unwirkliches. Es war einer jener merkwürdigen Orte ohne offensichtliche Raison d'être, kaum wert, einen eigenen Namen zu tragen, da er nur aus ein paar Häusern bestand. Offensichtlich mittelalterlichen Ursprungs, hatte er bis ins zwanzigste Jahrhundert überlebt, ohne verlassen oder unterpflügt oder von größeren Gemeinden geschluckt worden zu sein. Er lag an der Landstraße zwischen dem Dorf Westerfield und der Marktstadt Bamford. Bei einem früheren Besuch in dieser Gegend – in Westerfield, um genau zu sein – war sie sogar ein paarmal durchgefahren und hatte den Weiler kaum bemerkt. Wenn man die Straße entlangfuhr, existierte Pook's Common nur als Wegweiser – eine Reihe von sechs Gemeindehäusern aus der Vorkriegszeit und eine Autowerkstatt. Die Werkstattgebäude waren überraschend modern, und eine hell gestrichene Tafel verkündete: *J. Fenniwick. Reparaturen. Schätzungen. Auspuffanlagen. Reifen. Taxis.* Letzteres wahrscheinlich für den Fall, daß alle Reparaturversuche gescheitert oder die Kostenvoranschläge zu teuer waren.

Doch das war das falsche Pook's Common, ein Ableger. Das »echte« Pook's Common lag hinter einer Abzweigung, an einem schmalen Sträßchen, nur eine Fahrspur breit und in schlechtem Zustand (vermutlich mit der Einwilligung der Einwohner, um unerwünschte Besucher abzuschrecken) und an beiden Seiten von Hecken gesäumt. Das Dörfchen selbst bestand aus einer Ansammlung unregelmäßig verstreuter Cottages aus solidem Stein. Sie waren alle gut erhalten und gepflegt und lagen in hübschen, ordentlichen Gärten. Um diese Jahreszeit war in den Gärten wenig zu sehen, aber im Frühling hingen purpur- und malvenfarbene Aubretien über die Backsteinmauern, die an die Straße grenzten, orangefarbene Ringelblumen sprossen überall, Rittersporn prunkte mit seinem Königsblau, Wisterien und Klematis blühten verschwenderisch, und Rosensträucher setzten Knospen an.

Bezeichnend war, daß die Bewohner hier, anders als in echten Cottagegärten, keine Gemüsebeete anlegten. Keine letzten, in Vergessenheit geratene Kohlstrünke faulten im Boden. Im Frühling drängten keine Rhabarberköpfe durch umgestülpte, durchlöcherte Eimer, und im Sommer standen keine Bohnenstangen wie indianische Tipis in einem fremden Land herum. Besonders zwei Cottages fielen mehr als nur ein wenig aus dem Rahmen. Bei dem einen »schmückte« ein augenfällig unechter Wunschbrunnen den Vorgarten, bei dem anderen stand neben der Veranda eine alte, handbetriebene Wäschemangel, die leuchtend blau gestrichen war und reichlich fehl am Platz wirkte. Pook's Common hatte überlebt – um einen gewissen Preis. Der Preis war der, daß sich eine Reihe von »Zweitwohnsitzen« eingenistet hatte; sie gehörten Leuten, die die ganze Woche in der Stadt arbeiteten und an Wochenenden oder im Urlaub hierherkamen. Russells hingegen hatten – man mußte fair sein – das ganze Jahr über hier gelebt, bevor sie nach Dubai gegangen waren. Das kam daher, daß Peter Russell, ein Arzt, im Ärztezentrum von Bamford gearbeitet hatte und täglich vom Rose Cottage gependelt war. Meredith würde sogar bis London fahren müssen. Es würde, wie sie bedauernd feststellte, anstrengend werden. Die Arbeit zwang die meisten Leute, näher an der Stadt und nicht so abgelegen zu wohnen.

Wahrscheinlich war Pook's Common einen großen Teil des Tages verlassen wie ein Geisterdörfchen. Vielleicht kehrten die Kobolde zurück, wenn die Menschen in ihren Volvos und BMWs abfuhren, tanzten auf ihren winzigen Hufen um den falschen Wunschbrunnen herum und bemühten sich vergeblich, die H-Milch in den gewachsten Tüten gerinnen zu lassen.

Meredith ging den schmalen Flur entlang und öffnete am anderen Ende eine Tür. Sie führte in eine Küche, makellos sauber und vom Licht der blassen Wintersonne überflutet. Die Kälte des noch originalbelassenen Steinfliesenbodens drang durch ihre Schuhsohlen. Auf dem gescheuerten Fichtenholztisch lehnte an einer Topfpflanze ein Zettel. *Ich habe den Kühlschrank aufgefüllt, damit Sie vorerst mal über die Runden kommen. M. Brissett.* Die Pflanze war eine Kalanchoe, und als Meredith die Erde mit dem Finger prüfte, stellte sie fest, daß sie staubtrocken und die fleischigen Blätter gummiartig waren. Sie trug sie zum Ausguß, drehte mühsam den Hahn auf, füllte den Untersetzer mit Wasser und stellte die Pflanze dann auf den Fenstersims ins Licht. Als das erledigt war, fühlte sie eine innere Wärme, als habe sie jemandem etwas Gutes getan.

Als nächstes wandte sie ihre Aufmerksamkeit dem Kühlschrank zu. Er enthielt eine Vakuumpackung mit durchwachsenem Speck, ein halbes Dutzend Eier, Butter und ein Glas hausgemachter Marmelade. Sie öffnete das Gefrierfach und entdeckte einen in Scheiben geschnittenen Laib Brot, den sie herausnahm und zum Auftauen auf den Tisch legte. Weiteres Nachforschen im Speiseschrank förderte einen bunten Vorrat von Büchsen und Flaschen zutage, vermutlich von den Russells zurückgelassen, und außerdem, wofür sie sehr dankbar war, ein Glas Instantkaffee und eine Büchse Kondensmilch. Meredith füllte den Kessel unter dem widerspenstigen Wasserhahn und machte sich, während das Wasser heiß wurde, auf die Suche nach dem gasbeheizten Boiler, der die Zentralheizung kontrollierte. Sie fand ihn in einer Nische unter der Wendeltreppe, zusammen mit einer handschriftlichen Gebrauchsanweisung. Durch das Belüftungsrohr in der Außenmauer strömte kalte Luft. Kein Wunder, daß das Cottage einem Eiskasten glich. Nachdem sie mit dem Kopf schmerzhaft gegen die Unterseite der Treppenstufen geprallt war und sich das Schienbein am Endpfosten der Geländerstange gestoßen hatte, neben dem der Boiler auf der anderen Seite eingekeilt war, gelang es ihr endlich, das Gas anzuzünden. Inzwischen pfiff in der Küche der Wasserkessel zum Steinerweichen, sie lief schleunigst zurück, nahm von einem hölzernen Geschirrbrett einen Becher und goß den Kaffee auf. Jetzt endlich konnte sie sich, noch immer fest in ihren Anorak gewickelt, hinsetzen und den an sie adressierten Brief öffnen.

Der Umschlag enthielt eine hübsche Karte mit dem Foto einer Fuchsie auf dem Deckblatt. Auf der Innenseite stand: *Herzlich willkommen. Alan*. Sie hätte eigentlich darauf kommen können. Sherlock Holmes hätte nach fünf Sekunden und nach einem einzigen Blick auf den Umschlag auf den möglichen Inhalt geschlossen und dazu noch eine komplette Beschreibung von Alan Markby parat gehabt. Die ganze Post dieser Gegend wurde auf dem Postamt in Oxford sortiert, und die Russells mußten ihm gesagt haben, daß sie ihr das Cottage vermietet hatten. Ein Bild von Alan erschien vor Merediths geistigem Auge. Sie stellte sich vor, wie er die Karte kaufte, die lange, hagere Gestalt in einem Laden verdächtig über den Ansichtskartenständer gebeugt, auf der Suche nach einer Karte, die ihm gefiel. Es war unweigerlich eine mit Blumen oder Pflanzen, aber keine dieser abstrakten Schöpfungen, auf denen mehrere Blüten in unnatürlichen Pastelltönen dargestellt waren. Nein, in dieser Karte spiegelte sich der Mann wider, der sie gekauft hatte. Es war eine spezielle, hochprofessionelle Fotografie, und auf der Innenseite stand in winzigen Druckbuchstaben der Name dieser besonderen Fuchsienart. Sie hieß Dollarprinzessin. Meredith erlaubte sich einen Moment wilder Spekulation, ob er vielleicht so etwas wie ein Kompliment beabsichtigt hatte, und lächelte dann über ihre Torheit. Dollarprinzessin. Sie konnte sich keine unzutreffendere Beschreibung für sich selbst vorstellen. Zu spät wurde ihr klar, daß sie die Karte liebevoll angelächelt hatte, sie runzelte streng die Stirn und ließ die Karte auf den Tisch fallen.

Die klammen Finger an dem Kaffeebecher wärmend, sagte sie sich, daß es, da sie in diesen Teil der Welt zurückgekehrt war, wohl unvermeidlich sein würde, Alan eines

Tages zu begegnen. Die Aussicht weckte gemischte Gefühle in ihr. Ihre frühere Beziehung war halboffiziell gewesen. Er war Chefinspektor bei der Kriminalpolizei in Bamford, und sie hatten sich durch einen Mordfall kennengelernt. Ein gewaltsamer Tod, in den man selbst verwickelt gewesen war, ließ sich nicht so leicht vergessen, und wenn sie nur daran dachte, fühlte sie ein Prickeln unter den Nackenhaaren. Sie fühlte auch einen dumpfen Schmerz im Herzen, als sie sich an den persönlichen Verlust erinnerte, den sie erlitten hatte. Aber all das hatte damals das Fundament für ihre Beziehung zu Alan geschaffen, war der Grund für ihre Treffen gewesen, der Grund für persönliche Fragen, für einen offenen Gedankenaustausch und die Nähe, die zwischen ihnen entstanden war. Ohne den Vorwand einer Morduntersuchung würde man jeden Kontakt nur auf die unbestreitbare gegenseitige Anziehung zurückführen können. Ein Umstand, dem Meredith sich nicht ganz gewachsen fühlte. Wenn sie Alan begegnen mußte, wäre es schön, einen Vorwand zu haben. Zu ihrer Bestürzung stellte sie fest, daß sie fast schon stillschweigend auf ein anderes Verbrechen hoffte. Sie schüttelte sich – sie hatte wirklich schon genug Schwierigkeiten gehabt. Ein Mord im Leben genügte. So etwas wollte sie nicht noch einmal erleben.

Sie verdrängte die Gedanken an Mord, erlaubte sich, noch etwas an Alan zu denken, und kostete den Kaffee. Er war noch zu heiß, und sie verbrannte sich die Zungenspitze. Sie gab dem nicht zu leugnenden Hüpfen ihres Herzens die Schuld daran. Die Gedanken an Alan können nicht die Ursache gewesen sein, sagte sie sich streng. Aber sie hatte ihn gemocht, viel mehr gemocht, als sie ihm gezeigt hatte. Auch bei ihm hatte sie Anzeichen eines viel zu lebhaften Interesses bemerkt. Doch unter den Umständen, die der Kette furchtbarer Ereignisse in Westerfield im Zusammenhang mit dem Todesfall gefolgt waren, war an Romantik nicht zu denken gewesen. Sie hatte ihm eine Absage erteilt – taktvoll, wie sie hoffte. Damals hatte sie sich eingeredet, sie habe es getan, weil sie seine Gefühle nicht verletzen wollte. Wenn sie ehrlich war, hatte sie es aber auch getan, weil sie ihn nicht wirklich für immer vertreiben wollte.

Diese Ungereimtheiten in ihrem eigenen Verhalten ärgerten sie. Angeblich verstand sie es, gut mit Problemen umzugehen; obwohl anderer Leute Probleme sich scheinbar immer leichter lösen ließen als die eigenen. Sie hatte ihren letzten Posten als Konsulin nach mehreren Jahren harter und effizienter Arbeit mit den Glückwünschen aller verlassen – Glückwünschen, die ihr sehr angenehm in den Ohren geklungen hatten. Sogar das Foreign Office war des Lobes voll gewesen. Dennoch hatte man ihr nicht den Posten gegeben, den sie sich gewünscht hätte. Man hatte sie an einen Schreibtisch in London verbannt, für sie ein Schicksal, schlimmer als der Tod. Was für eine dumme Redensart, sagte sie sich sofort. Eben noch hatte sie an eine Episode gewalttätigen, häßlichen Todes gedacht, und es war nicht leicht, sich etwas Schlimmeres vorzustellen.

Doch das Foreign Office hätte ihr seine Dankbarkeit beweisen können, indem es ihr eine Aufgabe übertragen hätte, bei der ihr die öde tägliche Fahrerei nach London erspart geblieben wäre. Es war, hatte man ihr versichert, nicht etwa deshalb, weil man mit ihr nicht zufrieden gewesen wäre. Man hatte sogar von ihrem letzten Notfall gehört, einem Fall, in dem es um einen durchreisenden britischen Touristen, ein einheimisches Mädchen und den eifersüchtigen Freund des Mädchens gegangen war.

Die Sache hatte sich zwei Wochen vor Beendigung

ihrer turnusmäßigen Dienstzeit zugetragen und dazu geführt, daß sie mit Glanz und Gloria gehen konnte. Normalerweise mischte sie sich nicht in die Angelegenheiten von Rucksacktouristen. Unglücklicherweise handelte es sich jedoch um einen Jungen von kaum siebzehn Jahren, einen noch nicht volljährigen Jugendlichen, und sie hatte sich verpflichtet gefühlt, ihm zu helfen. Zuerst hatte sie die Polizei überredet, von ihrem Entschluß abzusehen, ihn in eine Zelle zu sperren. Sie versprach, dem Freund des Mädchens, der zusammengeschlagen worden war, ein Schmerzensgeld zu zahlen, und die Bar, in der die Prügelei stattgefunden hatte, für die zerbrochenen Möbel zu entschädigen. Das hatte bedeutet, daß sie sich besagtes Geld aus England von der leidgeprüften Mutter ihres Schützlings schicken lassen mußte. Toby Smythe, der Vizekonsul, war ganz dafür, ihn einsperren zu lassen, und wies düster darauf hin, daß sie die Verantwortung für einen total unzuverlässigen Nichtsnutz übernahm. Meredith blieb dabei. Sie holte ihren Jungen aus dem Krankenhaus ab, wo man sein gebrochenes Nasenbein gerichtet hatte, und überredete sogar den murrenden Toby, ihn auf dem Fußboden seiner Wohnung übernachten zu lassen. Am nächsten Morgen hatte sie den Jugendlichen persönlich zum Flugplatz gebracht. Er war neben ihr hergelatscht und hatte sich für die Mühen, die sie sich mit ihm gegeben hatte, nicht besonders dankbar gezeigt. Wegen seiner gebrochenen Nase sprach er noch unverständlicher als von Natur aus, äußerte aber trotzdem undeutlich einen Wunsch nach Rache, die man ihm seiner Meinung nach vorenthielt; gleichzeitig schrie er anderen Reisenden Schimpfworte nach.

Meredith, die sich an die Maxime der Konsuln hielt, die da lautete »ob recht oder unrecht, mein Landsmann«, steuerte ihn energisch in ein Café, um ihm ein Frühstück zu kaufen, das ihm den Mund stopfen und zumindest die Flut von Lästerungen stoppen würde. Dort aber hatten die Verwandten des beleidigten Freundes ihnen aufgelauert, der ihnen, wie sich später herausstellte, vom Krankenhaus gefolgt war, und hatten sie in eine Ecke gedrängt. Merediths erste Reaktion war Bestürzung gewesen, besonders als der Rowdy an ihrer Seite, überglücklich, daß er sich wieder in einer ihm vertrauten Situation befand, sofort nach einem leeren Bierglas gegriffen hatte. Es war ein überaus haariger Moment gewesen. Vor sich hatte Meredith zwei muskulöse, über einsachtzig große Bergarbeiter und hinter sich ihren britischen Staatsbürger, der glücklich sein Glas schwang.

Ein Augenblick, in dem ein paar flinke Schritte und Geistesgegenwart geboten waren. Meredith tauchte in die Mitte der Gruppe ein, dankte ihrem Glücksstern, daß sie selbst stattliche Einssiebenundsiebzig maß. Sie drückte den Bergarbeitern englische Zigaretten, die sie immer für Notfälle bereithielt, in die wuchtigen Pranken, nahm ihrem Jungen das Bierglas weg, hielt eine markige Ansprache und manövrierte ihn, obwohl er gegen seine Rettung protestierte, durch die Sperre in die Abflug-Lounge. Da er sich dort sicher fühlte, zeigte er den Bergarbeitern, die hinter der Glaswand standen, ein paar unmißverständliche Gesten. Er umarmte Meredith, erklärte ihr, sie sei »in Ordnung«, und stapfte davon; automatisch bildete sich ein *cordon sanitaire* – Sicherheitsabstand – zwischen ihm und seinen Mitpassagieren. Meredith tröstete sich mit dem Gedanken, daß man ihn nicht wieder hereinlassen würde, besonders da die beiden Bergarbeiter noch in der Abflughalle waren und mißtrauisch durch die Glastrennwand spähten. Zu ihnen hatten sich, von der Frau in der

Cafeteria herbeigerufen, zwei kräftige Polizisten gesellt. Meredith nahm Zuflucht zu einem bewährten Beschwichtigungsmittel. Sie lud sie alle zu einem Drink ein. Dann wurde sie von ihnen zu einem Drink eingeladen. Sie luden sich gegenseitig zu mehreren Drinks ein. Als sie ging, ein wenig unsicher auf den Beinen, trennten sie sich im besten Einvernehmen.

Ermutigt von der Erinnerung an diesen Erfolg, nahm sie wieder Alans Karte zur Hand, die ihr jetzt nur noch eine freundschaftliche Geste schien, ähnlich der Umarmung des jungen Streuners. Ja, nett von Alan und sehr aufmerksam, aber wirklich nicht mehr. Einen Moment lang spielte Meredith mit dem Gedanken, daß er es gewesen sein könnte, der den abscheulichen Stechginsterkranz aus Plastik an ihrer Tür befestigt hatte. Aber sie wußte, daß er sich niemals eine so krasse Geschmacksverirrung zuschulden kommen lassen würde. Sie warf einen Blick auf ihren verletzten Daumen. Es klopfte nicht mehr darin, aber er war noch wund, rot und gereizt. Hoffentlich bekam sie von diesem Draht keine Grünspanvergiftung, überraschen würde es sie nicht. Kein sehr erfreulicher Beginn der Weihnachtsfeiertage. Vielleicht war diese Kreatur auf dem Kranz ein Vogel, der Unglück brachte, ein böses Omen.

Wie von diesem Gedanken heraufbeschworen, war da plötzlich ein neues Geräusch, und Meredith lauschte wie erstarrt. So still war es hier, daß jeder Laut ihr wie ein Donnerschlag in den Ohren klang. Doch das war ein deutliches, unheimliches Knirschen langsamer, schwerer Schritte, die sich zielbewußt der Hintertür näherten. Meredith richtete sich kerzengerade auf, und ein Frösteln lief ihr das Rückgrat hinunter. Sie war so sicher gewesen, daß Pook's Common ein verlassenes Nest war. Und wenn das zutraf, war sie – gleichgültig, wer sich jetzt ihrer Tür näherte – in ihrer Lage um so gefährdeter. Sie sprang auf, nahm sich ein Beispiel an ihrem jungen Streuner und griff sich aus mehreren Küchengeräten, die an der Wand hingen, einen Metallschlegel.

Ein tief aus der Brust kommendes Keuchen wurde laut, dem ein Scharren folgte. Dann wurde ein Schlüssel ins Schloß gesteckt. Eine Welle der Erleichterung schlug über Meredith zusammen, und sie legte den Fleischklopfer weg. Zwar wußte sie noch immer nicht, wer der Besucher war, doch er hatte einen Schlüssel und daher wohl einen plausiblen Grund hereinzukommen.

Die Tür öffnete sich ächzend und gab den Blick auf eine untersetzte weibliche Gestalt frei. Meredith unterdrückte einen Impuls zu kichern, der hauptsächlich ihrer eigenen Torheit gegolten hätte; was für ein Unterschied zwischen der Gestalt auf der Schwelle und der, die sie in ihrer Panik im Geist vor sich gesehen hatte. Die Besucherin kam näher, die üppige Figur in einen beigefarbenen gesteppten Regenmantel gehüllt. Auf festen grauen Löckchen saß eine grüne Bommelmütze, und die Füße steckten in wildledernen Winterstiefeln.

»Hallo«, sagte sie freundlich. »Dacht mir schon, daß Sie hier sind. Mrs. Russell hat mir geschrieben, Sie kommen diese Woche. Kommt noch vor Weihnachten, hat sie geschrieben, und bestimmt würden Sie wollen, daß ich auch bei Ihnen putze – wie bisher für sie.« Sie nickte nachdrücklich, während sie sprach, in völligem Einvernehmen mit sich selbst, und die Bommel hüpfte dabei auf und ab. »Ich hab den Wagen gesehn, als ich bei Miss Needham rauskam, der Dame, was gegenüber wohnt«, beendete sie ihre Erklärungen.

»Mrs. Brissett?« fragte Meredith.

»Ganz recht, meine Liebe. Und Sie sind Miss Mitchell. Ich hab ein paar Sachen in den Kühlschrank getan. Haben Sie sie gefunden? O ja, Sie haben, da liegt das Brot. Wenn Sie Ihre Vorräte ergänzen wollen, müssen Sie nach Bamford fahren, weil wir haben hier keinen Laden nicht. Morgen ist Freitag, und da wird's in Bamford mächtig zugehn, schließlich steht ja Weihnachten vor der Tür und so. Das Geld, das die Leute Weihnachten ausgeben! Aber es ist schön, all die hübschen Sachen zu sehen, das denk ich jedenfalls.«

Ein kleines Rätsel hatte seine Lösung gefunden. »Waren Sie es, die so nett war, einen Weihnachtsschmuck an der Haustür zu befestigen?«

»Oh, dann haben Sie ihn also gesehen?« sagte Mrs. Brissett erleichtert. »Dachte, jemand hätt ihn geklaut. Wie ich gesagt hab, ich mag es, wenn es weihnachtlich aussieht, und da ich weiß, daß Sie aus dem Ausland gekommen sind, dacht ich, Sie würden sich freuen. Ich weiß nicht, ob man so was im Ausland macht. Gefällt mir gar nicht, daß der Doktor und Mrs. Russell da draußen in der Wüste sind und weit und breit kein Weihnachtsbaum, nur Kamele und so. Wo isser?«

»Ist runtergefallen«, schwindelte Meredith. »Ich glaube, das Klebeband war nicht stark genug. Ich hänge ihn wieder auf, sobald ich ein paar Nägel finde – aber vielleicht sollte ich dem Doktor keine Nägel in die Tür schlagen. Schließlich habe ich nur gemietet.«

»Schade, daß er runtergefallen ist«, sagte Mrs. Brissett bedauernd. »Hab ihn vorige Woche auf dem Markt gekauft – und so billig. Hängen Sie ihn lieber irgendwo im Haus auf. Ich bring noch ein paar andere Sachen. Habe Unmengen zu Hause, Papierketten und eine schöne, große chinesische Laterne, und auf dem Speicher steht noch ein großer Plastikweihnachtsmann – oh, mindestens sechzig Zentimeter hoch –, der hält sich den Bauch und lacht. Ich könnte ihn rüberbringen und in Ihr Vorderfenster stellen.«

»Ich möchte Sie wirklich nicht berauben, Mrs. Brissett«, sagte Meredith hastig.

»Macht mit keine Mühe. Das Haus wird dann ein bißchen lustiger aussehen, besonders da Sie allein hier wohnen. Sie sind Weihnachten allein, nicht wahr?«

»Wahrscheinlich. Es macht mir aber wirklich nichts aus.«

»Würde mir nicht gefallen. Meine Enkelkinder kommen zu mir.«

»Was haben Sie für die Lebensmittel im Kühlschrank ausgelegt?« fragte Meredith, um ein Thema zu beenden, das auf eine offene Einladung zusteuerte, während der Feiertage bei den Brissetts vorbeizuschauen. Sie streckte die Hand nach ihrer Umhängetasche aus, die auf dem Tisch lag.

»Muß nicht gleich sein, meine Liebe. Ich komme morgen. Putze dienstags und freitags hier und montags und donnerstags bei Miss Needham. Bin nur vorbeigekommen, um zu sehen, ob Sie die Heizung in Gang gebracht haben.«

»Ja, vielen Dank.« Offenbar hatte sie zumindest eine Nachbarin, Miss Needham, bei der Mrs. Brissett ebenfalls putzte.

»Sie braucht nicht lange, um durchzuheizen«, fuhr Mrs. Brissett fort. »Diese alten Mauern sind einen halben Meter dick und halten die Hitze wundervoll. Und im Wohnzimmer gibt es außerdem ein Gasfeuer. Das würde ich auch anzünden. Oh, und ich habe ein Bett vorbereitet, aber ich an Ihrer Stelle würde eine Wärmflasche hineintun.«

»Danke«, sagte Meredith noch einmal und unterbrach energisch die Flut von Anweisungen.

»Also gut.« Endlich machte Mrs. Brissett Anstalten zu gehen. »Wir sehen uns morgen. Ich komme um halb neun und gehe gewöhnlich gegen zwölf. Hab meine eigenen Schlüssel, wissen Sie.«

»Fein, danke. Ich habe Urlaub – Ferien – bis nach Weihnachten, werde also hier sein. Morgen allerdings fahre ich wahrscheinlich nach Bamford, um meine Vorräte zu ergänzen.«

»Fahren Sie früh«, riet Mrs. Brissett. »Wenn Sie einen Parkplatz finden wollen. Markttag, denken Sie dran.« Sie ging und schloß geräuschvoll die Tür hinter sich. Ein regelmäßiges, allmählich schwächer werdendes Quietschen ließ darauf schließen, daß sie mit dem Fahrrad gekommen war, höchstwahrscheinlich aus Westerfield.

Meredith seufzte vor Erleichterung tief auf. Doch mit einem hatte Mrs. Brissett recht, das Cottage war schon spürbar wärmer. Meredith öffnete den Reißverschluß ihres Anoraks und machte sich daran, das restliche Haus zu inspizieren. Unten war außer der Küche und einer winzigen Garderobe nur das Wohnzimmer. Sie stieg die Wendeltreppe hinauf und fand sich auf einem winzigen Treppenabsatz wieder. Das Badezimmer, sehr beengt, zu ihrer Rechten und zwei Schlafzimmer, den unteren Räumen entsprechend. Mrs. Brissett hatte freundlicherweise das Bett im größeren über dem Wohnzimmer aufgeschlagen. Darin stand ein Doppelbett, offensichtlich war es das Schlafzimmer der Russells. Meredith rümpfte zweifelnd die Nase bei dem Gedanken, in einem fremden Ehebett zu schlafen. Sie ging hinüber und setzte sich auf die Bettkante. Es war ein hübscher Raum mit Deckenbalken und einem lustigen kleinen Dachfenster. In einer Ecke stand ein spätviktorianisches Waschbecken samt Krug. Unter die Dachstreben war ein Kleiderschrank eingebaut. Meredith breitete die Hand auf dem geblümten Überzug des Federbettes aus. Sie war froh, daß Peter hier zu einem neuen Leben gefunden hatte. Aber sie verstand auch, daß die noch jung verheirateten Russells Pook's Common verlassen hatten und nach Dubai gegangen waren. Um einen neuen Anfang zu machen, mußte man manchmal weggehen und unter Fremden beginnen.

Meredith freute sich für die Russells. Sie brauchten einander, stützten sich gegenseitig. Doch was richtig für die beiden war, würde nicht unbedingt für sie richtig sein. Sie war es gewohnt, allein zu sein, sich allein durchs Leben zu schlagen. Sie brauchte keine feste, dauerhafte Beziehung.

Aber, dachte sie bedauernd, eine vorübergehende hat unleugbar ihre Reize... Das Bett sah ungewöhnlich bequem aus, und sie ertappte sich dabei, daß sie wieder an Alan Markby dachte; sie überlegte, ob sie ihn anrufen und ihm sagen sollte, daß sie angekommen war – und sich für die Karte bedanken? Weihnachten sollte man mit Freunden verbringen, nicht allein. Schließlich, sagte sie sich trotzig, vorübergehend muß ja nicht zu dauernd werden. Alan war auch nicht der dickfellige Egoist, der sich einbildete, das kleinste Zeichen der Freundschaft von einer Frau signalisiere eine verzehrende Leidenschaft. Wenn sie eine Zeitlang in Pook's Common blieb, mußte sie sich wenigstens ein Minimum an gesellschaftlichem Leben schaffen. Dazu mußte sie jedoch auf das schwache Fundament zurückgreifen, das bei ihrem letzten Besuch entstanden war, und sie würde sich nach Bamford orientieren müssen. In Pook's Common selbst schien nicht allzuviel loszusein.

»Dieser Ort«, stellte sie laut fest, »ist tot.«

Ihre Rückkehr war am Sonntag vorher an anderer Stelle Gesprächsthema gewesen.

»Du kannst Weihnachten nicht allein verbringen, Alan«, sagte seine Schwester vorwurfsvoll. »Weihnachten ist ein Familienfest.«

»Was du nicht sagst«, erwiderte Alan Markby düster. Sein Blick schweifte zu einem von einer Zeitung verdeckten Buckel auf dem Sofa, der seinen Schwager verkörperte. Die Zeitung hob und senkte sich sanft und regelmäßig. Markby lenkte den Blick zu seiner Schwester zurück, die sich, die Füße unter sich gezogen, in ihrem Lehnsessel zusammengerollt hatte, und lächelte. Laura trug einen leuchtend roten Pullover und schwarze Kordhosen. Das lange blonde Haar lockte sich um ihre Schultern. Sie war kurzsichtig, und auf ihrer Nasenspitze saß eine überdimensionale Brille, die sie aber nur besonders liebenswert aussehen ließ.

»Du siehst nicht wie ein Adler, sondern wie eine weise Eule des Gesetzes aus«, sagte er.

»Im Moment denke ich mehr familien- als berufsbezogen, muß ich gestehen. Weihnachten ist immer so viel zu tun.« Unter der Zeitung drang ein Schnauben hervor. Nachdenklich betrachtete Laura ihren schlafenden Gatten. »Du kommst doch wenigstens am Weihnachtstag zu uns, nicht wahr, Alan? Du darfst – nein, wirklich, du darfst ihn nicht ganz allein verbringen und dich nur mit deinen Pflanzen unterhalten. Paul kocht, das Essen wird also gut sein. Er hat von irgendwoher ein Rezept für einen Truthahn mit Kastanienfüllung bekommen und hat unendlich viel Zeit damit verbracht, die Torte zu dekorieren.«

Markby machte ein zweifelndes Gesicht. »Nun ja, Laura, du weißt, ein paar meiner Kollegen sind verheiratet und haben Kinder, und da scheint es mir nur fair, ihnen den Weihnachtstag freizugeben und selbst zu arbeiten. Morton und seine Frau haben vor kurzem ein Baby bekommen. Soviel ich verstanden habe, hat das Baby etwas, das sie ›Sechsmonats-Kolik‹ nennen, und seine Frau leidet an einer Depression, wie sie nach einer Geburt immer wieder vorkommt, aber Weihnachten wird er trotzdem gern zu Hause sein, nehme ich an ...«

»Du brauchst nicht dort zu sein – solange sie deine Telefonnummer haben und dich erreichen können. Du bist Chef der Kriminalabteilung, nicht der Mann fürs Grobe. Du willst doch wohl nicht an deinem Schreibtisch sitzen und Protokolle wegen entlaufener Kätzchen aufnehmen? Natürlich nicht. Falls nicht jemand eine Bank ausraubt oder seinen Liebhaber umbringt, bist du überflüssig.«

»Wieso glaubst du, daß es Weihnachten keine Gewaltverbrechen gibt, Laura? Es ist die Zeit im Jahr, in der Gewalttaten im Familienkreis fast am häufigsten vorkommen. Wie viele Klienten kommen nach Neujahr zu dir und wollen die Scheidung, sagen, daß Weihnachten der Tropfen war, der das Faß zum Überlaufen gebracht hat?«

Sie ließ sich nicht abschrecken. »Ich erwarte dich am Weihnachtstag gegen zehn. Wir decken für dich. Die Kinder rechnen mit dir.«

Mark rutschte in seinem Sessel hin und her. »Um die Wahrheit zu sagen – und mach nicht schon wieder mehr daraus, als es bedeutet –, ich habe eine Freundin, die sich zur Zeit in der Nähe von Bamford aufhält, und ich dachte mir eigentlich ...«

Die Augen seiner Schwester hinter den riesigen Brillengläsern funkelten, als habe sie eben in einem Vertrag ein Hintertürchen entdeckt. »Meredith Mitchell! Du hast immer gesagt, du wüßtest nicht, ob sie kommt, du abscheulicher Lügner. Du hast dich Weihnachten mit ihr verabredet.«

»Das habe ich nicht. Ich denke nur, daß sie hier sein wird. Ich wollte sie anrufen – nein! Man erwartet sie erst Ende der Woche!« Die letzten Worte waren ein Schrei, denn Lauras Augen waren zum Telefon gewandert, und sie hatte den Mund geöffnet. Unter der Zeitung gurgelte es, und das oberste Blatt zuckte. »Ich denke nur«, fuhr Markby hastig fort, »ich sollte fragen, was Meredith Weihnachten macht. Sie hat hier keine Familie und wird vielleicht allein sein, daher habe ich mir gedacht, ich sollte …«

»Absolut kein Problem, Alan. Bring sie mit.«

»Hierher?« Das Herz wurde ihm schwer, und er sah seine Schwester trübsinnig an.

»Um Himmels willen! So schlimm kann es doch nicht sein! Paul ist ein professioneller Kochbuchautor, und sein Essen ist unter Garantie genießbar, was man von meinem nicht behaupten kann. Familienweihnachten – Meredith wird begeistert sein.«

»Es ist nur, daß ich – vielleicht hat sie andere Pläne.«

»Wie denn? Nein, bring sie mit. Ich bestehe darauf.«

Er sah sie unglücklich an. »Ich weiß kaum, wie ich sie fragen soll, Laura. Sie ist doch nur eine – eine flüchtige Bekannte. Um ehrlich zu sein – ich hätte sie wirklich nicht eine Freundin nennen dürfen. Wir haben uns sehr lange nicht gesehen, und inzwischen ist schon viel Wasser die Themse hinuntergeflossen. Sie könnte mich für aufdringlich halten. Vielleicht hat sie keine Lust zu kommen, weiß aber nicht, wie sie ablehnen soll.« Er unterbrach sich. »Es wäre, offen gesagt, ein bißchen peinlich für sie und mich. Vielleicht will sie mich gar nicht mehr oft treffen. Warum sollte sie auch? Wirklich, jemanden zu einer Familienfeier einzuladen – es könnte so aussehen, als versuchten wir, sie irgendwie in Beschlag zu nehmen. Was ich nicht beabsichtige«, schloß er hastig.

»Also wirklich, Alan«, antwortete Laura heftig, »noch nie hat jemand wegen nichts und wieder nichts ein solches Getue gemacht. Du bist inkonsequent. Es ist eine einfache Einladung. Du hast selbst gesagt, du müßtest dich darum kümmern, ob sie Weihnachten etwas vorhat. Wenn sie nichts vorhat, aber gern etwas vorhätte, wird sie sich über die Einladung freuen. Wenn sie dich wirklich nicht sehen will, wird sie ablehnen. Ich bin sicher«, sagte Laura bissig, »daß sie durchaus imstande ist zu sagen, was sie will.«

»Ja«, sagte er niedergeschlagen.

Die Zeitung hob sich und raschelte wieder, heftiger diesmal. Mit vom Schlaf getrübten Augen tauchte Pauls Kopf auf. »Wie spät isses? Fußball ... Fernseher ... Tasse Tee ...«

»Dir wird ein Weihnachtsfest in der Familie gefallen«, fällte Laura ihr endgültiges Urteil. Sie drückte auf den Knopf der Fernbedienung, und der Fernsehschirm begann zu flackern. »Wir werden uns gemeinsam *Der Zauberer von Oz* ansehen und Spiele spielen. Wir werden Charaden aufführen, Matthew und Emma sind dieses Jahr schon groß genug, um mitzumachen. Wir werden ein richtiges Feuer machen und auf dem Kamingitter Kastanien braten, vorausgesetzt, ihr geht auf den Hof, Paul und du, und spaltet viele Scheite. Es wird ein Riesenspaß.«

Abends, als Meredith beim Geschirrspülen war – sie hatte sich ein Abendessen aus Eiern mit Speck zubereitet –, klingelte das Telefon. Die Stimme am anderen Ende der

Leitung kam nicht überraschend, aber sie brauchte Zeit, um sich zu fassen, bevor sie antwortete.

»Ja, ja, ich habe eine gute Reise gehabt, vielen Dank ... Nun, ich bin ein bißchen müde. Es war eine lange Fahrt.«

Seine Stimme klang zurückhaltend. Er fragte, ob sie Lust hatte, am nächsten Abend mit ihm essen zu gehen. Er fragte es beiläufig, als wolle er andeuten, daß es ihm nichts ausmache, wenn sie es nicht schaffte, konnte aber nicht verbergen, daß er hoffte, sie würde kommen.

Seine offensichtliche Nervosität stärkte ihre Selbstsicherheit. Jetzt beherrschte sie die Situation wieder, wie gewohnt. »In ein Pub?« sagte sie fröhlich. »Nein, ich habe nichts dagegen, in einem Pub zu essen. Sie holen mich um sieben Uhr ab? Ja, ich freu mich auch, Sie zu sehen. Oh, und Alan!« Sie hob den Hörer wieder, den sie schon auflegen wollte. »Danke für die Karte.«

Der Hörer glitt mit einem leisen Klicken zurück auf die Gabel. Meredith strahlte und beglückwünschte sich selbst. Das war nicht schwierig gewesen, nicht wahr? Sie war freundlich gewesen, ungezwungen, nicht schwärmerisch, hatte nicht aufgeregt geplappert oder gekichert. Er war ein reifer Mann und wollte daher eine entsprechend reife Beziehung. Sie ebenso. Sie legte die Stirn in Falten. Das hörte sich an wie eine Kontaktanzeige. Wer wünschte sich eigentlich reife Beziehungen? Ich, sagte sie sich wieder energisch.

Resolut stieß sie sich vom Telefontischchen ab und ging ins Wohnzimmer zurück. Schwach vom Gasfeuer und einer Lampe beleuchtet, sah der heitere Chintz im sanften Schein des Feuers warm und gemütlich aus wie ein Nest. Was da draußen auch passieren mochte, hier drin konnte sie sich sicher fühlen.

Von draußen kam das Geräusch eines Automotors, der

gestartet wurde. Neugierig trat Meredith ans Fenster und schob den Vorhang ein bißchen beiseite, um hinauszuschauen. Auf der anderen Straßenseite stand ein Cottage, das dem ihrigen sehr ähnlich war. Die Haustür war offen, gelbes Licht fiel heraus und hob die dunkle Silhouette einer Frau hervor, die auf der Veranda stand. Sie winkte einem großen Wagen nach – einem Granada, wie es Meredith schien –, der sich eben in Bewegung setzte. Dröhnend tauchte er in die Nacht ein, und seine Scheinwerfer fegten über den vor ihm liegenden Weg. Die Frau verschwand wieder im Cottage und schloß die Tür. Dunkelheit senkte sich auf die Straße, eine fast völlige Dunkelheit, und Meredith fiel zum erstenmal auf, wie schlecht es in Pook's Common um die Straßenbeleuchtung bestellt war. Auf diesem Abschnitt des Weges sah man nur das schwache Glimmen einer Straßenlaterne an der Ecke. Und was die Frau von gegenüber anbelangte, hatte sie außer einer großen, kräftigen Gestalt nicht viel erkennen können. Sie dachte: Miss Needham, und war ein bißchen überrascht. Aus irgendeinem – völlig unlogischen – Grund hatte sie sich Miss Needham als vornehme ältere Jungfer von zurückhaltendem Wesen vorgestellt, keine junge Frau, die Besuch von Fahrern großer Wagen bekam. Aber vielleicht glaubt Miss Needham das gleiche von mir, dachte sie.

Meredith wandte sich vom Fenster ab, schaltete das Feuer aus, überprüfte Haus- und Hintertür und ging zu Bett; sie schlief ohne Schwierigkeiten ein.

Auch auf der anderen Seite der Straße erlosch das Licht in Miss Needhams Schlafzimmer.

In dem gemeindeeigenen Haus, in dem sie zur Miete wohnte, wurde Mrs. Brissett wach und gab ihrem Ehemann einen Rippenstoß. »Vergiß ja nicht, auf den Speicher zu gehen und die Dekorationen für Miss Mitchell runterzuholen, Fred.«

Laura Danby lag wach und überlegte, ob sie einen größeren Truthahn bestellen sollte, falls Weihnachten ihr einen zusätzlichen Gast bescherte.

Alan Markby, von Bamford mehrere Meilen entfernt, rollte sich in seinem großen Doppelbett herum. Er überlegte, ob er Meredith verändert finden würde, wenn er sie morgen zum Abendessen abholte; oder würde sie denken, er habe sich verändert? Und worüber sollten sie sprechen, um alles in der Welt? Wie sollte er außerdem Lauras Einladung anbringen? Was würde sie sagen? Endlich schlief er ein – von all diesen Sorgen und der schlichten Freude darüber hin und her gerissen, daß er Meredith überhaupt wiedersehen sollte.

KAPITEL 2

Bamford war an diesem Freitagvormittag vor Weihnachten genauso wie Mrs. Brissett vorhergesagt hatte. Meredith hatte Glück und erwischte auf dem Parkplatz hinter dem Supermarkt eine Lücke, die ein anderer Wagen eben hinterlassen hatte. Ein Blick durch die Glastüren des Supermarkts ließ ihr jedoch das Herz in die Stiefel rutschen. Eine dichte, drängende Käufermasse stieß unhandliche Einkaufswagen vor sich her, in denen sich die Waren türmten, zerrte, selbst übelgelaunt, schwitzend und müde, jammernde Kinder mit – es herrschte ein hektisches Gewimmel.

Meredith machte wieder kehrt. Dort hinein wollte sie ganz zuletzt, wenn sie alles andere erledigt hatte. Mit ein wenig Glück hatte der Rummel bis dahin nachgelassen. Sie ging zu Fuß zum Marktplatz. Aber hier war es beinahe genauso schlimm. Die Stände boten ganze Stechginsterstapel und Dekorationen von der Art feil, wie Mrs. Brissett sie liebte. Auf Tabletts wurden ungesund aussehende pinkfarbene und gelbe Süßigkeiten zum Verkauf angeboten. Aus Pappkartons schauten im Preis herabgesetzte Spielsachen in Schachteln und Zellophanverpackungen heraus. Gemüse schien es zum Rekordpreis zu geben. Meredith kaufte zwei Pfund Satsumas und zog sich geschlagen zurück. Aber sie konnte bis nach Weihnachten nicht von Satsumas und den letzten Speckscheiben leben. Sie schob sich die High Street entlang, stieß mit ihrer Einkaufstüte gegen die Beine anderer und wurde selbst hin und her geschubst. Eine junge Frau rammte ihr einen Kindersportwagen in die Waden, und als Meredith sich umdrehte, weil es weh tat, erntete sie einen bitterbösen Blick, der ihr unmißverständlich sagte, sie habe hier nichts verloren und sei nur im Weg. Die High Street prangte im Schmuck bunter Lichterketten und skelettartiger Weihnachtsbäume, die in der Abenddämmerung zum Leben erwachen würden. Aus mehreren Lautsprechern erklangen blecherne Weihnachtslieder, und in jedem Schaufenster – so kam es Meredith wenigstens vor – wurde man daran erinnert, daß man bis zum Fest nur noch vier Einkaufstage hatte.

Vor dem Blumenladen blieb Meredith stehen und blickte argwöhnisch in das Schaufenster. Wahrscheinlich, sogar mehr als wahrscheinlich, würde Alan Markby mit irgendeinem Weihnachtsgeschenk anrücken. Vielleicht gab er es ihr sogar schon heute abend, wenn er sie zum Essen abholte. Es wäre peinlich, ein Geschenk entgegenzunehmen, wenn man selbst keins hat. Ein Aftershave oder ein Deodorant wäre viel zu persönlich. Eine Pflanze hingegen? Er war ein begeisterter Gärtner. Meredith stieß die Tür auf und trat ein.

Der Laden ähnelte einem unordentlichen Gewächshaus. Weil man vor Weihnachten ein Rekordgeschäft erwartete, hatte man sich mit Vorräten eingedeckt, die jetzt jede einigermaßen gerade Fläche und beinahe den ganzen Boden verstellten. Die Luft war feucht und modrig. Es roch nach nassem Torfkompost und künstlichem Pflanzendünger. Aus dem Hintergrund des Ladens tauchte eine gehetzt aussehende junge Frau in einem rosa Overall auf.

»Ich möchte eine Topfpflanze«, erklärte Meredith. »Etwas, das Weihnachten blüht. Vielleicht etwas nicht Alltägliches?« Ihr Blick fiel auf eine Gruppe Weihnachtssterne. Sie schienen mit ihren roten Blättern ein bißchen zu naheliegend.

»Wieviel möchten Sie anlegen?« fragte das Mädchen praktisch.

»Ich weiß nicht. Wieviel muß man anlegen?«

Einige Pflanzen waren sehr teuer, wie sich herausstellte. Eigentlich die meisten. Sie verließ den Laden mit einem Weihnachtskaktus.

Als sie sich, beladen mit Einkaufstüte und der verpackten Pflanze, in das Gewühl auf dem Gehsteig stürzte, merkte sie plötzlich, daß jemand sie ansprach.

»Entschuldigen Sie!« sagte eine Stimme energisch. »Haben Sie einen Moment Zeit?« Ein langer, spindeldürrer Jugendlicher in einem schmuddeligen ehemaligen Militärmantel, Jeans und einer wolligen Mütze, drängte sich zu ihr durch. Er war unrasiert, nicht besonders sauber und schien schwer unterernährt zu sein, doch die Stimme klang gebildet. »Würden Sie unsere Petition unterschreiben?« fragte er aggressiv.

Sie sah jetzt, daß er ein Klemmbrett in der Hand hielt. »Um was geht's denn?« fragte sie mißtrauisch.

»Darum, daß die Jagd auf Gemeindeland verboten wird.« Er hielt ihr das Klemmbrett ungeduldig entgegen, als finde er ihre Fragen kleinlich und pedantisch.

Die Menge wimmelte um sie herum, und sie bemühte sich, in dem, was er sagte, einen Sinn zu finden. »Was soll gejagt oder vielmehr nicht gejagt werden?«

»Füchse. Oder anderes Wild. Aber vor allem Füchse. Wegen der Jagd, die hier stattfinden soll.«

»Ich hab gar nicht gewußt, daß es eine gibt.« Jemand prallte gegen ihre Schulter, und sie ließ fast den Kaktus fallen. »Hören Sie«, sagte sie, »ich habe keine Hand frei, und ich weiß nicht, um was es geht …«

»Um die Bamford-Jagd«, sagte er störrisch. »Sie brauchen nur hier zu unterschreiben.« Er schob ihr das Klemmbrett unter die Nase. An einer Schnur hing ein Bleistiftstummel, das Papier der Liste war schmutzig, die meisten Unterschriften unleserlich. »Wenn wir sie vom Gemeindeland fernhalten können, wird es für sie fast unmöglich, die Jagd abzuhalten. Es ist nicht richtig, blutige Sportarten sind ein Unrecht. Unmoralisch. Wir alle sollten uns dagegen wehren.« Er brachte sein backenbärtiges Gesicht dicht an das ihre heran. Offensichtlich hatte er das Gefühl, daß ihm Zeit verlorenging, denn während er ihr alles erklärte, konnte er keine Unterschriften sammeln.

»Ich weiß nichts über die Bamford-Jagd«, sagte Meredith, die ihn plötzlich unattraktiv und aufdringlich, sein Benehmen schikanös fand; ihr mißfiel, daß er voraussetzte, sie müsse seiner Meinung sein, und ihr mißfiel die Arroganz, mit der er es unterließ, ihr einen Grund zu nennen, warum sie tun sollte, was er verlangte.

»Hier, nehmen Sie ein Flugblatt.« Er hielt ihr eins hin, der Druck war miserabel. »Unterschreiben Sie die Petition, jede Unterschrift hilft. Es ist unrecht. Die Fuchsjagd ist ein Unrecht.«

»Sie mögen recht haben oder auch nicht«, sagte sie. »Ich habe nie darüber nachgedacht. Und gewiß werde ich nichts unterschreiben, bevor ich nicht gründlich nachgedacht habe. Also, wenn Sie nichts dagegen haben – ich werde mir Ihr Flugblatt zuerst einmal durchlesen«, fügte sie im Geist weihnachtlichen Friedens hinzu.

»Sind Ihnen wildlebende Tiere und wildwachsende Pflanzen egal?« fragte er wütend. »Ist Ihnen gleichgültig, wie barbarisch die Jagd ist? Finden Sie, daß Tiere nicht wichtig sind? Das sollten Sie nicht, denn sie sind es. Und

Sie sollten unterschreiben. Alle sollten unterschreiben!« Er musterte sie mit glitzernden Augen, in denen groß sein Urteil stand. Nichts hätte Meredith jetzt bewegen können, sein Gesuch zu unterschreiben. Sie mochte ihn nicht. So einfach war das.

»Ich mag Tiere, aber ich mag es nicht, gesagt zu bekommen, was ich tun soll, bevor ich die Möglichkeit hatte, mir selbst eine Meinung zu bilden.« Unwirsch drängte sie sich an ihm vorbei.

Er sah sie wütend an und latschte weiter, um ein anderes Opfer für sein Klemmbrett und seine Flugblätter zu finden. Er hatte Glück, eine dralle junge Frau kam ihnen entgegen. Sie hatte eine Mähne kastanienroter Haare, und ihre selbstsichere Haltung grenzte an Arroganz. Sie war nicht geschminkt, hatte klassische Züge, eine gerade Nase, volle Lippen und schöne Augen. Sie trug ein ziemlich abgetragenes Jackett, eine eng sitzende Reithose und Reitstiefel. In dem Jargon, den sie verstanden hätte, war sie reinrassig. Ein Vollblut mit Vater und Mutter im Zuchtbuch.

Er würde doch nicht, dachte Meredith bestürzt über seine Unverfrorenheit. Er konnte nicht …

Doch er tat es. Der Gegner aller blutigen Sportarten verstellte der Amazone den Weg und schwenkte sein Klemmbrett. Meredith konnte nicht hören, was gesprochen wurde, doch sie erriet es mehr oder weniger. Die Stallhof-Bruderschaft ist selten um ein bildhaftes Wort verlegen. Die kastanienrote Reiterin hielt dem jungen Mann eine markige Rede, gab ihm, der unter seinem Backenbart scharlachrot geworden war, keine Gelegenheit zu antworten und stieß ihn mit solcher Kraft zur Seite, daß er zurückgeworfen wurde, an der Tür von Woolworth's wieder abprallte – und ging weiter.

»Ich hätte Ihnen sagen können, was passieren würde«, sagte Meredith mitleidlos zu ihm.

Er warf ihr einen bösen Blick zu und sah der jungen Frau mit einem noch böseren nach. »Aufgeblasenes Miststück!« sagte er. Dann fügte er leise hinzu, als spreche er mit sich selbst: »Wartet nur… Wartet nur ab, bis ihr's am zweiten Weihnachtsfeiertag versucht…« Er trottete weiter.

Meredith vergaß ihn, nachdem sie sich noch einmal in den Supermarkt gewagt hatte. Von da an war jeder nur noch Einzelkämpfer. Sie begann höflich »entschuldigen Sie bitte« und versuchte ihren Einkaufswagen um die Leute herumzumanövrieren. Aber ihr wurde sehr schnell klar, daß das vergebliche Liebesmüh war. Der Wagen hatte auch einen eigenen Willen und die Neigung, sich wie eine Krabbe seitwärts zu bewegen. Allein die Unmengen der angebotenen Waren verstärkten ihr Gefühl des Verirrtseins und der Frustration. Sie hatte schließlich mehrere Jahre in einem Land gelebt, in dem der Mangel zum täglichen Leben gehörte und die Auswahl an Waren gering war. Das diplomatische Corps hing stark von Waren ab, die eigens von der Botschaft importiert wurden, oder von *en-bloc*-Bestellungen bei Firmen, die darauf spezialisiert waren, die ständig im Ausland lebenden Landsleute mit allem zu versorgen, was sie brauchten. Jetzt unter drei oder vier verschiedenen Sorten von Büchsenfleisch und einem halben Dutzend im Überfluß aufgestapelter Kaffeedosen wählen zu müssen, war verwirrend. Sie fand es schockierend, als sie hörte, daß Mütter ihre kleinen Kinder fragten, was sie haben wollten, und die oft willkürliche Auswahl des Kindes noch zu den Waren packten, die sich schon im Einkaufswagen türmten. Nach fünf Minuten war Meredith nicht nur so verschwitzt und gestreßt und übellaunig wie alle anderen, sie war auch wütend, weil die Menschen anscheinend nicht zu schätzen wußten, was sie hatten. In eine Wolke selbstgerechter Empörung gehüllt, stand sie in der Schlange an der Kasse, und ihr Ärger wurde noch größer, als sie entdeckte, daß sie das Spülmittel vergessen hatte.

»Verdammt!« sagte sie laut.

»Etwas vergessen?« fragte eine Männerstimme hinter ihr.

Sie sah sich schuldbewußt um. Die Stimme gehörte einem bebrillten Mann unbestimmten Alters in einem Parka; er stand in der Schlange hinter ihr. Er trug einen Drahtkorb mit einem bescheidenen Vorrat an Lebensmitteln. Freundlich lächelnd sagte er: »Ich halte Ihnen den Platz in der Schlange frei, wenn Sie zurückgehen und es holen wollen.«

Meredith blickte zurück in das Gewühl. »Nein, vielen Dank. Ich glaub nicht, daß ich das könnte. Trotzdem – noch einmal vielen Dank.« Aus einem Impuls heraus fügte sie hinzu: »Hier gibt es so viel zu kaufen – die Leute wissen gar nicht, wie gut sie es haben.«

Er lächelte. »Ein paar wissen es. Ein paar können sich die Dinge auch nicht leisten. Ein Schaufenster voller Waren zu sehen, wenn man nicht das Geld hat, etwas zu kaufen, ist auch nicht sehr lustig.«

Meredith runzelte die Stirn, dachte darüber nach. Aus irgendeinem Grund hatte sie das Gefühl, ihm eine ernsthafte Antwort schuldig zu sein. Er war nur ein Mann in der Schlange an der Supermarktkasse, aber etwas in seiner Stimme sagte ihr, daß ihre Worte ihn berührt hatten.

»Die Leute sind nicht mehr so arm wie früher«, sagte sie. »Ich weiß, daß es einigen nicht gutgeht, aber vor hundert Jahren sind sie auf der Straße verhungert.«

»Manche leben noch immer auf der Straße. Nicht hier in Bamford, zugegeben. Aber in den großen Städten ... Waren Sie in letzter Zeit in London?«

»Nein, noch nicht«, sagte Meredith düster und dachte an den Schreibtisch, der im Foreign Office auf sie wartete. »Nach Weihnachten werde ich jeden Tag hinauf müssen.«

»Werfen Sie am frühen Morgen einen Blick in die Ladeneingänge. Zählen Sie die Schlafsäcke.« Die Schlange kroch ein Stückchen vorwärts. »Vielleicht verhungern sie nicht«, fuhr der Mann fort, »aber sie kommen sich verloren vor.« Er schob seine Brille, die ihm ständig hinunterzurutschen schien, auf die Nase zurück. »Es gibt so viel, wie Sie sagen, und allen um Sie herum scheint es gut genug zu gehen, daß sie es sich leisten können. Vor fünfzig Jahren war es keine Schande, arm zu sein – es war ein Unglück, das sie mit Tausenden teilten. Heute müssen sie sich für ihre Armut schämen, man gibt ihnen zu verstehen, daß es ihre Schuld – eine Unzulänglichkeit ist, an der sie leiden. Viele junge Leute sind voller Groll, die Gesellschaft grenzt sie aus. Man kann es ihnen nicht übelnehmen.«

»Ja, das glaube ich auch«, sagte Meredith.

Er lächelte verlegen. »Ich wollte Ihnen keinen Vortrag halten. Aber das Thema interessiert mich zufällig ganz besonders.«

»Das ist schon in Ordnung. Aber Sie haben nur ein paar Sachen in Ihrem Korb, gehen Sie ruhig vor«, bot sie ihm an. »Mein Wagen ist voll.«

»Nein, nein, ich hab's nicht eilig. Sie sind jetzt dran.«

»Die nächste bitte«, sagte das Mädchen an der Kasse scharf, und Meredith war gezwungen, nachzurücken und ihre Waren hastig auf das Förderband zu legen.

Nachdem sie bezahlt hatte, schob sie den widerspenstigen Einkaufswagen zu ihrem Auto. Am Himmel sammelten sich jetzt bedrohlich dunkle Wolken, und ein kalter Wind wehte. Meredith packte alles weg und brachte dann ihr Drahtgefährt in den »Einkaufswagenpark« zurück. Sie fröstelte, denn nach der drückenden Wärme im Supermarkt spürte sie die Kälte doppelt. Vorsichtig setzte sie zurück, um den Leuten und ihren überladenen, quietschenden Einkaufswagen auszuweichen, und machte dann, daß sie aus der Stadt herauskam.

Sie war überrascht, wie erleichtert sie sich fühlte, wieder in Pook's Common zu sein. Im Vergleich zu Bamford war es ein stiller Hafen des Friedens. Rose Cottage hatte keine Garage, aber einen Stellplatz, dem der größte Teil des Vorgartens zum Opfer gefallen war. Sie stieg aus dem Wagen und zitterte im eisigen Wind, der ihr durch den Anorak bis ins Mark zu dringen schien. Die dunklen Wolken waren kompakter geworden, und obwohl es erst später Vormittag war, war es dunkel wie im abendlichen Zwielicht. Meredith rieb die rotgefrorenen Finger aneinander und ging zum Kofferraum, um ihre Einkäufe auszuladen. Als sie noch dabei war, hörte sie Bremsen quietschen, und ein Wagen hielt vor dem Cottage gegenüber. Sie blickte auf. Die Fahrertür wurde zugeworfen, und zu ihrer Überraschung war eine Gestalt ausgestiegen, die sie kannte.

Es war das Mädchen mit den kastanienroten Haaren, das sie in der Stadt gesehen hatte. Es schaute über die Straße, entdeckte Meredith, lächelte und kam mit sportlich federnden Schritten auf sie zu.

»Hallo«, sagte sie, »ich bin Harriet Needham und wohne da drüben im Ivy Cottage.«

»Meredith Mitchell«, sagte Meredith und befreite sich von einem Durcheinander von Plastiktüten.

»Sie waren in Bamford, was?« fragte Miss Needham mitfühlend. »Verdammt gräßlich, oder?«

»Ziemlich unangenehm. Ich mußte Lebensmittel für die Weihnachtsfeiertage einkaufen.«

»Sie haben Rose Cottage von den Russells übernommen, nicht wahr?« Harriet warf die rote Haarmähne zurück. »Kommen Sie gelegentlich doch mal auf einen Drink vorbei.«

»Danke, sehr freundlich. Ich komme bestimmt.«

»Warum kommen Sie nicht gleich mit und trinken eine Tasse Kaffee mit mir? Später wird es wie aus Kannen gießen.« Harriet musterte den dunklen Himmel sachlich abschätzend aus zusammengekniffenen Augen. »Schlamm«, sagte sie, aber offensichtlich nicht zu Meredith, sondern als Antwort auf einen Gedanken, den das Wetter in ihr ausgelöst hatte und der etwas betraf, das der Sprecherin sehr wichtig war.

»Danke, ich komme. Aber zuerst muß ich meine Sachen ausladen und ins Haus bringen.«

»Klar, fein. Muß mein Zeug auch auspacken. Ich lasse die Haustür offen. Kommen Sie einfach rein, wenn Sie fertig sind, und rufen Sie.« Harriet marschierte auf ihre Straßenseite zurück.

Die Arme voller Tüten, betrat Meredith das Cottage. Ein leichtes Klirren aus der Küche zeigte an, daß Mrs. Brissett noch bei der Arbeit war. Es roch nach Möbelpolitur und Lavendel aus der Garderobe im Erdgeschoß. Die Wohnzimmertür stand offen, und Meredith, die auf dem Weg in die Küche vorbeikam, blieb stocksteif stehen. »O du meine Güte!« sagte sie schwach, zu einem Kraftausdruck im Augenblick nicht fähig. Miss Needham hätte ihr vermutlich aushelfen können. »O du meine Güte, was soll ich nur damit anfangen?«

Mrs. Brissett kam durch die Küchentür. »Lassen Sie die Lebensmittel einach stehen, Miss Mitchell. Ich räume sie dann ein.«

»Danke – und danke für – für –«, stammelte Meredith.

»Wußt ich doch, daß es Ihnen gefallen wird!« sagte Mrs. Brissett.

Harriets Tür stand, wie versprochen, offen. Einladender Kaffeeduft wehte Meredith entgegen. Sie rief: »Ich bin hier!«

»In der Küche!«

Sie ging Harriets Stimme nach. Ivy Cottage hatte ursprünglich den gleichen Grundriß gehabt wie Rose Cottage. Aber jemand hatte nach hinten hinaus einen geräumigen Anbau errichten lassen, in dem die Küche untergebracht war, die, wie Meredith feststellte, sehr modern eingerichtet und mit neuesten Geräten ausgestattet war. Die ehemalige Küche war in ein kleines Eßzimmer umgewandelt worden, das beinahe völlig von einem original frühviktorianischen Tisch und sechs Stühlen eingenommen wurde. An der Schmalwand stand ein Buffet mit einem Satz ebenfalls antiker blauweißer Teller, und in der Mitte des Tisches hatte ein silbernes Rechaud aus der Zeit König Georges seinen Platz. Es sah so aus, als gebe Harriet oft Einladungen. In diesem Gedanken wurde Meredith beim Anblick von Harriets Lebensmitteln noch bestärkt, die in der Küche auf einer Arbeitsplatte ausgebreitet lagen – Baguettes und eine große Packung Hühnerbrustfilets, zwei Flaschen guten Weins, mehrere ungewöhnliche Käsesorten, eine Unmenge frischer, nicht der Jahreszeit entsprechender und daher teurer Salate und alles, was zu einer Dinnerparty gehörte. Aber für wie viele? fragte sich Meredith, die sich an den Wagen vom Abend vorher erinnerte.

Harriet merkte, daß sie die Lebensmittel betrachtete, und sagte vergnügt: »Ich habe einen Cordon-bleu-Kochkurs mitgemacht. Nützlich. Vorher konnte ich nicht einmal ein Ei kochen.«

Ein bißchen verlegen, weil es so aussah, als habe sie spioniert, sagte Meredith: »Ich bin auch nicht gerade eine großartige Köchin.«

»Es macht Spaß, ich tu's gern. Und hier in Pook's Common hat man genug Zeit für solche Dinge – wie Kochen, zum Beispiel. Dazu braucht man nämlich Zeit – hudeln darf man nicht.«

»Ja, ruhig genug ist es hier«, stellte Meredith mit leichtem Bedauern fest. »So abgeschieden.«

»Das habe ich auch gedacht, als ich herkam.« Flink stellte Harriet Tassen und Sahnekrug auf ein Tablett. »Aber komischerweise ist es das nicht. Es wird Sie überraschen, was in Pook's Common so alles los ist.« Sie ließ dieser aufreizenden Andeutung keine Einzelheiten folgen, sondern nahm das Tablett auf. »Wir gehen in den Salon. Viel gemütlicher.«

Harriets Salon, dem wesentlich bescheideneren Wohnzimmer von Rose Cottage entsprechend, lag ebenfalls nach vorn hinaus und war mit modernen und bequemen Lehnsesseln und mehreren schönen alten Stücken eingerichtet, unter anderem mit einem viktorianischen Rollpult und einem kleinen Regency-Kartentisch. Stammten sie mit den anderen Antiquitäten aus einem größeren Haus, aus einem Familiensitz? fragte sich Meredith. Rein praktisch gesehen, stellte all das einen ziemlichen Wert dar, und Ivy Cottage schien nicht durch zusätzliche Schlösser oder Fensterriegel gesichert zu sein.

Doch das Auffälligste in diesem Salon für Meredith

war, daß Harriet eine Leidenschaft für Fotografien zu haben schien. In Rahmen aller Art und manchmal ein kleinerer Schnappschuß vor ein großes Bild in den Rahmen gezwängt, standen sie eng gedrängt auf dem Kaminsims, auf Tischen und Schränken. Mehrere zeigten Harriet, andere Harriet mit Pferden.

»Haben Sie ein eigenes Pferd?« fragte Meredith.

»Den alten Blazer.« Harriet nahm ein neueres Bild zur Hand. »Das ist er. Er steht im Mietstall von Tom Fearon. Ein netter alter Kerl.«

Meredith war sich nicht klar darüber, ob Harriet das Pferd oder Tom Fearon meinte, und murmelte deshalb nur etwas vor sich hin.

Harriet schenkte Kaffee ein. »Sie brauchen bestimmt etwas, das Sie nach dem Gedränge in Bamford wiederbelebt. Ich hasse es, einzukaufen. Aber keines der Geschäfte liefert hierher, und im Dorf gibt es keinen Laden.«

»Leben Sie immer in Pook's Common?« fragte Meredith, als sie nach der Tasse griff. Es war schönes Knochenporzellan mit Rosenknospen. »Ein paar Cottages sehen wie Wochenendwohnsitze aus.«

Harriet war in die Küche zurückgegangen. »Ein paar sind es auch!« Ihre Stimme klang gedämpft. »Es gibt im Ganzen nur acht, vier auf jeder Seite, wie Sie wahrscheinlich bemerkt haben.« Sie kam wieder, diesmal mit einer Platte selbstgebackener Biskuits, die sie Meredith anbot. »Nehmen Sie. Das sind Wiener Strudel. Mein Problem ist, daß ich die Dinger gern backe, aber unmöglich alle selbst essen kann. Na ja, wenn ich's täte, müßte ich wahrscheinlich meinen alten Blazer verkaufen und ein Shire-Pferd kaufen, das mich dann tragen kann.«

»Shire-Pferd?« fragte Meredith, die von Pferden nichts verstand.

»Das ist eine Rasse schwerer Zugpferde«, erklärte Harriet. »Warten Sie, ich hole Ihnen eine Serviette.«

Die Serviette war aus Damast und makellos gebügelt. Häusliche Tüchtigkeit bei anderen weckte in Meredith, die in ihrem Amt sehr tüchtig, aber zu Hause eine Katastrophe war, immer wehmütigen Neid. Ich, dachte sie untröstlich, biete meinen Gästen Biskuits aus dem Päckchen an, falls ich daran gedacht habe, welche zu kaufen, und meistens habe ich nur Papierservietten. Aber Harriet befaßte sich wieder mit Merediths Frage nach den Cottages.

»Die beiden Doppelhaushälften rechts von Ihnen, die man von der Straße aus sieht, gehören einem Oxford College. Eine wird gewöhnlich von verschiedenen Leuten benutzt, und ich habe keine Ahnung, wer oder was sie sind. Aber die andere Hälfte benutzt Dr. Krasny. Er kommt her, wenn er viel zu schreiben hat, weil es hier ruhig ist. Man sieht ihn nur selten, auch wenn er hier ist. Er ist aber ein recht angenehmer Typ und schaut öfter mal rein, um hallo zu sagen und ein Glas Sherry zu trinken, bevor er auf der Suche nach Blumen zu einer seiner Exkursionen über das Gemeindeland aufbricht. Ich glaube, sein Thema sind seltene wilde Orchideen.«

»Es gibt hier also tatsächlich noch Gemeindeland?«

»O ja. Obwohl es nicht mehr ausschließlich Weideland ist. Mehr wie offenes Moorland. Die Cottagebesitzer von Pook's Common hatten früher dort das Weiderecht, aber ich bin jetzt die einzige, die noch ein Tier besitzt, und das steht auf Toms Koppel. Es wäre ein Wagnis, heutzutage ein wertvolles Tier aufs Gemeindeland zu bringen. Vor ein oder zwei Jahren hat es hier Viehdiebe gegeben. Klingt nach dem Wilden Westen, wie? Es gibt sie noch immer. Die armen Tiere werden geschlachtet, Pferdefleischsteaks für den Kontinent.«

Harriet nippte an ihrem Kaffee. »Das Cottage links von Ihnen gehört Mrs. Sowerby. Sie ist schon älter und steckt kaum einmal die Nase zur Tür heraus. Ihre Tochter kommt einmal wöchentlich mit dem Auto aus Bamford, aber um diese Jahreszeit besucht sie irgendeine andere Verwandte, wo, weiß ich nicht, doch ich wage zu behaupten, daß sie im Moment nicht hier ist und Sie derzeit keine unmittelbaren Nachbarn haben. Es ist ziemlich einsam hier, was die gegenüberliegende Straßenseite betrifft. Das Cottage rechts von mir – das mit dem scheußlichen unechten Wunschbrunnen im Vorgarten gehört dem Typen, der die Werkstatt an der Hauptstraße hat, Joe Fenniwick; er wohnt mit seiner Frau da. Ständig, genau wie ich. Übrigens ist Joe ein guter Mechaniker, Sie dürfen ihm Ihren Wagen ruhig anvertrauen, wenn was dran ist. Das Cottage links von mir hat irgend so ein Geschäftsmensch gekauft, der mit seiner Freundin die Wochenenden hier verbringen wollte. Er hat ein Vermögen in die Renovierung gesteckt, und jetzt ist seine Freundin auf und davon, und er möchte verkaufen. Aber im Moment sind die Preise im Keller. Bleibt noch das eine am anderen Ende, das einem Paar gehört, das sich im Frühling hier zur Ruhe setzen möchte. Hoffe, daß sie die Ruhe lieben. Zur Zeit steht es leer, obwohl sie gewöhnlich am Wochenende auftauchen und im Haus herumwerkeln, ein paar Sachen streichen und Nägel einschlagen. Es ist also ziemlich einsam hier, aber ich mag es so.«

»Ich werde unter der Woche täglich nach London fahren müssen«, sagte Meredith mit leichtem Bedauern. »Nach Neujahr fange ich an. Allmählich beginne ich mich zu fragen, ob ich mir damit nicht zuviel zugemutet habe.«

»Lieber Sie als ich«, sagte Harriet offen. »Was machen Sie beruflich?«

Meredith erklärte es ihr. Harriet sah sie nachdenklich

an. »Ich bewundere jeden, der sich in einer Stellung halten kann«, sagte sie plötzlich. »Mit achtzehn habe ich eine Weile gearbeitet. In Liverpool, ich wohnte damals nämlich in Wirral, und da bin ich jeden Tag rübergefahren und habe meine Stunden abgedient. Ich habe gesagt, ich hätte gearbeitet, aber ich meine, es war für eine Wohltätigkeitsorganisation, die eines dieser Zentren unterhält, in denen man den sozial Benachteiligten zu helfen versucht. Sie haben einen Tages-Aufenthaltsraum für alte Menschen, einen Club für junge Mütter, eine Kinderkrippe und alle möglichen Projekte für Jugendliche. Ich will ehrlich sein, ich hab's nicht durchgehalten. Ich habe nur vormittags gearbeitet, aber sogar die Vormittage waren zuviel für mich.« Sie schnitt eine leichte Grimasse. »Ich bin finanziell unabhängig, was man heute nicht mehr laut sagen darf. Die Leute sehen einen an, als hätte man die Pest. Dann habe ich versucht zu schreiben und habe die Absicht, wieder damit anzufangen. Aber ich bin am liebsten im Freien, das ist mein Problem, und das Schreiben nimmt einem soviel Zeit weg. Ich wünschte, ich könnte sagen, ich hätte auf einer regulären Basis etwas Richtiges und Lohnendes zustande gebracht.«

»Das könnten Sie«, sagte Meredith prompt. »Sie haben einfach noch nicht den richtigen Job gefunden.«

Harriet sah wieder nachdenklich drein. »Vielleicht finde ich ihn eines Tages. Und vielleicht habe ich das für mich Richtige schon gefunden. Ich meine keinen Job, aber etwas, das trotzdem getan werden muß.«

Ihr Blick schweifte ab, während sie sprach, und blieb auf einer der Fotografien haften. Es war ein älteres Bild, das drei kleine Mädchen in Sandalen und Sonnenkleidchen zeigte, die sich um einen Spaniel gruppierten. Eins der kleinen Mädchen hatte rote Locken.

Harriet warf Meredith einen Blick zu und sah, daß sie das Bild betrachtete. »Das bin ich«, sagte sie und zeigte darauf. »Immer leicht zu erkennen an meinen karottenroten Haaren.« Sie stand auf, nahm das gerahmte Foto und trug es zu Meredith hinüber. »Neben mir steht meine Cousine Fran. Wir waren fast gleich alt und eigentlich mehr wie Schwestern, nicht wie Cousinen.«

»Und wer ist das?« Meredith zeigte auf das dritte Kind, ein hübsches, kleines Mädchen mit dunklem Haar und einem gewinnenden und schelmischen Lächeln. »Sie sieht wie ein glückliches Kind aus.«

»Oh, das ist Caro, Caroline Henderson, eine Freundin.« Harriets Stimme klang noch immer beiläufig, doch schien Meredith die Sorglosigkeit jetzt ein wenig forciert. »Sie war ein glückliches Kind. Das waren wir alle. Wir hatten eine schöne Kindheit. Ich bin froh, daß Caro damals glücklich war, denn später war sie es nicht mehr, ganz bestimmt nicht.« Sie zog das Foto plötzlich zurück und stellte es an seinen Platz auf dem Tisch zurück.

»Tut mir leid«, sagte Meredith verlegen.

Harriet sah ein wenig beschämt aus. »Ich wollte nicht fauchen. Verzeihen Sie. Aber wir hatten sie alle so gern. Caro war Diabetikerin.« Sie schien sich zu bemühen, ganz leidenschaftslos und sachlich zu sprechen. »Und um alles noch schwieriger zu machen, war sie außerdem eine reiche Erbin. Ihr Vater und ihr Onkel starben, als sie noch ein Kind war, daher hatte ihr Großvater, der reich war wie Krösus, niemand sonst, dem er sein unrechtmäßig erworbenes Geld hinterlassen konnte. Es brachte ihr keinen Segen.« Harriets Stimme hatte immer düsterer geklungen, und schließlich brach sie beinahe schroff ab.

»Das kann ich mir vorstellen. Mit Diabetes durchs Leben zu gehen ist schon eine Last.«

»Das Geld war die schlimmere. Aber sie hat sie nicht lange getragen.« Harriet leerte ihre Tasse und stellte sie so heftig auf das Tablett, daß sie klirrte. »Sie war erst dreiundzwanzig, als sie an einer Überdosis starb.«

»Tut mir leid«, sagte Meredith hilflos. »Hatte es mit der Diabetes zu tun?«

»Nicht direkt. Angeblich war es eine Depression. Sie war deshalb in Behandlung. Die Ärzte haben ihr alle möglichen Pillen verschrieben. Ich habe ihr gesagt, sie soll das ganze Zeug wegwerfen. Ich wünschte, sie hätte es getan. Sie wissen doch, hat eine Frau erst einmal den Ruf, eine Neurotikerin zu sein, nimmt sie niemand mehr ernst. Egal, was ihr fehlt, man verschreibt ihr noch mehr Pillen und sagt ihr, sie soll's leichtnehmen. Niemand hört ihr zu. Niemand glaubt ihr mehr, aber man ist bereit, alles zu glauben, was irgend jemand über sie sagt.«

»Das ist in der Tat ein Problem«, sagte Meredith vorsichtig. »Mit einem neurotischen Menschen zurechtzukommen ist nahezu unmöglich. Sie erzählen einem phantastische Geschichten. Ich hatte selbst mit einigen zu tun.«

»Ja, ich weiß, es ist meist blinder Alarm.« Harriet nickte. »Aber wenn man den Menschen kennt, kann man gewöhnlich die Tatsachen aus dem Wirrwarr herausschälen. Ich bin keine allzu phantasiebegabte Person, wahrscheinlich bin ich in gewisser Weise ziemlich nüchtern. Aber ich bin nicht ohne Mitgefühl. Ich habe mit diesem Wohltätigkeitsjob nicht etwa aufgehört, weil ich mit den Leuten kein Mitleid gehabt hätte. Ich habe aufgehört, weil ich so frustriert war. Ich habe wie eine Sklavin geschuftet, um einen Fall zu einem guten Ende zu bringen, und dachte, ich hätte es geschafft, und eine Woche später taucht die Frau mit der gleichen düsteren Geschichte wieder in meinem Büro auf. Wenn man bei einer solchen

Organisation arbeitet, lernt man zwischen Wahrheit und Betrug zu unterscheiden.« Sie schwieg einen Augenblick. »Aber manchmal irrt man sich trotzdem. Ich mag es nicht, wenn man mich zum Narren hält.«

Im Flur klingelte das Telefon. »Entschuldigen Sie«, sagte Harriet und lief hinaus. Sie schloß die Tür hinter sich, und Meredith hörte ihre Stimme nur noch gedämpft, ohne ein Wort unterscheiden zu können. Sie war froh, daß ihr erspart blieb, zur unfreiwilligen Lauscherin zu werden. Dann hob Harriet aggressiv die Stimme und knallte schließlich den Hörer auf die Gabel. Sie kam mit geröteten Wangen zurück und ging zum Barschrank. »Hätten Sie gern ein Glas Sherry? Oder etwas Stärkeres? Wir könnten einander frohe Weihnachten wünschen und so weiter.« Sie griff schon nach den Gläsern. Ganz offensichtlich hatte sie die feste Absicht, etwas zu trinken.

»Ein Sherry wäre schön«, sagte Meredith, die eigentlich mitten am Tag nur ungern trank.

Harriet schob die Whiskyflasche zurück und schenkte zwei Sherry ein. Sie stießen miteinander an.

»Auf abwesende Freunde«, sagte Harriet, bevor sie trank. »Mögen sie unvergessen bleiben.«

Wie die dunklen Wolken angekündigt hatten, begann es am Nachmittag zu regnen, und als Alan Markbys Scheinwerfer über die Vorderfenster von Rose Cottage strichen, goß es in Strömen. Er sprintete über den kurzen Gartenweg und schoß durch die Haustür, die ihm Meredith offenhielt.

In der winzigen Diele an sie gepreßt, stammelte er, vor Nässe triefend, Entschuldigungen. Sie fand, daß er sich überhaupt nicht verändert hatte. Es war dasselbe magere, intelligente, ein wenig wachsame Gesicht und, soweit sie sah, dasselbe alte Barbour-Jackett. Er gehörte zu den Männern, die neue Kleidung verabscheuten. Das Haar fiel ihm feucht und glatt in die Stirn, und er kniff die blauen Augen zusammen, als sei er in Sorge oder erschrocken.

»Haben Sie einen Regenmantel?« fragte er. »Wir müssen vom Parkplatz des Pubs ins Lokal laufen. Es gießt wie aus Kannen.«

»Ich habe einen Anorak mit Kapuze. Habe schon befürchtet, es könnte Weihnachten regnen.« Warum redeten Engländer, wenn sie sich nach langer Zeit wiedersahen, so entschlossen über das Wetter? Doch jetzt hatte er den Kranz entdeckt, der im Flur hing.

»Der ist ein bißchen – bunt.« Er bückte sich und schaute nach unten. Der Kranz hing für ihn in Brusthöhe.

»Er gehört Mrs. Brissett. Sie hat gedroht, mir auch einen Weihnachtsmann zu bringen. Schauen Sie mal hier rein.« Meredith öffnete die Tür zum Wohnzimmer.

»Gütiger Gott«, sagte er schwach.

Papierketten, türkis, giftgelb und leuchtend scharlachrot, waren von Zimmerecke zu Zimmerecke und kreuz und quer gespannt. Eine große, braunrote chinesische Laterne hing von der Decke herunter, und ein Weihnachtsbaum aus glitzerndem Rauschsilber stand auf dem Couchtisch.

»Das hat sie gemacht, während ich heute vormittag in Bamford einkaufen war. Es ist so nett von ihr, und sie muß sich solche Mühe gegeben haben – ich kann einfach nichts davon herunternehmen. Sie hat gesagt, sie sei sicher, daß mir während all der Jahre im Ausland das englische Weihnachtsfest gefehlt haben müsse. Ich weiß nicht, wie sie es geschafft hat, die vielen Ketten an der Decke anzubringen.«

»Es ist – äh – heiter … Und da wir gerade von Weihnachten sprechen …« Er unterbrach sich, sah verlegen aus, sagte dann: »Ich erkläre es Ihnen später. Fahren wir jetzt los und bestellen uns ein schönes, großes Steak.«

Er fuhr sie auf einer kurvenreichen Route zu einem Pub, das, zur Abwechslung von Pferden und Kobolden, Black Dog hieß; doch dann erinnerte sie sich voller Unbehagen, daß ein schwarzer Hund eine der Masken war, in die der Teufel auf Erden schlüpfte. Auf der Fahrt versuchte sie, sich nach ihrem Orientierungssinn zu richten, und war am Schluß der Meinung, daß sie im Kreis gefahren waren und sich, soweit sie das bei Dunkelheit und strömendem Regen sehen konnte, mitten im offenen Moor oder Gemeindeland befanden. Trotz seines leicht unheimlichen Namens, der Dunkelheit und der Abgeschiedenheit erwies sich das Black Dog als hell erleuchtete Oase, die einen gastfreundlich willkommen hieß. Unter dem tief hängenden Strohdach schimmerte eine vielfarbige Lichterkette, und aus den winzigen Fenstern fiel strahlend helles Licht. Im seitlich anschließenden Hof parkten schon mehrere Wagen.

»Weihnachten«, sagte Markby düster. »Ich glaube, daß wir allmählich mit unserem Appell ›*Wer fährt, trinkt nicht*‹ Erfolg haben. Nicht so sehr, weil sie es einsehen, sondern weil sie sich davor fürchten, ins Röhrchen zu blasen und den Führerschein zu verlieren. Heutzutage muß jeder mobil sein.«

Ein Schwall warmer, rauchiger Luft wehte Meredith ins Gesicht, als sie vor Alan das große Lokal betrat. Im Black Dog gab es den Unterschied zwischen Salon- und öffentlicher Bar nicht mehr. Die Leute, die es besuchten, waren zu einer amorphen Masse geworden. Man fand hier nur noch sehr wenige echte Einheimische; die meisten Gäste kamen mit dem Wagen aus der Stadt, waren überwiegend jung und gaben das Geld mit leichter Hand aus. Sie hatten markante Gesichter und waren leger gekleidet. Die älteren Gäste trugen konservative Kleidung und sahen wohlhabend aus. Alle vermischten sich, drängten sich an der Bar um Getränke oder beugten sich an den Tischen über ihre Teller. Das Essen war im Black Dog offenbar genauso wichtig wie das Trinken. Es wäre interessant zu wissen, dachte Meredith, wann ein Pub sich zu einem Restaurant mausert. Doch von einem Restaurant hätten die Gäste mehr Platz und mehr Behaglichkeit verlangt. Hier nahmen sie es hin, wenn andere sie in den Rücken stießen, während sie aßen, oder wenn es ab und zu aus übervollen Biergläsern auf den Tisch oder ihnen sogar in den Nacken tropfte.

Die Bar war am anderen Ende und sehr gut sortiert; eine wasserstoffgebleichte Blondine in einem weißen Pullover mit Pailletten war uneingeschränkte Herrin aller Flaschen. Ein schlanker Jugendlicher mit krausen Haaren schob sich zwischen den Tischen durch und sammelte gebrauchte Gläser ein, und an der Bar nahm ein junges Mädchen mit Notizblock die Essensbestellungen entgegen. Das Lokal war ziemlich voll, das Stimmengewirr entsprechend laut. Es gab die übliche Musikberieselung, doch zum Glück war sie nicht aufdringlich.

Das Gebäude selbst war offensichtlich sehr alt – die Wände aus mächtigen Steinquadern und gewölbt und die niedrige Decke kreuz und quer von rauchgeschwärzten Balken durchzogen. In einem riesigen Kamin loderte ein Feuer unter einem eichenen Sturz, der, nach seiner Stärke zu schließen, von einem Baum stammte, der, als er für den Bau dieses Hauses gefällt wurde, mindestens hundert Jahre alt gewesen sein mußte. An den Eichensturz hatte man in seiner ganzen Länge Zaumzeugbeschläge genagelt, die im Licht des Feuers glänzten. Darüber hing ein gerahmtes

Plakat, das eine Nutzviehversteigerung in den 1860ern ankündigte. Meredith reckte den Hals und sah hinter sich ein noch älteres Plakat mit der Ankündigung einer dreifachen Hinrichtung am Galgen; zwei der »Übeltäter« wurden wegen Vergehen gehängt, die heutzutage unter Umständen nicht einmal mit einer Gefängnisstrafe geahndet worden wären. Sie fragte sich, ob das ein Original oder eine Reproduktion war. Es war bräunlich gelb, sehr fleckig und sah ganz echt aus. Unangenehm das Ganze.

Meredith riß den Blick von dem traurigen kleinen Papier los und sah sich um. Trotz des Lärms und der modern gekleideten Gäste fiel es ihr nicht schwer, sich Männer mit Tonpfeifen vorzustellen, die an windigen und regnerischen Abenden um den Kamin des Black Dog herumsaßen. Doch modernes Marketing hatte die Hände über die alte Schankstube gebreitet. Die Stühle waren mit karmesinrotem Dralonsamt gepolstert, und ein viel weniger literarisches Plakat kündete als künftige Attraktionen regelmäßig an Samstagen stattfindende »Gigs« an. Die Speisen waren, nach den Tellern zu schließen, die schon auf den Tischen standen, für ein so abgelegenes Etablissement erstaunlich raffiniert zubereitet.

»Es wird populär«, sagte Markby, als sie sich nahe beim Feuer auf eine Eckbank mit hoher Rückenlehne zwängten. »Sitzen Sie gut? Wird es Ihnen auch nicht zu heiß? Geben Sie mir Ihren Anorak, ich kann ihn dort drüben aufhängen. Was wollen Sie trinken?«

»Entschuldigen Sie, ich hab mir den ganzen Schnickschnack angesehen.« Sie lächelte zu ihm auf. »Ich hätte gern ein Glas Wein, wenn's geht.«

»Ich habe gehofft, daß es Ihnen hier gefällt.« Er verzog reuevoll das Gesicht. »Tut mir nur leid, daß es so voll ist. Warten Sie, bin gleich wieder da.«

Sie sah ihm nach, als er sich durch den Raum kämpfte, um seinen Mantel und ihren Anorak aufzuhängen, und dann zur Bar ging. Er tat es, ohne zu rempeln oder zu schieben, aber mit selbstverständlicher Autorität. Die Leute machten ihm freiwillig Platz. Er bedankte sich bei jedem, der es tat, und sie spürte, daß man ihm den gleichen Respekt entgegenbrachte wie sie selbst bei ihrer ersten Begegnung. Natürlich konnte er schwierig sein; sie aber ebenso, gab sie ehrlich zu.

Meredith lehnte sich zurück, fühlte die Hitze der Flammen auf ihrem Gesicht und entspannte sich. Es war laut und eng, aber sie fand es schön, daß es so war, und Alan hätte sich keine Sorgen machen müssen, daß es ihr nicht gefallen könnte. Eine große schwarze Katze mit zerrissenen Ohren erschien, strich unbekümmert an den unzähligen Füßen vorbei und rieb sich an Merediths Beinen. Kein Hund, weder ein teuflischer noch ein anderer, dachte sie belustigt, aber dann fielen ihr Geschichten von Hexen und ihren schwarzen Katzentieren ein. Lauter abergläubischer Unsinn.

»Hallo«, sagte sie, bückte sich und kraulte ein kampferprobtes Ohr. Die Katze miaute zu ihr hinauf und entblößte zwei *ab*schreckende Zahnreihen. An einem der Nachbartische hörte sie jemanden sagen:

»Sie dürfen der Polizei nicht in die Hände fallen, das ist wichtig. Was wir brauchen, sind richtige Behandlungszentren. Sie brauchen Hilfe, man darf sie nicht einsperren. Wenn sie erst einmal in Haft waren, ist der Schaden kaum wieder gutzumachen …«

Das Ende des Satzes ging in frisch aufbrandendem Lärm unter. Meredith hob den Kopf, schob den dunkelbraunen Haarvorhang zurück, der ihr Blickfeld beeinträchtigte, und schaute neugierig in die Richtung, aus der die Stimme gekommen war. Aber es war nicht mehr möglich zu sagen, wer gesprochen oder an welchem der kleinen, eng beieinanderstehenden Tische der Sprecher saß. An dem einen der beiden nächststehenden Tische drängte sich eine gemischte Gruppe aus Männern und Frauen, alle jung und lässig gekleidet, am anderen saßen zwei Männer, der eine bärtig und mit einem Guernsey-Pullover bekleidet, in dem er in diesem warmen Raum vor Hitze fast umkommen mußte, der andere, mit spärlichem Haarwuchs und Brille, kam ihr irgendwie bekannt vor.

Ich kenne ihn, dachte sie. Es war der Mann, der im Supermarkt hinter ihr an der Kasse gestanden hatte.

»Tut mir leid, daß es so lange gedauert hat.« Markby war wieder da, in einer Hand einen Bierkrug, in der anderen ein Weinglas. Unter dem Arm hatte er außerdem ein Buch in einem Plastikeinband. »Die Speisekarte«, sagte er. »Können Sie sie mir abnehmen?«

Meredith zog sie heraus und schlug sie auf. O Gott, dachte sie, das ist keine Speisekarte, das ist ein Roman. Vermutlich war sie der irrigen Meinung, daß Mahlzeiten in Pubs noch wie früher aus Brot, Käse oder Fleischpasteten bestanden. Innerlich seufzend sagte sie sich, daß man wohl hinter der Zeit zurückblieb, wenn man so viele Jahre nicht mehr im eigenen Land gelebt hatte. Sie erinnerte sich an ihr Erlebnis im Supermarkt. Auch das hatte sie kritisch gestimmt.

Markby sagte hilfsbereit: »Die Steaks sind hier im allgemeinen in Ordnung, das ist auch der Grund, warum ich herkomme. Auch der Salat und das kalte Fleisch sind okay.«

»Dann nehme ich das Rumpsteak.«

Markby kämpfte sich wieder zur Bar durch, um zu bestellen, und als er zurückkam, saßen sie da und betrachteten einander verstohlen. Das Essen war bestellt und ihr Gesprächsstoff ausgegangen, beide wußten nicht recht, was sie sagen sollten.

»Wie war Ihre Fahrt quer durch Europa?« fragte er.

»Zum Glück ziemlich ereignislos. Ich fahre lieber um diese Jahreszeit als im Sommer, wenn es so viel Urlaubsverkehr gibt.«

»Im Rose Cottage schon eingewöhnt – von der Weihnachtsdekoration einmal abgesehen?«

»O ja, Mrs. Brissett ist ein Schatz, wie es heißt. Ich habe großes Glück.«

Zwei Gesprächsthemen sauber abgehakt und erneutes Schweigen. Meine Schuld, dachte Meredith mutlos. Ich wäre jetzt an der Reihe, aber was soll ich sagen?

»Scheußlicher Abend«, sagte Markby energisch und griff auf das altbewährte britische Wetter zurück.

»Ja. Und hier drin ist es gemütlich und warm, und ich sehe gern so viele Leute. Es ist mehr los als sonst, nehme ich an.«

»O ja, Weihnachten …« Er spielte mit einem Bierdeckel. »Wegen Weihnachten wollte ich Sie was fragen. Bleiben Sie hier? Ich meine, während der Festtage, am ersten und am zweiten Weihnachtstag und so weiter?«

»Ich denke schon. Ich wüßte ja nicht, wohin.« Das klang wehmütig, daher fügte sie energisch hinzu: »Ich weiß, ich habe eben gesagt, ich bin gern unter vielen Leuten, aber das heißt nicht, daß ich nicht auch allein sein kann. Ich habe nichts dagegen, wenn es ruhig ist.« Die letzten Worte klangen trotzig. Sie hoffte, er verstand es nicht so, als wollte sie ihm sagen, er solle sich um seine eigenen Angelegenheiten kümmern. Es sollte nicht abweisend klingen. Vielleicht machte er sie nur nervös.

Sie sah mit leichter Bestürzung, daß seine Miene sich verfinstert hatte. »Oh«, sagte er, »ruhig.« Wie auch der Weihnachtstag bei Laura ablaufen mag, dafür, daß er ruhig wird, kann ich nicht garantieren, dachte er.

»Pook's Common ist praktisch eine Geistersiedlung, wußten Sie das?« Unbarmherzig ratterte Meredith eine Reihe unwichtiger Informationen herunter, fest entschlossen, die Unterhaltung nicht abbrechen zu lassen. »Kaum jemand wohnt ständig dort. Es ist ein bißchen so, als sei man nach England zurückgekommen und in Quarantäne gelandet.«

»Ein bißchen unheimlich?« fragte er mitfühlend.

»Bisher noch nicht.« Sie wollte ihm nicht den Eindruck vermitteln, daß sie im Cottage Gesellschaft brauchte. Dann fand sie, daß das vielleicht wieder schroff geklungen hatte und fügte hinzu: »Aber unter gewissen Umständen könnte es so sein.«

Markby nickte verständnisvoll, hob sein Bierglas und sagte dann überrascht: »Hallo!«

Sie blickte auf. Er sah die beiden Männer am Nebentisch an.

»Wer sind die beiden?« fragte sie leise und neugierig. »Den einen habe ich heute vormittag getroffen.«

»Tatsächlich?« Das klang bestürzt. »Welchen? Wo?«

»Ganz flüchtig im Supermarkt. Er hat hinter mir an der Kasse angestanden. Der mit der Brille.«

»Das ist Colin Deanes. Den anderen, den bärtigen, kenne ich nicht. Aber ich würde ein Pfund darauf setzen, daß er Sozialarbeiter ist. Deanes schreibt und hält Vorlesungen über jugendliche Straftäter.« Markby erwärmte sich für sein Thema. »Er hat den Tick, sie aus Besserungsanstalten und Gefängnissen heraushalten zu wollen. Ich bin nicht dagegen, aber man kann diese jungen

Schläger nicht frei herumlaufen und ehrbare Bürger terrorisieren lassen. Wenn ich es richtig sehe, ist Deanes der Meinung, man könne bei jungen Menschen nicht voraussetzen, daß sie den Unterschied zwischen Recht und Unrecht kennen. Mir scheint es jedoch nicht zuviel erwartet, daß einer weiß, daß es unrecht ist, alte Damen zu überfallen, aber ich bin ja nur ein Bulle. Deanes sagt, es sei ein Hilfeschrei.«

Chefinspektor ist ein bißchen mehr als ein Bulle, dachte Meredith belustigt, weil er sich offensichtlich selbst degradierte. Ihrer Erfahrung nach war er sich seiner Kompetenz durchaus bewußt.

»Wie bescheiden«, neckte sie ihn sanft.

»Ein Staatsdiener, das bin ich. Das sind auch Sie. Sie sollten genauso wissen wie ich, daß der Staat ein sehr schwieriger Herr sein kann.« Er nahm einen ordentlichen Schluck Bier und setzte den Krug wieder ab.

»Hm, ja. Ich nehme an, Sie hatten schon mit Mr. Deanes zu tun?«

»Er hat auf dem Gemeindeland mitten im Nirgendwo ein altes Farmhaus gemietet, hinter Ihrem Haus und noch abgeschiedener, ob Sie's glauben oder nicht. Dort hat er sein letztes Buch geschrieben. Von Zeit zu Zeit taucht er in Bamford in der Dienststelle auf und stielt mir meine Zeit, sucht nach Material. Er würde es Forschung nennen. Es ist unmöglich, irgend etwas mit ihm zu diskutieren. Er sieht nicht über seine Scheuklappen hinaus. Ich würde sagen, er hat das Herz auf dem rechten Fleck, wenn ich es nicht bezweifeln müßte, weil er so wenig Mitgefühl für die Opfer seiner jungen Übeltäter hat. Ich bin nicht dagegen, daß jemand versucht, junge Menschen auf den rechten Weg zurückzubringen, aber Menschen wie Deanes schirmen sich gegen jede andere Meinung ab, kennen nur die eigene. Er scheint zu vermuten, daß ich ungefähr so liberal denke wie Dschingis Khan, und das Schlimmste ist, wenn er mit mir spricht, klingt das, was ich sage, tatsächlich so, als sei ich der größte Reaktionär. Er fordert es heraus. Ich vertrete dann Standpunkte, von denen ich selbst nicht überzeugt bin, und verteidige sie bis aufs Messer. Selbst wenn ich mit ihm übereinstimme, macht er es mir unendlich schwer, das zu sagen.«

Meredith lächelte über seine zunehmende Heftigkeit. Das war der Alan Markby, den sie in Erinnerung hatte. Beinahe hätte sie etwas zu dem größten Vorwurf gesagt, den er Deanes machte. Es war ein bißchen so, als schimpfe ein Esel den anderen Langohr. Zur Zeit des Giftmordes in Westerfield hatte er es ihr manchmal schwergemacht, mit ihm übereinzustimmen, und mehr als einmal hatte er sie mit seiner Haltung verärgert. Vielleicht, dachte sie reuig, bin ich einfach nur leicht reizbar. Sie erinnerte sich an den jungen Mann, der heute morgen auf der Straße Unterschriften gesammelt hatte. Er hatte es nicht böse gemeint, aber schon wenige Worte von ihm hatten sie gegen ihn aufgebracht. Bei näherer Überlegung hatte sie ihn zu rasch verurteilt und bedauerte es jetzt.

»Ich bin«, sagte sie, »heute jemandem begegnet, der ungefähr die gleiche Wirkung auf mich hatte wie Deanes auf Sie.« Sie erzählte ihm von dem Kämpfer gegen die blutigen Sportarten. »Er war wirklich ein harmloser junger Mensch, der nur versucht hat zu tun, was er für richtig hält. Aber er hat es so ungeschickt angefangen. Er hat mich verärgert, und ich habe seine Petition leider nicht unterschrieben.«

»O ja«, sagte Markby, »das Jagdtreffen am zweiten Weihnachtsfeiertag.« Er schien froh, ein anderes Thema gefunden zu haben. »Die Teilnehmer der Bamford-Jagd versammeln sich am zweiten Weihnachtsfeiertag immer auf dem Market Square, und nachdem sie ein oder zwei steife Drinks gekippt haben, setzen sie sich, von der einheimischen Bevölkerung bestaunt, für einen Tag voll sportlicher Betätigung in Bewegung. Es ist möglich, daß wir's in diesem Jahr mit Jagd-Saboteuren zu tun bekommen. Sie versuchen die Hunde von den Fährten abzulenken und auch sonst alles durcheinanderzubringen. Vielleicht erscheinen sie in voller Besetzung auf dem Market Square.«

Die Rückkehr zu einem jahreszeitlich bedingten Thema schien ihn ermutigt zu haben, über etwas zu sprechen, das ihn offensichtlich beschäftigte. »Wegen Weihnachten. Der Grund, warum ich Sie eben gefragt habe, was Sie vorhaben, ist der, daß meine Schwester Laura – Sie erinnern sich doch an sie, nicht wahr? Sie ist Partnerin in einer Anwaltskanzlei auf der High Street – nun ja, gemeint hat, Sie würden vielleicht gern zum Weihnachtsessen zu uns kommen. Das Essen wird bestimmt nicht zu verachten sein«, fügte er hastig hinzu, »weil mein Schwager Paul immer kocht. Kochen ist sein Beruf. Er schreibt Kochbücher.«

»Das ist sehr nett von Laura«, sagte Meredith zweifelnd.

Er hörte den Zweifel heraus. »Sie müssen nicht. Ich meine, es liegt ganz bei Ihnen. Natürlich würde sie sich sehr freuen, und ich auch, da ich dort sein muß. Sie hat Kinder ...«

»Ja, ich glaube, ich erinnere mich, daß Sie mir von Ihrer Schwester und ihren Kindern erzählt haben. Es sind drei, nicht wahr?«

»Vier – es hat Zuwachs gegeben. Das kleinste läuft ständig auf beiden Seiten aus. Matthew, der älteste, ist ein kluger Bursche und Emma, die zweitälteste, altklug. Für

Weihnachten übt sie *Jingle Bells* als Solo. Vicky macht eigentlich nichts Besonderes – nur Sachen kaputt. Eine Art künftiger Ringkämpferin. Sie sind ganz passabel, wirklich, aber wenn Sie Ruhe und Frieden vorziehen, werden Sie sie vielleicht ein bißchen anstrengend finden.«

Er sah sie so komisch schuldbewußt an, daß sie laut lachen mußte. »Ich komme sehr gern. Sagen Sie's Laura, und ich rufe sie selbst noch an.«

»Fein, dann ist das geregelt.« Er sah erleichtert aus. »Ich freu mich, daß Sie kommen.« Hastig fügte er hinzu: »Weil die Kinder besser gehorchen müssen, wenn Besuch da ist. Ich zähle ja nicht.«

»Oh, ich verstehe.«

Das Mädchen brachte die Steaks, und es trat eine willkommene Gesprächspause ein, in der Meredith beobachtete, daß Deanes und sein Begleiter aufbrachen. Als sie sich anschickten, sich zur Tür durchzuzwängen, kamen sie dicht an Markby vorbei.

»Ah – hallo, Chefinspektor«, sagte Deanes. Er blieb stehen und schob mit dem Zeigefinger, einer Geste, die Meredith kannte, die Brille auf die Nase. Als sie jetzt einen zweiten Blick auf diese Nase warf, stellte sie fest, daß sie recht durchschnittlich war – eine Nase, von der vermutlich jede Brille heruntergerutscht wäre. Er hatte seinen pelzbesetzten Parka angezogen, bereit, den Elementen zu trotzen. »Ausgehabend für Polizisten?« fragte er humorig.

»Hin und wieder haben wir frei«, sagte Markby schroff.

»Hoffe, das Essen schmeckt Ihnen.« Deanes schaute in Merediths Richtung, und ein Ausdruck der Überraschung huschte über sein Gesicht. »Wie klein die Welt ist! Wir sind uns in Bamford im Supermarkt begegnet. Vielleicht erinnern Sie sich nicht an mich?«

»O doch, ich erinnere mich.« Meredith lächelte.

»Ich freue mich, daß Sie heil und gesund hierhergekommen sind, Mrs. Markby.«

»Oh, aber ich bin nicht –«, begann Meredith, und Markby rief gleichzeitig: »Sie ist nicht –«, so daß ihr gemeinsamer Protest wie aus einem Mund kam.

Deanes lachte leise. »Ich verstehe. Nun, schönen Abend noch. Frohe Weihnachten.«

Er folgte seinem Begleiter im Guernsey-Pullover, und die beiden Zurückbleibenden fielen in ein unglückliches Schweigen, vermieden es, einander anzusehen.

»Das haben wir nicht besonders klug gehandhabt«, sagte Meredith endlich.

»Er ist ein alberner Typ«, sagte Markby gereizt und trank einen Schluck Bier.

Meredith, die sich an ihr kurzes Gespräch mit Deanes an der Supermarktkasse erinnerte, hatte das Gefühl, ihn verteidigen zu müssen. Er hatte da – so war es ihr zumindest vorgekommen – aufrichtiges Interesse für andere bewiesen. Ein solcher Mann verdiente ein gutes Wort zu seinen Gunsten. »Sind Sie sicher, daß Sie fair zu ihm sind?« Die vorsichtige Frage erwies sich als verhängnisvoll. »Oder sind Sie durch Ihren Beruf voreingenommen und sehen in ihm einen Eiferer – jemanden, der in Ihrer Domäne wildert?«

Ein kriegerischer Glanz trat in Markbys blaue Augen. Er fuchtelte ihr mit dem Zeigefinger vor dem Gesicht herum. »Hören Sie, Miss Siebengescheit, Sie haben ihn nicht in Rage erlebt! Lassen Sie ihn ins Fernsehen, rücken Sie ihn ein bißchen ins Scheinwerferlicht, und ab geht die Post. Niemand außer ihm kann da auch nur ein einziges Wort einwerfen. Und er ist gegen den armen, fußkranken Streifencop auch nicht immer fair.«

Meredith straffte sich. »Die Leute haben doch wohl das Recht auf eine eigene Meinung, nehme ich an. Und außerdem …« Meredith merkte, daß sie polemisch wurde. »Sehen Sie sich das an.« Sie zeigte auf das Plakat mit der Ankündigung öffentlicher Hinrichtungen. »Strafrechtsreform war damals notwendig und ist es wahrscheinlich noch heute. Die Vorstellung, wie eine Gesellschaft ihre Kriminellen behandeln soll, ändert sich mit der Vorstellung von Recht und Gerechtigkeit. Früher konnte man einen Mann hängen, weil er eine Scheune angezündet hatte. Dem Himmel sei Dank für Menschen, die bereit sind, sich gegen Autoritäten aufzulehnen und gegen das System anzugehen, das sie für falsch halten.«

»Auch wenn sie Sie an einem hektischen Einkaufsvormittag aufhalten und bitten, Petitionen zu unterschreiben?« fragte Markby listig.

»Das ist unfair«, sagte Meredith entrüstet. »In Ordnung, ja. Selbst wenn es eine Unbequemlichkeit bedeutet. Obwohl eine Fuchsjagd auf Gemeindeland Deanes' Kampagne wohl nicht ganz entspricht, oder?«

»Deanes kämpft für Ziele mit hohem Profil«, sagte Markby trocken. »Das mag natürlich reiner Zufall sein, und ich bin vielleicht ein Skeptiker.« Über sein Bier hinweg sah er sie finster an, als wollte er sagen, sie solle ja nicht wagen, seiner letzten Behauptung zuzustimmen.

Meredith ließ sich nicht ablenken. »Die Ziele haben vielleicht ein hohes Profil, weil Deanes sich für sie einsetzt. Gut für ihn, er erfüllt seine Aufgabe.«

Er musterte sie mit einer aufreizenden Weltverdrossenheit, die besagte, daß er ihr Argument schon hundertmal gehört hatte. »Das entwickelt sich allmählich zu einem jener vorsintflutlichen Dispute, die in endlose

Haarspaltereien ausarten«, sagte er. »Spielen Sie hier zufällig den Advocatus Diaboli?«

»Nein, das tu ich nicht!« rief Meredith, auf ihrem Platz herumrutschend. Das Haar fiel ihr ins Gesicht, und sie funkelte ihn finster an. »Ich behaupte ja nicht, daß man den Mann als Kandidaten für die Heiligsprechung in Betracht ziehen soll. Nur daß man ihn – vielleicht – respektieren muß.«

Ihr Begleiter murrte leise und machte sich über sein Steak her. Nach den ersten Bissen schien er nachgiebig zu werden. »Nun schön, ich gestehe ein gewisses Vorurteil gegen Menschen ein, die ihren Lebensunterhalt damit zu bestreiten scheinen, daß sie gegen das Establishment sind. Doch ich habe ganz bestimmt nichts gegen jemand, der gegen eine Ungerechtigkeit rebelliert. Ich verliere nur die Geduld mit Leuten, die dogmatisch ihre Ansichten vertreten, ohne vorher gründlich das Für und Wider abgewogen zu haben. Oder mit Leuten, die sich weigern, unangenehmen Wahrheiten ins Gesicht zu sehen, zum Beispiel Gut und Böse. Sie versuchen sie zu verschmelzen, obwohl eines das Gegenteil des anderen ist.« An diesem Punkt hatte er fast einen Erstickungsanfall und unterbrach seine Rede. Nach ein paar Sekunden, als er sein Steak ordentlich hinuntergeschluckt hatte und wieder ungehindert sprechen konnte, fuhr er fort: »Die moderne Theologie ist keine Hilfe, behaupte ich, ganz zu schweigen von der modernen Erziehung. Aber manchmal ist ein Mensch ganz einfach böse von Natur aus.« Er nickte nachdrücklich, als sei er mit seinem Argument nur allzu einverstanden.

»Dann glauben Sie also an das Böse?« fragte Meredith neugierig. Sie hatte sich oft gefragt, ob Polizisten an etwas glaubten, da es so modern war zu zweifeln.

»O ja.« Markby legte das Besteck aus der Hand und sah sie ernst an. »O ja, in der Tat. Sehr stark sogar. Hufe, Hörner, gespaltener Schweif und alles«, fügte er grinsend hinzu. Meredith reagierte nicht auf seinen Versuch, einen leichteren Ton in ihre Unterhaltung zu bringen, sondern betrachtete ihn nur nachdenklich. Wieder ernst geworden, fuhr er fort: »Eine echte Präsenz auf jeden Fall, wenn auch nicht so, wie die Leute sie sich vorstellen. Ich habe Gelegenheit gehabt, mit Männern zu sprechen, die entsetzliche Verbrechen begangen haben, und manchmal, ich schwöre es, habe ich es bei uns im Raum gespürt, das Böse.«

»Und das Gute? Existiert das auch als echte Kraft?«

»Aber gewiß. Das Gute auch. Es gibt mehr gute Menschen auf der Welt, als man glauben könnte.«

»Und wo steht Deanes? Auf Seiten der Engel oder bei den anderen?«

Markby lachte leise, seine übliche gespielte Bescheidenheit war wieder da. »Ich kann nicht sagen ›irgendwo in der Mitte‹, oder? Ich hatte nicht die Absicht, die Welt in Schwarz und Weiß aufzuteilen, wissen Sie. Natürlich existiert eine Grauzone. Ich habe von Extremen gesprochen. Was Deanes anbelangt – es gibt da die altehrwürdige Tradition des heiligen Narren. Aber Weihnachten steht vor der Tür, und ich will christlich sein. Der Mann meint es gut. Er soll nur *mir* aus der Sonne gehen. Trinken Sie noch ein Glas?«

»Nur, wenn Sie noch eins trinken.«

»Kann nicht. Muß fahren. Muß ein gutes Beispiel geben. Das könnte ich nicht, wenn man mich auf die Seite winkte und ich ins Röhrchen blasen müßte.«

»Wir können zu mir fahren, immer vorausgesetzt, Pook's Common ist noch da, wo wir es verlassen haben, und ich mache Kaffee«, erbot sie sich, weil sie das Gefühl hatte, zu dem Frieden, der zwischen ihnen ausgebrochen war, etwas beitragen zu müssen.

Er lächelte ihr zu. »Das klingt gut.«

Sie saßen beim Kaffee und unterhielten sich in der gemütlichen Intimität des Cottages viel ungezwungener als in der überfüllten Bar des Black Dog. Meredith erzählte ihm, was sie seit ihrem letzten Treffen getan hatte, und Markby berichtete knapp von seinen Aktivitäten. »Trübselige Routine, leider«, lautete sein Urteil. »Nicht so interessant wie bei Ihnen.«

Meredith winkte ab.

»Bei mir ist es auch nicht immer so interessant. Die Leute glauben, mein Job sei so aufregend. Aber meistens schiebe ich nur Papiere von einem Platz auf den anderen. Auf einige aufregende Dinge könnte ich verzichten. Und dann gibt es – von Zeit zu Zeit – die grausigen.«

»Ja, die gibt es.« Markby lächelte. »Zumindest in meinem Job.«

Ihre Blicke begegneten sich und wichen einander hastig wieder aus. Beide wußten, daß der andere an ihre erste Begegnung dachte und an den Mordfall, in den Meredith so schmerzlich verwickelt gewesen war. Daß ich, dachte sie, vom Ort des Geschehens so weit weg und in anderen Ländern mit den Angelegenheiten anderer Menschen befaßt war, hat mir das Gefühl gegeben, daß alles schon sehr, sehr lange her ist. Aber das stimmt nicht: Es sind erst achtzehn Monate.

Die entspannte Atmosphäre, die in dem warmen, kleinen Wohnzimmer von Rose Cottage geherrscht hatte, schien sich plötzlich verflüchtigt zu haben. Markby rührte sich und machte Anstalten, sich zu verabschieden. »Ich muß wirklich gehen. Es war – es war sehr nett. Und es war schön, Sie wiederzusehen.«

Plötzlich waren sie wieder ganz förmlich.

»Ja, dito. Danke für das Essen.«

Es hatte aufgehört zu regnen, aber die Nacht war dunkel und feucht.

»Bleiben Sie nicht auf der Schwelle stehen«, sagte er. »Sie werden sich erkälten.«

Gehorsam nickend – ein bißchen idiotisch, dachte sie – ging Meredith ins Haus zurück und schaute ihm durchs Fenster nach, als er abfuhr. Die Fenster von Ivy Cottage auf der anderen Seite der kleinen Straße waren dunkel. Harriets Dinnerparty hat jedenfalls nicht heute abend stattgefunden, dachte Meredith. Sie erinnerte sich an das Telefonat vom Vormittag. Hat er vielleicht angerufen, um abzusagen? fragte sie sich, und aus irgendeinem Grund war ihr unbehaglich zumute.

KAPITEL 3

Am nächsten Morgen hatte sich der nächtliche Regen ausgetobt. Meredith schaute aus dem Schlafzimmerfenster auf die sonnenüberflutete Straße und die funkelnden Schieferplatten. Während sie noch hinaussah, fuhr ein kleiner Wagen vorüber und hielt am Ende, auf der anderen Seite der schmalen Fahrspur. Ein Paar mittleren Alters stieg aus und begann eine bunte Sammlung von Schachteln und Koffern auszuladen. Das muß das Paar sein, das vorhat, sich eines Tages hier zur Ruhe zu setzen, dachte Meredith. Die beiden sind gekommen, um nach dem Rechten zu sehen oder Weihnachten hier zu verbringen ... Offensichtlich hatten sie nichts gegen Abgeschiedenheit. Sie stellte auch fest, daß Harriets obere Fenster alle geöffnet waren. Ein Vorhang hing heraus und flatterte wie närrisch.

Meredith duschte, zog sich an, frühstückte und wandte ihre Aufmerksamkeit dann der Waschmaschine zu, die in der Küche in einer Ecke stand. Sie hatte einen Berg Wäsche, war es aber nicht gewöhnt, eine eigene Maschine zur Verfügung zu haben. Sie betrachtete die verschiedenen Knöpfe und Schalter und überlegte, ob die Maschine kaputtging, wenn man sie unabsichtlich falsch bediente. In einer Schublade entdeckte sie ein Handbuch. Während sie gemütlich ihren Tee trank, las sie die Gebrauchsanweisung. Es schien ziemlich einfach zu sein. Sie belud die Maschine. Ihr erster Versuch, sie in Gang zu bringen, war ein Fehlschlag, weil sie den Elektrostecker nicht in die Dose gesteckt hatte. Ein zweiter Versuch war erfolgreicher. Die Trommel bewegte sich, Wasser lief ein, und Merediths Unterwäsche rotierte an dem kleinen Bullauge in der Tür vorbei.

Mit sich selbst höchst zufrieden, schlüpfte sie in den Anorak und machte sich auf, um Pook's Common ein bißchen genauer zu erforschen. Die Straße führte auch noch hinter den Cottages weiter, also mußte dort unten etwas sein, und zwar das Gemeindeland.

Sie ging an Ivy Cottage vorbei und weiter den schmalen Fahrweg entlang. Als eine Frau vor die Tür des letzten Cottages trat, blieb Meredith stehen.

»Guten Morgen!« rief Meredith. Die Frau musterte sie aus offensichtlich kurzsichtigen Augen und sah verwirrt aus. »Ich wohne im Rose Cottage!« rief Meredith.

»Oh, im Haus der Russells!« Die Frau wieselte den Gartenpfad entlang auf Meredith zu. »Haben sie verkauft? Das wußte ich gar nicht.«

»Nein, sie sind nur vorübergehend ins Ausland gegangen«, erklärte Meredith.

»Ach so.« Die Frau schien erleichtert. »Ich bin sehr froh, daß sie das Haus nicht zum Verkauf ausgeschrieben haben, denn dann hätte es nämlich leergestanden. Und ein leeres Cottage mehr wäre hier einfach schrecklich gewesen. Wie nett, daß Sie hier sein werden. Pook's Common könnte ruhig noch ein paar Leute brauchen, finden Sie nicht? Ein so verlassenes Dorf.«

»Sind Sie gekommen, um hier Weihnachten zu feiern?« fragte Meredith verblüfft.

»O nein!« Die Frau sah ganz entsetzt aus. »Wir fahren über die Feiertage zu meiner Tochter. Wir sind heute nur gekommen, um nachzusehen, ob alles in Ordnung ist. Sobald wir unser Haus verkauft haben, wollen wir uns hier zur Ruhe setzen.« Sie seufzte. »Meinem Mann gefällt die – die Ruhe in Pook's Common. Verzeihen Sie, ich hätte mich vorstellen sollen. Ich bin Lucy Haynes. Geoffrey!« rief sie ganz unvermittelt.

»Was willst du?« antwortete eine Stimme aus dem Haus unwirsch.

»Ich möchte dich jemandem vorstellen, Geoffrey.«

Es folgte ein nicht minder unwirsches Grunzen, und dann erschien ein kleiner, untersetzter, rotgesichtiger Mann.

»Mein Mann«, sagte Lucy Haynes mit einer Spur von Resignation in der Stimme. »Die Dame hat Rose Cottage gemietet, Geoffrey.«

Mr. Haynes näherte sich mißtrauisch. »Ich hab gedacht, die Russells sind abgehauen. Wohin sind sie gleich gegangen?«

»Nach Dubai«, sagte Meredith.

Wieder schnaubte Mr. Haynes entrüstet. »Ich habe nicht das Verlangen, mich in der Welt herumzutreiben. Kann's kaum erwarten, mich hierher zurückzuziehen. Frieden und Ruhe, das ist mein Ding. Wir sind nur übers Wochenende hier, um zu lüften und zu heizen. In diesen alten Häusern muß man sich vor Feuchtigkeit hüten.« Er stampfte mit den Füßen wie ein rastloses Pony, war offenbar ungeduldig, zu dem zurückzukehren, was er gerade getan hatte.

»War nett, Sie kennenzulernen«, sagte Meredith taktvoll und ging weiter.

»Ich hoffe, ich bekomme Sie öfter zu sehen, Miss Mitchell«, sagte Lucy Haynes, ein wenig wehmütig, wie es Meredith vorkam.

Sie ging weiter und überlegte, wessen Entscheidung es wohl gewesen war, sich einen Ruhesitz an einem so verlassenen Ort zu suchen. Geoffreys, wie sie vermutete. Lucy Haynes würde sich hier einsam fühlen. Geoffrey war wahrscheinlich ein ewig nörgelnder Menschenfeind, er zählte nicht. Keine gute Idee, sich so einzusperren, wenn man ein bißchen älter wird, dachte Meredith. Man ist von seinem Auto abhängig, es sei denn, man geht gern die zwei Meilen nach Westerfield zu Fuß, um dort den Bus zu nehmen. Keine Läden. Keine Arztpraxis. Viel frische Luft, aber sonst nicht viel.

Nach ein paar Minuten schien es, als habe sie den Weiler Pook's Common wirklich und wahrhaftig hinter sich gelassen. Weit auseinandergezogene Hecken wuchsen zu beiden Seiten des Weges, die jetzt, mitten im Winter, natürlich kahl, schwarz, grau und braun waren anstatt grün. Aber etwas war hier. Ein beißender Geruch vermischt mit dem unverkennbaren Gestank von Viehdung stieg Meredith in die Nase. Sie war vor einer aus fünf Querstangen bestehenden Gattertür angekommen, und auf einer an einen Baumstamm genagelten Tafel stand: *Pook's Stallungen.* Das schien passend. Meredith lehnte sich neugierig auf das Tor und schaute hinüber.

Es war tatsächlich ein Stallhof. Pferdeboxen rahmten drei Seiten eines Rechtecks ein, und etwas weiter weg, halb versteckt, sah man ein heruntergekommenes Wohnhaus. In einer Ecke des Hofes war ein kleiner Pferdetransporter geparkt und dicht hinter dem Tor ein schwerer Mercedes. Die Räder und die untere Hälfte der Karosserie waren mir Schlamm bespritzt. Dennoch sah der Wagen in dieser ländlichen Umgebung ziemlich eindrucksvoll aus.

»Hallo!« sagte hinter Meredith eine Stimme.

Meredith drehte sich um. Vor ihr stand Harriet in Reithose und Reitjackett, in der Hand ein Seilhalfter und einen Plastikeimer. Sie lächelte über Merediths verblüfftes Gesicht.

»Ich bin Ihnen nachgegangen. Hätte Sie früher eingeholt, aber dann hab ich Sie mit der armen, unterdrückten Maus Lucy Haynes reden sehen und hab abgewartet, bis sie weg war. Ich kann Geoffrey nicht ausstehen.«

»Er scheint mir ein bißchen unfreundlich zu sein.«

»Er ist ein richtiger alter Miesepeter. Sie sollte sich wirklich gegen ihn wehren. Von mir bekäme der einen Fußtritt. Aber dazu hat sie nicht den Mumm. Und ich weiß, was passieren wird, wenn sie endgültig hierherziehen. Er wird alles verändern wollen. Er wird verlangen, daß die Straße asphaltiert wird, und wird den Gemeinderat damit nerven. Er wird eine richtige Straßenbeleuchtung wollen anstatt unserer jetzigen Lampen, die nur nach Lust und Laune brennen. Er wird sich über den Pferdemist vor seiner Gartentür beschweren. Er wird eine Buslinie und einen Gehsteig fordern.« Harriet schaute an Meredith vorbei und hob die Hand mit dem Seilhalfter, um jemanden zu begrüßen, den Meredith nicht sehen konnte.

Sie drehte sich gerade rechtzeitig genug um, um einen Blick auf einen Mann zu erhaschen, der bei einer der Pferdeboxen stand. Sie bekam einen flüchtigen Eindruck von einem dunklen, gutaussehenden Gesicht, einer kräftigen Gestalt, einer Steppweste, einem abgetragenen Pullover und den unvermeidlichen Reithosen samt Stiefeln.

»Tom hat eine seiner komischen Launen«, sagte Harriet mit einem Schulterzucken. »Kommen Sie, ich möchte Ihnen Blazer vorstellen.«

Sie ließen Pook's Stallungen hinter sich und kamen auf offene Felder. Meredith zuckte erschrocken zusammen, als hinter einer Hecke plötzlich laut gewiehert wurde.

»Er hat uns gehört«, sagte Harriet. »Er weiß, daß ich

zu ihm unterwegs bin.« Sie öffnete eine Gattertür und hielt sie für Meredith offen. Dann sicherte sie die Tür wieder und lief über das nasse Gras. Merediths bequeme und strapazierfähige Schuhe waren zwar für fast jeden Boden geeignet, aber nicht für einen Marsch durch morastiges Terrain, und sie folgte Harriet so gut sie konnte, wobei sie darauf achtete, auf trockenere Stellen zu treten. Hier und da wuchsen auf der Weide Binsen in Büscheln. Sie mußte sehr tief liegen. Meredith fragte, ob es in der Nähe einen Fluß gab.

»Ein Stückchen weiter die Straße runter, dort ist auch eine Brücke.« Harriet blieb stehen und pfiff. Zwei Pferde kamen herangetrabt, eines ein hübscher Brauner mit einer auffallenden Blesse auf der Stirn; das zweite war ein Grauer, der sich etwas zurückhielt. Als sie näher kamen, war Meredith überrascht, wieviel Körperwärme bei dieser niedrigen Außentemperatur von ihnen ausging. Sie schienen leicht zu dampfen.

»Das ist er.« Harriet streckte die Hand aus und klopfte dem Pferd den Hals. Blazer senkte den Kopf und begann an ihrer Jackentasche zu knabbern. »Schon gut, du verfressener Kerl. Wart ein bißchen.« Sie fuhr mit der Hand in die Tasche und holte ein eingepacktes Bonbon heraus. Nur mit Mühe gelang es ihr, es auszupacken, während Blazer mit seiner samtigen Oberlippe versuchte, es ihr aus der Hand zu nehmen. Der Graue blieb zurück und sah zu. »Für dich hab ich auch eins«, sagte sie. Sie stieß Blazer leicht an. »Aus dem Weg. Du bist jetzt nicht dran.«

Der Graue war vorsichtiger. Er schob sich seitlich näher, warf den Kopf zurück und rollte mit den Augen. »Er kann«, warnte Harriet, »herumwirbeln und Ihnen einen Tritt versetzen, dieser Bursche. Hier, komm schon ...« Sie schnalzte mit der Zunge.

Der Graue schlich sich an, nahm die Leckerei, bockte dann plötzlich und tänzelte davon. »Toms Pferd«, sagte Harriet. »Er hat einen ähnlichen Charakter wie der alte Tom. Man kann ihm nahe kommen, wenn man es richtig macht. Aber wenn ihm gerade danach ist, kann er auch ziemlich ekelhaft sein. Ich mag ihn aber.«

Diesmal fragte Meredith: »Tom oder das Pferd?«

Harriet sah sie an und lachte. »Beide – Tom und das Pferd. Aber man darf sich von beiden nicht an der Nase rumführen lassen. Sie nutzen es aus.« Blazer war wieder herangetrabt. Harriet warf ihm das Seilhalfter über den Kopf. »Du und ich, alter Junge«, sagte sie weich. »Wir beide verstehen uns, nicht wahr?«

Sie gingen zur Gattertür zurück, Harriet führte das Pferd. »Ich bewahre mein Sattelzeug bei Tom auf. Sehen wir uns vielleicht später?«

Meredith winkte ihr und sah ihr nach, als sie den Weg zurückging, den sie gekommen waren, zu Pook's Stallungen. Sie selbst wanderte weiter. Nach etwa fünf Minuten kam sie an den Fluß, blieb auf der Brücke stehen und lehnte sich an die Brüstung, um das Wasser vorbeieilen zu sehen. Der Wasserstand war ziemlich hoch. Ein Stück weiter waren die Felder plötzlich zu Ende, und vor ihr dehnte sich eine weite, offene Fläche. Das derbe und büschelige Gras wurde hier und da von schmalen, halb verborgenen Fußwegen durchkreuzt. Einzeln stehende, windgepeitschte Bäume kämpften ums Überleben. Ein großer Vogel, eine Krähe, soweit Meredith das sagen konnte, flatterte vom Boden auf und flog hoch über ihr davon. Die Aussicht ermutigte nicht zum Weiterwandern. Irgendwie kam ihr das Gemeindeland abweisend und unfreundlich vor. Wenn die Kobolde dort draußen waren, durften sie es ruhig für sich behalten. Sie kehrte lieber um.

Als sie wieder am Stallhof vorüberkam, hörte sie aus dem Gebäude Stimmen, die Stimme eines Mannes und die einer Frau, die in eine heftige Auseinandersetzung verstrickt schienen. Plötzlich erkannte sie Harriets Stimme. »Ich tue, was mir gefällt, verdammt!«

»Du schuldest mir wenigstens –«, begann der Mann zornig.

»Ich schulde dir gar nichts. Und ich habe keine Lust, mit dir darüber zu reden, solange du in einer so miesen Stimmung bist. Du kannst später anrufen, wenn du dich beruhigt hast – aber nicht früher.«

Bravo, Mädchen, dachte Meredith, leise vor sich hin lachend. Harriet ließ sich von Mr. Fearon ganz gewiß nicht an der Nase herumführen.

Als sie am Cottage der Haynes' vorüberkam, schien es auch dort eine Auseinandersetzung zu geben. Doch diesmal war es Geoffreys Stimme, die aggressiv polterte, mit gelegentlichen milden Protestquietschern seiner Frau dazwischen. Wahrscheinlich waren sie schon mehr als dreißig Jahre verheiratet oder sogar noch länger. Jetzt noch eingefahrene Gewohnheiten zu ändern wäre schwierig, dachte Meredith. Vielleicht hat es doch etwas für sich, unabhängig zu bleiben, sich seine eigene Umlaufbahn zu schaffen. Lucy Haynes war an ihren übellaunigen Ehemann gebunden wie ein Satellitenmond an seinen Planeten. Geoffrey führte an, und Lucy folgte. Harriet war, im Gegensatz dazu, keine Anhängerin, sondern eine Führerin. Wie bremste man einen Menschen wie Harriet, eigenwillig, unabhängig, keinem verpflichtet? Man mußte ihr vermutlich ein Bein stellen und ihr eins auf den Schädel geben, der Himmel allein mochte ein anderes Mittel wissen.

Unabhängigkeit. Es war leicht, seine Unabhängigkeit

auf vielerlei Art aufzugeben, so daß man es erst merkte, wenn es zu spät war. Man konnte behaupten, sogar Laura Danbys freundliche Einladung habe Merediths Unabhängigkeit in gewisser Weise unterminiert. Bei Alan war es etwas anderes, die Danbys waren seine Familie. Obwohl er einmal eine Ehefrau gehabt hatte. Meredith gestattete sich, einen Moment über diese nie erwähnte Zeitspanne in seinem Leben nachzudenken. Mit ihr hatte er nie darüber gesprochen. Sprach er je mit anderen darüber? Seine Frau hatte Rachel geheißen, das wußte sie, aber das war auch alles. Eines Tages wird er mir davon erzählen, dachte sie. Jetzt war er offensichtlich noch nicht dazu bereit.

Sie kehrte in Gedanken zu den Danbys zurück. Was würden sie von ihr halten? Was sahen sie in ihr? Alans Freundin? Das verhüte der Himmel. Es wäre weder Alan noch ihr angenehm. Vielleicht hatte sie sich dadurch, daß sie die Einladung angenommen hatte, schon unwiderruflich kompromittiert. Bei dem Gedanken lief ihr ein unangenehmes Frösteln das Rückgrat hinunter. Wieder zu Hause, zog Meredith stirnrunzelnd den Kalender zu Rate.

Der Samstag war halb vorüber, was bedeutete, daß es bis zum Weihnachtstag, dem kommenden Mittwoch, nur noch ganze drei Tage waren; und sie hatte sich verpflichtet, bei den Danbys zu feiern. Es war großzügig von ihnen, sie einzuladen, das leugnete sie nicht. Oder vielleicht war es von Alan freundlich gemeint. Vielleicht hatte er seine Schwester gebeten, es zu tun. Der Gedanke bereitete ihr noch größeres Unbehagen. Sie hoffte nur, sie machte auf andere nicht den Eindruck, daß sie bemitleidenswert war. Die arme, alte Meredith, so ganz allein. Man kann sie doch das Weihnachtsfest nicht einsam verbringen lassen … Es war möglich, daß sie nichts dergleichen dachten, doch sie hatte trotzdem das Gefühl, etwas tun zu müssen, um ihnen zu zeigen, daß sie nicht ganz allein und ohne Freunde war. Einen Tag vor Weihnachten wegfahren, um eine Freundin oder Verwandte zu besuchen, nur damit Alan Markby und Laura Danby wußten, sie hatte noch jemand, würde ihrer Moral unendlich guttun. Die Schwierigkeit war nur, daß jetzt, nach so vielen Jahren im Ausland, die meisten ihrer Freunde dem Diplomatischen Corps angehörten und fast alle im Ausland waren. Und Verwandte hatte sie nur wenige. Keine nahen jedenfalls, es sei denn, man rechnete Tante Lou dazu.

Liebe alte Tante Lou! Merediths Finger, der auf dem Mittwoch lag, kehrte zum Sonntag zurück. Sie mußte jetzt – wie alt? – über achtzig sein. Sie war keine richtige, sondern nur eine Nenn-Tante, die Witwe eines Verwaltungsbeamten im Kolonialdienst und eine Freundin von Merediths verstorbenen Eltern. Doch es wäre hübsch, die alte Dame zu besuchen. Sie wohnte gar nicht weit weg, in Newbury, mit dem Auto keine nennenswerte Entfernung. Zufällig hatte Meredith ihr ein paar bestickte Taschentücher mitgebracht. Die konnte sie mitnehmen. Nicht unterzukriegende Tante Lou, die nichts erschüttern konnte.

Meredith suchte Tante Lous Telefonnummer heraus und wählte. Die alte Dame, seit Jahren schwerhörig, hatte am Telefonhörer eine Vorrichtung, die sie »ein Dingsda« nannte und die ihr helfen sollte, Anrufer besser zu verstehen. Sie neigte jedoch dazu, dem Gerät zu mißtrauen, und brachte es mit dem durcheinander, was sie in der Zeitung über »verwanzte« Telefone gelesen hatte. Es schien ihr jedenfalls nicht viel zu helfen. Wenn man die alte Dame zu Hause besuchte und sie angerufen wurde, konnten die Besucher in ihrem fünf Meter entfernten Lehnsessel den Anrufer deutlich verstehen, aber Tante

Lou schrie noch immer in die Sprechmuschel: »Sprechen Sie lauter!«

»Wer ist da?« kreischte sie jetzt ins Telefon.

»Meredith, Tante Lou! Meredith Mitchell!«

»O Merry, wie geht es dir, meine Liebe? Und warum rufst du von so weit weg an? Denk an die Kosten!«

»Ich bin gar nicht so weit weg, Tante Lou. Bin eben nach England zurückgekommen. Ich möchte dich gern morgen besuchen, wenn es dir recht ist.«

»Natürlich ist es mir recht, meine Liebe. Wenn du gegen zwölf kommst, bin ich aus der Kirche zurück.« Damit legte sie abrupt auf, damit das »Dingsda« ja keinen Unsinn anstellen konnte.

Tante Lous Haus sah noch genauso aus wie früher. Als Meredith es in der Sonne vor sich liegen sah, fühlte sie sich wieder so, als wäre sie fünf Jahre alt. Es war ein großes, weitläufiges, anmutiges Gebäude, charakteristisch für die Zeit König Eduards VII. Es war ein herrlicher Platz für Entdeckungsreisen gewesen. Es hatte seinen eigenen seltsamen Geruch, zusammengesetzt aus Möbelwachs und dem Blüten-Potpourri, das Tante Lou selbst mischte und in kleinen Schüsselchen in jedem Raum verteilte. In der Halle hatte ein Dinnergong aus Messing gehangen – oh, und wie groß war Merediths Begeisterung gewesen, wenn man ihr erlaubt hatte, ihn ein einziges Mal mit dem kleinen Hämmerchen zum Tönen zu bringen.

Die Zeit und die Notwendigkeit hatten Veränderungen mit sich gebracht. Das Haus war für Tante Lou viel zu groß, seine Erhaltung zu kostspielig geworden, daher hatte man es umgebaut: die obere Hälfte in eine separate Wohnung in der ersten Etage und das Dachgeschoß in ein Studio-Apartment. Beide hatte man verkauft, und Tante

Lou hauste weiterhin im Erdgeschoß, in dem sie eine passende Wohnung für sich geschaffen hatte. Das Arrangement hatte sich nicht als perfekt erwiesen. Tante Lou war nur selten mit den Leuten einverstanden, die über ihr wohnten, aber auf irgendeine Weise funktionierte es doch.

Das Nachbarhaus, in einem ähnlichen Stil, schien nicht unter der gleichen Verstümmelung gelitten zu haben. Es strahlte die Stille und vornehme Abgeschiedenheit adliger Wohnsitze aus. Auf der Zufahrt stand ein japanischer Wagen mit Allradantrieb, und als Meredith sich ihn über die Goldregenhecke hinweg ansah, kam aus dem Haus eine Frau, die etwa im selben Alter war wie sie, knallte zornig die Tür hinter sich zu, stieg in den Wagen, setzte auf die Straße zurück und fuhr mit hoher Geschwindigkeit davon. Meredith hatte gerade Zeit genug gehabt zu sehen, daß sie teuer gekleidet war, scharfe Züge hatte und schlecht gelaunt war. Sie verdrängte sie aus ihren Gedanken und klingelte bei Tante Lou.

»Komm herein, meine Liebe«, sagte die alte Dame und zog mühsam die Tür auf.

Tante Lou hatte nie jung ausgesehen, wenigstens nicht für das Kind Meredith. Sie hatte immer graues Haar gehabt, straff zurückgekämmt und zu einem strengen Knoten geschlungen, und sie hatte immer ausgebeulte Strickkostüme getragen. Das Haar war jetzt weiß, der Stil der ausgebeulten Kostüme hatte sich nicht im geringsten verändert. Ebenso wie sie selbst, außer daß sie jetzt, wie Meredith betrübt feststellte, einen Gehstock hatte, der sie überallhin begleitete. Mit ihrem Stock schritt Tante Lou aber rüstig voran.

»Ich habe uns«, sagte Tante Lou fortissimo, »einen Bohnenschmortopf gemacht.«

»Oh, noch immer Vegetarierin, Tante Lou?«

»Natürlich«, fauchte Tante Lou unwirsch. »Was sollte ich sonst sein? Glaubst du, ich hätte so lange gelebt, wenn ich Fleisch essen würde?«

Das Wohnzimmer hatte sich nicht sehr verändert. Dieselben altehrwürdigen Teller schimmerten hinter den Glastüren eines Schranks aus Nußbaumholz. In einer Ecke tickte leise die Standuhr. Gehäkelte Schondeckchen schmückten die Rückenlehnen aller Sessel, obwohl es viele Jahre her war, daß ein Gentleman mit Pomade in den Haaren in einem davon gesessen hatte.

»Die«, sagte Tante Lou, ließ sich steif in einen Sessel nieder und zeigte mit dem Stock auf den Schrank aus Nußbaumholz, »gehören dir.«

»Oh, die Teller?«

»Ja, sie stehen in meinem Testament. Ich hatte die Absicht, sie dir zur Hochzeit zu schenken. Aber du hast nicht geheiratet und wirst es, glaube ich, auch nicht mehr tun.« Tante Lou faßte Meredith scharf ins Auge. »Du siehst doch nicht schlecht aus, Mädchen. Gibt es denn da, wo du bist, keine jungen unverheirateten Kerle? Als ich jung und Roger im Kolonialdienst war, waren junge, alleinstehende Europäerinnen sehr gefragt. Mädchen, die hier im Land keinen Mann finden konnten, wurden in die Kolonien geschickt, um sich dort einen zu suchen, und hatten nur selten keinen Erfolg.«

»Ja, Tante Lou, aber ich denke nicht ans Heiraten.«

»Wirklich nicht?« sagte Tante Lou unliebenswürdig. »Der Zufall wäre eine feine Sache, möchte ich behaupten. Es geht nicht danach, was du denkst, mein Mädchen, es geht danach, was der Mann denkt. Und warten die Mädchen heutzutage nicht mehr darauf, daß sie gefragt werden?«

»Nicht immer, glaube ich, Tante Lou. Ich denke, es ist durchaus üblich, daß sie fragen.«

Tante Lou sah leicht verblüfft aus, aber nicht lange. »Nun ja, ich finde ein solches Benehmen nicht üblich, sondern gewöhnlich. Dein Problem, mein Mädchen, ist, daß du zu unabhängig bist. Das tut nicht gut. Natürlich sollte ein Mädchen wissen, was es will, und nur wenige Männer mögen Frauen, die klammern, aber man kann Unabhängigkeit auch zu weit treiben.«

»Nur gut, daß ich mir meine Brötchen selbst verdienen kann, meinst du nicht auch?«

Tante Lou sah bedrückt aus. »Zu meiner Zeit war das anders. Ich sage wirklich nicht, daß alles sich zum Schlechten verändert hat. Viele Mädchen heirateten damals übereilt und bereuten es hinterher, weil sie Angst gehabt hatten, sitzenzubleiben. Aber jetzt gibt es lauter Scheidungen, und auch die Verheirateten benehmen sich sehr merkwürdig. Das lese ich in meiner Zeitung. Diese Frau über mir.« Tante Lous Gehstock stieß kriegerisch gegen die Decke. »Männer kommen und gehen. Bin mit dem Zählen nicht mehr mitgekommen. Und nimm Mr. Ballantyne von nebenan – er ist ein reizender alter Gentleman mit guten Manieren, muß – oh – so um die Siebzig sein.«

»Bei ihm gehen die Frauen ein und aus?« fragte Meredith unschuldig.

»Benimm dich!« befahl Tante Lou. »Natürlich nicht.«

»Ich habe eine Frau aus dem Haus kommen sehen, als ich kam, ziemlich schmales Gesicht, gut angezogen. Sie schien wütend zu sein.«

»Das war bestimmt seine Tochter Felicity, ich wollte dir von ihr erzählen, also unterbrich mich nicht immer«, sagte Tante Lou streng. »Mr. Ballantyne kommt ab und zu auf ein Glas Wein zu mir.« Meredith wußte, daß damit ein schwerer, süßer Sherry gemeint war. »Er ist Witwer. Ein ziemlich wohlhabender Mann, glaube ich. Lebt ganz allein in diesem großen Haus, und jeden Tag kommt eine Frau, die saubermacht und kocht. Er hat sein Haus nicht halbiert wie ich. Ich wünschte, ich hätt's nicht getan. So merkwürdige Leute über mir, und man hat keine Kontrolle darüber, wer hier wohnt. Ich war schlecht beraten.«

»Du wärst mit dem ganzen Haus nicht mehr fertiggeworden, Tante Lou.«

»Nun, ich hätte ein anderes Arrangement treffen können. Aber ich habe dir von Mr. Ballantyne erzählt. Er hat nur die eine Tochter, und dieses Mädchen bereitet ihm großen Kummer. Er erzählt mir davon. Braucht jemanden, dem er sich anvertrauen kann. Sie hat einen sehr unpassenden Mann geheiratet. Ich habe ihn ein paarmal gesehen, und er hat nie einen guten Eindruck auf mich gemacht. Aber er kommt selten, nur wenn er will, daß Mr. Ballantyne in eines seiner Projekte oder für einen seiner Pläne Geld herausrückt, was Mr. Ballantyne seiner Tochter zuliebe gewöhnlich tut. Das ist alles falsch. Meist besucht Felicity ihren Vater allein. Keine Kinder. Der arme Mr. Ballantyne kennt sich nicht mehr aus. Er sagt, sie gehen mehr oder weniger getrennte Wege. Felicity und dieser grüne Bursche, mit dem sie verheiratet ist. Er sagt, das ist ganz allein die Schuld dieses Grünen, und er billigt seine Ideen absolut nicht und unterstützt sie nur, weil er den natürlichen Wunsch hat, seiner Tochter zu helfen. Ich habe ihm gesagt, er sollte es sein lassen.«

»Ich hätte gedacht, als lebenslange Vegetarierin müßten dir grüne Ideen gefallen«, murmelte Meredith.

»Was hast du gesagt?« Tante Lou hatte nicht verstanden. »Mr. Ballantyne ist sehr unglücklich. Er hat daran gedacht, sein Testament zu ändern und seine Zuwendungen einzustellen – aber sie ist seine einzige Tochter. Man versteht das ja. Der Wein ist in der Anrichte, Meredith. Schenk ein.«

Sie tranken den Sherry, und Meredith überreichte die handbestickten Taschentücher, die großen Beifall fanden. Als ihre Gläser leer waren, gingen sie in die Küche, wo der Bohnenschmortopf sich durch einen köstlichen Duft bemerkbar machte.

»Ich nehme ihn aus dem Ofen«, sagte Meredith, als sie sah, daß Tante Lou mit ihrem Gehstock, Topfhandschuhen und der Tür des Ofens kämpfte. Insgeheim fragte sie sich, wie lange die alte Dame – selbst in dieser Wohnung – noch allein leben konnte. Aber Tante Lou das Zuhause zu nehmen, das seit so langer Zeit das ihre gewesen war, hieße wohl, sie zu töten.

Sie aßen in der Küche. Der Bohnenschmortopf schmeckte nicht schlecht, und als Nachtisch gab es etwas Pikantes, weil Tante Lou süße Puddings nicht mochte.

Sie schwatzten den ganzen Nachmittag miteinander. Meredith beschrieb Rose Cottage, Tante Lou meinte, es höre sich sehr hübsch an, aber sie müsse aufpassen, daß das Bett gelüftet wurde, weil so alte Häuser oft feucht seien. Sie hoffe, Meredith passe auf sich auf. Sie vermutete, daß Meredith noch immer Fleisch aß, dagegen könne man wohl nichts tun. »Aber in der Zeitung steht, daß so viele Kühe wahnsinnig werden. Roger mußte, wie ich mich erinnere, gegen die Tsetsefliege kämpfen, und ich nehme an, das ist etwas Ähnliches. Es machte unendliche Schwierigkeiten, weil alle Brautpreise in Form von Vieh bezahlt wurden. Fleischessen verursacht so viele Probleme.«

Sie trennten sich mit Worten gegenseitiger Zuneigung.

»Es war so nett von dir, mich zu besuchen, Liebes. Fahr vorsichtig«, sagte Tante Lou zum Abschied.

Meredith bückte sich und küßte die welke Wange und roch den süßen Duft des Rosenpotpourris. Traurigkeit überkam sie. Das war vielleicht ihr letzter Besuch. Und selbst wenn sie Tante Lou wiedersah, würden die Umstände sich vermutlich sehr verändert haben. In der Halle hinter der alten Dame stand der Dinnergong aus Messing, und sogar er sah viel kleiner aus als in ihrer Erinnerung. Er war noch immer auf Hochglanz poliert.

Meredith fuhr nach Hause, nach Pook's Common. Der Besuch, der ihre Moral stärken sollte, hatte eine ganz andere Wirkung gehabt. Er hatte ihr nur noch bewußter gemacht, wie die Zeit raste, einem wie Sandkörner durch die Finger rieselte.

Montag vor Weihnachten, und das Gefühl von Hektik war sogar bis Pook's Common durchgedrungen. Meredith vermutete, daß Harriet an den Feiertagen gesellschaftlich voll in Anspruch genommen sein würde, doch sie wollte ihr mit einer kleinen Geste für ihre Gastfreundschaft danken, also ging sie hinüber und fragte, ob Harriet Lust habe, zum Lunch zu kommen.

»Eine so großartige Köchin wie Sie bin ich nicht. Bei mir ist es immer Glückssache.«

»Das ist schon in Ordnung.« Harriet lächelte. »Ich komme gern.«

Aus der Küche hinter ihnen kam Mrs. Brissetts Stimme, die begeistert putzte und noch begeisterter *The Holly and the Ivy* sang.

»Mrs. B. in Festtagslaune«, sagte Harriet.

Meredith war klar, daß sie keine begnadete Köchin war, doch beflügelt von dem Gedanken, daß sogar Tante

Lou mit dreiundachtzig einen Bohnenschmortopf zaubern konnte, bereitete sie Lauchstangen im Räucherschinkenmantel mit einer – zugegebenermaßen etwas klumpigen – Käsesauce zu. Es war eines der Standardgerichte, die sie ihren Gästen immer vorsetzte.

Harriet brachte eine Flasche Wein mit. Außerhalb ihrer vier Wände schien sie sich anfangs überraschend unbehaglich zu fühlen, war beinahe scheu. Höflich lobte sie die Lauchstangen und den klumpigen Käse und sagte, etwas Ähnliches könne man auch mit Winterendivien machen, und es sah so aus, als würde der Lunch eine recht steife Angelegenheit. Doch dann entdeckte Meredith, daß man Harriet dazu bringen konnte, sich zu entspannen und zu reden, wenn man über Tiere sprach. Harriet warf ihre wunderschöne rote Mähne zurück, trank ausgiebig von ihrem Wein und begann von Ponys zu erzählen, mit denen sie aufgewachsen war und auf denen sie reiten gelernt hatte, und von Blazer, ihrem derzeitigen Pferd. Sie sprach nicht viel über Menschen, erwähnte einmal ihre Cousine Fran im Zusammenhang mit einer Pferdegeschichte, sagte aber sonst nichts über ihre Freunde oder ihre Familie.

Unter ihrem selbstbewußten Äußeren ist sie verletzlich, dachte Meredith. Vielleicht ist sie deshalb manchmal so aggressiv. Was mag da wohl schiefgegangen sein? Eine Liebesgeschichte, die unglücklich endete? Ein persönlicher Verlust? Ein Familienstreit? Es wäre interessant gewesen, das zu erfahren, aber Harriet würde es nie erzählen, soviel war klar.

Sie kamen auf das Thema Weihnachten und die vor ihnen liegenden Feiertage zu sprechen.

»Ich bin nicht religiös«, sagte Harriet. »Für die phantastischen Dekorationen und das übliche Spektakel hab ich nichts übrig. In dieser Beziehung bin ich eine herbe Enttäuschung für Mrs. Brissett. Sie besteht darauf, ein bißchen Flitter und so weiter aufzuhängen, und wie ich sehe, hat Sie Ihnen das gleiche angetan. Ich mag nur das Essen und den Alkohol und die Jagd am zweiten Weihnachtsfeiertag. Sie müssen mitkommen und unseren Ausritt sehen.«

»Vielleicht tu ich das.«

Harriet warf einen Blick auf ihre Uhr. »Verflucht und zugenäht, ich habe Tom versprochen, um zwei im Stall zu sein. Er wird wieder endlos schmollen. Danke für den Lunch.«

Wie in der Ballade war Dienstag der Abend vor dem Weihnachtsfest. Der Weihnachtsabend, an dem die Viktorianer beisammensaßen und sich Gespenstergeschichten erzählten. Als Meredith ein Kind gewesen war, hatte ihr Vater am Heiligen Abend der Familie jedes Jahr *Ein Weihnachtslied* von Dickens vorgelesen. Damals hatte sie an der Stelle, an der Marleys Geist aufgetaucht war, immer schreckliche Angst bekommen.

Sie vermutete, daß sie ein bißchen die Flügel hängen ließ, weil sie sich davor fürchtete, am Weihnachtsfeiertag mit den Danbys zu feiern. Sie schielte zu dem Weihnachtskaktus hinüber, den sie für Alan gekauft hatte, und fand, daß er auch so aussah, als tue er sich selbst leid. Im Laden schien er ganz in Ordnung gewesen zu sein. Aber geblüht hatte er nicht und hatte offensichtlich auch nicht die Absicht, es noch zu tun. Sie fühlte sich auch ein ganz klein wenig angeschlagen und hoffte, daß sie sich keine Erkältung eingefangen hatte. Am Ende machte sie sich einen Drink aus heißer Milch mit einem Schuß Brandy und nahm ihn und die von Mrs. Brissett empfohlene Wärmflasche mit ins Bett.

Entweder war es der Brandy oder auch die Wärme, jedenfalls schlief sie sofort ein. Wie es manchmal passiert, erwachte sie ebenso plötzlich. Es war dunkel, kühl, ihre Wärmflasche jetzt klamm, ein unwillkommener Eindringling, und es war still. Meredith warf die kalte Wärmflasche aus dem Bett, lag da und lauschte. Allmählich wurde ihr bewußt, daß es durchaus nicht still war. Sie hörte ein Dutzend verschiedener Töne – Quietschen, Knarren, Ächzen, Klappern, das dumpfe Geräusch sich schließender Türen. Mäuse? Hoffentlich nicht. Altes Holz, das sich dehnte oder zusammenzog, wenn die Temperatur sich änderte? Viel wahrscheinlicher. Oder die Kobolde, die an diesem Weihnachtsabend erschienen, um Unfug zu treiben?

Pferdeähnliche Kobolde, dachte Meredith. Ihre Symbolik mußte bis in graue Vorzeit zurückreichen. Pferde waren einst heilige Tiere. All die vielen in Kreidefelsen eingeritzten weißen Pferde. Auch Fruchtbarkeitssymbole. Brachten die Kobolde Glück oder Unglück? Während sie noch versuchte, sich darüber klarzuwerden, hörte sie leises Hufgeklapper – oder glaubte sie bloß, es zu hören?

Meredith setzte sich im Bett auf und horchte. Sie war eben zu dem Schluß gekommen, daß es Einbildung gewesen war, als es wieder anfing. Klapp-klapp. Draußen. In der Nacht, in der Dunkelheit. Sie rollte sich hinüber, um an den Leuchtziffern des Radioweckers zu sehen, wie spät es war. Kurz vor zwei Uhr morgens. Klapp-klapp. Und jetzt weit weg ein Wiehern.

Plötzlich lief ihr ein Frösteln über den ganzen Körper, vom Kopf bis zu den Zehen. Widerstrebend, aber vom Fenster unwiderstehlich angezogen, glitt sie aus dem Bett.

Draußen schien hell der Mond, warf ein bleiches, unheimliches Licht auf die Cottages, die Bäume und die Felder dahinter. Die Felder glänzten überirdisch silbern, die Bäume hoben kahle, gequälte Äste gen Himmel. In keinem Fenster war Licht. Aber die Hälfte der Häuser stand ohnehin leer. So wenige Menschen. Sie selbst, Harriet, Joe Fenniwick und seine Frau und möglicherweise die Haynes, die doch über Nacht geblieben waren. Sechs Seelen. Ganz allein. Die Gesamtbevölkerung von Pook's Common. Die menschliche Bevölkerung jedenfalls. Merediths Atem hatte die Fensterscheibe beschlagen, und sie rieb einen Kreis hinein. Das genügte nicht. Sie öffnete das Fenster ganz und schauderte, als ihr die Nachtluft eisig durch das dünne Nachthemd drang. Sie schaute nach rechts, zur Kreuzung an der Landstraße. Nichts. Sie schaute nach links, in Richtung von Pook's Stallungen Nichts. Wieder nach rechts ... Mein Gott, da war es!

Fliehende Wolken hatten vorübergehend den Mond verdeckt, doch jetzt huschten sie zur Seite und enthüllten vor dem Horizont die schwarze Silhouette eines Pferdes. Es hob sich, den Kopf zurückgeworfen, mit fliegendem Schweif und lauschend aufgestellten Ohren, vom silbergrauen Hintergrund an der Kreuzung ab. Während Meredith das Tier mit angehaltenem Atem beobachtete, bäumte es sich auf, schlug mit den Vorderhufen in die Luft, rannte dann los und verschwand hinter einer Erhebung aus ihrem Blickfeld.

Meredith schloß das Fenster und setzte sich auf die Bettkante. Sie hatte weiche Knie und zitterte. Es war schön und gut, bei hellem Tageslicht und in Gesellschaft über uralten Aberglauben zu lachen. Vor Morgengrauen und ganz allein war es eine andere Sache. Pook's Common. Der Ort hieß nicht ohne Grund so.

Meredith ging hinunter und machte sich eine Tasse Tee. Hinterher ging es ihr besser. Aber sie würde keinem sagen, was sie zu sehen geglaubt hatte, am allerwenigsten Alan. Er würde sie für verrückt halten. Oder denken, sie habe geträumt. Aber es war kein Traum gewesen.

Der Weihnachtstag fiel auf einen Mittwoch. Meredith hatte Markby gesagt, sie wolle am Weihnachtsmorgen, bevor sie zu Laura kam, lieber in Westerfield in die Kirche gehen, wenn es ihm nichts ausmache, daher fuhr er nach dem Frühstück aus Bamford herüber, um sie zu begleiten. Sie gingen aus Pook's Common über die im Frost erstarrten Felder zu Fuß hinüber.

Es war zu spät, um sich darüber den Kopf zu zerbrechen, ob jemand sich irgend etwas dabei dachte, daß sie Weihnachten mit den Danbys feierte, und nun, da der Tag angebrochen war, freute sie sich darauf, in Gesellschaft zu sein, besonders nachdem sie in dieser Nacht etwas gesehen hatte – was immer es gewesen war. Aber die Erinnerung an das geisterhafte Pferd und eine gewisse Nervosität, die sie nicht leugnen konnte, wenn sie daran dachte, daß sie jetzt bald die Danbys kennenlernen sollte, flößten ihr leichtes Unbehagen ein. Markby fragte zweimal, ob ihr kalt sei, und sie wußte, daß er etwas gemerkt hatte und höflich versuchte zu erfahren, was nicht in Ordnung war. Sie versicherte ihm, ihr sei warm, und sie fühle sich wohl, denn er sollte nicht auf den Gedanken kommen, sie bereue ihr Versprechen, den Weihnachtstag bei den Danbys zu verbringen. Wahrscheinlich dachte er es ohnehin, aber das war nicht zu ändern. Sie war froh, als die Kirche von Westerfield vor ihnen auftauchte, und spürte, daß er genauso erleichtert war.

Die Kirche wurde nicht regelmäßig benutzt und hatte keinen eigenen Vikar, doch hin und wieder fanden hier Gottesdienste statt, und jetzt, an Weihnachten, hatte sich ein älterer Geistlicher bereit erklärt, um halb zehn mit Unterstützung eines Chors aus dem Braueninstitut ein gesungenes Abendmahl zu feiern. Viele Leute waren gekommen. Die Wagen parkten vor der Kirche auf dem Grasrand. In der klaren Luft hallten die Stimmen der Kirchgänger wider, die sich frohe Weihnachten wünschten.

Markby nickte in Richtung der Leute, die vor ihnen über den Plattenweg zur Kirchentür schritten. »Gut besucht.«

»Zum Glück regnet es nicht.«

»Es soll sich halten.«

Wieder war das Wetter die Rettung.

Der ältere Geistliche stand im Chorrock an der Tür und begrüßte die Gläubigen. Tatsächlich war er schon sehr alt, weißhaarig, mit rosigen Wangen und sehr zerbrechlich aussehend.

»Er sollte bei dieser Kälte nicht in der Vorhalle stehen«, sagte Meredith leise, als sie auf ihn zugingen.

Sie erreichten ihn, und er reichte ihnen nacheinander mit strahlendem Gesicht die Hand und zwitscherte: »Willkommen, willkommen!«

»Ich glaube, er genießt es«, flüsterte Markby.

Er lehnte sich in der Kirchenbank zurück und sah sich in der Kirche um, die von den unermüdlichen Damen des Braueninstituts mit Blumen und Stechpalmenzweigen geschmückt worden war. Neben dem Altar stand sogar ein Weihnachtsbaum.

»Hübsche Mischung von christlich und heidnisch«, stellte er beiläufig fest. »Ich war seit Jahren nicht mehr in dieser Kirche.«

Meredith kam plötzlich der Gedanke, daß er, ein Einheimischer, vielleicht sogar in dieser Kirche Rachel geheiratet hatte. Der Gedanke erschreckte sie. Angenommen, ihr argloser Vorschlag, sie heute herzubegleiten, wäre ein schwerer Fauxpas gewesen? Sie betrachtete ihn verstohlen.

Er studierte die mit Buntstiften gemalten Bilder der Geburt Christi, von Kindern gezeichnet und an die Säulen geheftet. Aus dem, das ihnen am nächsten war, blickten Maria und Josef mit großen runden Augen in die Welt. Der Ochse war proportional zu den Gestalten der Erwachsenen zu klein geraten, ähnelte eher einem großen Hund mit Stummelhörnern. Er lächelte. Der Esel war so groß wie der Ochse und seine Ohren so klein wie die eines Ponys. Seine Hufe waren kohlschwarz ausgemalt, und er sah merkwürdig durchtrieben und ein bißchen boshaft aus. Koboldartig. Alles was man von dem Säugling sehen konnte, waren zwei steife Arme, die aus einer gut mit leuchtend gelbem Stroh gepolsterten Krippe ragten.

»Woran denken Sie?« fragte Meredith heiser.

»Um die Wahrheit zu sagen, ich bete darum, daß Lauras Kinder sich Ihretwegen heute von der besten Seite zeigen. Hoffen wir, daß Matthew keines dieser batteriebetriebenen Spielzeuge geschenkt bekommt, die scheußliche Geräusche von sich geben, und Vicky nicht alles zermalmt.«

»Oh, ist das alles?« fragte Meredith erleichtert.

»Wieso? Was haben denn Sie geglaubt, woran ich denke?«

»Nichts. Nun ja, ich habe gedacht – habe gedacht, mit dieser Kirche könnten ganz persönliche Erinnerungen für Sie verbunden sein.«

»Ja, da gibt es einige. Aber es sind lauter Kindheitserinnerungen. Die Messe habe ich hier seit Jahren nicht mehr besucht.«

Meredith fühlte eine geradezu lächerliche Erleichterung. Dann hatte er nicht hier geheiratet. Sie war froh, als jemand, nach einem falschen Anfang, die Orgel zu spielen begann. Der Chor des Fraueninstituts fiel schrill ein. Markby schlug hastig sein Liederbuch auf und begann mit Stentorstimme zu singen: *»Hark the Herald Angel Sing«*, was die alte Dame vor ihm sichtlich irritierte.

Neben ihm machte Meredith einen schwachen Versuch, mitzuhalten. Sie hatte ihn gewarnt, sie könne nicht singen, erinnerte er sich. Sie hat recht, dachte er. Sie wanderte durch das ganze Notensystem und produzierte einen seltsamen Kontrapunkt zur tatsächlichen Melodie. Sie sang weder zu hoch noch zu tief, sie sang einfach die falschen Noten. Das war ein weiteres Band zwischen ihnen. Er liebte manche Musik, war im allgemeinen jedoch nicht musikalisch und fühlte sich in Gesellschaft ausgesprochener Musikliebhaber nicht besonders wohl. Als die Soprane des Chors jubelnd himmelwärts flogen, begann er zum erstenmal zu spüren, daß dieses Weihnachtsfest eine Bedeutung hatte. Und es war natürlich sehr schön, mit ihr hierzusein.

Als sie eintrafen, hatten die Festlichkeiten in Lauras Haus längst begonnen. Auf dem Wohnzimmerfußboden häufte sich leuchtend buntes Weihnachtspapier. Matthew hatte einen Panzer bekommen, der über den Teppich ratterte und kleine, aber scharfe Explosionen von sich gab, die in einem Funkenregen endeten. Emma übte atonale Motive auf einem Xylophon, und Vicky hatte eine Puppe geschenkt bekommen, ihr aber schon einen Arm ausgerissen. Vertrauensvoll präsentierte sie sie ihrem Onkel Alan, als er das Zimmer betrat, damit er sie repariere. Die zerbrochene Puppe in der Hand, versuchte er, Meredith vorzustellen, und mußte dazu das Xylophon und das unbarmherzige Plopp-Plopp-Plopp des Spielzeugpanzers überschreien.

»Frohe Weihnachten!« rief Laura fröhlich. »Wollt ihr ein Glas Sherry?« Sie trug einen Hausanzug aus jadegrünem Velours und hatte das blonde Haar auf dem Scheitel zu einem Knoten geschlungen. Einzelne Strähnen hatten sich gelöst und umrahmten reizvoll ihr Gesicht. »Paul ist in der Küche. Er ist bei Tagesanbruch aufgestanden und hat etwas Unaussprechliches mit dem Truthahn angestellt, aber die Kinder waren auch schon wach. Ich habe die Brandysauce für den Pudding gemacht, denke aber, ich habe zuviel Brandy hineingetan, und jetzt läßt Paul mich nicht mehr in die Küche. Ich hole euch den Sherry. Macht es euch bequem.«

Sie verschwand in Richtung des Speisezimmers. Markby drückte hastig den Puppenarm in die Gelenkpfanne zurück. »Hier, Vicky, mach sie nicht gleich wieder kaputt, sei lieb. Geben Sie mir Ihren Mantel, Meredith. Und – äh – wollen Sie Ihre Tasche ablegen?«

Beide hatten geheimnisvolle Plastiktüten mitgebracht, vermieden es jedoch ostentativ zu fragen, was sie enthielten.

»Es sind meine Geschenke«, sagte Meredith. »Leider nichts Besonderes.« Die haselnußbraunen Augen sahen ihn herausfordernd an.

»O ja, nun, ich ...«

»Sherry!« verkündete Laura und kam mit einem Tablett herein. »Paul kommt in einer Minute.«

Meredith kramte in ihrer Plastiktasche und brachte eine Flasche Wein zum Vorschein und – weil sie nicht gewußt hatte, ob ihre Gastgeberin trank – eine Schachtel Pralinen.

»Oh, wie lieb!« sagte die Gastgeberin, die ganz offensichtlich trank wie ein Fisch, und schnappte sich den Wein. »Und Pralinen, super.«

»Und für die Kinder habe ich eine Dose Biskuits mitgebracht, ich wußte nicht, was... Alan hat mir gesagt, wie alt sie sind, aber bei Kindern bin ich leider immer unsicher.«

»Absolut wunderbar. Sie werden begeistert sein. Ich habe ein Geschenk für Sie, muß es aber erst suchen – und deins auch, Alan. Eine Sekunde.«

Sie verschwand wieder.

Der Boden von Merediths Plastikbeutel war noch immer ausgebeult. Sie sah Markby leicht gehetzt an und tauchte mit der Hand hinein, um etwas auszugraben, das offensichtlich sein Geschenk sein sollte. Markby nahm allen Mut zusammen und steckte die Hand in seinen Beutel. Gleichzeitig zogen sie ihre Geschenke heraus.

»Es ist ein Weihnachtskaktus«, sagte er als erster.

»Der meine auch – ich meine, mein Geschenk für Sie ist auch ein ...«

»Ach ja. Nun ...«

Mit feierlichen Gesichtern tauschten sie Kakteen aus.

»Ich habe mir schon immer einen gewünscht«, sagte Meredith.

»Und ich auch.«

Unsicher lächelten sie einander an, und er überlegte, ob er sie küssen durfte, nur auf die Wange, auf weihnachtliche Art, gewissermaßen. In Gegenwart der vielen Kinder würde niemand irrigerweise denken, der Kuß könnte etwas mit Romantik zu tun haben. Er holte Atem und beugte sich vor und dachte, sie wisse bestimmt, was er beabsichtige und habe nichts dagegen.

Dann zupfte Vicky an seinem Pullover. »Püppchens Kopf ist ab.«

Danach wurde die Stimmung zusehends besser. Pauls Essen war ausgezeichnet. Matthew gingen die Zündkapseln für den Panzer aus. Emma spielte sehr hübsch *Jingle Bells* auf dem Xylophon, vielleicht aber besänftigte auch die Mischung von Wein und Brandysauce die Ohren. Gemeinsam saßen sie vor dem Fernseher und hörten die Rede der Königin, fühlten sich im Frieden miteinander und der Welt. Püppchens Gliedmaßen lagen auf dem Fußboden verstreut, seine Peinigerin hielt ihren Nachmittagsschlaf. Baby Emily war erschienen, kaute aber friedlich am Kopf eines blauen Gummikaninchens. Die beiden älteren Kinder spielten ein Brettspiel und stritten sich auf recht freundliche Art.

Dann klingelte das Telefon. Laura stand vom Sofa auf und ging an den Apparat.

»Das wird für mich sein«, sagte Markby resigniert. »Ich habe Bereitschaft.«

Laura erschien in der Tür. »Es ist Tom Fearon vom Mietstall für dich, Alan. Er ist verdammt sauer.«

»Das bin ich auch, verdammt sauer. Ich hoffe, er hat einen triftigen Grund, mich am Weihnachtstag anzurufen. Entschuldigt mich bitte ...«

»Pech«, sagte Meredith mitfühlend, die im Konsulardienst ähnlich mißliebige Dinge erlebt hatte.

Markby griff nach dem Telefonhörer, der in der Halle auf dem Tisch lag. »Tom? Frohe Weihnachten«, sagte er grollend.

»So froh sind wir hier gar nicht«, antwortete Tom wütend. »Irgendein Scherzkeks ist letzte Nacht hier eingebrochen. Hat alle verdammten Pferde rausgelassen – ich habe den ganzen Vormittag damit zugebracht, herumzulaufen und die Biester wieder einzufangen.«

»Wirklich Pech. Bist du sicher, daß niemand irrtümlich ein Gatter offengelassen hat?«

»Das darfst du vergessen. In dieser Jahreszeit stehen sie nachts im Stall, und der ist mit einem schweren Schloß gesichert. Besonders nach diesen Viehdiebstählen im vergangenen Jahr – erinnerst du dich? Ich sage allen Besitzern, die ihre Tiere hier einstellen, sie müssen sie vom Tierarzt kennzeichnen lassen. Die Schlachthäuser sind vorsichtig und nehmen keine Tiere mit Brandzeichen. Sie überprüfen sie vorher, und die Diebe wissen das und lassen markierte Tiere gewöhnlich stehen. Also waren es keine Viehdiebe. Es war reine Bosheit. Jemand hat mit irgendeinem Werkzeug das Schloß aufgebrochen und die Pferde absichtlich rausgelassen. Sie müssen sie in den Hof rausgejagt und dann dafür gesorgt haben, daß sie in alle Windrichtungen davongerast sind. Zwei habe ich in Cherton im Garten eines lieben Altchens gefunden. Und ich weiß auch, wer es getan hat. Diese verdammten Jagd-Saboteure.«

»Tom«, sagte Markby, sorgfältig seine Stimme kontrollierend. »Zwar bedaure ich die Ungelegenheiten, die du dadurch hattest, aber du hättest den Zwischenfall auf der Polizeistation in Bamford melden können, hättest nicht mich anzurufen brauchen, weißt du? Ob es nun die Jagd-Saboteure oder von einer Weihnachtsfeier heimkehrende Betrunkene waren, die Station wird alle möglichen Ermittlungen durchführen. Doch es ist kaum eine Sache für die Kripo …«

»Es gibt auch einen Brief, den man mir unter der Tür durchgeschoben hat. Droht mir mit Gott weiß was. Wenn ich nur den dreckigen kleinen Lümmel in die Finger bekommen könnte, der ihn geschrieben hat …«

»War der Brief unterschrieben?« unterbrach Markby ihn scharf.

»Den Teufel war er! Natürlich nicht. Der Schreiber

hatte nicht den Mut, seinen Namen drunterzusetzen. Hör mal, Alan, ich habe dich angerufen, weil ich möchte, daß du persönlich mir zusicherst, daß die Polizei morgen auf dem Market Square präsent sein wird, wenn sich die Jagdgesellschaft versammelt.«

»Ich hoffe, du hast den Brief aufgehoben?«

»Ja. Hör zu. Ich weiß, es ist dir lästig, daß ich dich am Weihnachtstag störe, aber für mich ist es mehr als das. Und ich muß jetzt gehen. Hab versprochen, den Tag mit – mit jemandem zu verbringen. Mußte schon anrufen und erklären, daß ich die Pferde einfangen muß und mich verspäten werde. Ist nicht gut angekommen. Weihnachtsessen verdorben und so weiter. Sie ist stinksauer. Deshalb muß ich jetzt rüber. Ich möchte, daß morgen jemand auf dem Platz ist, Alan.«

»Will sehen, was getan werden kann«, versprach Markby. »Obwohl es nicht unter meine Zuständigkeit fällt. Ich bin sicher, daß morgen jemand dort Dienst machen wird, aber ich überprüfe das.« Er hängte auf. Zum Kuckuck mit Tom und seinen Kleppern. Hölle und Verdammnis über die Bamford-Jagd und alle jagdverrückten Narren. Doch es war gut, daß Tom die Pferde zurückholen konnte. Es hätte einen schweren Verkehrsunfall geben können mit etwa einem Dutzend verängstigter Pferde, die über die Landstraßen galoppierten. Unverantwortlich von den Leuten, die das getan hatten. Markby lächelte leicht. Tom Fearon, der manchmal ziemlich launisch sein konnte, hatte dennoch den Ruf, ein Frauenheld zu sein. Durch das morgendliche Abenteuer war er offenbar bei seiner derzeitigen Herzdame in Ungnade gefallen. Tom würde seinen ganzen Charme hervorkehren müssen, um sie zu versöhnen, doch wenn zutraf, was man sich über ihn erzählte, war seine Erfolgsquote hoch.

Markby ging ins Wohnzimmer zurück, wo die Königin ihre Rede beendet hatte, Matthew und Emma sahen sich einen Film an, und Emily hatte gespuckt. Sie wurde gesäubert, und die vier Erwachsenen setzten sich an den Tisch und spielten Scrabble. Dann servierte Paul eine gefüllte Pastete, später einen Schinkensalat und die Weihnachtstorte. Aber der Glanz, den der Tag für Markby in der Kirche gehabt hatte, war durch Toms Anruf verlorengegangen. Etwas war geschehen, und was immer es war, es bedrückte ihn. Doch er wußte nicht, was es war, das war das Problem. Nur so ein Gefühl. Das Gefühl von etwas Unangenehmem, das irgendwo lauerte. Und es war real, sehr real.

»Sie sind ein bißchen still«, sagte Meredith, als er sie am Abend zum Rose Cottage zurückfuhr. Seit dem Anruf war er so still gewesen. Sie hoffte, daß es nichts Ernstes war, doch dann hätte er nicht den ganzen restlichen Tag darüber brüten müssen. Sie war leicht verärgert und wußte, daß ihre Bemerkung ein bißchen vorwurfsvoll klang.

»Tut mir leid«, entschuldigte er sich. »Aber etwas hat mich beschäftigt.«

»Eine Magenverstimmung?« fragte sie knapp.

»Lassen Sie Paul ja nicht hören, daß Sie so etwas vermuten! Nein, keine Magenverstimmung.«

»Hab ich nicht wirklich gedacht. Er ist ein guter Koch, nicht wahr? Ich wünschte, ich wäre genausogut. War's der Anruf?« fügte sie gleich darauf mit mehr Mitgefühl hinzu.

»In gewisser Weise.« Er fuhr ein paar Minuten schweigend weiter; die Scheinwerfer bahnten einen Weg durch die Dunkelheit. »Der Teufel soll's holen!« sagte er ein wenig später.

»Warum?«

»Ich hatte mich auf diese Weihnachten gefreut, weil ich wußte, Sie werden hier sein. Hat Ihnen der Tag gefallen?« fragte er hoffnungsvoll.

Merediths Groll wich einem warmen Freundschaftsgefühl. Es war so nett, daß er sich auf ihre Gesellschaft gefreut hatte. Auch weil er sie so schätzte, daß er sie mit seiner Familie bekannt machen wollte. Ihre frühere Unentschlossenheit kam ihr jetzt selbstsüchtig vor. Sie war völlig davon besessen gewesen, den heutigen Tag nur von ihrem Standpunkt aus zu sehen. Er war mit ihr in die Kirche gegangen, hatte sie zum Essen eingeladen, und sie hatte ihn nicht besonders nett behandelt. Hoffentlich hatte sie ihn nicht enttäuscht. »Ja, es hat mir gefallen, sehr gut sogar«, sagte sie voller Begeisterung. »Vielen Dank. Laura hat mir einen Karton mit sehr hübschen Seifen geschenkt. Das war sehr nett von ihr.«

»Ja, sie ist ein feiner Kerl. Ich freu mich, daß es Ihnen gefallen hat.« Er wurde zusehends munterer.

An der Kreuzung bogen sie von der Landstraße ab und fuhren das schmale Sträßchen entlang, das zu den Cottages führte. Vor Harriets Haus parkte wieder der große Wagen. Meredith konnte ihn wegen der schlechten Straßenbeleuchtung nicht richtig sehen und fragte sich, ob es Tom Fearons Mercedes war. Den Wagen, der an ihrem ersten Abend vom Haus weggefahren war, hatte sie für einen Granada gehalten. Neben ihr war Alan mit grimmigem Gesicht wieder ins Grübeln versunken.

»Ist es noch immer der Anruf?« fragte sie freundlich.

»Ja, in gewisser Weise«, gestand er. »Tom ist zwar unberechenbar, aber ein anständiger Kerl, und er neigt dazu, sich den Teufel um jemand anders zu scheren. Mich am Weihnachtstag anzurufen, ich bitte Sie! Aber so ist er nun einmal. Ich kenne ihn schon fast mein Leben lang, seit wir Jungs waren. Seine Familie war bei den Einheimischen ein bißchen berüchtigt. Ich meine nichts Schlimmes damit, sie war nur anders. Die Kinder haben Tom Zigeuner genannt, aber nur, wenn er nicht in der Nähe war. Er hat ganz bestimmt Zigeunerblut, aber das liegt weit zurück. Manchmal dringt es jedoch an die Oberfläche.« Markby lächelte. »Als Junge hatte Tom immer zwei Hunde, die sich an seine Fersen hefteten. Er war schon immer hinter Mädchen her, und kaum war er ein bißchen älter, waren anstatt der Hunde immer ein paar vernarrte Frauenzimmer um ihn rum. Ich denke, er hat die Hunde besser behandelt als die Frauen...« Markby unterbrach sich verlegen. »Das hätte ich nicht sagen sollen. Aber ich denke, Tiere haben Tom immer mehr bedeutet als Menschen. Gestern nacht hat jemand alle Pferde aus seinem Stall rausgelassen, und Sie können sich vorstellen, in was für einem Zustand er war, als er anrief.«

»Was?« rief sie, auf ihrem Sitz zusammenzuckend.

Er sah sie erstaunt an. »Ja, ein dummer Streich.«

»Sie haben keine Ahnung!« Meredith schnappte nach Luft. »Ich spinne doch nicht. Es ist nur, daß gestern nacht...« Sie berichtete ihm von der Erscheinung des sich im Mondlicht aufbäumenden Pferdes. »Es war also ein echtes! Nun ja, fünfundsiebzig Prozent von mir wußten, daß es echt war, aber der Rest... So albern es klingt, fast habe ich an einen Kobold in Pferdegestalt geglaubt.«

»Ist doch verständlich, daß Sie nervös wurden. Weihnachtsabend und so weiter. Gespenstisch. Tom hat den ganzen Vormittag gebraucht, um die Pferde wieder einzufangen. Zum Glück war keins verletzt, und keins hatte einen Unfall verursacht.«

»Unfälle«, sagte Meredith reuig. »Ich hätte die Polizei

anrufen und melden sollen, daß ein Pferd ausgebrochen ist und mitten in der Nacht über eine Hauptverkehrsstraße galoppiert.«

»Ich bezweifle, daß jemand es vor Tagesanbruch gefunden hätte. Wir wissen nichts über den Schaden, den die Pferde angerichtet haben. Soviel ich weiß, sind zwei in einen Garten geraten. Tom hat viel Temperament, und seine Zündschnur ist ohnehin kurz. Ich wette, er ist ziemlich aufgebraucht. Soviel ich weiß, hatte er auch Ärger mit einer Freundin. Wegen der Pferde kam er zu spät zum Weihnachtsessen. Wollte eben los und um gut Wetter bitten. Ich hoffe nur, es endete nicht damit, daß er den Truthahn aus dem Fenster warf.«

Er erwähnte es nicht, doch tatsächlich machte der anonyme Brief ihm die größeren Sorgen. Um zu verhindern, daß die Pferde noch einmal herausgelassen wurden, mußte man die Ställe noch besser sichern, und Tom konnte, wenn nötig, einen privaten Sicherheitsdienst anheuern. Der Brief jedoch ... Anonyme Briefe wurden gewöhnlich sehr unangenehm. Bisher war es ja nur einer – oder es war der erste, von dem er erfahren hatte, doch die ganze Angelegenheit konnte sich ausweiten, und manchmal nahmen solche Dinge eine unvorhergesehene Wendung.

Ihm wurde bewußt, daß er gerade ziemlich unhöflich war, und er zwang sich, seine Aufmerksamkeit wieder der Gegenwart zuzuwenden. »Sie hätten wohl keine Lust, sich morgen früh das Treffen der Jagdgesellschaft auf dem Market Square anzusehen?« fragte er. »Das Jagdtreffen am zweiten Weihnachtstag hat Tradition und ist sehenswert. Ich will nicht so tun, als hätte es für mich nicht auch etwas Dienstliches. Tom möchte, daß jemand da ist, aber ich möchte am zweiten Weihnachtsfeiertag keine zusätzlichen Männer anfordern – nur für den Fall, daß es eventuell Schwierigkeiten gibt, die, wie ich die Sache sehe, ohnehin ausbleiben werden. Außerdem werden sowieso in einer Seitenstraße zwei Männer in einem Streifenwagen postiert sein. Und wenn ich selbst dort bin – nur als Beobachter, aber trotzdem ... Doch vielleicht wollen Sie das Spektakel gern sehen. Vorausgesetzt, es regnet nicht, selbstverständlich.«

»Ja, ich würde es gern sehen. Harriet hatte schon vorgeschlagen, daß ich kommen soll.«

»Dann hole ich Sie ab.«

»Kann ich nicht selbst hinfahren und mich irgendwo mit Ihnen treffen – auf dem Platz?«

»Kein Problem. Die Reiter versammeln sich gegen elf.« Er lächelte verlegen. »Also, ich freu mich drauf. Gute Nacht.«

»Gute Nacht und – danke. Es war ein schöner Tag. Wir sehen uns morgen.«

»Ja.«

Bei seiner Schwester wollte er mich küssen, dachte Meredith. Als er mir sein Geschenk überreichte. Er hätte es auch getan, hätte das Kind uns nicht gestört. Ob er es jetzt tun würde? Es sah nicht so aus. Sie war erleichtert, aber paradoxerweise auch ein wenig verärgert. Entschlossen öffnete sie die Wagentür und stieg aus. »Wiedersehen, und bis morgen.«

»Ich warte hier, bis Sie sicher im Haus sind. Für den Fall, daß noch ein paar nichtsnutzige Kobolde ihr Unwesen treiben.« Er grinste.

»Zwingen Sie mich nicht, mir noch alberner vorzukommen.« Rasch ging sie zur Haustür, öffnete sie, drehte sich um und winkte. Wegen des Wagens, der gegenüber parkte, konnte er auf der schmalen Straße nicht wenden.

Er fuhr ein Stückchen weiter und wendete hinter dem letzten Cottage auf dem Grasbankett. Sie winkte noch einmal, als er vorbeifuhr, und ging dann hinein.

Sie war rastlos, hatte noch immer das Gefühl, sich zum Narren gemacht zu haben. Sie machte Milch für eine Tasse Kakao heiß und beschloß, sich von Brandy und heißer Milch fernzuhalten. Das ganze Gerede über Kobolde im Wagen hatte geklungen, als sei sie neurotisch. Beim Licht der Flurlampe trug Meredith den Kakao ins Schlafzimmer hinauf, ohne dort das Licht einzuschalten. In dem matten Schein, der aus dem Flur hereinfiel, ging sie zum Fenster, um die Vorhänge zu schließen, und blickte direkt auf Harriets Cottage. Jemand war in Harriets Schlafzimmer. Zwei Menschen. Sie hoben sich deutlich von den Jalousien ab, eng umschlungen, ineinander versunken, und man merkte ihnen an, daß offensichtlich keiner von beiden an den Hemmungen litt, mit denen Alan und sie sich plagten.

Mit einer Aufwallung von Verlegenheit schloß Meredith hastig die Vorhänge. Sie zog sich aus, stieg ins Bett, setzte sich mit ihrem Kakaobecher hin und schlürfte langsam. Wahrscheinlich wären die meisten Leute in der gleichen Situation, in der Alan und sie den ganzen Tag gewesen waren, miteinander im Bett gelandet, hier in diesem gemütlichen Bett des Rose Cottage. Vielleicht hatte er sich das sogar erhofft, der arme Kerl. Und wäre er irgendein anderer gewesen – fast jeder andere –, hätte der Tag möglicherweise genauso geendet, weil ein anderer ihr nichts bedeutet hätte. Es wäre nur darum gegangen, ein bißchen Spaß zu haben. Doch bei Alan war die gähnende Fallgrube der Zuneigung im Weg. Es war die Art von Fallgrube, wie man sie einst für Tiger vorbereitet hatte, mit Pfählen im Boden, auf denen man aufgespießt wurde, wenn man hineinfiel. Und sie würde sich nie wieder pfählen lassen.

»Er wird mir nie etwas bedeuten«, sagte sie vor sich hin. »Wenn ich allein bin, geht es mir viel besser, und allein werde ich bleiben. Auch er ist allein besser dran, und er weiß es. Von Natur aus Einzelgänger, das sind wir.«

Draußen sprang ein Motor an und schnurrte durch die Nacht davon. Harriet Needham war keine Einzelgängerin von Natur aus. Möchte wissen, wer der Typ ist? dachte Meredith schläfrig und zog sich das Federbett über die Ohren. Ob es derselbe war wie vor ein paar Tagen? Hat wie derselbe Wagen ausgesehen – Toms Mercedes? Nicht sicher, hab ihn nicht richtig erkannt. Geht mich nichts an. Wünschte, ich hätte nicht jede Beziehung kaputtgemacht, die ich hatte. Und dann, ganz plötzlich und unerwünscht, dachte sie: Ich wünschte, ich wäre nicht zurückgekommen …

KAPITEL 4

Der Morgen des zweiten Weihnachtstages war grau und bewölkt, aber regnen würde es vermutlich frühestens am Abend. Gute Aussichten für die Bamford-Jagd, dachte Meredith und nahm das gekochte Ei aus dem Topf. Beim Herumstehen auf dem Market Square könnte es kühl werden, überlegte sie und zog einen dicken Pullover an. Sie hatte verschlafen, was nicht überraschend war, nachdem sie bei den Danbys allzu reichlich gegessen und getrunken hatte, deshalb war es ganz gut, daß die Jagdgesellschaft sich erst gegen elf versammelte. Zwanzig nach zehn. Zeit genug.

Sie erreichte Bamford kurz nach elf und stellte den Wagen auf dem fast leeren Parkplatz hinter dem Supermarkt ab. Er kam ihr jetzt irgendwie trostlos vor – ein dunkles Labyrinth geplünderter Regale hinter riesigen Schaufenstern, in denen noch die Plakate mit den Sonderangeboten von Weihnachten hingen.

Sie schob die Hände in die Taschen und ging die kurze Strecke zum Platz zu Fuß. Er war schon voll. Die Reiter, etwa ein Dutzend, hatten sich in der Mitte versammelt. Die Pferde waren alle herausgeputzt, die Mähnen geflochten, sogar bei den beiden mißlaunig dreinschauenden gescheckten Ponys, auf denen zwei ganz gleich aussehende kleine Mädchen mit ernsten Gesichtern saßen. Die Zuschauer, ungefähr fünfzig, standen schwatzend beieinander und beobachteten die Reiter. Zwischen ihren Füßen und den Hufen der Pferde rannten die Jagdhunde übermütig durcheinander. Hin und wieder verschwand einer in Richtung der High Street und schnüffelte interessiert auf der Suche nach einem besonderen Geruch, hoffte vielleicht, daß er in der Nähe der Drogerie mit den Billigangeboten einen Fuchs entdeckte. Der Meuteführer, eine kleine, drahtige, mürrische Gestalt, rief ihn, als er zurückkam, energisch zur Ordnung, packte ihn und zerrte ihn mitten zwischen die Meute. Von wo er fast sofort wieder ausbüchste. Einer kam mit einem albernen Grinsen auf Meredith zugesprungen. Anders als ein Hund, der im Haus gehalten wurde, roch er scharf nach dem Zwinger, in dem er hauste.

Jemand rief ihren Namen, und sie sah, daß Alan Markby ihr von der anderen Seite des Platzes zuwinkte. Er trug seinen grünen Regenmantel und stand neben einem stämmigen Mann in einem Dufflecoat, den er als »Jack Pringle, unser Doktor« vorstellte.

»Hallo, Miss Mitchell«, sagte Pringle. »Wie ich höre, wohnen Sie in Peter Russells Cottage, draußen in Pook's Common. Wir waren in derselben Praxis, Peter und ich. Jetzt macht er seine Arbeit unter der Wüstensonne. Nettes, kleines Cottage da draußen, aber in Pook's Common sagen sich die Füchse wirklich gute Nacht. Viel zu abgelegen für mich. Macht Ihnen diese Abgeschiedenheit nichts aus?«

»Nein, eigentlich nicht«, sagte Meredith und schüttelte die mächtige Pranke, die er ihr entgegenstreckte. »Ich denke, mir wird es dort gut gefallen. Und nach Neujahr muß ich ja jeden Tag nach London pendeln.«

Pringle verzog mitfühlend das Gesicht, nickte zu den Reitern hinüber und fragte: »Was halten Sie von unserer Jagd?«

»Sie ist anders, als ich sie mir vorgestellt habe. Lässiger und nicht so steif.«

»Wir sind nicht Krösus, wissen Sie? Die Bamford-Jagd hält sich eben so über Wasser, ist beinahe pleite. Es kostet ein Vermögen, die vielen Hunde zu füttern, und sich heutzutage ein Pferd zu halten ist auch nicht billig. Ich bin früher mitgeritten, mußte es aber aufgeben. In letzter Zeit haben wir ja ein bißchen Glück gehabt, weil ein paar reiche Typen hergezogen sind, die sich für die Jagd interessieren.«

»Sie meinen Rupert Green?« sagte Markby unverbindlich.

Pringle lachte glucksend. »O ja, ihn, den Playboy. Ein heller Kopf. Und Schneid hat er auch, das muß man ihm lassen. Er ist alles andere als der beste Reiter hier, aber er hält sich, auch im Sattel, was wahrscheinlich wichtiger ist. Ich nehme an, er fühlt sich in Sportwagen wohler, ist aber fest entschlossen, ein Landjunker zu sein.«

»Welcher ist es?« fragte Meredith und sah sich um.

»Dort drüben.« Markby berührte ihren Ellenbogen und zeigte auf zwei Reiter, die fernab von der Menge, am äußersten Rand des Market Squares warteten, als mißtrauten sie dem Gewimmel. Beide waren makellos gekleidet, trugen Zylinderhüte, und ihre Stiefel glänzten, daß man sich darin spiegeln konnte.

»Der Typ links ist Green«, sagte Markby. »Er ist ein großer Finanzhai in der City. Hat ungefähr vor einem Jahr das alte Cherton Manor gekauft und ist fest entschlossen, den Landedelmann zu mimen.«

Meredith wandte ihre Aufmerksamkeit von Green und seinem Begleiter ab und der übrigen Versammlung zu. Du meine Güte, da war ja jemand, den sie kannte! Geoffrey Haynes, das gerötete Gesicht wütend wie immer, stand auf der anderen Seite des Platzes, die Hände in den Taschen seines Regenmantels, und funkelte jeden böse an, der die Frechheit hatte, vor ihm vorbeizugehen. Wie es schien, hatte das Weihnachtsfest mit der Tochter nur diesen einen Tag gedauert. War das der Grund, warum er in das einer Einsiedelei ähnliche Pook's Common zurückkehren wollte, oder konnten die Tochter und ihre Familie Geoffrey nicht länger als einen Tag ertragen? Von der armen Lucy war weit und breit nichts zu sehen. Vielleicht war sie bei ihren Enkelkindern geblieben. Aber Geoffrey war nicht der Mann, der eine selbständige Handlung seiner Frau duldete. Bestimmt hatte er die Unglückliche hierher zurückgeschleppt. Meredith begann Harriets Empfindungen gegen Geoffrey Haynes zu teilen.

Ihre Aufmerksamkeit wurde von Hufgeklapper abgelenkt, ein Reiter auf einem Grauen kam auf sie zu. Er bückte sich und schüttelte Markby und Pringle die Hand.

»Morgen, Tom«, sagte Markby. »Kein Alarm mehr?«

»Alles ruhig, aber wir haben die Ställe gestern rund um die Uhr bewacht, für alle Fälle. Haben uns abgewechselt. Wenn ich die Kerle geschnappt hätte, hätte es einen Mord gegeben, das sag ich euch.«

»Tom Fearon«, sagte Markby zu Meredith und stellte auch sie vor. »Ihm gehörten Pook's Stallungen.«

Sie hatte ihn und den Grauen bereits erkannt. Das Pferd war makellos gestriegelt, die Mähne geflochten, das Sattelzeug perfekt poliert. Der Graue paßte zu seinem Reiter, der, aus größerer Nähe gesehen, auf eine fremdartige, zigeunerhafte Weise tatsächlich ein auffallend gut aussehender Mann war. Schwarze Locken schauten unter dem Rand seiner Jagdmütze hervor, seine Haut war vom Leben im Freien dunkelbraun gebrannt. Meredith fühlte mehr, als daß sie es sah, wie seine dunklen Augen sie abschätzend musterten. Hätte Markby es ihr nicht gesagt, ihr Instinkt hätte ihr verraten, daß das einer war, der die

Frauen mochte. Voller Abwehr spürte sie, wie sich ihre Nackenhaare sträubten.

Lächelnd beugte Fearon sich aus dem Sattel zu ihr und streckte ihr die Hand entgegen. »Freut mich, Sie hier zu sehen. Sie sind Miss Mitchell, nicht wahr? Harriet hat mir erzählt, daß sie das Cottage ihr gegenüber gemietet haben. Schon eingewöhnt?«

»Ja, danke.«

»Besuchen Sie mich gelegentlich im Stall. Ich führe Sie herum. Und wenn Sie sich fürs Reiten interessieren, finden wir bestimmt ein passendes Pferd für Sie.«

»Sie sind sehr freundlich.« Sie wußte, daß das ziemlich steif klang, aber sie konnte nicht anders. Wenn Fearon sich einbildete, er könne sie zu einer kleinen Schmuserei im Heu in eine Pferdebox locken, dann irrte er sich. Neben ihr grinste Alan Markby, als wisse er, was sie dachte.

Pringle unterbrach die Unterhaltung, vielleicht zum Glück, indem er rief: »Da ist Harriet!«

Fearon drehte sich abrupt im Sattel um, und der Graue stampfte nervös. Meredith, die sich erinnerte, daß Harriet sie gewarnt hatte, das Pferd schlage manchmal aus, trat hastig zur Seite.

Die Menge teilte sich, um Harriet zur Mitte des Platzes durchzulassen. Sie sah phantastisch aus, ihre sportliche Figur kam in dem knappen schwarzen Reitrock hervorragend zur Geltung, und ihre rote Mähne wurde unter der Jagdkappe von einem Haarnetz aus schwarzem Samt gebändigt. Doch sie sah auch, wie Meredith feststellte, sehr blaß und ziemlich niedergeschlagen aus. Fearon wendete den Kopf seines Pferdes und ritt ihr entgegen. Er beugte sich zu ihr und sprach mit eindringlichen Gesten und ernstem Gesicht auf sie ein, doch sie schüttelte den Kopf.

»Harriet sieht ein bißchen durch den Wind aus«, sagte Pringle nachdenklich. »Muß gestern zuviel Alkohol erwischt haben.« Das klang sehr besorgt, und Meredith sah ihn neugierig an. Pringle hob den Arm und winkte. »Harriet, hier sind wir!«

Langsam kam Harriet auf sie zugeritten. Als sie Meredith sah, sagte sie: »Ohallo«, verschliff die drei Silben und lächelte unsicher.

»Guten Morgen«, erwiderte Meredith. Harriet sah wirklich alles andere als gesund aus.

»Nimm das von mir als Medicus!« sagte Pringle zu Harriet. »Heute keinen Bügeltrunk. Bist du sicher, daß du dich im Sattel halten kannst?«

»Es geht schon, Jack, mach kein Theater«, antwortete Harriet schroff und bemühte sich offensichtlich, sich zusammenzureißen.

»Du siehst nach einem Riesenkater aus, meine Schöne.«

»Dann sind frische Luft und sportliche Betätigung das beste für mich. Ich weiß, wann ich mich nicht mehr in dem verdammten Sattel halten kann.«

»Ich folge dir mit einer Trage«, sagte Pringle trocken.

»Ein gutes neues Jahr«, sagte Miss Needham schnippisch und ritt davon.

Im selben Moment erhaschte Meredith einen flüchtigen Blick auf eine andere vertraute Gestalt. Von irgendwoher waren die Demonstranten gegen Blutsportarten aufgetaucht. Sie mußten sich in einer Seitenstraße versammelt haben und waren jetzt da, die meisten jung und anscheinend guter Laune. Zwei trugen ein Spruchband, das ihr Anliegen verkündete, und etwas am Rand stand Merediths backenbärtiger Bekannter, heute ohne Klemmbrett, aber mit einem eigenen Plakat, das er herausfordernd vor sich her trug: Es erklärte die Jagd zu einer Bastion von Klassenprivilegien. Sein schmuddliger ehemaliger Armeemantel schlabberte um seine spindeldürren Beine in den schäbigen Jeans und betonte den Kontrast zwischen ihm und seinen Mit-Demonstranten, von denen die meisten sauber waren und vernünftige ländliche Kleidung trugen. Es war, als habe er den falschen Protest am falschen Ort erhoben oder sei einfach die falsche Person dafür. Vermutlich hatte er sich den anderen angeschlossen, ohne zu ihnen zu gehören. Niemand sprach mit ihm, obwohl sie untereinander lebhaft schwatzten. Hin und wieder warf einer einen Blick in seine Richtung, als flöße er ihm ein unerklärliches Unbehagen ein.

Meredith faßte nach Markbys Ärmel. »Da drüben ist er. Der, von dem ich Ihnen erzählt habe. Er hat mich letzten Freitag auf der High Street aufgehalten und wollte, daß ich seinen Protest unterschreibe. Er sieht heute genauso durchgedreht aus wie am Freitag, der arme Kerl.«

»Er sieht aus, als könnte er eine ordentliche Mahlzeit vertragen«, stellte Markby fest. Inzwischen war die Polizei in Gestalt eines weiblichen Constable erschienen; sie sprach freundlich mit den Demonstranten, die sich daraufhin, anscheinend auf ihre Bitte hin, ein Stück zurückzogen. »Das ist WPC Jane Jones«, sagte Markby leise, als sei es nur für ihn selbst bestimmt, »sie macht ihre Sache sehr gut.« Meredith bemerkte, daß die Gruppe zwar ein Stück zurückgegangen war, den bärtigen Einzelgänger mit dem Plakat dadurch aber noch mehr isoliert hatte. Er stand jetzt, grimmigen Gesichts, ganz allein.

»Meine Güte«, sagte Pringle besorgt, »Harriet muß gestern wirklich zuviel gebechert haben. Sie sieht da oben alles andere als sicher aus.«

Markby und Meredith blickten beide zu Harriet hinüber. Während sie die Demonstranten beobachtet hatten, war aus dem Hotel The Crossed Keys an der Ecke eine Kellnerin mit einem Tablett interessant aussehender Gläser gekommen. Sie ging damit von Reiter zu Reiter. Harriet hatte ein Glas genommen, legte den Kopf zurück und leerte es mit einem einzigen Zug.

»Hab ich ihr nicht gesagt, sie soll das sein lassen?« sagte Pringle grollend. »Sie ist die schwierigste, widerspenstigste und dickköpfigste Frau, der ich je begegnet bin, auch wenn sie eine der hübschesten ist.«

Tom Fearon beobachtete sie ebenfalls und sah genauso besorgt aus. Als merke sie seinen forschenden Blick und ärgere sich darüber, riß sie Blazers Kopf herum, so daß das Pferd Tom den Schweif zukehrte. Dadurch schaute sie in die Richtung von Rupert Green und seinem Begleiter, die noch immer am äußeren Rand der Menge warteten. Dann wandte sie absichtlich den Kopf zur Seite, berührte die glänzende Flanke ihres Braunen mit den Absätzen und ritt davon.

»Ich hoffe nur, daß sie den Burschen mit dem Plakat nicht sieht. Er hat sie am Freitag nach mir aufgefordert, seine Petition zu unterschreiben, und sie hat natürlich nicht sehr freundlich reagiert. Wenn sie ihn heute sieht, ist sie imstande, ihm ein paar noch unfreundlichere Worte an den Kopf zu werfen.«

»Sind ein bißchen aneinandergeraten, was?« fragte Markby interessiert.

»Oh, das weiß ich nicht. Aber sie hat ihn heftig beiseite gestoßen, und er wäre fast gestürzt. Der alberne Kerl hätte damit rechnen müssen. Ich meine, sie trug Reithosen und Stiefel, und er konnte sich doch wohl kaum einbilden, sie sei eine Kandidatin für seine Unterschriftensammlung.«

Meredith warf einen zweifelnden Blick auf den bärtigen jungen Demonstranten und versuchte ihn mit Hilfe von Telepathie zu beschwören, er solle sich im Hintergrund halten. Daß er das Gegenteil beabsichtigte, war offensichtlich. Das Plakat schwankte in der Luft, sein schmales Gesicht war vor Aufregung ganz verzerrt. Jagdfieber, dachte sie. Er hat eine Beute und ist entschlossen, sie zu hetzen. Nicht anders als die Reiter – ihre Motivation ist die gleiche.

Aus den Augenwinkeln beobachtete sie die Gruppe der Pferde mit ihren Reitern. Ein Pferd hatte sich entfernt und trabte jetzt auf die Demonstranten zu, aber erst eine Sekunde später merkte Meredith zu ihrer Bestürzung, daß es Blazer mit Harriet war. Sie saß jetzt leicht zusammengesunken im Sattel. Zuerst dachte Meredith, Harriet habe das Plakat gesehen und reite streitlustig hinüber. Doch ein Blick auf die matte Gestalt sagte ihr, daß die sonst so temperamentvolle Harriet die Demonstranten nicht einmal wahrgenommen hatte, auch nicht wußte, daß sie ihnen so nahe gekommen war. Unwillkürlich hob Meredith einen Arm, um auf sich aufmerksam zu machen. Sie wollte rufen: »Harriet, nicht dort rüber!« Doch selbst wenn sie es getan hätte, Harriet hätte sie nicht gehört.

Die Demonstranten schienen selbst überrascht, und die ganze Gruppe wich gemeinsam zurück, machte ihr den Weg frei. Blazer war ein großes Tier. Der einzige, der nicht wich, war der bärtige junge Mann mit dem Plakat. Im Gegenteil, als er Harriet kommen sah, ging er auf sie zu, als wolle er sie herausfordern.

Alles schien gleichzeitig abzulaufen. Er hat sie erkannt, dachte Meredith. Der Idiot wird sie beschimpfen, und sie wird ihm den Kopf abreißen.

»Wer ist der Narr mit dem Plakat?« rief Pringle. »Harriet!« schrie er.

Zugleich sagte Markby: »Sie kommt ihm zu nahe. Wo sind Constable Jones und ihr Kollege?«

Jane Jones war ein paar Meter entfernt und merkte nicht, daß sich etwas zusammenbraute. Aber ihr Kollege, ein junger Constable, entdeckte den möglichen Brennpunkt und ging schnell auf die Gruppe zu.

Sie waren alle zu langsam. Der bärtige junge Mann stieß plötzlich einen seltsamen Schrei aus, so daß alle in seine Richtung blickten, ein paar Pferde nervös zu tänzeln und die Reiter zu fluchen begannen. Vielleicht war Harriet von Pringles Stentorstimme aufgeschreckt worden. Warum auch immer, sie schien den Demonstranten erst zu bemerken, als er sein Plakat schwang. Sie zog an den Zügeln und versuchte Blazer, der die Augen rollte, so daß man nur noch das Weiße sah, zurückzureißen, weg aus der Gefahrenzone. Aber der Demonstrant warf sich nach vorn und schwenkte das Plakat drohend unter der Nase des erschrockenen Braunen. Blazer schnaubte wild und bäumte sich auf.

Während Harriet mit dem Pferd kämpfte, ritt der Master of the Hunt vorwärts und schrie: »Bleibt weg! Zurück da!« Und der Constable rief: »He du, hör auf damit!«

Aber der junge Mann schien von einem ganz besonderen Dämon besessen. Er stürzte vorwärts, ohne auf die fliegenden Hufe und die fluchende Reiterin zu achten, und schlug mit seinem Plakat nach ihr.

Die Zeit blieb stehen, und die Ereignisse rollten vor Merediths schreckensstarren Augen wie in Zeitlupe ab. Alle Geräusche waren gedämpft oder ausgeschaltet. Blazers Vorderbeine bewegten sich beinahe anmutig durch die Luft, als schwimme er. Wie durch einen Schleier sah

Meredith, daß sich Demonstranten und Zuschauer geteilt hatten wie die Wogen des Roten Meeres und einen weiten Kreis um Harriet, Blazer und den Demonstranten bildeten.

Dann fiel Harriet – rutschte langsam seitlich aus dem Sattel, verlor Zügel und Steigbügel, hob die Hände über den Kopf, verlor die Kappe, das Netz löste sich, und die Mähne glänzender kastanienroter Locken flatterte wie ein Fanal über der zusammenbrechenden Gestalt.

Endlich landete sie mit einem gräßlich lauten Geräusch auf den Pflastersteinen des Market Square und blieb reglos liegen.

Nach einem Augenblick entsetzten Schweigens wurde es wieder laut. Jetzt schien alles mit größter Eile zu geschehen. Gesichter in der Menge, die erstarrt gewesen waren, wurden wieder lebendig. Körper bewegten sich wieder, wie von einem Stromstoß getroffen. Sie drängten vorwärts, bildeten einen Kreis um die hingestreckte Gestalt und wichen erschrocken zurück.

Pringle bellte die klassische Formel: »Lassen Sie mich durch, ich bin Arzt!« und stürmte über den Platz, Hunde und Pferde stoben auseinander, sein Dufflecoat flatterte zu beiden Seiten wie große braune Schwingen.

Blazer war reiterlos davongestürmt, die leeren Steigbügel flogen, die Zügel hingen herunter. Jemand – Meredith sah, daß es Fearon war – packte die Zügel. Es mußte jedoch eine automatische Reaktion gewesen sein, denn er schaute auf die reglose Gestalt hinunter und schrie: »Harriet!«

Die Demonstranten standen entsetzt herum, plötzlich alle sehr jung und verschreckt, und drängten sich, ein elendes Häuflein, hinter ihrem Transparent. Der bärtige junge Mensch stand allein über seinem Opfer, scheinbar in eine Siegeseuphorie versunken. Wie ein siegreicher

Boxer drehte er sich um und hob, noch immer sein Plakat schwenkend, beide Arme. Constable Jones kam angelaufen, der Master of the Hunt stieg vom Pferd und ging auf die verkrümmt auf dem Pflaster liegende Gestalt zu. Markby setzte sich in Bewegung, und die Menge wich schweigend zurück. Sogar die Hunde schienen zu spüren, daß etwas nicht stimmte, und wurden still, klemmten die Schwänze zwischen die Hinterbeine und beobachteten.

Pringle hatte Harriet als erster erreicht und kniete neben ihr nieder. Markby stand hinter ihm. Constable Jones hielt die Menge in Schach, und er rief ihr zu: »Rufen Sie einen Krankenwagen!«

»Steh auf, Harriet«, flüsterte Meredith sinnlos. »Beweg dich – bitte beweg dich … Beweg nur die Hand …«

Doch es war offensichtlich, daß Harriet nicht aufstehen und sich in den Sattel schwingen würde. »Hat sie sich etwas gebrochen?« fragte eine Stimme in der Menge ängstlich.

Pringle blickte zu Markby auf, der sich zu ihm niederbeugte. Er sprach leise, aber in der Stille, in die die Worte fielen, wurden sie nur allzu deutlich gehört.

»Sie ist tot«, sagte er. Während er sprach, breitete sich eine Pfütze dunklen Blutes unter Harriets herrlicher roter Mähne aus.

Das Klapp-Klapp von Hufen klang in der noch tieferen Stille, die Pringles Worten folgte, beinahe wie ein Schuß. Rupert Green kam herangeritten. Er blickte auf Harriets reglosen Körper hinunter und nahm seinen Zylinder ab. Das traditionelle, jedoch so unerwartete Zeichen der Achtung vor dem Tod schockte Meredith fast mehr als alles, was bisher geschehen war. Die anderen Reiter, die alle wie betäubt aussahen, schienen von Greens Geste aufgeschreckt worden zu sein und taten es ihm jetzt nach. Fearon, dessen dunkelhäutiges Gesicht unter der Sonnenbräune gespenstisch bleich war, nahm langsam die Jagdkappe ab – als letzter und mit einem zornigen Blick auf Green, als habe er das Gefühl, der Finanzier habe der leblosen Gestalt keinen Respekt gezollt, sondern sie irgendwie beleidigt.

Den Zylinder an die Brust gedrückt, beugte Green sich aus dem Sattel zu dem bärtigen jungen Mann, der von den beiden Constables festgehalten wurde.

»Du hast sie getötet«, sagte er in kaltem und anklagendem Ton. »Du hast sie getötet, und das wolltest du auch.«

»Einen Augenblick –«, begann Markby.

Doch er kam nicht weiter. Ein Klappern von Metall und das Klirren von Glas ließ alle herumfahren. Ahnungslos war die Kellnerin mit einem frischen Punschvorrat aus dem Hotel gekommen. Harriets Leiche lag direkt in ihrem Blickfeld. Prompt hatte sie das Zinntablett fallen lassen, und ihre schrillen Schreie stachen wie Nadeln in die kalte Winterluft.

Geoffrey Haynes, von Meredith vergessen und eine Zeitlang von ihr nicht gesehen, ging auf die Kellnerin zu und gab ihr eine Ohrfeige. »Hören Sie auf, Sie dummes Frauenzimmer!« befahl er.

»Schon gut, Sir, schon gut, ich kümmere mich um sie.« Constable Jones schob ihn energisch beiseite.

Aus der Ferne, aber immer näher und lauter, hörte man die Sirene des Krankenwagens. Er hätte sich nicht beeilen müssen.

»Ich sage Ihnen, ich konnte doch nicht wissen, daß sie herunterfallen würde, oder?« beteuerte Simon Pardy zum dritten- oder viertenmal mit dem anscheinend von ihm bevorzugten aggressiven Unterton, mit dem er auf jede Bemerkung reagierte. Er begleitete seine Worte mit einem herausfordernden wütenden Blick unter den Brauen hervor und kaute an der Unterlippe.

»Was dachten Sie denn, was geschehen würde?« entgegnete Markby mit wachsendem Zorn.

Alles an diesem störrischen jungen Menschen reizte ihn, und es fiel ihm schwer, das nicht zu zeigen. Aber eine vernünftige Unterhaltung mit Pardy war nicht leicht zu bewerkstelligen. Markby verstand jetzt, was Meredith gemeint hatte. Pardy brachte die Menschen gegen sich auf. Er hatte die Polizeistation mit einer Flut selbstgerechter Proteste betreten und sprach abwechselnd im Kommandoton, streitlustig und gehässig. Als seine Situation ihm allmählich bewußt wurde, begann er sich weinerlich zu verteidigen. Markby vermutete, daß Pardy im tiefsten Innern über die Folgen seiner Demonstration erschrocken war – doch das bedeutete nicht, daß er sie nicht beabsichtigt hatte. Eine kaltblütig geplante Tat mag dem Täter ganz anders vorkommen, wenn er sie begangen hat. Pardy konnte über seinen Erfolg entsetzt sein. So etwas hatte Markby schon öfter erlebt.

Trotz seines zerfahrenen Wesens und seiner nuschelnden Sprache war Pardy ein sehr wortgewandter junger Mann; Markby hatte inzwischen erfahren, daß er das Produkt einer kleinen Public School war – obwohl man bezweifeln konnte, daß die Schule sich seiner Anwesenheit unter ihren Zöglingen gerühmt hatte. Seine äußere Erscheinung wirkte ungewöhnlich unsympathisch. Er war zwanzig Jahre alt. Seine Kleidung war schmutzig, die Fingernägel bis aufs Fleisch abgebissen. Sein Gesicht war hager und unrasiert. Er hatte einen nervösen Tick, der einen Muskel in einem Winkel seines schmalen Mundes zucken ließ, und einen bösartigen Blick. Das nervöse Zucken konnte aber auch neu und die Folge der derzeitigen Umstände sein.

»Ich habe nicht gewußt, daß sie so runterfallen würde«, wiederholte er. »Diese Leute sind doch angeblich gute Reiter, oder? Sie fallen doch ständig runter auf ihren Querfeldeinritten, und sie haben gelernt, wie man fällt. Sie wissen schon, wie Akrobaten, den Kopf eingezogen und mit einer Rolle. Aber sie ist runtergeknallt wie ein Sack Kartoffeln, und dabei ist ihr Schädel zu Bruch gegangen. Das habe ich nicht erwartet.«

Markby zischte und runzelte die Stirn. Das Ärgerliche war, daß der Kerl den Finger auf einen wunden Punkt gelegt hatte. Harriet war tatsächlich wie ein »Sack Kartoffeln« gefallen. Er hatte sie mit eigenen Augen fallen sehen und bezweifelte, daß irgendein anderer Zeuge dieser Beschreibung nicht zugestimmt hätte. Sogar Tom Fearon, der am allerbesten wissen mußte, was für eine gute Reiterin Harriet gewesen war, hatte verwundert und ohne die geringste Absicht einer Zweideutigkeit gesagt: »Harriet hatte einen erstklassigen Sitz. Nie hätte ich erwartet, sie so fallen zu sehen.«

Warum also war sie so gefallen? Einfach Pech? Oder hatte es irgend etwas mit der Blässe und Unsicherheit zu tun, die Pringle erwähnt hatte?

»Hatten Sie«, fragte Markby geduldig zum dritten- oder viertenmal, »die Absicht, sie zum Sturz zu bringen?«

»Nein, natürlich nicht.«

»War das, was Sie da getan haben, reine Blödheit« – aus Pardys Augen funkelte ihm Haß entgegen –, »Blödheit, wie ich schon sagte, oder haben Sie gehofft, daß sie vom Pferd fällt?«

»Oh, großartig«, sagte Pardy sarkastisch. »Entweder stimme ich Ihnen zu, daß ich blöd bin – was nicht der Fall ist. Oder ich sage: ›Ja, Chefinspektor…‹« Seine Stimme nahm einen affektiert nachäffenden Ton an, und Markby hoffte, daß er nicht ihn nachahmen wollte. »›Ich habe sie absichtlich aus dem Sattel geholt‹, und wenn ich das sage, was wird dann aus mir? Dann hängen Sie mir eine Mordanklage an.«

Markby trommelte mit den Fingerspitzen auf die Tischplatte und zischte vor Gereiztheit. Unmöglich zu sagen, ob dieser junge Mensch sehr klug oder sehr einfältig war.

Das Gesetz kennt einige Tötungsdelikte außer Mord und geht ziemlich gnädig mit Fahrlässigkeit um – oder mit einem Angriff in der Absicht, körperlichen Schaden zuzufügen. Das Element der Zurechnungsfähigkeit – was bedeutet, welche Absicht der Beschuldigte zum Zeitpunkt seiner Tat hatte – war von immenser Wichtigkeit. Pardy hatte im Sinne des Gesetzes gewiß fahrlässig gehandelt. Hätte er inmitten eines leeren Feldes gestanden, dort geschrien und sein Plakat geschwenkt, wäre das kein Vergehen gewesen. Wenn er es getan hätte, weil er ehrlich der Meinung gewesen war, allein zu sein, ohne zu ahnen, daß sich hinter einer Baumgruppe in der Nähe ein Reiter aufhielt, hätte er, auch wenn das Pferd erschrocken gescheut hätte, noch immer erklären können, er habe nicht fahrlässig gehandelt.

Aber Pardy hatte gewußt, daß er auf einem überfüllten Platz stand und daß Tiere im Spiel waren, die auf seine Aktion mit Panik reagieren konnten. Dennoch hatte er getan, was er sich vorgenommen hatte. Fahrlässig, gewiß. Aber hatte er Harriets Sturz gewollt? Hatte er ihr seit dem vergangenen Freitag gegrollt, als sie ihn verächtlich weggestoßen hatte? Hatte er sie gezielt aufs Korn genommen, oder war es reines Pech gewesen, daß sie ihm am nächsten gewesen war? War Pardy, kurz gesagt, einfach fanatisch und gedankenlos gewesen – was auf eine geringere Anklage hinauslaufen würde –, oder war er entschlossen gewesen, Harriet tödlich zu verletzen, was in einem Prozeß wegen Totschlags enden konnte?

Ich bin kein Strafverteidiger, dachte Markby, auch kein Richter und kein Geschworener ... Aber er machte den ersten Schritt auf dem Pfad der Rechtsfindung, und er mußte den Sachverhalt klären. Wenn er es nicht tat, würde ein gerissener Anwalt den jungen Kerl wegen eines technischen Verfahrensfehlers herauspauken. Andererseits war Pardy vielleicht ganz einfach dumm, und ihm war nicht klar gewesen, was passieren konnte, wenn er anfing mit seinem Plakat herumzufuchteln. Menschen konnten erstaunlich dumm sein. Genauere Erkundigungen und Ermittlungen im Hinblick auf Pardys Aktivitäten konnten sehr wohl einen Hinweis auf die Wahrheit enthalten. Markby begann von neuem, auf einer anderen Schiene.

»Haben Sie jemals an Mitglieder der Jagdgesellschaft Briefe geschrieben?«

»Briefe geschrieben? Glückwünsche zum Valentinstag, nehme ich an?« höhnte Pardy auf seine sarkastische Art. Aber er verlor einen Moment lang die Fassung. Er hatte nicht erwartet, daß Markby das Thema wechseln würde. Er hatte seine Antworten, wenn es um die Ereignisse vom Vormittag ging, aber er war nicht darauf vorbereitet, andere Fragen zu beantworten. Er fühlte sich überrumpelt und sah Markby mit unverhohlener Abneigung an.

»Versuchen Sie nicht, besonders schlau zu sein«,

sagte Markby und klammerte sich verzweifelt an seinen Geduldsfaden. »Die Sache ist nicht zum Lachen, und für Witze ist das der falsche Zeitpunkt. Außerdem ist Ihre Lage nicht so rosig, daß Sie sich Witze leisten könnten. Haben Sie irgendwann einmal an Mitglieder der Bamforder Jagdgesellschaft oder an Leute, die mit ihr zu tun haben, Drohbriefe geschickt? An Mr. Fearon, dem der Stall in Pook's Common gehört, zum Beispiel?«

»Nein, hab ich nicht«, sagte Pardy trotzig. »Und Sie können nicht behaupten, ich hätt's getan – geschweige denn irgend etwas beweisen.«

Aus den Augenwinkeln sah Markby, daß Pearce, der im Hintergrund mitschrieb, unruhig auf dem Sessel herumrutschte. »Fearon hat den Brief aufgehoben, und wir haben ihn hier«, sagte Markby.

»Und? Jetzt ist wohl ein Handschriftenvergleich fällig, wie?« höhnte Pardy unverschämt.

»Angenommen, ich sage ja. Was würden Sie antworten?«

»Daß es nicht möglich ist!« erwiderte Pardy triumphierend.

»Oh?« Markbys Stimme klang trügerisch freundlich. »Warum denn nicht?«

Doch Pardy hatte die Falle – wenn auch zu spät – erkannt, in die er schon mit einem Zeh geraten war, und wich zurück. »Weiß nicht. Was ich gemeint hab, war, Sie könnten nicht beweisen, daß es meine Schrift ist, weil ich den Brief nicht geschrieben habe.«

»Ach wirklich?« Pardy hatte recht, er konnte wirklich nichts beweisen, denn der Brief war auf klassische Weise aus einzelnen Zeitungsbuchstaben zusammengesetzt. Aus einer Boulevardzeitung. Pardy hatte um ein Haar zugegeben, daß er das wußte – aber gerade noch rechtzeitig innegehalten, und nichts mehr konnte ihn dazu bewegen, etwas so Belastendes einzugestehen.

»Wo waren Sie am Weihnachtsabend?« fragte Markby.

»Meistens zu Hause. Vorher hab ich im Pub was getrunken.«

»Hat Sie dort jemand gesehen? Wie heißt das Pub?«

»Bunch of Grapes. Mehrere Leute haben mich gesehen. Meine Kumpel – Micky war da und Trace und Cheryl – wir wohnen im selben Haus. Und der Wirt wird sich auch an mich erinnern. Obwohl das ein mieser alter Kerl ist.«

»Wann sind Sie gegangen?«

»Keine Ahnung – so um halb zehn rum.«

»Und wohin sind Sie ...?«

»Nach Hause.«

»Allein?«

»Ja.«

»Jemand zu Hause, der bezeugen kann, wann Sie gekommen sind?«

»Nein. Hab Ihnen doch gesagt, Trace und Cheryl und Micky waren alle im Pub. Und sind dort geblieben. Cheryl war sauer.«

»Waren Sie – betrunken?«

»Nein, ich war nicht betrunken.«

Markby gab die Befragung in dieser Richtung auf. Sie führte zu nichts. Wenn Pardy die Pferde herausgelassen hatte, würde sich das nur schwer beweisen lassen. Am Weihnachtsabend sind die Leute ständig in Bewegung – wie an Silvester. Die jungen Leute wechselten wie Ebbe und Flut aus Gasthäusern in Diskotheken und wieder zurück. Natürlich waren einige betrunken, andere von irgendeinem Kraut high, einige zu scharf, um etwas anderes zu sehen, als das andere Geschlecht, und der Rest war so mit sich selbst beschäftigt, daß er überhaupt nichts merkte.

»Schön, dann kehren wir zu den Ereignissen auf dem Market Square zurück – oder nein, besser zu dem Freitag davor. Letzten Freitag. Da haben Sie in Bamford Unterschriften für eine Petition gesammelt.«

»Ja, das hab ich.« Pardy sah überrascht, unangenehm berührt und dann wachsam aus. »Wer hat Ihnen das gesagt?«

»Eine Polizeistreife, und außerdem hat Sie halb Bamford gesehen. Sie sind auch Miss Needham angegangen, die Dame, die heute zu Tode gekommen ist.«

»Bin ich das? Ich erinnere mich nicht. Ich habe viele Leute gefragt. Hat sie so geheißen?«

»Sie sind Miss Needham angegangen«, wiederholte Markby. »Und sie hat so geheißen, egal, ob Sie es damals wußten oder nicht, und Sie haben sie gebeten zu unterschreiben. Sie hat Sie schroff abgewiesen und Sie zurückgestoßen.«

»He«, platzte Pardy gekränkt heraus, »wer behauptet das? So ein Scheiß!«

Markby sah ihn ruhig an.

»Eine sehr vertrauenswürdige Zeugin.«

»Ach ja? Also Ihre sehr vertrauenswürdige Zeugin kann ...«

»Haben Sie Miss Needham angesprochen?« Markby brüllte beinahe los, bevor Pardy den Satz beenden konnte. »Und als sie weiterging, haben Sie da nicht gesagt: ›Na warte bis zum zweiten Weihnachtsfeiertag!‹ oder so ähnlich?«

»Ich erinnere mich nicht.«

»O doch, Sie erinnern sich. Sie waren wütend. Sie hatten auch Grund dazu. Sie hat Sie gestoßen. Hat Sie vor allen anderen, die zugesehen haben, lächerlich gemacht. Hat Sie das nicht geärgert? Hätten Sie es ihr nicht gern heimgezahlt?«

Pardy fuhr sich mit der Zunge über die trockenen Lippen. »Ich verlange einen Anwalt.«

»Oh, warum denn?«

»Weil es mein Recht ist, darum. Mein Anwalt soll kommen. Ich sage kein Wort mehr, ehe er nicht hier ist, und bilden Sie sich ja nicht ein, daß ich irgend etwas unterschreibe.«

»Na schön, und wie heißt Ihr Anwalt?« fragte Markby und nickte Pearce zu.

In den Augen des Inhaftierten blitzte es boshaft auf. »Colin Deanes«, sagte er und hatte die Genugtuung zu sehen, daß der Chefinspektor einen Moment lang sprachlos war.

Aus der Untersuchungshaft mit der strengen Auflage entlassen, sich nicht aus der Stadt zu entfernen, ging Simon Pardy später am Abend nach Hause. Er wohnte in einem Reihenhaus in der Jubilee Road, einer Straße mit heruntergekommenen Villen aus der Zeit König Eduards. Nummer dreiundvierzig, wo er mit drei anderen jungen Leuten hauste, war noch baufälliger als die meisten Häuser dort. Es hatte keine Innentoilette. Bei jedem Wetter mußte man in das Häuschen neben dem Kohlenschuppen im Hinterhof gehen. Die steinernen Einfassungen der Erkerfenster bröckelten, und das obere Erkerfenster hatte deutlich Schlagseite. Das gesamte Mauerwerk mußte dringend neu verfugt werden, und die Farbe blätterte überall ab. In dem Zustand, in dem das Haus war, würde es dem Hauswirt schwerfallen, respektable Mieter zu finden, und er war froh, es für viel zuviel Geld an die jungen Leute zu vermieten.

Simon Pardy wohnte hier, seit er in einem Pub zufällig Mick Leary kennengelernt hatte. Er hatte einen Unterschlupf gesucht, Micky und die beiden Mädchen einen vierten Mieter, da vor kurzem jemand ausgezogen war. Sie mußten zu viert sein, um die Miete aufbringen zu können. Pardy war sofort eingezogen.

Micky war Lagerarbeiter, die beiden Mädchen, Tracy und Cheryl, Hilfskräfte im Supermarkt. Wenn sie nicht arbeiteten, zogen sie sich gleich an – trugen beide enge schwarze Leggings, schwarze Lederjacken und schwarze Wildlederstiefel. Sie hatten schwarzgefärbte, streichholzkurze Haare und vielfach durchstochene Ohrläppchen, um ein ganzes Dickicht an Ohrringen daranzuhängen. Beide waren klein, plump und voller Energie, und wenn sie in ihrem schwarzen Outfit die Straße entlangwieselten, sahen sie wie zwei Spinnen aus, die hinter einem Opfer herrannten. Simon Pardy interessierte sich weder für sie noch für Mädchen im allgemeinen. War aber auch nicht an jungen Männern interessiert. Im Grunde interessierte er sich überhaupt nicht für Menschen. Sehr früh schon hatte er sich radikalen Interessen verschrieben, sich seit einiger Zeit jedoch nur noch für Tiere eingesetzt. Merkwürdig genug interessierte er sich jedoch auch nicht besonders für Tiere um ihrer selbst willen. Ein paar Katzen lungerten um das Haus Nummer dreiundvierzig herum, mieden Pardy jedoch – der sie ohnehin nie fütterte. Mick machte ein Getue um sie, und die Mädchen brachten aus dem Supermarkt Dosen mit Katzenfutter mit. Im großen und ganzen ging es den Katzen von Nummer dreiundvierzig recht gut. Aber ohne Simon Pardy, den Kämpfer für das Recht der Tiere.

Als Simon mit wehendem Mantel die Lücke passierte, in der eigentlich eine Pforte sein sollte, kauerte eine

Katze, eine kräftige schwarzweiße, auf der bröckelnden Ziegelmauer im Schutz der Ligusterhecke des Nachbarhauses. Die andere, eine Tigerkatze von unternehmungslustigerem Wesen, lauerte hoffnungsvoll auf der Veranda. Simon betrat das Haus und schloß schnell die Tür hinter sich, bevor die Katze zu seinen Füßen hinter ihm hineinhuschen konnte.

Aus der Küche, dem einzigen heizbaren Raum im Haus, in dem sich alle versammelten, kamen Stimmen. Simon ging über das rissige Linoleum im Flur und stieß die Küchentür auf.

Die drei anderen saßen um den wackligen Küchentisch herum, auf dem Kaffeetassen, Lagerbier- und Coladosen und ein übervoller Aschenbecher standen. Sie hatten die Köpfe zusammengesteckt, und als er eintrat, blickten alle mit erschrockenen Gesichtern auf und verstummten. Es war offensichtlich, daß sie über ihn gesprochen hatten.

Simon war es egal, ob sie über ihn sprachen oder nicht. In letzter Zeit hatte er ohnehin vermutet, daß sie es gern gesehen hätten, wenn er ausgezogen wäre. Wären sie sicher gewesen, bald einen Ersatz für ihn zu finden, hätten sie ihn bestimmt schon gebeten zu gehen. Doch er war es gewohnt, daß die Leute ihn oder seine Gesellschaft nicht mochten, daher kam es für ihn nicht unerwartet. Er hatte absolut nicht vor zu gehen, füllte jetzt den Kessel und setzte ihn auf.

»Wie bist du mit den Bullen zurechtgekommen?« fragte Mick. »Wir haben unten im Pub davon gehört.«

»Waren ganz in Ordnung.«

»Sie ist tot, ist das richtig?« fragte Cheryl, und ihr Mund blieb halb offen stehen, als sie zu Ende gesprochen hatte. »Alle haben gesagt, daß sie tot ist.«

»Ja.«

»Was? Und da haben sie dich gehen lassen?« fragte Tracy, die aggressivere der beiden. Sie schüttelte den schwarzen Kopf und blinzelte mit den pechschwarz umrahmten Augen, die aussahen wie die einer indischen Tänzerin.

»Darauf kannst du wetten«, stieß Simon hervor. »Ich habe Colin zu Hilfe geholt.«

»Was, Deanes?« fragte Tracy skeptisch.

»Ja, Deanes.« Simon drehte sich um und sah sie finster an. »Der hat ihnen ganz schnell gezeigt, wo der Hase lang läuft.«

»Der?« Ihre Skepsis nahm zu. »Der hat doch von nichts eine Ahnung.«

Simons Reaktion erschreckte sie alle. Er stürzte vorwärts und knallte beide Fäuste auf die Tischplatte, so daß der Tisch heftig zu wackeln begann, Becher und Dosen klirrten.

»Sagt ja nichts gegen Colin! Er weiß, was er tut. Er sagt dem verdammten Establishment, wohin es sich verpissen soll. Er ist der beste Kerl, den ich kenne, und wenn's mehr gäbe wie ihn, hätten wir in diesem Land eine anständige Gesellschaft, keine solche Scheiße wie jetzt.«

Nach einer Weile sagte Mick friedlich: »In Ordnung, reiß dir nicht die Haare aus. War gut, daß du ihn rufen konntest.«

Simon sah sie der Reihe nach an. Cheryl fuhr sich mit der Zungenspitze über die geöffneten Lippen. Tracy blinzelte heftig mit ihren kohlumrandeten Augen.

»In Ordnung?« fragte er mürrisch.

»In Ordnung«, antworteten sie gehorsam im Chor.

Simon stieß sich vom Tisch ab und ging zu dem pfeifenden Kessel, um sich seinen Kaffee zu machen. Sie konnten den triumphierenden Glanz in seinen Augen nicht sehen. Das Herz hüpfte ihm in der Brust vor Vergnügen, und die Furcht, die er auf der Polizeistation empfunden hatte, verwandelte sich in Freude. Sie fürchteten sich vor ihm. Sie fürchteten, er könnte gewalttätig werden und ihnen körperlichen Schaden zufügen. Sie hatten sich noch nie vor ihm gefürchtet. Sie hatten ihn verachtet und nur wegen seines Mietanteils geduldet. Aber jetzt war dieses Needham-Frauenzimmer gestorben, und sie fürchteten sich vor ihm. Jetzt würde es keiner mehr auch nur anzudeuten wagen, daß er ausziehen sollte. Sie würden ihn gern gehen sehen, aber zuviel Angst haben, es zu verlangen. Von nun an konnte er tun und sagen, was er wollte – sie würden nicht einen Pieps machen.

Simon goß heißes Wasser in seinen Becher, und sein hageres Gesicht verzog sich zu einem häßlichen, sich selbst beglückwünschenden Lächeln, als er über die Vorteile der Macht nachzudenken begann.

KAPITEL 5

Markby hielt vor Rose Cottage an und stellte den Motor ab. Er stieg aus, doch bevor er an Merediths Tür klopfte, ging er über die Straße und betrachtete nachdenklich Ivy Cottage. Es war der Freitagmorgen nach dem Unfall. Sie hatten bereits eine Verwandte von Harriet Needham aufgespürt, eine Miss Frances Needham-Burrell. Sie schien auch Harriet Needhams Testamentsvollstreckerin zu sein und wollte umgehend nach Bamford kommen. Er hatte nicht selbst mit Miss Needham-Burrell gesprochen und keine Ahnung, wie alt sie war. Wahrscheinlich ein dürrer alter Drachen in Tweed.

Harriets Anwälte waren Duckett & Simpson, eine der drei Kanzleien in Bamford. Theo Simpson, der Seniorpartner, hatte sich persönlich um Harriet Needhams Angelegenheiten gekümmert. Simpson war es gewesen, der, nachdem er von dem Unfall auf dem Market Square gehört hatte, Markby anrief, um sich bestätigen zu lassen, was geschehen war, und um ihm mitzuteilen, daß er sich mit Miss Needham-Burrell in Verbindung setzen werde. Markby dankte ihm für die prompte Intervention und Hilfe. Er hatte schon ein paarmal mit Mr. Simpson zu tun gehabt. Der Anwalt war ein peinlich korrekter älterer Mann, völlig humorlos und mit einer Abneigung dagegen, sich drängen zu lassen, obwohl er nicht langsam war, wenn man ihn das Tempo selbst bestimmen ließ. Für die Interessen seiner Klienten setzte er sich mit ungewöhnlicher Hingabe ein. So sehr, daß er Markby manchmal sogar in seinen Ermittlungen behinderte, wenn er gezwungen war, sich in Polizeiangelegenheiten mit dem Anwalt in Verbindung zu setzen. Diesmal hatten die Ereignisse den armen alten Simpson total aus dem Gleichgewicht gebracht, er war am Telefon außer sich gewesen vor Aufregung.

»Der alte Theo?« sagte Laura sofort, als Markby über Mr. Simpson murrte. »Ich nehme an, er ist ein bißchen verknöchert, aber er hat ein sehr gesundes Rechtsempfinden. Ich wünschte, ich wüßte nur ein Zehntel von dem, was er weiß.«

Jetzt überlegte Markby, woraus – vom Ivy Cottage abgesehen – Harriet Needhams Nachlaß noch bestehen mochte. Ivy Cottage selbst war attraktiv, altmodisch, in gutem Zustand und hatte einen hübschen, kleinen Garten. Die Augen eines jeden Immobilienmaklers würden bei seinem Anblick unter Garantie aufleuchten, selbst bei dem derzeitigen Konjunkturrückgang auf dem Immobilienmarkt. Markby war klar, daß es reine Zeitverschwendung wäre, den Anwalt ohne richterliche Genehmigung nach dem Inhalt des Testaments zu fragen. Er versuchte telefonisch und auf Umwegen ein paar Informationen über Harriet Needhams finanzielle Mittel zu bekommen und wies darauf hin, daß man vielleicht noch andere von ihrem tragischen Ableben verständigen müßte. Das äußerste, wozu Mr. Simpson sich herabließ – mit größtem Widerstreben und unverkennbar empört über die unangemessene Frage –, war die Mitteilung, daß die Klientin ein Einkommen aus einem Familientreuhandfonds bezogen hatte. Die Höhe dieses Einkommens durfte er seiner Ansicht nach nicht preisgeben. Es sei, sagte er unwirsch, ausreichend gewesen.

Demnach hatte Harriet Needham nicht regelmäßig gearbeitet. Sie hatte als freie Journalistin gelegentlich Artikel für Zeitschriften wie *Horse and Hound* und *The Field* und *Country Life* geschrieben. Diese Information hatte er Jack Pringle zu verdanken. Harriet war auch, wie er – diesmal von Laura – mit Staunen erfahren hatte, die Autorin einer Erzählung mit dem Titel *Briony Rides at the Horse of the Year Show.* Zielgruppe waren die kleinen Mädchen im Pony-Club-Alter, doch auch diejenigen, die kein eigenes Pony besaßen, aber pferdeverrückt waren – ein Stadium, dem kleine englische Mädchen nur selten entgehen und aus dem sie nie herauszuwachsen scheinen. Offenbar trat seine Nichte Emma gerade in dieses Alter ein; sie besaß ein signiertes Exemplar von *Briony Rides at the Horse of the Year Show.*

»Es war riesig nett von Harriet«, sagte Laura. »Emma hat sie in Bamford getroffen und gefragt, ob sie ihr ein Buch zum Signieren schicken dürfe, und Harriet sagte, aber ja, natürlich. Also hat Emma ihr das Buch nach Pook's Common geschickt und es mit einer sehr netten Widmung und einem Foto von Harriet, hoch zu Pferde, zurückbekommen. »Es hängt gerahmt in Emmas Zimmer. Dieser Unfall ist eine schreckliche Sache.«

Jedoch hätte auch diese bemerkenswerte literarische Arbeit – selbst wenn sie eine ganze Armee von Fans wie seine Nichte Emma gehabt hätte – Harriet kein besonders großes Einkommen eingebracht, ebensowenig wie der Journalismus; für den Rest hatte wohl der Treuhandfonds gesorgt.

Er fragte sich auch, ob Harriet vielleicht auch Drohbriefe erhalten hatte wie Tom Fearon, und wenn ja, wo sie sie aufbewahrt hatte? Bisher hatte er aber keinen Grund, einen Durchsuchungsbefehl für Ivy Cottage zu beantragen, und Mr. Simpson würde feuerrot anlaufen und jeden juristischen Folianten seiner großen Bibliothek nach ihm werfen, sollte er es auch nur versuchen. Es würde sich aber lohnen, sich mit Miss Frances Needham-Burrell in Verbindung zu setzen, sobald sie hier war, und sie zu bitten, wenn sie den Nachlaß ihrer Cousine ordnete, nach Briefen Ausschau zu halten, die Drohungen oder Beschimpfungen enthielten.

Markby machte kehrt, ging zum Rose Cottage zurück, und Meredith öffnete ihm schon, bevor er klopfte. Sie schien sich zu freuen, ihn zu sehen.

»Ich habe Sie durch die Vorhänge beobachtet, nennt man das nun schnüffeln? Was hätten Sie lieber – Tee oder Kaffee?«

»Tee wäre schön.« Er nahm im Wohnzimmer Platz, in das sie ihn führte, und stellte fest: »Sie haben den Weihnachtsschmuck abgenommen?«

»Ja, es schien mir nicht richtig, ihn unter diesen Umständen hängenzulassen. Mrs. Brissett hat sich über Harriets Tod sehr aufgeregt. Sie hat geweint, und ich habe sie nach Hause geschickt. Sie hatte Harriet sehr gern. Offenbar hat Mrs. Brissetts Schwiegersohn vor ein paar Jahren ihre Tochter verlassen, und sie hatte Schwierigkeiten, einen Job zu finden, und kein Geld ... Und Harriet hat ihr geholfen und irgendwo Arbeit verschafft. Die Brissetts sind ihr ewig dankbar. Das klingt, als wäre Harriet sehr nett gewesen.«

»Ich glaube, daß sie sehr nett war«, sagte Markby, der an das von Harriet signierte Exemplar für Emma dachte. Meredith holte den Tee, und als sie zurückkam, sagte er: »Das ist eigentlich ein offizieller Besuch.«

Meredith lächelte. »Das habe ich vermutet. Was passiert mit diesem jungen Mann?«

»Sie meinen diesen erbärmlichen Pardy – so heißt er nämlich. Simon Pardy. Ich mußte ihn laufenlassen, aber er muß sich zu unserer Verfügung halten. Hat mir seinen Anwalt auf den Hals gehetzt. Keinen Geringeren als Ihren Freund Colin Deanes. Er erschien in Rekordzeit und beschuldigte mich, Pardy mit meiner Taktik zu drangsalieren. Da ich aus Pardy sowieso nichts mehr herausbekommen hätte, habe ich eine Erklärung tippen lassen, und nachdem Deanes sie gewissermaßen mit der Lupe untersucht hatte, hat Pardy unterschrieben. Dann hat Deanes ihn mitgenommen und sich dabei wie eine Glucke aufgeführt.«

»Ist Deanes denn Anwalt?« fragte Meredith überrascht. »Ich dachte, er sei Schriftsteller und Soziologe.«

»Und, wie es scheint, ein qualifizierter Rechtsanwalt, der früher irgendwo im Norden Partner in einer Anwaltskanzlei war, aber aufgehört hat, um seine ganze Zeit verwahrlosten Jugendlichen zu widmen. Ich hab das vorher auch nicht gewußt.«

»Ist Pardy verwahrlost? Ich meine, war er schon früher in Schwierigkeiten?«

Markby knurrte. »Nicht in dieser Gegend. Kleine Sachen, anderswo.«

Pardys Vorstrafen waren relativ geringfügig, verschiedene Bezirksverwaltungen hatten ihm für mehrere Städte Aufenthaltsverbot erteilt, weil er mehrmals ohne Genehmigung auf der Straße gesammelt –, zur Unterstützung verschiedener Projekte mit seiner Büchse gerasselt hatte; für das Wohl der Tiere setzte er sich jedoch erst seit kurzem ein. Das fand Markby merkwürdig. Man konnte behaupten, Simon Pardy habe das Herz auf dem rechten Fleck, aber sein Kopf – so kam es Markby vor – war einfach überall. Ein irrationaler junger Mann. Die Projekte, für die er so fanatisch kämpfte, befriedigten ohne Zweifel eine tiefe emotionale Leere in ihm. Seiner Familie vermutlich entfremdet, hatte er auch nur wenige echte Freunde. Sogar die einheimischen Jagdgegner konnten nicht viel über ihn sagen.

»Er ist eines Tages einfach aufgetaucht«, hatte ihr Anführer gesagt. »Keiner von uns weiß was über ihn.«

Andererseits, warnte eine kleine Stimme im Hintergrund von Markbys Bewußtsein, konnten Aussehen und Verhalten des jungen Menschen Verstellung sein. Vielleicht ist er einfach naiv und meint es gut, dachte er. Vielleicht weiß er aber auch haargenau, was er tut – aus Gründen tut, von denen seine Gefährten keine Ahnung haben und die alles andere als wohlmeinend sind. Es mochte sich lohnen, bei anderen Police Departments nachzufragen, ob Simon Pardy Verbindung zu anarchistischen Gruppen gehabt hatte. Es war nur ein Gedanke.

»Hören Sie, Meredith.« Markby beugte sich vor »Sie waren Zeugin des Zwischenfalls, bei dem Harriet starb, und waren auch dabei, als sie und Pardy sich an diesem Freitag begegneten. Erzählen Sie mir zuerst, wie Sie den Zwischenfall auf dem Market Square in Erinnerung haben.«

Meredith goß sorgfältig Tee ein und sammelte dabei ihre Gedanken. Sie schob die Unterlippe vor und strich sich mit der Hand über das dichte braune Haar. Sie trug einen gestrickten Pullover aus flauschiger Wolle und Jeans. »Nun« – sie schob die Ärmel des Pullovers zu den Ellenbogen hinauf –, »das ist komisch. Obwohl das Ganze vor mir abläuft wie ein Stummfilm, kann ich nicht genau sagen, wer wo war und so weiter.«

»Das erwarte ich auch nicht von Ihnen. Das können die Leute nie sagen. Sie geben es wenigstens zu. Der schlimmste Zeuge ist, der eine Tatsache beschwört, sich jedoch – und das guten Glaubens – irrt, aber unerschütterlich bei seiner Aussage bleibt. Es ist äußerst schwierig, sich an etwas zu erinnern, das plötzlich geschieht, unerwartet und unter aufwühlenden Umständen. Versuchen Sie Ihr Bestes.«

»Lassen Sie mich überlegen. Harriet ist ganz dicht an die Demonstranten herangeritten, was mich überrascht hat. Es war, als ob sie sie gar nicht sähe. Sie sind zurückgewichen, nur Pardy ging auf Harriet zu – oder war's nur so, daß die anderen zurückgegangen sind und er allein stehenblieb? Ich könnte nichts beschwören. Er schwenkte wild und völlig idiotisch sein Plakat. Das Pferd scheute. Harriet fiel herunter … Pardy stand da und sah sehr selbstzufrieden aus, hob irgendwie triumphierend die Arme. Fearon hat Harriets Pferd eingefangen, nicht wahr? Ein oder zwei Minuten später hat er es jedenfalls am Zügel geführt. Dann kam Green geritten. Er muß durch die Menge gekommen sein, aber ich habe ihn nicht gesehen. Plötzlich war er da, nahm den Zylinder ab und schaute auf Harriet hinunter.«

»Was haben Sie über Greens Geste gedacht?« fragte Markby.

»Um die Wahrheit zu sagen, ich habe Gänsehaut dabei bekommen. Ich mußte an dieses Voodoo-Dings denken, das um Friedhöfe herumhängt und einen Zylinder trägt.« Das Bild von Greens entblößtem Kopf, seinem Gesicht und seiner Miene stieg vor ihrem geistigen Auge auf. Geschockt? Nein, dachte sie, er hat erleichtert ausgesehen, das war's. Doch jetzt bilde ich mir alles mögliche ein, sagte sie sich sofort und behielt diesen Eindruck für sich. »Was haben Sie gedacht?« Sie versuchte Zeit zu gewinnen.

»Ich? Streng unter uns, ich fand das Ganze grotesk. Obwohl es korrekt und zweifellos als Zeichen des Respekts gemeint war. Ich glaube nicht, daß es Tom Fearon gefallen hat.«

»Nein, ich habe gemerkt, daß er verärgert aussah. Vielleicht mag er einfach Green nicht besonders.«

»Wieso sagen Sie das?« Markby sah sie neugierig an.

Sie wurde rot. »Das war nur so ein Gedanke. Es ist sehr warm hier drin. Haben Sie etwas dagegen, wenn ich das Gasfeuer ein bißchen runterdrehe?« Sie stand auf und bückte sich, um den Schalter zu erreichen. »So erinnere ich mich daran. Tut mir leid, daß ich nichts Besseres zu bieten habe.«

»Ist Ihnen kurz vor dem Unfall aufgefallen, daß Harriet wie benebelt aussah oder unsicher im Sattel saß?«

»Ja, das ist mir aufgefallen, sehr deutlich sogar, sie schien mir einfach nicht sie selbst. Obwohl ich sie natürlich nicht sehr gut oder lange gekannt habe. Ich kann es nicht beurteilen.«

»Und wenn Sie ganz schlicht Ihre Beobachtungsgabe einsetzen, wie hätten Sie sie beschrieben? Verkatert? Noch beschwipst?«

»Ich weiß nicht, Alan«, platzte Meredith verärgert heraus. »Ich habe kein Recht, eine Vermutung auszusprechen. Und Sie sollten mich das nicht fragen – es ist eine Suggestivfrage, und wenn Sie sie mir vor Gericht stellen würden, würde der Richter intervenieren und dem Protokollführer sagen, er solle sie streichen. Warum fragen Sie nicht Dr. Pringle – er hat sie besser gekannt als ich und kann Ihnen seine ärztliche Meinung sagen.«

»O Jack«, sagte Markby vage. »Er ist ein bißchen still geworden. Ich weiß nicht, was er denkt. Na schön, ich werde keine Suggestivfragen stellen. Aber Sie sagten, Sie hätten Harriet vergangenen Freitag in Bamford gesehen. Wie hat sie da ausgeschaut?«

»Sie war in guter Verfassung. Und es ging ihr gut, denn als ich nach Hause kam, lud sie mich zum Kaffee ein. Sie hatte alle möglichen Lebensmittel für eine Dinnerparty eingekauft. Und sie hat mir erzählt, daß sie einen Cordon-bleu-Kochkurs besucht hat. Vielleicht sollte ich das auch tun«, fügte Meredith, einen Augenblick abschweifend, hinzu. »Ich bin keine besonders gute Köchin. Eigentlich eine ziemlich miserable.« Sie riß sich zusammen und kehrte zum Thema zurück. »Wahrscheinlich hatte sie oft Gäste. Am Abend des Weihnachtstags hatte sie jedenfalls Besuch.« Sie schwieg plötzlich verlegen.

»Woher wissen Sie das?«

»Ich – habe sie gesehen. Auf den Jalousien, ihre Silhouetten.« Meredith wurde rot und schob aggressiv das Kinn vor. »Das klingt furchtbar nach Voyeurismus. Ich habe aber nicht hinter dem Vorhang gelauert, das versichere ich Ihnen. Ich wollte ungefähr zehn Minuten, nachdem Sie mich hier abgesetzt hatten, im Schlafzimmer den Vorhang zuziehen. Er – es war ein Mann – könnte Ihnen sagen, in welchem Zustand sie war – o Gott, das klingt wie etwas, das ich gar nicht meine. Ich habe gemeint, ob sie sich krank fühlte. So hat sie sich aber nicht benommen.«

»Und wenn sie betrunken war?«

»Das weiß ich wirklich nicht.« Die Worte kamen schärfer heraus als beabsichtigt. Sanfter fügte sie hinzu: »Aber meiner Meinung nach hat sie einiges vertragen. Ich habe sie zwischen dem Freitag in Bamford und dem Weihnachtstag als Silhouette am Fenster zweimal gesehen.«

»Ach?« Er hob die Brauen.

»Samstagvormittag habe ich sie vor Pook's Stallungen getroffen. Ich ging spazieren. Sie hat mich eingeholt und auf die Koppel mitgenommen, damit ich mir ihr Pferd ansehe. Dann haben wir uns getrennt, ich bin weitermarschiert, und sie ist mit Blazer zurück in den Stallhof. Und am Montag war sie zum Lunch bei mir, weil Mrs. Brissett im Ivy Cottage saubergemacht hat. Wir haben nur dagesessen und ein bißchen geschwatzt, über verschiedene Weihnachtsfeiertage, an die wir uns aus der Kindheit erinnerten. Eigentlich habe hauptsächlich ich gesprochen. Harriet hat nicht viel über ihre Familie gesagt. Einmal hatte sie zu Weihnachten Masern, und der ganze Haushalt mußte in Quarantäne gehen – das war ungefähr die einzige Familiengeschichte, die sie erzählte. Sie fragte mich, was ich im Ausland getan habe. Dann habe ich sie dazu gebracht, über Pferde zu reden, und da ist sie ein bißchen aus sich herausgegangen. Sie hat, seit sie ein Kind war, immer ein Pony oder ein Pferd besessen. Blazer hat sie vor dem Schlachter gerettet. Hat ihn bei einer Versteigerung gesehen, als er schon einem Pferdemetzger zugeschlagen werden sollte, den sie im letzten Moment überbot. Sie war sehr empört darüber, daß lebende Tiere – Pferde oder Rinder – auf den Kontinent exportiert und dort geschlachtet werden. Erklärte mir die Vorschriften des Gemeinsamen Marktes. Allem Anschein sind sie nicht so streng wie die britischen, und die Leute hier befürchten, daß die Vorschriften für den Transport lebender Tiere gelockert werden könnten, damit wir mit Europa gleichziehen. Harriet war besorgt, daß die unglücklichen Tiere leiden würden, und es scheint auch mir ein Unrecht zu sein, daß nach EG-Vorschriften die armen Biester auf dem Transport nicht so oft zu fressen und zu saufen bekommen wie nach unseren Vorschriften. Das wirklich

Unsinnige ist, daß Pardy sie so mißverstanden hat. Ich meine, ihr haben die Tiere am Herzen gelegen. Sehr sogar, und sie hat viel getan, um zu helfen – ich meine, sie hat praktische Hilfe geleistet, wie zum Beispiel Blazer gekauft und wegen der Tiertransporte an Parlamentsabgeordnete geschrieben.«

Markby saß da und blickte finster in die Gasflammen, die nicht mehr so hell brannten und leise und ausdauernd zischten. »Anonyme Briefe hat sie nicht erwähnt, oder?« fragte er ohne echte Hoffnung.

»Nein, mit keinem Wort.« Das klang nicht nur überrascht, Meredith sah ihn auch erstaunt an. »Hat sie welche bekommen? Und was stand drin?«

»Das weiß ich nicht. Tom hat welche bekommen, und andere Jagdteilnehmer vielleicht auch. Ich werde auf Miss Needham-Burrell warten müssen.«

»Auf wen?«

»Harriets Cousine und Testamentsvollstreckerin. Wahrscheinlich ein altes Weib mit Schnurrbart und Jagdstuhl.«

»O nein«, sagte Meredith und dachte an die Fotografie mit den drei kleinen Mädchen. »Sie ist ...« Sie unterbrach sich und schloß sanftmütig: »Vermutlich ist sie sehr nett.«

»Nett und, wie ich hoffe, kooperativ.« Markby stand auf. »Danke für den Tee. Ich hoffe, der Unfall wirft keinen allzu dunklen Schatten auf die Feiertage. Haben Sie Lust, Silvester, das ist der nächste Dienstag abend, mit mir ein Glas zu trinken?«

Er wollte sie wiedersehen. Sie hätte auf der Hut sein sollen, statt dessen freute sie sich. »Ja, gern, wenn Sie nicht noch mit dieser Geschichte beschäftigt sind.«

»Oh, bis dahin haben wir längst alles unter Dach und Fach«, sagte Markby vergnügt.

An der Gartentür stehend, winkte Meredith ihm zum Abschied und sah zu, wie er vor dem Cottage der Haynes wendete und dann in Richtung von Fenniwicks Garage und der Abzweigung zur Landstraße aus ihrem Blickfeld verschwand. Als das Motorgeräusch seines Wagens verklungen war, ertappte sie sich dabei, daß sie die blanken Fenster von Ivy Cottage anstarrte. Gestern morgen war Harriet aufgestanden und hatte sich hinter den Fenstern im ersten Stock für die Jagd fertiggemacht. Und am Abend des Weihnachtstages hatten Harriet und ein Mann sich hinter diesen Fenstern leidenschaftlich umarmt, und sie, Meredith, hatte sie flüchtig gesehen. Wo war er jetzt? Harriets Liebhaber? Was dachte er? Und kannte er den Grund, oder wußte er eine Erklärung für ihr ungewöhnliches Verhalten beim Jagdtreffen? Wenn es eine Leichenschau gibt, dachte Meredith, sollte er sich melden und aussagen. Und es würde eine Leichenschau geben, nicht wahr?

Ein scharfer Wind kam auf und brachte einen leichten, aber unverkennbaren Pferdegeruch mit. Nachdenklich blickte Meredith das Sträßchen entlang. Pook's Stallungen waren von hier zwar nicht zu sehen, machten sich aber anderweitig bemerkbar. Meredith rügte sich heftig. Sie sollte sich nicht einmischen. Aber warum eigentlich nicht? Tom war Harriets Freund. Bestimmt würde auch er die Wahrheit wissen wollen. Oder kannte er sie schon?

Sie ging ins Haus, zog feste Schuhe und einen Anorak an, band sich ein Kopftuch um, damit ihr Haar nicht im Wind flog, und machte sich auf den Weg.

Der Hof von Pook's Stallungen war leer, aber sie hörte die Pferde in ihren Boxen. Sie stieß die Gattertür mit den fünf Querbalken auf und sicherte sie hinter sich wieder gründlich. Fearons Mercedes parkte unter dem Dach eines Heuschuppens zu ihrer Linken. Er war also hier, es sei denn, er war zum Gemeindeland hinübergeritten. Das war durchaus möglich. Meredith spähte in ein paar Pferdeboxen und rief: »Mr. Fearon?«, blickte aber nur in erstaunte Pferdegesichter. Sie zögerte, dachte: Wer A sagt, muß auch B sagen, und ging auf den baufälligen Bungalow hinter den Ställen zu.

Direkt dahinter war ein Feld, auf dem kreuz und quer durcheinander weiße und rote Stangen und ein paar lackierte Ölfässer herumlagen, die zweifellos als Hindernisse für Übungsspringen dienen sollten. Der ganze Besitz schien ein organisiertes Chaos zu sein. Hier waren nur Pferde wichtig, zuerst und vor allem Pferde. Menschen und ihre Bedürfnisse mußten hineingequetscht werden, wann immer Zeit und Platz es erlaubten. Die Eingangstür des Bungalows stand offen. Auf der Veranda zögerte Meredith wieder, dann klopfte sie laut.

»Mr. Fearon!«

Keine Antwort. Sie konnte sich vorstellen, daß Tom hinausging und die Tür offenließ, wenn er in der Nähe arbeitete, nicht aber, wenn er mit der Arbeit fertig war, und es wäre unsinnig, die kalte Luft ins Haus zu lassen. Sie betrat den engen Flur und rief wieder: »Mr. Fearon, sind Sie da?«

Ein schwaches Stöhnen hinter der Tür unmittelbar zu ihrer Rechten antwortete ihr. Sie erschrak. War er verletzt, oder hatten ihn nach den jüngsten Ereignissen Kummer und Verzweiflung überwältigt? Er und Harriet hatten sich, wenn es um die Pferde ging, sehr nahegestanden. Armer Mann, dachte Meredith mit plötzlich aufwallendem Mitgefühl. Sie klopfte an die Tür und öffnete sie, da sie keine Antwort mehr bekam.

Sie stand auf der Schwelle von Fearons Schlafzimmer; das war ein bißchen heikel, und sie überlegte, ob sie sich nicht besser auf der Stelle zurückziehen sollte. Die Vorhänge waren noch geschlossen, und an diesem Wintertag war es hier drin finster wie die Nacht. Doch dann hörte sie wieder ein schwaches Stöhnen und sah eine Gestalt reglos auf dem Doppelbett ausgestreckt, das die Mitte des Zimmers einnahm. Vorsichtig ging Meredith darauf zu.

»Mr. Fearon?« Abrupt blieb sie stehen, bückte sich und schnüffelte, rümpfte die Nase, weil es so stark nach Whisky roch. Verletzt? Krank? Verzweifelt? Nichts dergleichen. Stockbetrunken.

Meredith war empört. Sie machte auf dem Absatz kehrt und riß mit einem Ruck die Vorhänge auseinander, um das graue Tageslicht einzulassen. Dann musterte sie ihre Umgebung. Was für ein Schweinestall. Toms Reitkappe war am Fußende über den Messingknauf des Bettgestells gestülpt. Ein Paar Reitstiefel, vermutlich sein bestes Paar, lag nachlässig vor dem Toilettentisch und sah genauso betrunken aus wie sein Besitzer. Das weiße Hemd, das er am Tag vorher getragen hatte, lag zerknautscht auf dem Boden, und Tom Fearon selbst fläzte in voller Kleidung quer auf dem ungemachten Bett, die Füße in schlammigen Stiefeln auf der Tagesdecke, er selbst unrasiert, mit geschlossenen Augen.

Meredith marschierte hinüber, packte mit beiden Händen seinen Pullover, zerrte ihn vom Kissen in die Höhe und schüttelte ihn beinahe gewalttätig. »Wachen Sie auf!« befahl sie schroff.

Toms verquollene, trübe Augen öffneten sich einen Spalt breit. Sie ließ ihn los, er plumpste in die zerdrückten Bettlaken zurück und starrte sie zuerst verständnislos an. Dann wurde sein Blick klarer, und ein verblüffter Ausdruck trat in seine Augen. »Wer zum Teufel sind Sie?« murmelte er heiser.

»Meredith Mitchell vom Rose Cottage.«

»O sicher, klar, ja.« Fearon blinzelte. »Erinnere mich an Sie. Gestern, auf dem Platz ...«

»Stehen Sie auf, Mr. Fearon. Das ist widerlich. Sie müssen sich um Ihre Tiere kümmern.«

Damit hatte sie ins Schwarze getroffen. Fearons Augen öffneten sich ganz, und er setzte sich mit einem Ruck auf, fluchte, fuhr sich mit der Hand über die schwarzen Locken und blinzelte sie an. »Ich war heute früh um sechs Uhr draußen und habe die Pferde versorgt. Sagen Sie mir nicht, was ich zu tun habe, verdammt noch mal!«

»Sie brauchen nicht zu fluchen, Mr. Fearon«, sagte Meredith kurz.

Fearon schwang die Beine auf den Boden, stützte die Hände auf die Bettkante und blickte, eine Grimasse ziehend, zu ihr auf. »Was machen Sie eigentlich hier?«

»Ich wollte mit Ihnen sprechen, aber Sie waren nicht im Hof. Die Haustür ist offen. Im Haus ist es eiskalt. Haben Sie keine Heizung?«

»Brauche keine, bin den ganzen Tag im Freien.« Taumelnd kam Fearon auf die Beine. Meredith war groß, aber Tom Fearon war viel, viel größer. Er muß ohne Schuhe fast einsneunzig messen, schätzte Meredith. Sie versuchte sich die Silhouetten der Gestalten auf Harriets Jalousien vorzustellen. Der Mann war groß gewesen, aber so groß? Schwer zu sagen.

Ihr Blick fiel auf die verschmutzte Tagesdecke. »Tscha«, sagte sie verärgert.

Fearon blickte in dieselbe Richtung, um zu sehen, was sie so aufregte, machte ein überraschtes Gesicht, klopfte halbherzig mit der Hand auf den Schlamm und murmelte: »Bürste ich ab ...«

Er trottete an ihr vorbei, kratzte sich zerstreut die Rippen und verschwand in einem anderen Raum. Aus einem Hahn klatschte Wasser in ein Becken. Meredith ging in den Flur und wartete. Fearon tauchte mit einem Handtuch in den Händen wieder auf, sein schwarzes Haar glänzte vor Nässe, und Rinnsale liefen ihm über die dunkle Haut. Er rieb sich das Kinn und den Nacken mit dem Handtuch trocken und sagte: »Ich bin nicht betrunken, war nur hundemüde – bin Ihnen aber keine Erklärung schuldig. Ich habe gestern nacht höchstens zwei Stunden geschlafen.«

»Ich habe den Whisky gerochen.«

»Ein Glas, ein einziges Glas hab ich getrunken. Und es geht Sie verdammt nichts an! Wer, zum Teufel, gibt Ihnen das Recht, hier hereinzuschneien und mich herumzukommandieren?« Plötzlich explodierte sein Zorn, kampflustig schob er das Kinn vor, und seine dunklen Augen funkelten.

»Sie haben mich gestern eingeladen. Haben gesagt, ich sollte mir die Stallungen ansehen kommen.«

Fearon sah einen Moment verblüfft aus, dann zuckte er mit den Schultern, warf das Handtuch hinter sich ins Bad, wo es vermutlich auf dem Boden landete, und sagte grollend: »In Ordnung, ich führe Sie herum. Muß mir nur noch schnell meine Jacke holen.«

Sie war aus abgewetztem Harris-Tweed mit Lederflecken. Er zog sie über den Pullover, klatschte sich eine speckige flache Mütze auf das nasse Haar und marschierte los. Meredith mußte sich beeilen, um mit ihm Schritt halten zu können.

»Der Raum für das Sattelzeug«, sagte er lakonisch und riß die Tür auf.

Meredith schaute hinein. Sattel, auf Hochglanz poliert, und vor Sauberkeit blitzende Steigbügel hingen ordentlich an Haken. Darüber Zaumzeug. Verglichen mit dem

Bungalow war der Raum für das Sattelzeug ein Wunder an Ordnung und Sauberkeit.

»Im Moment habe ich nur fünf Pferde hier«, sagte Tom, zur ersten Box weitergehend. »Mit der alten Stute hier müßten Sie zurechtkommen.«

Er sagte das verdächtig freundlich, und Meredith warf ihm einen finsteren Blick zu. Er hatte die Tür der Box geöffnet, verschwand dahinter, und als er zurückkam, führte er einen Braunen am Halfter, der in der Höhe etwas mehr als anderthalb Meter maß.

»Sie ist zwölf Jahre alt, ein feines altes Mädchen, weiches Maul und gute Manieren, was sie bei manchen Frauen sehr beliebt macht, und sie wird Sie nicht abwerfen. Lassen Sie mich wissen, ob Sie interessiert sind, dann lege ich einen Sattel für Sie auf.«

»Danke«, sagte Meredith und tätschelte der Stute die Nase.

»Ich habe auch einen Damensattel, wenn Ihnen das lieber ist«, sagte Tom so überfreundlich wie vorher.

»In Ordnung«, sagte Meredith verärgert. »Ich bin nicht beschränkt. Sie können sich Ihren Spott schenken.«

Fearons braune Wangen spannten sich zu einem Grinsen. Er brachte die Stute in die Box zurück, kam heraus, lehnte sich mit über der Brust gekreuzten Armen an die Tür und betrachtete sie gelassen unter der tief in die Stirn gezogenen flachen Mütze hervor. »Na schön, Miss Mitchell, was wollen Sie wissen?«

Verärgert spürte Meredith, wie ihr das Blut ins Gesicht schoß. Sie holte tief Atem und sagte rasch: »Ich bin gekommen, um mit Ihnen über Harriet zu sprechen.«

»Das hab ich mir gedacht.« Fearon stieß sich von der Tür ab. »Im Sattelraum ist es wärmer. Dort steht ein Ölofen.«

Sie folgte ihm zurück in die kleine Geschirrkammer und setzte sich auf eine Bank, während er den Paraffinofen anzündete, der im Raum bald Wärme und Gestank verbreitete.

»Ist dieses Ding nicht gefährlich? Ich hätte gedacht, daß Sie sich vor Feuer fürchten müßten.«

»Ich bin vorsichtig. Und versuchen Sie einmal, Geschirre und Sättel mit steifgefrorenen Fingern zu reinigen.« Er setzte sich auf eine Bank, die an der Wand gegenüber stand, und stützte die Arme auf die Knie, die Hände locker ineinander verschränkt. Er hatte überraschend feine Hände, lang, schmal und kräftig, doch an den Knöcheln hatte er verräterische Narben, die sich blaß von seiner braunen Haut abhoben. Er hatte schon eine ganze Reihe Faustkämpfe hinter sich, der liebe Mr. Fearon. Doch wie lange war das her? Waren die Narben nur Erinnerungen an seine Knabenzeit?

»Es tut mir so leid um Harriet«, sagte Meredith langsam. »Ich hatte mich darauf gefreut, sie besser kennenzulernen.«

»Ach ja, tatsächlich?« Sein Ton war fast beleidigend, aber nur fast.

Meredith beherrschte sich. »Ja, ich hatte sie sehr gern.«

Fearon grunzte. »Hat mich ziemlich gebeutelt, das von gestern«, sagte er unerwartet.

»Ja, das glaube ich Ihnen. Es war entsetzlich, sie fallen zu sehen.« Meredith hielt einen Moment inne und fügte hinzu: »Es überrascht mich nicht, daß Sie was trinken mußten, und es tut mir leid, wenn ich Sie vorhin beschimpft habe.«

»Alkohol hält einen warm.«

»Das stimmt gar nicht. Das ist ein Trugschluß. Man bekommt nur eine Illusion von Wärme, und hinterher friert man um so mehr. Die Venen erweitern sich, oder so ähnlich, Körperwärme.«

»Was sind Sie, um Himmels willen? Ein weiblicher Gesundheitsapostel, eine Klostervorsteherin?«

»Nein, ich habe mich nur über Harriet gewundert. Es schien ihr bei dem Jagdtreffen, kurz vor dem Unfall, nicht gutzugehen, sie ist mir krank vorgekommen. Hatten Sie nicht auch den Eindruck?

Er wurde vorsichtig. »Ich habe sie nie krank erlebt. Sie war recht fit.«

»Aber beim Jagdtreffen war sie's nicht, oder?« blieb Meredith hartnäckig. »Sie hat zusammengesunken und krumm im Sattel gehangen und undeutlich gesprochen. Ob sie vielleicht getrunken hat, bevor sie losgeritten ist, was glauben Sie?«

»Jetzt hören Sie mir mal zu, Meredith – oder wie immer Sie heißen«, sagte Fearon heftig. »Harriet hat an diesem Morgen vielleicht ein, zwei Gläser getrunken, aber sie war nicht betrunken. Ich habe in fünf Jahren nicht erlebt, daß ein paar Drinks Harriet etwas ausgemacht hätten. Ich habe sie einiges kippen gesehen, aber betrunken war sie nie! Ist das klar? Ich weiß nicht, warum sie so war, wie sie war, bevor der junge Dreckskerl mit seinem Plakat Blazer so erschreckt hat, daß er scheute, aber sie war nicht krank, und sie war nicht betrunken, kapiert?«

Er war jetzt wütend, und in der Enge der winzigen, mit Geräten vollgestopften Geschirrkammer sah er richtig gefährlich aus.

»In Ordnung«, sagte Meredith nachgiebig.

Fearon entspannte sich ein wenig, beendete aber auch das Gespräch. »Ich habe zu arbeiten. Rufen Sie mich an, wenn ich die Stute für Sie satteln soll. Sie wird für Sie bereitstehen.«

»Danke.« Sie waren beide aufgestanden.

»Wir sehen uns«, sagte Fearon mit ungelenker Höflichkeit.

»Ja, auf Wiedersehen.« Meredith flüchtete durch die Tür, die er für sie offenhielt, und ging verwirrt und unzufrieden rasch nach Hause. Dumme Gans, schalt sie sich. So dort hineinzuplatzen! Sie seufzte. Und ich weiß noch immer nicht, ob er der Mann war, dessen Silhouette ich auf Harriets Jalousie gesehen habe. Sie runzelte die Stirn. Wenn Harriet nicht krank und nicht betrunken war, was war dann mit ihr los?

In Bamford bekam Inspektor Markby im selben Moment die Antwort auf diese Frage.

»Der Obduktionsbericht über den Needham-Fall ist gekommen«, begrüßte ihn Pearce.

Markby, der den Mantel auszog und achtlos über einen Haken hängte, brummte etwas vor sich hin. Auf dem Weg zum Schreibtisch blieb er vor dem Fenstersims stehen und betrachtete eine kleine Topfpflanze – ein Usambaraveilchen. Ein paar noch kleinere Blumentöpfe enthielten Blätter von dieser Mutterpflanze, aus denen er hoffte, neue Pflanzen zu ziehen, bisher ohne Ergebnis.

Er setzte sich und griff nach den Papieren, die ordentlich gestapelt auf seinem Schreibtisch lagen. Gleich darauf pfiff er leise vor sich hin, dann rief er scharf: »Pearce!«

»Ja, Sir?«

»Die Dahingeschiedene war randvoll mit Tranquilizern.«

»Die hätten sich mit Alkohol schlecht vertragen«, sagte Pearce. »Es heißt, sie hätten alle irgendeinen Bügeltrunk gekippt.«

»Das haben sie allerdings. Tranquilizer …« Markby

lehnte sich zurück. »Kein Wunder, daß sie vom Pferd gefallen ist. Bevor es passierte, hat sie reichlich merkwürdig ausgesehen und sich auch so benommen. Damit ist der junge Pardy aus dem Schneider, nehme ich an. Wir können ihn immer noch wegen Fahrlässigkeit drankriegen. Aber der Grund, warum sie so leicht aus dem Sattel rutschte und so schwer fiel, scheint mir darauf zurückzuführen zu sein, daß sie einen Mix aus Pillen und Alkohol konsumiert hat. Komisch …« Er kniff die Augen zusammen und starrte, ohne etwas zu sehen, auf den Kalender an der gegenüberliegenden Wand. »Hätte nicht gedacht, daß sie der Typ ist, der Tranquilizer nimmt. Sehr beherrscht, selbstbewußt – nicht nervös oder depressiv.«

»Das weiß man nie«, sagte Pearce.

»Das ist richtig. Wenn der junge Pardy wegen eines geringeren Vergehens verurteilt wird, wird Deanes hochzufrieden sein. Oder vielleicht enttäuscht. Sein Buch ist übrigens seit einiger Zeit fertig und wird demnächst in den Buchhandlungen auftauchen. Es heißt *Revolutionäre Jugend.*«

»Ich werde mich danach umsehen«, sagte Pearce ausdruckslos.

»Es handelt von Jugendlichen, die sich für eine bestimmte Sache einsetzen und dann zur Gewalt greifen. Sie überfallen Forschungslabors und befreien die Tiere. Oder demonstrieren – wie Pardy. Das klingt vielleicht ein bißchen unfreundlich, aber ich frage mich, ob Deanes sich mit Pardys Fall nicht ein bißchen Publicity verschaffen wollte, damit sein Buch besser verkauft wird. Möglicherweise ist es eine Enttäuschung für ihn, daß das Ganze sich als ein Unfall mit tödlichem Ausgang erweist.«

Markby wandte sich wieder dem Obduktionsbericht zu. »Sie hatte verdammt viel intus, nicht nur den Bügeltrunk, den ich sie kippen sah. Sie muß sich mehrere Schlückchen einverleibt haben, bevor sie losritt. Wenn sie mit diesem Alkoholspiegel beim Autofahren erwischt worden wäre, hätte sie ihre Fahrerlaubnis für mindestens ein Jahr verloren und eine hohe Geldstrafe bekommen. Angesichts dieser Tatsache kann ich mir nicht vorstellen, daß der Leichenbeschauer auf Tod durch fremde Einwirkung erkennt. Pardy hat sich benommen wie ein Idiot, und die Folgen waren tragisch. Aber Miss Needham wäre, sobald die Jagd begonnen hätte, sowieso vom Pferd gefallen. Bei der ersten Hecke, die sie übersprungen hätte.«

»Was ist mit dem Brief, den Mr. Fearon bekommen hat, Sir?«

»Ah, das ist eine andere Sache, die ich verfolgen will. Ich bin ziemlich sicher, daß Pardy ihn geschickt hat, doch bisher kann ich es nicht beweisen. Ich würde mein letztes Pfund darauf setzen, daß es noch mehr Briefe gegeben hat. Morgen früh fahre ich hinaus und spreche mit dem Master of the Hunt. Und schon ist mein freier Samstag wieder dahin. Der Master hat vielleicht selbst einen Brief bekommen – oder weiß, wer sonst noch einen bekommen hat. Sie sollten sich bei den anderen Jagdmitgliedern erkundigen. Der Brief an Fearon enthielt eine sehr häßliche Drohung. Pardy, falls es Pardy war, könnte einen Fehler gemacht und einen Brief mit der Hand geschrieben haben. Obwohl wenn sie Zeitungen dazu verwenden, bleiben sie meist dabei. Wir werden sehen.«

»Treten Sie ein, mein lieber Junge, treten Sie ein«, sagte Colonel Stanley. »Entschuldigen Sie, wenn ich nicht aufstehe. Aber mich plagt heute mein verdammtes Ischias. Komme nicht von diesem verdammten Sofa hoch. Fühle mich wie ein verdammtes altes Weib. Wollen Sie was trinken?«

»Normalerweise würde ich im Dienst nein sagen«, antwortete Markby lächelnd und schüttelte dem Master of the Hunt die Hand.

»Natürlich würden Sie. Aber dies ist nicht normal. Ich bin mit Ihrem Vater in die Schule gegangen, wissen Sie? Er war natürlich älter als ich. Ich war noch ein Grünschnabel und er in der sechsten Klasse, ein sehr feiner Kerl, der sich um uns kleine Dreckspatzen gar nicht gekümmert hat. Und recht hat er gehabt. Sie trinken einen Whisky? Dann müssen Sie aber den Gastgeber spielen. Schenken Sie mir auch einen ein, mit einem Spritzer Soda. Ertränken Sie ihn aber nicht.«

Markby spielte den Gastgeber und machte es sich in einem riesigen, mit Chintz bezogenen und mit Federn gepolsterten Lehnsessel bequem. An den Wänden des Zimmers hingen Jagddrucke und Fotografien von Männern und Frauen im Reitdreß. Ausgeblichene grüne Samtvorhänge vor den hohen Fenstern sperrten den winterlich öden grauen Samstagmorgen aus. Es roch unverkennbar nach Tabak und Hunden. Im offenen Kamin loderten hohe Flammen und sprühten Funken. Es war unordentlich, gemütlich und sehr englisch.

»Ich brauche nicht zu fragen, warum Sie hier sind«, sagte Stanley unvermittelt.

»Ja. Die Sache tut mir sehr leid.« Markby legte die Hände um den Schwenker mit der gelbbraunen Flüssigkeit.

»Ich brauche Ihnen nicht zu sagen, wie ich mich fühle. Oder die anderen. Sie war ein feines, feines Mädchen.«

»Man wird sie sehr vermissen.«

»Mein lieber Junge …« Der Master unterbrach sich kurz. »In der Tat, o ja. Was werden Sie tun?«

»Nun, Sie haben von den Spuren eines Tranquilizers im Blut der Toten gehört?«

»Hab ich, ja. Aber ich sag Ihnen gleich, daß ich das ein bißchen seltsam finde. Harriet war kein nervöser Typ. Wie dieses Mädchen ein Hindernis nahm, da wäre so mancher Mann blaß geworden.«

»Das trifft nicht unser Problem. Wäre sie auch vom Pferd gefallen, wenn sie diesen Mix aus Pillen und Alkohol nicht intus gehabt hätte?«

»Ich würde sagen«, erwiderte der Master grimmig, »daß sie wegen des verdammten Plakats, mit dem man ihrem Pferd unter der Nase herumfuchtelte, mit größter Wahrscheinlichkeit gestürzt wäre.«

»Aber sie war dennoch eine gute Reiterin? Sie haben gesagt, daß sie direkt auf schwierige Hindernisse zugeritten ist.«

»Eine exzellente Reiterin. Ich verstehe natürlich, worauf Sie hinauswollen. Aber ich hoffe sehr, daß diese widerliche halbe Portion mit dem Plakat nicht ungestraft davonkommt.«

»Oh, angeklagt wird er bestimmt, aber wir wissen noch nicht sicher, was man ihm vorwerfen kann.«

»Ich persönlich würde es Mord nennen.«

»Ja, Sir.« Taktvoll hielt Markby einen Moment inne. »Bei Gericht jedoch …«

»Ja, ja«, unterbrach Colonel Stanley ihn gereizt. »Ich verstehe. ›Das Gesetz ist ein Esel.‹ Das hat Dickens geschrieben. Er hatte recht.« Er legte sich auf dem Sofa anders zurecht, und sein Gesicht verzog sich vor Schmerz. »Harriets Cousine Frances hat mich gestern abend angerufen. Sie ist im Ausland, nimmt aber den ersten möglichen Flug. Natürlich war die Nachricht ein furchtbarer Schock für sie. Sie hat sie von dem alten Stockfisch Simpson erfahren. Verständlicherweise ist sie betroffen und unglücklich. Alan, wegen dieses Obduktionsberichts: Sie schwört, daß Harriet nie diese idiotischen Pillen geschluckt haben würde, und sie möchte wissen, ob man in ihrem Cottage welche gefunden hat. Ein Irrtum ist ausgeschlossen, nehme ich an?«

»Sie meinen, ob der Pathologe sich geirrt haben könnte? Bestimmt nicht. Es ist nicht so ungewöhnlich. Die Leute gehen mit Alkohol und Pillen zu sorglos um. Besonders Weihnachten.«

»Wir haben darüber gesprochen, meine Frau und ich. Sie muß die Dinger genommen haben, bevor sie am Morgen aufbrach. Kommt mir sehr merkwürdig vor. Wozu?«

»Das will ich ja gerade herausfinden, Sir.«

Der Master sah ihn an. »Ich setze mein ganzes Vertrauen in Sie, lieber Junge. Ich kritisiere nicht. Ich weiß, Sie werden sich so lange in die Sache verbeißen, bis Sie zufrieden sind.«

Markby stellte sein Glas auf einen kleinen Tisch, auf dem sich mehrere Exemplare von *The Field* stapelten. »Es gibt da noch eine andere Sache, die ich mit Ihnen besprechen möchte, wenn ich darf.«

»Los, los, reden Sie.«

»Sie haben gehört, daß am Weihnachtsabend jemand die Pferde aus Tom Fearons Stallungen herausgelassen hat?«

»Ja, hab ich. Verdammt idiotisch, so was zu tun.«

»Jemand hatte einen Brief durch Toms Briefschlitz geschoben. Einen sehr beleidigenden Brief. Ich habe mich gefragt, ob andere Jagdmitglieder vielleicht ähnliche Drohbriefe bekommen haben. Es ist ein Vergehen, so etwas zu verschicken, und wir versuchen, die Sache zu stoppen.«

Es kam ihm so vor, als blicke sein Gastgeber noch unbehaglicher drein als vorher. Und diesmal, dachte Markby, ist nicht sein Ischias daran schuld. Er wußte etwas über die Briefe.

»Ich habe selbst einen bekommen«, sagte er endlich. »Vor einem Monat ungefähr. Hab ihn ins Feuer geschmissen. Ein Haufen halb ausgegorener Unsinn. Ich wollte nicht, daß meine Frau ihn durch Zufall findet, Sie verstehen? Deshalb habe ich ihn sofort vernichtet.«

»Falls Sie einen zweiten bekommen – würden Sie ihn uns überlassen?« fragte Markby.

»Nun, das könnte ich natürlich. Aber so etwas kriegt man eben von Zeit zu Zeit. Man braucht sich darüber nicht den Kopf zu zerbrechen.«

»Würden Sie es erfahren, wenn jemand anders einen bekäme?«

»Kann ich nicht sagen.«

»Ich verstehe. War der Ihre mit der Hand geschrieben oder getippt oder was?«

»Weder noch. Aus lauter Zeitungsbuchstaben zusammengeklebt. Ziemlich unsauber übrigens.«

»Das klingt, als wäre er dem von Tom sehr ähnlich gewesen. Nun, wir werden sehen, ob noch weitere auftauchen.«

Stanley seufzte. »Ich will ganz offen sein. Sollte das der Fall sein, wäre mir lieber, wenn man es verschweigen könnte. Die Jagd kommt ganz gut ohne einen einschlägigen Bericht in der Lokalpresse aus. Es würde nur die Spinner inspirieren, und wir würden mit derartigen Briefen überschwemmt.«

»Ich verspreche Ihnen, daß wir diskret sein werden.«

»Diskretion«, sagte der Master bedächtig. »Die gibt es heutzutage kaum noch. Was man so alles in der Presse zu lesen bekommt! Die Leute scheinen einen Drang zu haben, in aller Öffentlichkeit die Dinge zu erzählen, über die man zu meiner Zeit geschwiegen hat. Das ist öffentliches Schmutzige-Wäsche-waschen, nicht wahr? Alles ändert sich, und nicht zum Besseren, meiner Meinung nach. Aber ich rede und rede, und wen interessiert schon, was ich denke? Heutzutage kommen auch andere Leute zu den Jagden. Ein paar davon scheinen nicht einmal unterscheiden zu können, wo beim Pferd vorn und hinten ist. Haben keine Jagdmanieren. Ist nicht ihre Schuld, sie wissen es einfach nicht besser, reiten ohne Sinn und Verstand herum, machen fremde Pferde und junge Reiter nervös. Und diese Sprache – vor Ladys und Kindern … Und wie sich manche auf den Jagdbällen aufführen. Natürlich hat es, als wir jung waren, auch ein paar wilde Momente gegeben. Aber das war eine andere Art von Wildheit, wenn Sie verstehen, was ich meine.«

»Ich glaube, ich verstehe es. Aber vom jagdlichen Standpunkt aus ist es doch gut, daß frisches Blut dazukommt? Allein die Kosten – die teure Hundehaltung und so weiter. Je mehr Leute sich finanziell beteiligen, um so besser, hätte ich gedacht.«

»Oh, das will ich nicht leugnen. Und einige von den neuen Mitgliedern haben Geld wie Heu, daher werde ich sie auch nicht daran hindern, ein bißchen davon der Jagd zukommen zu lassen. Dieser Green, zum Beispiel, war sehr großzügig. Kennen Sie ihn?«

»Ich habe ihn getroffen, aber nur einmal.«

»Großer Finanzmann in der City, heißt es.«

»Das habe ich gehört.« Markby leerte sein Glas und stand auf. »Ich bin Ihnen sehr dankbar, daß Sie mir Ihre Zeit gewidmet haben, besonders unter den Umständen. Ich wünsche Ihnen, daß Ihr Ischias bald besser wird.«

»Ich freue mich, helfen zu können, wenn es dazu führt, daß für die arme Harriet das Richtige getan wird. Meine

Frau hat sich schrecklich darüber aufgeregt. Nun ja ...« Der Master wandte Markby die klugen blaßblauen Augen zu. »Wie geht es Ihrer hübschen Schwester? Familie gesund?«

»Alle gesund, vielen Dank.«

»Kocht ihr Mann noch immer? Hab ihn vor ein paar Tagen im Fernsehen gesehen. Hatte eine Schürze um. Komische Art, sich seine Brötchen zu verdienen. Zu meiner Zeit hat man das Kochen den Frauen überlassen, es sei denn, einer war ein phantastischer französischer Küchenchef. Hat er denn keinen anderen Beruf?«

»Er mag den seinen. Schreibt auch Bücher über das Kochen.«

»Ich weiß. Meine Frau hat eins. Na ja, die Menschen sind eben verschieden. Grüßen Sie die kleine Laura von mir.«

»Morgen, Sonntag«, sagte Markby später zu Pearce, »nehme ich mir frei. Wenn einer das Wort Pferd in meiner Gegenwart auch nur erwähnt, mache ich kurzen Prozeß mit ihm.«

Am Sonntagmorgen hatte der graue Himmel aufgeklart. Der Wind hatte sich gelegt, und die Luft war frisch. Markby telefonierte mit Meredith und fragte an, ob sie an einem Vormittagsspaziergang über Land interessiert sei.

»Ja«, sagte sie und fügte unüberlegt hinzu, »und hinterher könnten Sie bei mir mittagessen.«

Das war ein ziemlich dämliches Angebot, dachte sie, nachdem sie aufgelegt hatte. Sie war eine miserable Köchin. Hier gab es überall Pubs, die sonntags durchaus akzeptable Lunchs servierten. Warum hatte sie sich nicht von ihm einladen lassen? Sie wehrte sich gegen den Gedanken, daß ihr die Vorstellung gefiel, ihn an ihrem Küchentisch sitzen zu sehen. Statt dessen sagte sie sich, daß es nur fair war, ihm ihre Gastfreundschaft anzubieten. Er hatte sie zum Abendessen im Black Dog eingeladen, und durch ihn hatte sie den Weihnachtstag bei Laura verbringen dürfen. Außerdem würde sie es doch schaffen, ein Mittagessen zuzubereiten. Hatte sie vergangenen Montag nicht auch für Harriet und sich gekocht?

Das war erst vier kurze Tage her, doch jetzt schien Neujahr Lichtjahre entfernt. Markby die gleiche klumpige Käsesauce vorzusetzen, kam ihr morbid vor und war eigentlich auch kein richtiges Sonntagsmenü. Meredith war plötzlich von einem völlig verrückten Verlangen durchdrungen, zu beeindrucken und etwas Anständiges auf den Tisch zu bringen. Sie inspizierte Speiseschrank und Tiefkühltruhe und förderte ein eingefrorenes Huhn Kiew zutage. Niemand konnte bei tiefgefrorenen und vorbereiteten Kiews etwas falsch machen. Man schob sie nur in das vorgeheizte Ofenrohr. Dazu ein Paket schmackhaft gewürzten Reis … Meredith las die Anleitung für die Zubereitung. Das schien kein Problem zu sein. Man brauchte den Reis nur in einen Topf mit Wasser zu tun und so lange zu kochen, bis er trocken war. *Bis die gesamte Flüssigkeit verkocht ist,* stand auf der Packung. Sie hatte Tomaten und einen Kopf teuren Sommersalat. Sie konnte einen gemischten Salat machen. Pudding? Sie tauchte in die Tiefen der Gefriertruhe ein und kramte darin herum. Ganz unten lag ein Käsekuchen. Er sah auf dem Bild recht gut aus. Das würde reichen.

Markby erschien kurz nach zehn in Gummistiefeln, Kordsamthosen, Pullover und dem unvermeidlichen, wasserdichten grünen Regenmantel. Hinter dem Cottage der Haynes kletterten sie über den Zauntritt in die Felder und marschierten los.

»Wissen Sie, wohin wir gehen?«

»Mehr oder weniger. Passen Sie auf den Stacheldraht

auf«, warnte Markby und zeigte auf den Zaun zu beiden Seiten des Zauntritts.

Meredith, die unbeholfen dastand, einen Fuß auf der hölzernen Stufe, den anderen halb über der obersten Querstange, sagte leicht gereizt: »Ich seh ihn.«

»Nicht, wenn Sie die Augen nicht im Hinterkopf haben.«

Sie bewältigte den restlichen Abstieg mit Würde und ohne das unangenehme Gefühl, daß ihr der Draht ein Loch in den Hosenboden riß.

»Sie haben doch nichts gegen Kühe, oder?«

»Also besonders liebe ich sie nicht.«

»Ich meine, Sie haben keine Angst vor ihnen? Auf diesem Feld sind nämlich ein paar.«

Meredith schaute in die Ferne. »Das ist schon in Ordnung, sie sind ziemlich weit weg. Es kommt mir merkwürdig vor, mitten im Winter Vieh auf einem Feld zu sehen. In Zentral- oder Osteuropa stehen sie alle im Stall.«

»Der Winter war mild.«

Sie stapften durch hohes, nasses Gras. Meredith war froh, daß sie Gummistiefel trug. Die Hecken glänzten feucht und dunkel, hier und da vom Frühfrost noch weiß umrandet. Der Atem waberte als Wolke in der Luft, und es roch nach Torf wie vor ein paar Tagen in der Blumenhandlung. Sie wünschte, der Geruch würde sie jetzt nicht an Friedhöfe denken lassen.

»Der Obduktionsbericht ist gekommen«, sagte Markby ohne Warnung und ohne sie anzusehen. »Ich möchte nicht fachsimpeln, aber ich dachte, es würde Sie interessieren.«

»Das tut es auch.« Er antwortete nicht sofort, und sie drängte ihn: »Nun?«

»Ihr Verhalten war auf eine Mischung von Alkohol und Tranquilizern zurückzuführen. Sie muß sich irgendwann an diesem Morgen einen Cocktail aus beidem einverleibt haben.«

»Was?« Meredith starrte ihn fassungslos an. »Das glaub ich nicht.«

»Warum nicht? Denken Sie, wir haben bei der Polizei keine kompetenten Ärzte?«

»Ja, ich weiß – ich meine, ich bin geschockt. Das hätte ich nicht erwartet.«

»Der Master und ihre Verwandte haben sich genauso erstaunt geäußert wie Sie, Sie stehen also nicht allein.«

»Ich bin überrascht, daß sie überhaupt solche Pillen genommen haben soll. Harriet? Sie schien mir so fröhlich, so – positiv ...« Meredith ließ sich ihre letzte Unterhaltung mit Harriet durch den Kopf gehen. »Man kann nicht wissen, was in einem anderen Menschen vorgeht.« Ihr kam ein anderer Gedanke. »Wie wird Tom Fearon das wohl aufnehmen?«

»Tom?« Markby sah sie an.

»Ich – habe mit ihm gesprochen. Er behauptete hartnäckig, sie sei weder krank noch betrunken gewesen, und verteidigte nachdrücklich ihren Ruf als widerstandsfähige Whisky-Trinkerin. Meinte, sie habe einen gußeisernen Kopf gehabt.«

»Tom hat sie so gut gekannt wie die meisten, würde ich sagen«, antwortete er zweideutig.

»Wissen Sie, ob der Termin für Harriets Beerdigung schon festgesetzt wurde? Findet sie hier statt?«

»Ich weiß nicht.« Markby schlug mit einem Stöckchen nach einer herunterhängenden Ranke. »Ich würde gern mehr über diese Tranquilizer erfahren. Vielleicht hat auch sie einen Drohbrief bekommen, der sie so ängstigte, daß sie zu den Pillen gegriffen hat.«

»Ich hatte nicht den Eindruck, daß sie sich Sorgen

machte.« Meredith hielt inne. »Wenn Sie feststellen könnten, wer der Mann war – der Mann, der am Abend des Weihnachtsfeiertags bei ihr war... Er könnte vielleicht ein paar Fragen beantworten.«

»Das wird schwierig sein, es sei denn, er meldet sich bei uns. Aber warum sollte er? Sie werden es im Auge behalten, Meredith, ja? Ich meine das Cottage. Ich möchte wissen, wann Miss Needham-Burrell eintrifft.«

»O ja, Cousine Fran. Ich möchte auch mit ihr reden. Sie soll mich anrufen, wenn das Begräbnis hier stattfindet. Ich wäre gern dabei.«

»Warum nennen Sie sie ›Cousine Fran‹?« fragte er neugierig.

»Was?« Meredith zuckte schuldbewußt zusammen. »Oh, Harriet hat sie erwähnt, sie hat sie Fran genannt.« Sie fühlte sich genötigt, hinzuzufügen: »Ich glaub nicht, daß sie sehr alt ist.«

»Nun, hoffen wir das Beste: Ich meine, einige dieser alten Ladys können wegen des Protokolls sehr pingelig sein. Ich würde gern in Harriets Post stöbern – um zu sehen, ob sie Schmähbriefe bekommen hat wie Tom.« Er schenkte Meredith einen nachdenklichen Blick. »Wenn Sie Miss Needham-Burrell sehen sollten ...«

»Ja?«

»Sie könnten hinübergehen und sich mit ihr bekannt machen – sie ein bißchen aufheitern und versuchen anzudeuten, daß eventuell anonyme Briefe existieren. Es wäre besser, wenn das von Ihnen käme – nicht offiziell, verstehen Sie? Wenn Sie natürlich in das Cottage hinein könnten ...«

Sie sah ihn kühl an, nicht sicher, ob sie sich auf diese Weise benutzen lassen wollte. »Ist das nicht völlig rechtswidrig?«

»Ich habe so wenig, woran ich mich halten kann.« Wieder schlug er mit seinem Stöckchen zu und traf ein Büschel vom Frost geschwärzter Nesseln. »Es ist nur deshalb, weil ich anonyme Briefe ganz besonders verabscheue. Sie sind einfach ekelhaft. Regen die Leute schrecklich auf. Viele Opfer solcher Briefe haben mir erzählt, was für ein unheimliches Gefühl sie in einem auslösen. Als lauere draußen jemand, beobachte einen und warte. Alle fühlten sich bedroht. Der, den Tom bekommen hat, war ein recht unflätiges Schriftstück. Mir gefällt der Gedanke nicht, daß mehr davon in Umlauf sind. Und es ist erstaunlich, wie sehr es den Leuten widerstrebt, zur Polizei zu gehen. Sie fühlen sich schuldig – ganz zu unrecht. Als ob die Polizei oder sonst jemand glauben würde, sie hätten etwas auf dem Kerbholz, weil sie solche Briefe bekommen.«

»Kein Rauch ohne Feuer«, sagte Meredith nachdenklich.

»Das ist es. Wir denken natürlich nichts dergleichen. Solche Briefe werden von gestörten Menschen geschrieben, von Psychopathen. Die unschuldigsten Leute können sie bekommen.«

»Na schön, ich werde nach Frances Needham-Burrell Ausschau halten. Werde Andeutungen fallen lassen, wenn ich kann. Aber ein bißchen kompliziert ist es doch, Alan. Ich kann mich bei einem Trauerfall nicht wie ein Elefant im Porzellanladen aufführen.«

»Sie werden es schon mit dem nötigen Takt tun. Sie sind doch Diplomatin, oder? Sie wissen, wie man delikate Situationen meistert.«

»Dieses Vertrauen! Ich werde mein Bestes tun. – Die Biester kommen auf uns zu.«

Markby blieb stehen und blickte über das Feld. Die

Kühe kamen in einer langen, weit auseinandergezogenen Reihe zielbewußt näher. Ihre mit getrocknetem Schlamm bedeckten Flanken dampften. »Sie denken wahrscheinlich, wir sind gekommen, um sie zum Melken zu rufen.«

»Ich bin nicht gerade darauf erpicht, ihnen Auge in Auge gegenüberzustehen. Können wir ein bißchen schneller gehen? Das Gattertor ist da drüben.«

Sie beschleunigten die Schritte. Gehorsam liefen auch die Kühe schneller. »Wissen Sie was«, sagte Markby mild, »sie denken, wir wollen, daß sie sich beeilen, also bemühen sie sich, mit uns Schritt zu halten. Gehen Sie langsamer, dann tun sie's auch.«

»Hübsche Theorie.«

»Ich kenne sogar eine noch bessere – hat mir vor Jahren ein Kuhhirte verraten: Wenn ein Bulle Sie angreifen will, bleiben Sie stehen, und wenn er nahe genug ist, packen Sie ihn an der Nase. Rinder haben ein sehr empfindliches Maul. Packen Sie ihn an den Nüstern, und der aggressivste Mistkerl wird lammfromm und läßt sich von Ihnen führen.«

»Wenn Sie glauben, ich warte auf ein Tier von der Größe eines Panzers, das auf mich losgeht... Wie in aller Welt packen Sie seine Nase, bevor es Sie in Grund und Boden gestampft hat? Dieser Kuhhirte hat Sie zum Narren gehalten. Die Bestie muß ja schon über Ihnen sein, bevor Sie seine Nase erreichen.«

Während dieser angeregten Unterhaltung hatten sie die entgegengesetzte Seite das Feldes erreicht, und Meredith sprang flink über das Gatter, doppelt so schnell und gewandt wie vorher über den Zauntritt. Markby gesellte sich zu ihr. Sie blieben stehen und beobachteten ihre tierischen Begleiter, die näher trabten, in einer Reihe stehenblieben und sie erwartungsvoll ansahen.

»Sehen Sie, sie warten darauf, daß wir das Gatter öffnen.«

»Lassen Sie sie warten.«

»Morgen«, piepste eine Stimme.

Sie fuhren beide herum. Ein kleines, schmuddeliges Kind in einem löchrigen Wollpullover, ausgebleichten Jeans und Gummistiefeln war aus dem Nichts aufgetaucht.

»Ebenfalls guten Morgen«, sagte Markby. »Was suchst du hier draußen?«

»Ich bin gekommen, um die Kühe zum Melken nach Hause zu bringen.« Das Kind warf den Strick zurück, der das Gatter sicherte, und öffnete es weit. »Kommt, ihr dämlichen Dinger!« ermutigte es die Kühe, die anfingen sich durch die Öffnung zu drängen.

Meredith und Markby drückten sich an die Hecken, während die Parade vorübertrabte, hinter sich das Kind, eine winzige Gestalt, verglichen mit seinen Schützlingen, pfeifend, schimpfend und den Nachzüglern auf die schlammverkrusteten Hinterteile klatschend.

»Ich schäme mich«, sagte Meredith, als die Gruppe allmählich verschwand. »Falls es Sie befriedigt, das zu wissen.«

»Sehen Sie? Sie hätten mir glauben sollen. Ich bin entzückt, daß Sie sich schämen. Das ist gut so.«

»Wollen Sie nun, daß ich Ihnen mit Miss Needham-Burrell helfe, oder nicht?«

»Schon kapiert. Ungefähr eine Viertelmeile entfernt gibt es ein Pub, das offen ist. Ich lade Sie auf ein Bier ein.«

Meredith ging hinter ihm den Heckenweg entlang. Was war nur aus dem »Champagner in deinem Schuh« oder auch nur mit »Cocktails für zwei« geworden? Gummistiefel, Kuhdung, »ich lade Sie auf ein Glas Bier ein« –

das war offensichtlich ihre Ebene. Sie platschte durch die morastigen Spuren, die die Rinder hinterlassen hatten, und vermied es, in ihre noch weniger erfreuliche Hinterlassenschaft zu treten. Und er hatte recht. Das war ungefähr ihr Standard. Sie war keine Harriet – Meredith hätte darauf gewettet, daß ein paar Männer sie zu Champagner eingeladen hatten. Arme Harriet, lag im Leichenschauhaus oder wurde vom Beerdigungsunternehmer bearbeitet, der die sichtbaren Spuren der Obduktion zu kaschieren versuchte, bevor Freunde und Verwandte die Leiche zu sehen bekamen. Meredith überlegte, ob ihr Lunchgast zur Beerdigung gehen würde oder nicht. Was denkt er jetzt? fragte sie sich.

Als sie ins Rose Cottage zurückkamen, war es halb zwei, und man konnte nicht leugnen, daß ein langer Spaziergang Appetit machte. Das Pub, in dem sie ihr Bier getrunken hatten, servierte auch Mahlzeiten an der Bar. Der Duft aus den Tellern, die an ihnen vorübergetragen wurden, war verführerisch gewesen, und Merediths Magen hatte rebelliert, als habe sie seit einer Woche nichts mehr gegessen.

»Sollen wir nicht doch hier etwas essen?« fragte Alan Markby. »Oder brutzelt schon etwas bei Ihnen im Rohr?«

»Nein, aber es wird im Handumdrehen zubereitet sein. Wenn Sie nichts dagegen haben zu warten.«

»Nein, mir ist es recht.«

Also, dachte Meredith grimmig, als sie wieder in ihrer Küche stand, stürzen wir uns tollkühn in unser Verderben.

Die erste Entdeckung, die sie nach ihrer Rückkehr machte, war die, daß sie den Käsekuchen nicht aus der Gefriertruhe genommen hatte. Sie legte ihn jetzt auf den Küchentisch, vermutete jedoch, er werde noch ein Eisklumpen sein, wenn die Zeit für den Nachtisch gekommen war. Auf der Packung stand, daß das Huhn Kiew in einem vorgeheizten Rohr nur zwanzig Minuten brauchte. Sie stellte die größte Hitze ein, tat das Huhn auf ein Backblech und schob es in den Herd.

Es sah sehr hübsch aus. Sie kippte den Reis in einen Topf, stellte ihn bei niedriger Hitze auf eine Kochplatte und ging ins Wohnzimmer, wo Alan auf dem Sofa lümmelte und eine Sonntagszeitung las, die sie im Laden einer Tankstelle neben dem Pub erstanden hatten.

»Dauert nicht lange«, sagte sie fröhlich. »Würden Sie bitte den Wein aufmachen?«

»Klar, wo ist er?« Papier raschelte.

»Bleiben Sie sitzen. Ich hole ihn.«

Sie gab ihm die Weinflasche und den Korkenzieher und ging in die Küche, um den Salat anzumachen. Appetitlicher Knoblauchduft würzte die Luft. Das Huhn machte gute Fortschritte. Sie kehrte ins Wohnzimmer zurück, um mit ihrem Gast vor dem Essen ein Glas Wein zu trinken.

»Cheers«, sagte er. »Das ist ein hübsches kleines Cottage. Ich habe bisher kaum Notiz davon genommen, im einzelnen, meine ich.«

»Es ist ein Super-Cottage. Ich kann verstehen, daß die Russells es nicht verkaufen wollten, als sie nach Dubai gingen.«

»Sie hatten Glück, daß sie es an Sie vermieten konnten. Ich habe von Leuten, die ihren Besitz möbliert an Fremde vermietet hatten, schreckliche Geschichten gehört. Löcher in die Wände geschlagen, die Möbel ruiniert. Das Haus war praktisch ein Trümmerhaufen, als sie es zurückbekamen.«

»Mrs. Brissett sorgt schon dafür, daß ich so etwas

nicht tue. Ich habe großes Glück. Habe alle Annehmlichkeiten und Mrs. B., brauche mich nur auszuruhen. Nun, bis zum Montag nach Neujahr, dann beginnt für mich die tägliche Fahrerei nach London.«

»Der Bahnhof von Bamford um sieben Uhr morgens ist kein Ort für empfindsame Seelen, ich warne Sie.«

»Vielen Dank für die ermutigenden Worte.«

»Ich«, sagte Markby zögernd, »möchte mich ja nicht in die Angelegenheiten des Küchenchefs mischen, aber ist es richtig, daß es so verbrannt riecht?«

Meredith raste in die Küche. Dichter Rauch quoll ihr entgegen. Sie riß das Fenster auf, packte ein Geschirrtuch und zog den glühenden Reistopf von der Kochplatte. Das Fleisch sah wie verschrumpelte Koksstückchen aus, war aufgeplatzt, und die Kräuterbutterfüllung mitsamt Knoblauch war auf das Backblech herausgelaufen und verbrannt. Der Reis war knochentrocken und klebte am Topf. Das einzig noch Genießbare war der Salat.

Meredith heulte auf vor Wut und Verzweiflung. »O nein!« Stöhnend betrachtete sie die verbrannten Speisen, »Was zum Teufel soll ich nur tun?«

Hände legten sich auf ihre Schultern und drehten sie sanft auf eine Seite. »Hallo?« sagte ihr Alans belustigte Stimme ins Ohr. »Oder wie Polizisten sagen sollen: Hallo, hallo, hallo ...«

»Seien Sie still!« stieß sie heftig hervor. »Ich kann nicht kochen. Ich kann einfach nicht kochen. Andere können es, die meisten Leute können es. Ich nicht. Harriet war eine Cordon-bleu-Köchin.«

»Kein Grund, warum Sie es auch sein sollten.«

Ihre Schultern sackten nach vorn, ihre Stimme klang tonlos. Vermutlich hatte er recht. Deshalb fühlte sie sich aber auch nicht wohler. »Tut mir leid, das war Ihr Lunch.

Wir hätten im Pub essen sollen. Meine Schuld. Ich kann Ihnen ein Sandwich machen.«

»Kommen Sie.« Er drehte sie herum und führte sie ins Wohnzimmer zurück. »Ich schlage vor, Sie trinken noch ein Glas Wein, bleiben hier sitzen, und ich sehe, was sich noch retten läßt. Wozu habe ich einen Schwager, der Koch von Beruf ist. Das Wichtigste, das er mir beigebracht hat, ist, wie man mit einer Katastrophe umgeht. Auch Profis erleben Katastrophen. Warten Sie. Nein! Keine Widerrede.«

Meredith klappte den Mund zu und nahm ein zweites Glas Wein entgegen. Sie sah ihm nach, und als er die Wohnzimmertür fest hinter sich zugemacht hatte, ließ sie sich vor dem Gasfeuer auf den Kaminteppich sinken, lehnte sich mit dem Rücken an den Lehnsessel und nippte trübsinnig an ihrem Wein.

Nach einer Weile kam er mit einem Tablett zurück, auf dem zwei Teller standen. »Das ist Ihres, das meins.« Er reichte ihr Serviette, Messer und Gabel. Dann ließ er sich ihr gegenüber ebenfalls auf dem Teppich nieder.

Mißtrauisch stocherte Meredith mit der Gabel in dem bunten Häufchen auf ihrem Teller. »Was haben Sie gemacht?«

»Ich habe die Panade aus Brotkrümeln von den Hühnerteilen abgekratzt und weggeworfen. Dann habe ich das Huhn zerkleinert und es mit dem Reisrest, den ich retten konnte, und noch ein bißchen mehr Reis, den ich im Schrank gefunden habe, in eine Bratpfanne getan und einen Brühwürfel hineingeworfen, Wasser hinzugefügt und alles miteinander verrührt.«

Er hielt inne, und sie kostete zögernd.

»Außerdem habe ich die Tomaten aus dem Salat herausgefischt und auch hineingetan.«

Sie schluckte zufrieden. »Schmeckt nicht schlecht. Anders.«

»Sehen Sie?« Er winkte ihr mit seiner Gabel. »Es war nicht alles verloren.«

»Für mich schon. In der Küche bin ich eine absolute Niete. Schon immer hoffnungslos.«

Er musterte sie nachdenklich. »Hören Sie, Sie haben einen schwierigen Job, der großes Fingerspitzengefühl verlangt. Sie verhandeln mit widerspenstigen ausländischen Behörden, verzweifelten gestrandeten Touristen, haben es mit allen Arten von Unfällen und Desastern, mit Unmengen von Papierkram, der Ausgabe von Pässen zu tun, suchen ausländische Gefängnisse auf, in denen Briten einsitzen, und das alles Tag für Tag. Warum, um Himmels willen, sollten Sie da auch noch gut kochen können?«

»Die meisten Frauen können es. Harriet konnte ausgezeichnet kochen.«

»Sie hat sonst nicht besonders viel getan, oder? Außer daß sie auf ihrem Pferd umherritt und ein paar Artikel schrieb, wenn ihr danach war. Ich denke«, fuhr er leise fort, »Sie sind ihretwegen ganz durcheinander. Sie hatten sie gern, nicht wahr? Sind gut mit ihr ausgekommen? Sie auf diese tragische Weise sterben zu sehen, hat Sie sehr erschüttert.«

»Ich hatte sie gern. Wir hatten keine Zeit, einander gut kennenzulernen, aber wir sind gut miteinander ausgekommen, ja. Ich denke, wir wären Freunde geworden. Komisch …« Meredith unterbrach sich; dann: »Sie hat eine Menge Leute gekannt, hatte wahrscheinlich ziemlich viele Liebhaber, aber ich glaube, an echten Freunden hat es ihr gemangelt. Leute, bei denen man sich entspannen, über alles oder nichts reden und sogar streiten kann, und es macht nichts aus. Freunde, wissen Sie?« Wieder machte sie eine Pause. »Wie Sie und ich.«

»O ja«, sagte er mit dumpfer Stimme und widmete sich dem bunten Allerlei auf seinem Teller, »wie Sie und ich. Wie Sie sagen, Freunde.«

KAPITEL 6

Meredith erwachte von den Klängen eines Oldies aus dem Radiowecker, der ihr melodisch und sich ständig wiederholend sagte, daß es Montag war. Sie setzte sich auf. Ein paar Minuten vor halb acht. Kurz vor den Nachrichten. Dann wollte sie aufstehen, nicht, weil sie mußte, sondern weil es ihr immer unrecht schien, im Bett liegenzubleiben, nachdem sie aufgewacht war, und sie dabei fast ein schlechtes Gewissen bekam. Bestimmt hatte sie einen Grund, aus dem Bett zu springen und umherzuflitzen, um sich fertigzumachen? Und wenn sie keinen Grund hatte, warum nicht? Was hatte sie vergessen?

Sie konnte sich einfach nicht daran gewöhnen, daß sie nicht ins Büro mußte, das war der ganze Jammer. Wenn sie am Morgen eines Wochentags einen Blick auf die Uhr warf und feststellte, daß es nach sieben war, geriet sie in Panik, weil sie glaubte, sie habe verschlafen. In gewisser Weise würde sie es nicht bedauern, wenn sie nach Neujahr in ein geregeltes Leben zurückkehren konnte, selbst wenn sie ungewöhnlich früh aufstehen mußte, um rechtzeitig in London zu sein. Alle Menschen mögen Ferien, doch ihr fehlte ihre Arbeit, fehlte die Regelmäßigkeit. Das, dachte sie, kommt davon, wenn man allein lebt. Alan würde jetzt aufstehen, war vermutlich schon aufgestanden. Vielleicht frühstückte er, rasierte sich, duschte oder sah nach seinen Zimmerpflanzen, bevor er ging … Auch er war jemand, der allein lebte und ziemlich gut damit zurechtkam. Wie sie.

Aber sie war nicht allein. Von unten kam das Klirren von Porzellan, dann ächzten die Stufen, und es klopfte an die Schlafzimmertür. Doch bevor sie Zeit hatte zu erschrecken, hörte sie gedämpft durch die Tür eine vertraute Stimme.

»Miss Mitchell? Sind Sie wach? Ich hab Ihnen eine Tasse Tee gemacht.«

»Kommen Sie rein, Mrs. Brissett!« rief Meredith verblüfft. Sie schob sich in den Kissen höher, und als die Putzfrau, die stämmige Gestalt in einen geblümten Overall gehüllt, die Tür aufstieß, sagte sie: »Das ist eine Überraschung, es ist nicht Ihr Tag ...«

Dann fiel ihr ein, daß der Montag Harriets Tag war – oder gewesen war –, und sie verfluchte im stillen ihre Taktlosigkeit.

»Ich hoffe, Sie haben nichts dagegen, daß ich hier bin, Miss Mitchell«, sagte Mrs. Brissett und setzte das Tablett ab. »Tatsache ist, daß ich seit Jahren am Montag bei Miss Needham war, und die Gewohnheit ist mir in Fleisch und Blut übergegangen. Nur gibt es dort im Moment keine Arbeit mehr für mich – nun, wenigstens nicht, bevor Miss Needhams Cousine kommt und mir sagt, was ich tun soll. Mr. Simpson hat mich angerufen – das ist Miss Needhams Anwalt in Bamford. Ein sehr netter alter Gentleman, noch von der alten Schule, wissen Sie? Er hat unsere Dawn bei ihrer Scheidung vertreten – Miss Needham hat sich um alles gekümmert. Sie war sehr gut zu unserer Familie.«

Mrs. Brissett rieb sich mit der geröteten, abgearbeiteten Hand die Wange. »Mr. Simpson hat gesagt, Miss Needhams Cousine würde sich bei mir melden. Was wollen Sie zum Frühstück?«

»Oh, aber ich kann auf ...« Meredith unterbrach sich. Die Ärmste wollte offensichtlich irgend etwas tun. Ihr

Kummer über Harriets plötzlichen Tod war um nichts geringer geworden, und wie für Meredith selbst war auch für Mrs. Brissett Regelmäßigkeit das halbe Leben. »Wie nett von Ihnen – nur ein gekochtes Ei. Und ich mag es hart gekocht, richtig hart wie ein Golfball.«

»In Ordnung, Miss, das sollen Sie haben. Lassen Sie den Tee nicht kalt werden.«

Mrs. Brissett stapfte schwerfällig hinaus und die Treppe hinunter. O du liebe Güte, dachte Meredith. Arme Mrs. Brissett. Wie gräßlich das alles war. Nachdenklich trank sie ihren Tee.

In der Küche hatte Mrs. Brissett den Frühstückstisch gedeckt, und der Kessel summte fröhlich. Toast, ordentlich in Dreiecke geschnitten, steckte schon im Toastständer, die Butter war in einer gläsernen Butterdose, und das Ei klopfte beim Kochen gegen die Seitenwände des Topfes.

»Sie haben gesagt, richtig hart«, erklärte Mrs. Brissett, nahm das Ei mit dem Löffel heraus, tat es in den Eierbecher und krönte es mit einem gestrickten Wollhütchen, dem sehr ähnlich, das sie selbst trug, aber *en miniature*. »Hart wie Beton ist es geworden.«

»Ich mag sie wirklich gern so. Danke.«

»Ich war eben drüben«, sagte Mrs. Brissett und ließ Wasser in den Eiertopf laufen, »bei Miss Needham, und hab ein bißchen saubergemacht, bevor ihre Cousine kommt.«

Meredith blickte rasch auf. »Saubergemacht?« Das Herz wurde ihr schwer. »Sie – eh – haben doch nichts weggeworfen – aus dem Papierkorb und so?«

»Nein, Mr. Simpson hat gesagt, ich muß alles so lassen, wie's ist. Hab nur ein bißchen abgestaubt, damit es ordentlich aussieht. Ich war ja am Donnerstag da und hab gründlich geputzt, an dem Tag, an dem die arme Miss Needham ... Es war alles noch so, wie sie's zurückgelassen hat, als sie zur Jagd ausgeritten ist. Hab abgespült, die Küche saubergemacht, das Bett gemacht, so was eben.«

»War viel Geschirr zum Abspülen da?« fragte Meredith, unverfänglich, wie sie hoffte.

»Wie üblich«, antwortete Mrs. Brissett schroff.

Meredith nahm den versteckten Tadel hin und verzehrte ihr Ei. Mrs. Brissett klapperte mit entschlossener Energie in der Küche herum. Offensichtlich beschäftigte sie etwas. Nach einer Weile wagte Meredith zu fragen: »Sind Sie irgendwie beunruhigt, Mrs. Brissett?«

Mrs. Brissett fuhr herum. »Ja, da ist was. Und es ist schlimm, ich muß mit jemandem drüber reden. Natürlich hab ich mit Fred gesprochen, meinem Mann, aber er sagt nur, ich mach zuviel Wind um nichts und wieder nichts. Doch das stimmt nicht, das weiß ich. Und ich habe Miss Needham gekannt.«

»Warum setzen Sie sich nicht und trinken eine Tasse Tee mit mir?« forderte Meredith sie auf. »Es ist noch genug in der Kanne.«

Die Putzfrau holte sich eine Tasse und setzte sich zu Meredith an den Tisch. Die muskulösen Arme auf den Tisch aufstützend, beugte sie sich vor und sagte vertraulich: »Es hat mit dem zu tun, um was Mr. Simpson mich gebeten hat.«

»Der Anwalt? War es – hätte er etwas dagegen, daß Sie es mir erzählen?«

»Glaub ich nicht. Werden sowieso bald die Spatzen von den Dächern pfeifen, nach der Leichenschau. Schlimm!« setzte Mrs. Brissett grimmig hinzu.

»Die Leichenschau?«

»Nein – was man redet. Mr. Simpson, er hat mich gefragt, ob Miss Needham diese Tranquilizer oft genommen hat. Natürlich hab ich gesagt, nein, nie. Sie hatte mal eine Freundin, die gestorben ist, das hatte was mit einer falschen Medizin zu tun oder daß sie zuviel genommen hat – erinnere mich nicht mehr so genau. Jedenfalls sie selber hatte nicht mal ein Aspirin im Haus, und das hab ich Mr. Simpson auch gesagt. Und da sagt er, bei der Obduktion – scheußlich, die arme Miss Needham so von oben bis unten aufzuschneiden – hat der Doktor, der es getan hat, festgestellt, daß sie Tranquilizer in ihrem Blut gehabt hat und auch Alkohol. Das ist kein Geheimnis, ich erzähle also keine Märchen. Aber diese Pillen – nie hat sie die genommen! Ich hab gesagt, das ist ein Irrtum – da hat er sich geirrt, dieser Doktor. Und Mr. Simpson hat gesagt: ›Ich versichere Ihnen, Mrs. Brissett, der Doktor ist sich da ganz sicher.‹ Aber auch Doktoren können sich irren, nicht wahr?« Mrs. Brissett sah Meredith über den Toastständer hinweg herausfordernd an.

»Nun, das ist natürlich möglich – aber ich glaube nicht, daß der Arzt, der die Obduktion gemacht hat, sich in dieser Beziehung irrt. Sind Sie ganz sicher, Mrs. Brissett?«

»Klar bin ich sicher«, erklärte die Putzfrau nachdrücklich. »Seit drei Jahren hab ich bei Miss Needham saubergemacht, und sie hat in dieser ganzen Zeit nie irgendwelche Pillen genommen. Ein Glas Brandy, das hat sie gewöhnlich getrunken. Kuriert alles, meinte sie. Aber sie war eine Lady – hat auch getrunken wie 'ne Lady, man hat ihr nie angemerkt, wenn sie einen gezwitschert hatte.«

»Ich verstehe«, sagte Meredith langsam. »Ich habe Miss Needham nicht gut gekannt, doch was Sie mir erzählen, kommt mir sehr logisch vor. Haben Sie etwas dagegen, wenn ich es Inspektor Markby gegenüber erwähne? Zufällig bin ich mit ihm befreundet – und ich denke, er hat Harriet auch gekannt.«

»Oh, Mr. Markby«, sagte Mrs. Brissett. »Das ist ein Gentleman. Vor Jahren haben die Markbys hier in der Nähe gewohnt. Waren Landbesitzer. Aber jetzt ist alles dahin. Da unten, wo die Bungalows für die alten Leute sind – das ist das Land, das früher den Markbys gehört hat – und ein großes Haus dazu. Wurde nach dem Krieg abgerissen, und dann hat man die Bungalows gebaut. Natürlich haben die Markbys lange vor dem letzten Krieg da gewohnt. Ist sechzig Jahre her oder so, als meine Mutter noch ein Mädchen war. Ja, natürlich dürfen Sie es Mr. Markby sagen.«

»Sie sind in Westerfield geboren, Mrs. Brissett?«

»O ja, meine Liebe. Und Fred auch.«

»Und Miss Needham – wann ist sie hergekommen?«

»Das ist, lassen Sie mich überlegen, also das ist vier oder fünf Jahre her«, sagte Mrs. Brissett. »Zuerst hat Cissy Lumsden bei ihr saubergemacht, bis sie wegen ihrer Arthritis aufhören mußte zu arbeiten, und dann habe ich den Job übernommen. Miss Needham kommt irgendwoher aus dem Norden. Sie war eine so reizende Lady.« Mrs. Brissett schniefte laut. »Zu denken, daß sie auf diese Weise umgebracht worden ist.«

»Ich weiß nicht, ob ›umgebracht‹ der richtige Ausdruck dafür ist –«, begann Meredith, wurde jedoch sofort unterbrochen.

»Also ich weiß es. Er hat sie getötet, dieser schlechte junge Mensch! Mit einem Plakat vor ihrem Pferd herumzufuchteln! Jeder weiß doch, daß man das vor Pferden nicht darf. Dann müssen sie ja scheu werden.«

»Miss Needham war eine sehr gute Reiterin. Unter normalen Umständen ...«

»Ich weiß, wann eine Gemeinheit passiert und wann nicht«, sagte Mrs. Brissett vernichtend. »Und eine Gemeinheit war's, die man Miss Needham angetan hat. Die Wahrheit will ans Licht.«

Als Mrs. Brissett gegangen war, rief Meredith Markby an und teilte ihm die wesentlichen Punkte ihres Gesprächs mit Mrs. Brissett mit. »Ich hab mir gedacht, daß Sie das vielleicht interessieren würde.«

»Ja, danke.« Nach einer Pause fuhr er fort: »Ich weiß nicht, wohin uns das bringt, aber ich sollte wohl mit Mrs. Brissett sprechen. Vielleicht muß sie bei der gerichtlichen Untersuchung aussagen. Was ich sehr gern hätte, wäre ein Fläschchen oder eine Schachtel, in der die Tranquilizer waren. Schon irgendein Lebenszeichen von Miss Needham-Burrell?«

»Nein, noch nicht. Ich schau schon dauernd aus dem Fenster. Man muß mich für eine schrecklich neugierige Person halten.«

»Schauen Sie weiter. Rufen Sie mich an, wenn Sie mit ihr Verbindung aufgenomen haben. Ich möchte mit ihr reden. Sagen Sie ihr, daß sie nichts wegwerfen soll.«

Meredith legte auf und strich sich über die Haare. Im selben Moment hörte sie, daß gegenüber ein Auto anhielt. Sie stürzte ans Fenster und schaute hinaus. Vor dem Ivy Cottage parkte jetzt ein Range Rover. Sie kam gerade rechtzeitig, um zu sehen, wie eine Frau auf die Straße sprang, eine junge Frau, deren Bewegungen und Figur Harriets Bewegungen und Figur geradezu erschreckend ähnelten. Sie ging den Gartenweg entlang zur Haustür, blieb stehen, fummelte ein bißchen herum und öffnete dann die Tür. Sie hatte die Schlüssel. Frances Needham-Burrell, ohne Zweifel.

Meredith setzte sich und überlegte, wie lange sie anstandshalber warten mußte, bevor sie hinübergehen konnte, um sich bekannt zu machen. Zu lange, und Miss Needham-Burrell hatte inzwischen vielleicht angefangen, Dinge wegzuwerfen, die wichtige Beweise sein konnten. Beweise wofür? Meredith rutschte unbehaglich im Sessel herum. »Die Wahrheit will ans Licht«, hatte Mrs. Brissett gesagt. Die Wahrheit worüber? Angenommen, ihre ganze Suche und Schnüffelei führte am Ende nur dazu, daß sie herausbekamen, wer Harriets Liebhaber gewesen war, und zu anderen Enthüllungen über ihr persönliches und privates Leben? Vielleicht war er verheiratet? Daß er so verstohlen kam und ging, ließ mit ziemlicher Sicherheit darauf schließen. Meredith schlüpfte in den Anorak und überquerte zögernd die Straße, um an die Tür von Ivy Cottage zu klopfen.

»Ja?« Aus der Nähe gesehen, war sie Harriet ähnlich und auch wieder nicht. Sie war ungefähr gleich groß, hatte die gleiche Figur und benahm sich genauso selbstsicher und ungezwungen. Sogar die Gesichter waren einander ähnlich. Aber das lange lockige Haar hatte die Farbe reifer Ähren, und sie hatte bestürzend schöne Augen, seegrün und von dunkelblonden Wimpern umrahmt. Es gelang Meredith gerade noch, sie nicht anzustarren.

»Tut mir leid, Sie zu stören«, stammelte Meredith. »Ich wohne gegenüber und habe mir gedacht, Sie müßten Harriets Cousine sein. Und ich wollte Ihnen sagen, wie leid es mir tut, und Ihnen meine Hilfe anbieten – wenn ich helfen kann.«

»Danke.« Fran trat zur Seite und hielt die Tür offen. »Kommen Sie rein. Ich bin Harriets nächste Angehörige – wie Sie vielleicht wissen. Habe die wenig beneidenswerte Aufgabe, ihre Sachen auszuräumen.«

Meredith betrat hinter ihr das Wohnzimmer und versuchte, nicht an ihren letzten Besuch zu denken und sich Harriet vorzustellen, die vor der Hausbar stand und Sherry einschenkte. »Ich sollte Ihnen sagen, daß Chefinspektor Markby von der Polizei in Bamford – er ist eine Art Freund von mir und hat auch Harriet gekannt, und wir waren beide dabei, als … als es passierte – mich gebeten hat, Ihnen auszurichten, daß er bei Gelegenheit mit Ihnen sprechen möchte.«

»Oh? Was will er denn?« Die seegrünen Augen wurden kühl und betrachteten Meredith abschätzend.

»Nun, unter anderem möchte er, denke ich, die Flasche oder die Schachtel haben, in der die Tranquilizer waren …« Meredith brach verlegen ab und hoffte, daß Fran sie nicht für impertinent hielt, weil sie schon vor der gerichtlichen Untersuchung über das Ergebnis der Obduktion so gut informiert war. »Er bittet – ersucht Sie, nichts wegzuwerfen. Er meint Papiere und so weiter.«

Fran runzelte die Stirn. Sie hob die Hand und schob eine dichte blonde Haarsträhne zurück. »Das ist wirklich seltsam, wissen Sie? Ich hätte schwören können, daß Harriet nie Pillen genommen hätte – egal, welche. Es paßt ganz einfach nicht zu ihr.«

»Das sagt auch Mrs. Brissett – die Putzfrau. Sie hat bei Harriet saubergemacht und arbeitet auch für mich.«

Fran musterte sie wieder und schien einen Entschluß zu fassen. »Kommen Sie in die Küche. Ich mach uns eine Tasse Tee. Dann will ich Harriets Kleider zusammensuchen und zu Oxfam bringen – das ist ein karitativer Verein. Sie könnten mir ja dabei helfen. Er wird doch nichts dagegen haben, Ihr Kumpel von der Polizei?«

»Nein, ich denke nicht, daß er gemeint hat, Sie sollten ihre Kleider aufheben. Und natürlich helfe ich Ihnen.«

Meredith folgte Fran in die Küche und mußte sich wieder anstrengen, die Erinnerung an Harriet zu verdrängen, als sie Fran zusah, die den Tee aufbrühte. Harriets lebendige Gegenwart im Cottage war noch so real, daß das tragische Ereignis vom zweiten Weihnachtsfeiertag völlig unmöglich zu sein schien.

»Es kommt einem so unrecht vor, nicht wahr?« sagte Fran wie ein Echo auf Merediths Gedanken. »Als schnüffelten wir in Harriets Sachen und benutzten ganz einfach ihre Küche.«

»Ja, genau.«

»Ich glaube nicht, daß mir die Haare zu Berge stehen würden, wenn sie jetzt durch die Tür käme.« Die Blonde nickte. »Es ist einfach unrecht, daß Harriet tot ist. Ich kann es noch nicht akzeptieren, daß sie wirklich und wahrhaftig für immer dahin ist. Dauernd habe ich das Gefühl, es müsse sich um einen Irrtum handeln. Als Theo Simpson mich anrief, konnte ich es einfach nicht glauben. Ich war in Klosters. Als ich ins Hotel zurückkam, sagte man mir, jemand habe aus England für mich angerufen. Ich habe den armen Theo gezwungen, das Ganze ein paarmal zu wiederholen. Er war außer sich. Aber das war das Letzte, was ich erwartet hätte. Harriet war einfach unverschämt gesund, wenn Sie verstehen, was ich meine. Deshalb kann ich einfach nicht glauben, daß sie diese Pillen genommen haben soll. Sie war ein Freiluftmensch. Immer unten in den Stallungen – obwohl die möglicherweise doppelte Anziehungskraft für sie hatten – wie ich vermute«, fügte Fran trocken hinzu.

»Na ja –«, sagte Meredith voller Unbehagen.

»Schauen Sie nicht so betroffen drein. Ich plaudere kein Geheimnis aus. Harriet hat mit ihm nie hinter dem Berg gehalten – Sie haben den Lover-Boy doch kennengelernt, oder?«

»Ja, gestern, aber nur sehr flüchtig.«

»An Ihrer Stelle würde ich es dabei belassen. Ich habe Harriet gewarnt, sie soll vor dem auf der Hut sein. Nicht, daß ich es ihr übelnehme. Sehr sexy, unser Thomas. Aber er gehört zu den Männern, die ihre Frauen am liebsten zehn Schritte hinter sich gehen und sie das ganze Gepäck tragen lassen. Dieser Typ kann richtig grob werden, wenn es nicht nach seinem Kopf geht. Wie er wohl mit der Sache fertig wird?«

»Über seinen Charakter war Harriet sich wohl im klaren, denke ich«, sagte Meredith offen. »Ich hatte den Eindruck, daß sie sehr genau wußte, wie sie ihn zu behandeln hatte.«

»Wahrscheinlich.« Fran schwieg und stand, in jeder Hand einen Becher, einen Moment reglos da, tief in Gedanken versunken. Dann warf sie die blonde Mähne zurück, stellte die Becher auf den Tisch und sagte: »Nun, das ist jetzt wohl nicht mehr wichtig. Verschüttete Milch. Übrigens – trinken Sie Ihren Tee mit Milch?«

»Ja, danke.« Meredith nahm ihren Becher entgegen.

»Sie waren dabei, als es passierte?« Fran setzte sich an die Küchentheke. »Erzählen Sie. Ich hätte gern einen Bericht aus erster Hand. Vielleicht kann ich's dann endlich glauben.«

Meredith holte tief Atem. »Das Pferd scheute, als dieser Typ mit dem Plakat vor ihm herumfuchtelte, und sie fiel herunter. Es war ein Schock, sie fallen zu sehen. Alle waren wie betäubt. Ich muß aber sagen, daß sie schon vorher sehr unsicher schien, zusammengesunken im Sattel hockte und irgendwie nicht sie selbst war. Doch was dieser junge Mann getan hat, war unentschuldbar.«

»Sie hat gern getrunken, das wissen wir alle«, sagte Fran schonungslos. »Und das ist es, was ich wirklich nicht begreife. Ich meine, wenn mir jemand erzählt hätte, sie sei stockbetrunken vom Pferd gefallen, hätte ich gesagt, arme alte Harriet, hat die Kontrolle über die harten Sachen verloren, hätte das jedoch akzeptiert. Aber Alkohol und Pillen? Nicht in hundert Jahren!«

»Da ist noch was anderes«, sagte Meredith zögernd. »Ich denke, Alan – Chefinspektor Markby – wüßte gern, ob Harriet anonyme Briefe bekommen hat. Bei ein paar anderen Mitgliedern der Jagdgesellschaft war das der Fall. Deshalb hofft er auch, daß Sie nichts wegwerfen.«

»Anonyme Briefe?« Fran starrte sie über den dampfenden Teebecher hinweg an. »Wenn sie welche bekommen hätte, hätte sie sie sofort weggeworfen. Ich bezweifle, daß sie beunruhigt gewesen wäre, es sei denn, sie wären von einer empörten Ehefrau gekommen, die Harriet beschuldigte, es mit ihrem ehebrecherischen Ehemann zu treiben. Mit allem, was die Jagd betrifft, wäre sie gut fertiggeworden.«

»Nun, die Polizei interessiert sich dafür. Ich gebe nur die Botschaft weiter.«

»Klar.« Fran stellte ihren Becher ab. »Sehen wir uns einmal im Bad um. Wie ich schon sagte, bin ich auch neugierig.«

Sie gingen hinauf. In dem winzigen Badezimmer öffnete Fran die Hausapotheke, und zum Vorschein kam eine ansehnliche Sammlung von Shampoos, Gesichtswassern, Augenbrauenpinzetten, verschiedene Make-up-Utensilien und eine Zahncreme. Außerdem eine Packung mit Einmal-Rasierapparaten aus Plastik für Männer. Aufmerksam von Harriet, fand Meredith im stillen. Das einzig »Medizinische« waren ein Päckchen selbstklebender Heftpflaster und ein Fläschchen Jod.

»Das Schlafzimmer«, schlug Meredith vor.

Sie durchsuchten den Nachttisch und die Schubfächer und entdeckten – was Meredith höchst peinlich war, Fran jedoch ungerührt ließ – mehrere Päckchen mit Kondomen, zwei Romane in Taschenbuchform, Handcreme und eine Tube mit einer Salbe gegen Wundsein und Verstauchungen.

»Sie ist phantastisch mit der Meute geritten«, sagte Fran und winkte mit der Salbentube. »Hatte eine Menge blauer Flecken. Und das wäre alles an Medikamenten. Tranquilizer werden wir nicht finden, wissen Sie? Auch Ihr Freund von der Polizei nicht. Harriet hat keine genommen. Mir egal, was die Medizinmänner sagen.«

»Also wie …?« Meredith runzelte die Stirn.

»Keine Ahnung. Ich frage mich, ob wir es jemals erfahren werden. Wollen Sie mir mit Harriets Kleidern helfen? Sagen Sie's ruhig, wenn nicht. Es ist ein bißchen makaber. Sie hat mir übrigens dieses Cottage samt Inventar hinterlassen. Ich weiß nicht, was ich damit anfangen soll. Ich glaub nicht, daß ich meine Wochenenden in Pook's Common verbringen möchte. Es mangelt hier an – Lustbarkeiten, könnte man sagen. Es sei denn, man genießt es, sich weiter unten an der Straße ein bißchen im Heu zu wälzen.« Während sie sprach, öffnete Fran einen der beiden Schränke.

»Als meine Eltern gestorben waren, hab ich all das auch tun müssen«, sagte Meredith. »Ich weiß, wie man sich fühlt. Es kommt einem wie eine Unverschämtheit vor. Ich hatte ein so schlechtes Gewissen, als ich die Schränke ausräumte und Sachen wegwarf, die sie behalten hätten – auch wenn es Plunder war. Ich hatte nicht das Recht … Dann hat jemand zu mir gesagt: ›Ein Leben ist mehr als ein paar Dinge …‹ Danach sah ich es aus einem anderen Blickwinkel. Es schien mir kein solcher Vertrauensbruch mehr.«

»Harriet hat sich auch nie viel aus Dingen gemacht«, klang es gedämpft hinter der Schranktür hervor. »Sie liebte alle Tiere und ein paar Menschen. Ich gebe zu, sie hat dieses Cottage gut in Schuß gehalten, und sie war eine ausgezeichnete Köchin und eine phantastische Gastgeberin. Aber mit Shopping hatte sie nichts am Hut. Obwohl« – Fran tauchte mit zerzaustem Haar und atemlos aus dem Schrank auf – »für jemand, der sich aus materiellem Besitz nichts machte, hatte sie genug Kleider. Jemand muß sie in anständige Restaurants ausgeführt haben. Ich meine, sie hätte sich nicht so herauszuputzen brauchen« – Fran zog einen extravaganten Abendrock aus Brokat heraus –, »wenn sie nichts anderes vorhatte, als mit Tom Fearon Ställe auszumisten.«

Und Harriet hat auch aus ihrer Beziehung mit Tom keinen Hehl gemacht, dachte Meredith. Tom ist nicht heimlich gekommen und gegangen, hat nicht seinen Wagen an einer dunklen Stelle geparkt und hat das Tageslicht nicht gescheut. Wer also hat es getan?

Sie verbrachten die nächste Stunde damit, Harriets Schränke auszuräumen und die Sachen zu sortieren. Wie Fran schon festgestellt hatte, waren ein paar wunderschöne Abendkleider darunter, aber auch teure Freizeitkleidung, die für Wochenenden in einer luxuriöseren Umgebung als Pook's Common bestimmt waren.

»Glückliches altes Oxfam«, sagte Meredith, die ehrfürchtig ein smaragdgrünes Taftkleid mit Reifrock und einem sehr bekannten Firmenetikett an einen Haken hinter der Tür hängte. Sie zupfte die Plastikhülle zurecht, die das Kleid schützte.

»Nehmen Sie es sich, wenn es Ihnen gefällt«, sagte Fran gleichgültig. »Es würde Ihnen passen.«

»Das möchte ich nicht.« Meredith zögerte.

»Nehmen Sie's doch. Harriet hätte nichts dagegen gehabt. Sie hat immerzu Kleider verschenkt. Sie und ich haben regelmäßig getauscht. Na ja, man kann die Sachen ja nicht öfter als ein-, zweimal tragen, nicht wahr? Alle erinnern sich daran. Also haben wir seit Jahren jeweils die Kleider der anderen angezogen. Ich glaube, das grüne hatte ich mir auch einmal ausgeliehen. Es würde Ihnen passen. Es ist eins weniger, das ich im Fond meines Range Rovers verstauen muß.«

Die Vorstellung, daß dieses schöne Kleid in den Fond des Range Rovers gestopft werden sollte, gab den Ausschlag. »Danke«, sagte Meredith; und gleich darauf verlegen: »Ich wollte Sie wegen der Beerdigung fragen. Kommt nur die Familie?«

»Damit habe ich ein kleines Problem.« Fran bündelte teure Seiden- und Spitzenwäsche und packte sie in einen Plastikbeutel von Harrods. »Ich hätte Harriet gern in Westerfield beerdigt. Sie hat gern hier gelebt, und das ist der nächste Friedhof. Doch wie es scheint, hat man schon vor einer Ewigkeit beschlossen, ihn stillzulegen, und hat ihn eingeebnet und begrünt. Man hat mir geraten, sie nach Oxford überführen zu lassen. Ich sehe wirklich nicht ein, warum ich sie nicht hier beerdigen kann, wo sie gern gewesen wäre. Es wäre das wenigste, das ich für sie tun könnte. Ich hatte Harriet gern, als Kinder haben wir uns sehr nahegestanden.«

»Was ist mit ihrem ursprünglichen Zuhause – ich meine da, wo sie herkam?«

»Hat keinen Sinn, die Familie lebt nicht mehr dort.« Fran machte eine Pause. »Harriet wäre gern hier begraben, und ich werde so lange Krach schlagen, bis man mir die Genehmigung gibt. Was hat ein Friedhof für einen Sinn, wenn man niemanden dort begraben darf?

Ich werde mich an die Diözese wenden, an die Bezirksverwaltung, an Lambeth Palace, wenn ich muß. Passen Sie auf!« Sie nickte energisch, und Meredith glaubte auf Anhieb, daß die gesamte Synode Englands vor Angst zittern würde, wenn Miß Needham-Burrell erst einmal richtig loslegte.

Gemeinsam zerrten sie die Plastiksäcke mit Harriets Kleidern die schmale Treppe hinunter und ins Freie, um alles in den Range Rover zu packen. Als sie ins Haus zurückgingen, sagte Fran: »Ich gebe Ihnen wegen der Beerdigung Bescheid – schreiben Sie mir Ihre Telefonnummer auf.«

»In Ordnung – oh, ich habe nicht einmal ein Fetzchen Papier dabei.«

»Versuchen Sie's im Schreibtisch.«

Fran lief wieder in den ersten Stock hinauf, und Meredith, die sich ihre Aufregung über die unerwartet hilfreiche Wendung nicht anmerken lassen durfte, öffnete Harriets viktorianisches Rollpult.

Harriet war, was ihre Papiere anbelangte, nicht sehr ordentlich gewesen, aber auch das konnte sich als Segen erweisen. Die geräumigen Fächer waren mit Korrespondenz vollgestopft. Meredith zog einen Schreibblock heraus und klappte ihn auf. Ein loses, nur zum Teil beschriebenes Blatt fiel heraus. Neugierig faltete sie es auseinander.

... Du Gipsheilige wirst wieder mal was zu denken kriegen, Du bist eine dreckige, heuchlerische Lügnerin, und...

Mehr stand nicht da. Offensichtlich waren die Zeilen Teil eines Entwurfs. Harriet hatte ihn neu formuliert – entweder, um zu milderen oder zu noch schärferen Worten zu greifen... Meredith nahm zumindest an, daß es sich um Harriets Handschrift handelte. Als sie hastig ein paar andere Papiere durchsah, wurde ihre Vermutung bestätigt. Doch ähnliche Entwürfe förderte sie nicht zutage. Nachdenklich saß sie mit dem Papier in der Hand da. Das war vielleicht ein Ding! Als Alan von anonymen Briefen gesprochen hatte, hatte er Briefe an und nicht von Harriet gemeint. Schuldbewußt blickte Meredith über die Schulter zurück. Das Blatt Fran auszuhändigen war vielleicht keine so gute Idee. Alan würde es bestimmt gern sehen wollen, auch wenn er es später von allen Ermittlungen ausschloß. Aber Fran hätte vielleicht etwas dagegen, wenn Privatbriefe dieser Art weitergegeben wurden. Frans Schritte wurden auf der hölzernen Treppe laut. Meredith mußte eine schnelle Entscheidung treffen.

Sie faltete das Blatt und steckte es in die Tasche ihres Anoraks. Hastig kritzelte sie ihre Telefonnummer auf das nächste leere Blatt und gab es Fran, als sie hereinkam.

»Das reicht für heute, denk ich«, sagte Fran seufzend. »Ich muß ohnehin nach Bamford und den alten Simpson besuchen.«

»Wo wohnen Sie?«

»Nicht hier – ich habe mir im Hotel The Crossed Keys in Bamford ein Zimmer genommen.« Fran verstaute Merediths Telefonnummer in ihrer Umhängetasche. »Ich rufe Sie an, bevor ich wieder herkomme.«

»Also, was denken Sie?« fragte Meredith ungeduldig.

»Ich denke, daß wir Schwierigkeiten bekommen, wenn Theo Simpson erfährt, daß Sie dieses Papier aus Harriets Schreibtisch mitgehen ließen. Aber lassen wir das einfach auf uns zukommen. Für wen war das wohl bestimmt, was glauben Sie? Sie sind eine Frau. Wem würden Sie so etwas schreiben?«

»Weiß ich nicht. Ich glaube nicht, daß ich jemals so

etwas geschrieben habe. Ich kann es mir nicht vorstellen – es sei denn, jemand hätte mich enttäuscht, im Stich gelassen?«

»Ein Mann? Der sie hintergangen – ihr etwas versprochen hat – die Ehe? Und sich dann gedrückt hat?«

»Versprechen Männer den Mädchen heute noch die Ehe? Ich meine, so wie früher einmal?«

»Nun, seit ein gebrochenes Eheversprechen kein Gesetzesverstoß mehr ist, haben wir es nicht mehr annähernd so oft mit schluchzenden jungen Mädchen zu tun, die der Meinung sind, sie seien verraten worden und ihre Zukunftsaussichten gleich Null. Wo wohnt Miss Needham-Burrell?«

»Im Hotel The Crossed Keys in Bamford.«

»Ich werde sie aufsuchen, sobald ich zurück bin.«

»Sie meinen, Sir«, sagte Pearce, »daß Miss Needham keine Drohbriefe bekommen, sondern welche geschrieben hat?«

»Sie hat wenigstens einen geschrieben, und sehen Sie sich doch noch einmal den Brief an, den Fearon bekommen hat. Er ist ziemlich scharf. Aber er bleibt auch sehr vage im Hinblick auf das, was Fearon angeblich getan hat. Er ist ein Schwein, ein dekadenter Parasit, er wird eines Tages seine wohlverdiente Strafe bekommen … Unzählige unflätige Wörter … Aber was hat er getan? Die Jagd wird mit keinem Wort erwähnt. Fearon hat angenommen, daß es um die Jagd ging. Wir haben das für bare Münze genommen.« Markby nahm Fearons Brief zur Hand. »Mir ist natürlich klar, daß die Wörter aus einer Zeitung herausgeschnitten wurden und daß das Stück, das Miss Mitchell gefunden hat, mit der Hand geschrieben wurde – aber der Grund, warum Harriet diesen handschriftlichen Text verworfen hat, mag der sein, daß sie sich plötzlich entschlossen hatte, anonym zu schreiben und Zeitungsschnipsel zu verwenden. Fearon hat einen Ruf als Frauenheld. Wir wissen, Harriet hatte am Abend des Weihnachtstages einen leidenschaftlichen Gast. Fearon hat mir erzählt, er komme zu einem Rendezvous mit einer Freundin zu spät, weil er den ganzen Vormittag hinter den ausgebrochenen Pferden hergewesen war. Vielleicht hat Tom sie betrogen, und sie hat es erfahren.«

»Wenn sie erfahren hätte, daß er sie betrog«, sagte Pearce bedächtig, »wäre sie meiner Meinung nach zu den Stallungen gegangen und hätte ihn in den Pferdetrog gestoßen. Nach allem, was ich gehört habe, hätte das mehr ihrem Stil entsprochen. Sie hat bestimmt keine anonymen Briefe geschrieben, würde ich sagen.«

»Und ich ebenso. Aber man kann nie wissen. Doch wir vergessen den Brief, den der Master bekommen hat. Ich wünschte, er hätte ihn aufgehoben. Harriet hätte ihm nie so geschrieben. Streichen wir die Theorie, daß sie die Briefe geschrieben hat. Sie war es nicht. Der von Tom stammt wahrscheinlich von einem Jagdgegner, und der hier ist eine einmalige Sache, und es geht darin um etwas anderes.« Finster betrachtete Markby den Zettel, den Meredith ihm gegeben hatte. »Übrigens, haben Sie etwas von den anderen Jagdmitgliedern erfahren? Hat irgendeiner Drohbriefe bekommen?«

»Zugegeben hat es keiner, Sir. Ein oder zwei haben ein bißchen herumgedruckst. Waren nicht ehrlich. Aber alle anderen haben Stein und Bein geschworen, sie hätten keinen derartigen Brief bekommen.«

»Verdammt! Doch eins nach dem anderen. Ich würde sehr gern erfahren, wer Harriets Dinnergast war – und ob er am nächsten Morgen noch da war. Vielleicht führt er uns zu den Tranquilizern, deren Vorhandensein jeder abstreitet, der Harriet gut gekannt hat. Miss Mitchell hörte einen Wagen davonfahren. Doch was, wenn der Fahrer später zurückgekommen oder zum Frühstück wieder erschienen wäre?«

Markby legte beide Briefe in den Ordner auf seinem Schreibtisch. »Ich springe inzwischen ins Hotel hinüber, um zu sehen, ob Miss Needhams Cousine da ist.«

Von der Polizeistation zum Hotel The Crossed Keys ging man höchstens fünf Minuten. Am Empfang fragte er nach Miss Needham-Burrell.

»Zimmer 20«, sagte die Angestellte. »Soll ich Sie telefonisch anmelden?« Sie legte ihre scharlachrot lackierten Krallen auf das Telefon und sah ihn neugierig an.

»Das wäre sehr freundlich. Melden Sie Inspektor Markby, sie weiß, wer ich bin.«

Das Mädchen ging zum Hausapparat, sprach kurz, legte auf und sagte: »Sie sollen raufkommen. Wir haben keinen Lift, Sie müssen die Treppe nehmen – sie endet auf der rechten Seite des Korridors. Zweiter Stock.« Ein Blitzen scharlachroter Fingernägel, um die Richtung anzudeuten.

Markby gelangte über die ehemalige Personaltreppe in den zweiten Stock. The Crossed Keys war ein altes Gebäude. Die Fußböden sackten leicht schräg durch, und die Korridore glichen labyrinthähnlichen Kaninchengängen, die Zimmer waren klein und hatten niedrige Türrahmen. Das Haus beherbergte hauptsächlich Handelsvertreter unterschiedlichster Art und andere Leute, die ihre Fahrt spontan hier unterbrochen hatten. Obwohl es recht sauber war, wirkte es vernachlässigt. Aber die Gäste, die nur eine oder zwei Nächte blieben, erwarteten oder verlangten keinen Luxus, nur ein Bad und ein Bett – was man eben so brauchte.

Vor Nummer 20 stand ein wackliges Tischchen und darauf ein Topf mit einem Usambaraveilchen. Markby blieb stehen und betrachtete verstohlen die Blüten, eine Farbe, die ihm noch fehlte; und er fragte sich, ob jemand etwas dagegen haben würde, wenn er ein Blatt abtrennte und versuchte, Ableger zu ziehen. Aber zuerst Miss Needham-Burrell. Er mußte das streng nach Vorschrift machen. Viele höfliche Fragen und Beileidsbekundungen, um ihr die Erlaubnis zu entlocken, Harriets Papiere durchsehen zu dürfen. Vielleicht sollte er sie zu einer Tasse Tee in die Hotellounge einladen.

Er klopfte. Rasche, leichte Schritte, die Tür ging auf, und zu seiner größten Verblüffung sah er vor sich, in einen Frotteebademantel gehüllt und mit Pantoffeln an den Füßen, eine hinreißende Blondine.

»Hallo«, sagte sie, und ihre seegrünen Augen wurden groß. »Sind Sie etwa Mr. Plattfuß?«

»Ich bin – Chefinspektor Markby«, hörte er seine Stimme, die merkwürdig belegt klang.

»Polizisten sehen wirklich immer besser aus. Sie sind Merediths Freund, nicht wahr? Und Sie heißen Alan.«

»So ist es«, bestätigte er einfältig und bemühte sich angestrengt, seine Verwirrung abzuschütteln und diese sündhaft schöne Blondine nicht anzustarren wie ein hypnotisiertes Kaninchen die Schlange.

»Wunderbar. Ich bin Fran. Warum kommen Sie nicht rein, Alan. Wir können – reden. Ich habe eine Flasche Whisky.«

Er folgte ihr ins Zimmer und setzte sich in den Lehnstuhl, den sie ihm anbot. Flink wählte sie aus mehreren

Flaschen eine aus, stellte Gläser auf ein Tablett und schenkte ein. »Meinen mit Wasser, bitte«, sagte er hastig.

»Sagen Sie, wenn's genug ist – okay?« Sie reichte ihm ein Glas. »Was wollen Sie mich fragen?« Sie setzte sich, schlug die Beine übereinander. Der Frotteemantel fiel ein bißchen auseinander, aber nicht zu weit. »Ich wollte mir eben ein Bad einlassen«, erklärte sie, und die Winkel ihres vollen Mundes verzogen sich leicht nach oben.

Vor Markbys innerem Auge tauchte kurz ein verbotenes Bild auf, und dann war sein Kopf völlig leer. Verzweifelt suchte er nach dem Grund, der ihn hergeführt hatte. Briefe, Pillen, er wollte nach beidem fragen. Wunderschönes, schlankes gebräuntes Bein. Bleib mit deinen Gedanken bei der Arbeit. Was wollte er sie fragen? Um die Wahrheit zu sagen, in diesem Augenblick rein gar nichts, was mit Polizeiarbeit zu tun hatte.

»Sie kennen natürlich das Ergebnis der Obduktion«, sagte er verbissen und blickte direkt in die leicht belustigt wirkenden seegrünen Augen.

Er sah, wie die Belustigung daraus wich. Ihre Züge wurden starr, und sie nippte an ihrem Whisky. »Ja. Meredith hat gesagt, Sie hätten nach Tranquilizern gefragt. Wir, Meredith und ich, haben das Cottage durchsucht, aber keine gefunden – auch keine leeren Packungen, und, ehrlich gesagt, ich war nicht überrascht. Harriet hat diese Art Drogen nicht genommen – überhaupt keine Tabletten. Sie hielt nichts davon. Hat nie was davon gehalten …« Fran hob ihr Glas. »Ich zweifle nicht an dem Ergebnis der Obduktion. Aber wie Sie bin ich sehr begierig, das Wie und Warum zu erfahren.«

»Ob die Mülltonnen geleert worden sind?« sagte er mehr zu sich als zu ihr.

Sie antwortete trotzdem: »Nein, es sind ja noch Feiertage. Alles wird in einem Plastiksack gebündelt. Sie können ihn durchsuchen, wenn Sie wollen.«

»Mein Sergeant wird das übernehmen. Es geht auch um ein paar Briefe.«

»O ja, gehässige Briefe. Ich hatte keine Zeit, ihre Papiere durchzusehen, aber ich werde die Augen offenhalten.«

Er ließ den Rest seines verwässerten Whiskys im Glas kreisen und sagte vorsichtig: »Ich weiß, das scheint ein einfacher und bedauerlicher Unfall zu sein, der auf das mehr als idiotische Verhalten eines jungen Demonstranten folgte. Ich will auch nichts anderes andeuten. Habe keinen Grund dazu. Aber es gibt ein paar lose Enden, und wenn ich impertinente Fragen zu stellen scheine, dann nur, weil ich Unordnung verabscheue – nicht, weil ich schnüffle.«

»Schießen Sie los.« Sie setzte sich bequemer zurecht und legte den Bademantel, der vorher verrutscht war, wieder züchtig über das wohlgeformte Knie. Das Ergebnis war doppelt so erotisch, als wenn sie alles beim alten gelassen gelassen hätte.

Er lächelte schmerzlich. »Das ist fair.«

Sie sah ihm in die Augen. »Oh, ich bin immer fair.«

»Ja – nun, wir haben Anlaß zu glauben ...« Ein leichtes Lächeln umspielte ihren Mund. »Was ist los?«

»Entschuldigen Sie – es ist der Polizeijargon. Sprechen Sie weiter. Was haben Sie Anlaß zu glauben, Alan?«

»Daß Harriet am Abend des Weihnachtstages einen männlichen Gast hatte. Anscheinend ist er am Abend auch wieder weggefahren. Ich habe mich gefragt, ob Sie wohl wissen, wer das war. Er könnte vielleicht ein wenig Licht auf die Sache mit den Tranquilizern werfen.«

Sie ließ einen Fuß kreisen und streckte die bloßen

Zehen, die aus dem Pantoffel vorschauten. »Nein, ich weiß es nicht. Ich will Ihren Ermittlungen nicht im Wege stehen, aber ich weiß es wirklich nicht. Sie hatte viele Freunde.«

»Ich verstehe. Falls Sie es zufällig herausfinden sollten, wäre ich sehr dankbar… Und ich schicke meinen Sergeant, der den Abfall und Miss Needhams Schreibtisch durchsuchen soll, wenn Sie gestatten.«

»Aber gewiß doch.«

»Ich hoffe, Sie können alles arrangieren«, sagte er, sich an ihre traurige Pflicht erinnernd. »Ist Ihnen Mr. Simpson eine Hilfe?«

»Der liebe alte Theo?« Sie lachte rauh. Dann verzog sie das Gesicht. »Man macht mir Schwierigkeiten wegen der Beerdigung. Ich möchte Harriet in dem kleinen Friedhof in Westerfield beerdigen, aber das darf ich nicht, wie man mir sagte. Das kommt mir so verdammt kleinlich vor. Er wurde säkularisiert oder so was Ähnliches. Eingeebnet und begrünt wie ein Park. Keine Beerdigungen mehr.«

»O ja, das ist richtig.« Er überlegte. »Die Familiengruft der Markbys wurde nicht eingeebnet. Das ist die private Ecke meiner Familie. Sie ist durch ein Geländer vom übrigen Friedhof abgetrennt. Ich meine, auch dort ist seit Jahren niemand mehr beerdigt worden, aber die Gräber sind noch da, die Grabsteine, Monumente, das Übliche eben… Vielleicht gibt es noch einen freien Platz, und ich wüßte nicht, warum jemand etwas dagegen haben sollte, besonders wenn die Familie – das bin ich – einverstanden ist. Versuchen Sie es einmal damit.«

»Danke.« In den seegrünen Augen spiegelte sich aufrichtige Wärme. Sie folgte ihm zur Tür und blieb, die Hand auf den Türpfosten gestützt, im offenen Rahmen stehen. »Ich will's versuchen, wie Sie sagten, und wie könnte man dann noch etwas dagegen haben? Und wie ich Ihnen schon sagte, ich bin fair. Wenn jemand mir Gutes tut, revanchiere ich mich gern.« Wieder umspielte das Lächeln ihren Mund. »Ich schulde Ihnen was.«

»Aber ganz und gar nicht«, sagte er hastig und floh.

KAPITEL 7

Der nächste Tag, ein Dienstag, war Silvester. Und versprach ein durch und durch unglückliches Silvester zu werden, dachte Meredith, trotz Alans Einladung, ein Glas mit ihm zu trinken. Ein Schatten lag wie Mehltau über dem Tag. Das neue Jahr würde die gerichtliche Untersuchung und Harriets Beerdigung mit sich bringen, und außerdem begann für sie selbst unter der Woche die regelmäßige Pilgerfahrt nach London. Das Wetter war grau und trüb und drückte aufs Gemüt. Wie auch immer – es war Dienstag, und Mrs. Brissett, die normalerweise an diesem Tag kam, erschien pflichtgetreu mit Bommelmütze und Reißverschlußstiefeln im Rose Cottage.

»Es ist wirklich sehr nett von Ihnen, daß Sie auch während der Feiertage kommen«, sagte Meredith dankbar. Sie freute sich, die Putzfrau zu sehen, nicht so sehr um der Arbeit willen, die sie tun würde, sondern eher, weil sie froh war, Gesellschaft zu haben.

Allmählich wurde ihr bewußt, wie einsam es in Pook's Common war. Die Haynes waren nicht wieder erschienen. Die Leute, denen die Autowerkstatt und das Cottage mit dem Wunschbrunnen gehörten, ließen sich auch nicht sehen. Vielleicht waren sie über Neujahr verreist. Harriet war tot und Meredith, wie sie sich fast entsetzt klarmachte, derzeit die einzige Bewohnerin von Pook's Common. Außer sie zählte Tom Fearon dazu.

»Es macht mir keine Mühe«, sagte Mrs. Brissett energisch. »Hat keinen Sinn, die Arbeit liegenzulassen, denn dann habe ich, wenn ich das nächste Mal komme, doppelt soviel zu tun. Das habe ich auch der armen Miss Needham gesagt. ›Machen Sie sich nicht die Mühe, am zweiten Weihnachtsfeiertag zu kommen‹, hat sie gemeint. ›Nur keine Angst‹, sag ich, ›ich komme.‹ Und ich war da – und hab sie zum letztenmal gesehen, kurz bevor sie ging …« Mrs. Brissett schniefte und stellte mit überflüssigem Kraftaufwand eine Einkaufstüte auf einen Küchenstuhl.

»Ich versuche ja, das Haus sauberzuhalten«, sagte Meredith demütig.

»Ja, meine Liebe, das weiß ich. Aber aufräumen und richtig putzen, das ist nicht dasselbe. Bei weitem nicht.« Mrs. Brissett hängte ihren Mantel auf, zog die Stiefel aus und holte aus ihrer Tüte ein Paar pinkfarbene Hausschuhe mit Nylonpelz. Abgeknickt wie ein Taschenmesser und vor Anstrengung keuchend, zog sie sie an. »Unsere Dawn hat sie mir zu Weihnachten geschenkt.« Sie setzte sich auf und streckte ein strammes Bein in Kreppstrümpfen und pinkfarbenem Hausschuh zur Begutachtung aus. »Hübsche Farbe, nicht wahr? Ich liebe Pink.« Sie ließ den Fuß sinken. »Unsere Dawn hat sich schrecklich aufgeregt, als sie das von der armen Miß Needham erfuhr. So. Die Arbeit wartet nicht. So strickst du dem Baby kein neues Mützchen, wie meine alte Mum immer sagte.« Sie stand auf. Die Bommelmütze, die fest mit ihrem Kopf verbunden schien, hatte sie nicht abgenommen und band sich als nächstes eine Schürze um. »Sie sind mit dem Frühstück fertig, oder?«

»Ja, ich wollte eben abräumen.« Und mich selbst auch wegräumen, dachte Meredith, das hat sie gemeint. Soll ihr nicht vor den Füßen rumlaufen.

»Lassen Sie nur, das mach ich schon, Miss Mitchell.

»Mrs. Brissett«, sagte Meredith vorsichtig. »Wegen Miss Needham. Als Sie mir versprachen, heute morgen zu kommen, hab ich das Inspektor Markby gegenüber erwähnt. Er möchte gern mit Ihnen sprechen und kommt später herüber. Hätten Sie etwas dagegen?«

»Ich klatsche nicht«, sagte Mrs. Brissett heftig. »Und schon gar nicht über die arme Miss Needham, die steif und kalt daliegt.«

»Das ist kein Klatsch, Mrs. Brissett. Inspektor Markby versucht nur festzustellen, wie Miss Needham gestorben ist. Sie wollen doch helfen, oder?«

»Es macht mir nichts aus, mit Mr. Markby zu reden«, sagte Mrs. Brissett großmütig. »Er ist ein Gentleman. Was man nicht von jedem Polizisten sagen kann. Mit einem anderen würde ich ganz bestimmt nicht reden. Als unsere Dawn ihre Schwierigkeiten hatte und der Kerl, mit dem sie verheiratet war, ins Haus eingebrochen ist – das war, bevor er sie ganz sitzengelassen hat –, da ist Fred zur Polizei gegangen und hat es gemeldet. ›Häuslicher Zwischenfall‹, haben sie gesagt, sind auf ihren vier Buchstaben sitzen geblieben und haben nichts getan. Damals habe ich mein Vertrauen zur Polizei verloren. Aber Mr. Markby ist anders, und er darf mich fragen, was er will. Doch ich weiß, wie Miss Needham gestorben ist. Der schlechte Kerl ist dran schuld, der ihr Pferd erschreckt hat.«

»Es geht noch immer um die Drogen, die Tranquilizer, Mrs. Brissett.«

»Sie hat nie welche genommen! Hat nie irgendwelche Pillen genommen!« platzte Mrs. Brissett heraus. »Das hab ich *Ihnen* schon gesagt. Das hab ich *allen* gesagt. Und ich sag's auch noch Mr. Markby, wenn es das ist, was er hören will.«

Markby kam kurz vor elf vorgefahren. Meredith ging ihm entgegen und sagte leise: »Ich bin eben dabei, Kaffee zu machen, und Mrs. Brissett ist darauf vorbereitet, mit Ihnen zu reden. Aber Sie werden sie nicht aufregen, nicht wahr? Sie hatte Harriet sehr gern. Sie wird nicht wollen …« Meredith unterbrach sich. »Sie wird Ihnen nichts erzählen wollen, was ihrer Ansicht nach ein schlechtes Licht auf Harriet werfen könnte. Und sie hat da so ihre eigenen Vorstellungen.«

»Wird nicht über Männer sprechen wollen, meinen Sie?«

»Wahrscheinlich nicht.«

Markby fand Mrs. Brissett stocksteif in der Mitte der Küche sitzend, die Bommelmütze wie eine Krone fest auf dem Kopf, die Hände im Schoß gefaltet. Sie hatte die Schürze abgenommen, jedoch die pinkfarbenen Hausschuhe nicht ausgezogen.

»Ich bin Ihnen sehr verbunden, Mrs. Brissett«, sagte Markby und setzte sich an den Tisch.

»Wir freuen uns wirklich sehr, helfen zu können«, sagte Mrs. Brissett, und fügte – den Pluralis majestatis abschwächend – erklärend hinzu: »Fred und ich. Fred hat alles mögliche für Miss Needham getan, hat Sachen repariert, Regale angebracht, Malerarbeiten erledigt … Fred hatte von Miss Needham immer eine sehr hohe Meinung. Er wird alles bestätigen, was ich sage. Unsere ganze Familie hatte Miss Needham sehr gern. Sie war so gut zu unserer Dawn, als die ihre Schwierigkeiten hatte.« Mrs. Brissett machte eine Pause, um Atem zu holen. »Was wollen Sie wissen? Wenn es wegen dieser Pillen ist, dann kann ich Ihnen nur sagen, was ich schon Miss Mitchell erklärt hab. Die arme Miss Needham hat nie welche genommen.«

»Ich fürchte, sie hat es doch getan«, sagte Markby sanft. »Aber wir sind auch der Meinung, daß es nicht zu ihrem Charakter paßt, und wir würden gern wissen, woher sie kamen und wie sie dazu kam, sie zu nehmen. Sie muß sie nämlich an diesem Morgen eingenommen haben. Soviel ich weiß, sind Sie nach dem Frühstück ins Cottage gekommen, um aufzuräumen, ja?«

»Das ist richtig.« Der Bommel auf ihrer Mütze bebte heftig. Gleich fällt sie runter, dachte Markby abgelenkt. Markby blieb bei seinem Thema. »Erinnern Sie sich vielleicht, ein Medizinfläschchen oder eine Pillenpackung oder eine Tüte mit dem Aufdruck einer Apotheke gesehen oder weggeworfen zu haben?«

»Nein, nichts dergleichen, und mir wäre es aufgefallen, denn so was hat's im Cottage nie gegeben. Sie hatte mir gesagt, ich soll am zweiten Weihnachtstag nicht kommen«, fuhr Mrs. Brissett fort. »Aber ich sagte ihr, ich komme trotzdem, nur für eine Stunde, um ein bißchen was wegzuräumen, das Frühstücksgeschirr zu spülen, solche Dinge eben.«

»Ach ja, das Frühstücksgeschirr –«, sagte Markby vor sich hin.

Mrs. Brissett warf ihm einen argwöhnischen Blick zu und nahm eine noch steifere Haltung ein.

»Viel Geschirr?«

»Nicht besonders.«

»Für wie viele Leute?« Mrs. Brissett preßte die Lippen zusammen. »Mrs. Brissett«, sagte Markby, »ich stecke meine Nase nicht aus Neugier in Miss Needhams Angelegenheiten. Jemand hat diese Pillen ins Haus gebracht, und wenn sie, sagen wir, in einer Schachtel waren, hat er oder sie die restlichen wieder mitgenommen. Jemand hat sie Miss Needham gegeben. Ich möchte wissen, wie. Hatte sie darum gebeten und sie freiwillig eingenommen – oder was?«

Mrs. Brissett schloß und öffnete nervös die Hände. »Ich will's Ihnen sagen, Sir. Es hat mir Kummer gemacht. Konnte deshalb nicht schlafen. Fred wird es Ihnen bestätigen. Fragen Sie Fred, ich hab zu ihm gesagt, sie selber hatte nie solche Pillen. Ich weiß es. Ich hätte sie gesehen. Hab aber nie keine einzige nicht gesehen. Jemand muß sie ihr gegeben haben, hab ich gesagt. Und Mr. Markby« – ernst beugte Mrs. Brissett sich vor –, »wer's auch getan hat, er hat es heimlich getan, hat es so getan, daß sie nichts gemerkt hat, weil wenn sie gewußt hätte, was das für Zeug ist, hätte sie es nie genommen, nicht Miss Needham!«

Volltreffer, jubelte Markby innerlich. »Mrs. Brissett, erzählen Sie mir jetzt von dem Frühstücksgeschirr?«

»Es war für zwei«, sagte Mrs. Brissett. »Ich sag Ihnen ganz ehrlich, ich weiß nicht, wer er war. Aber es war nicht das erste Mal, daß ich für zwei abgespült oder das Bett gemacht hab ...« Mrs. Brissett hob die Hand vor den Mund und hüstelte diskret. »Wenn es benutzt worden war, wenn Sie verstehen, was ich meine.«

»Durchaus.«

»Sie hatte mehrere Freunde. Miss Needham war sehr beliebt.«

Könnte ich drauf wetten, dachte Markbys Alter ego nicht sehr galant.

»Aber an diesem Morgen – obwohl von allem zwei Stück da waren, Tassen, Teller und das – das Bett ... Ich glaub nicht, daß er dort geschlafen hat. Doch sicher konnte ich natürlich nicht sein. Es waren keine Haare vom Rasieren im Waschbecken und nur ein Kissenstapel im Bett.«

»Sie denken also, er ist zum Frühstück vorbeigekommen und dann wieder gegangen?«

»So ist es«, sagte Mrs. Brissett. »Ist doch nichts dabei.« Sie unterbrach sich. »Oder vielleicht doch, Ihrer Meinung nach?«

»Das wissen wir nicht. Hatte Miss Needham die Gewohnheit, bevor sie zur Jagd ritt, ein – nun, sagen wir – ein Glas zu trinken, um sich warm zu halten?«

»Ja«, sagte Mrs. Brissett schlicht. »Hat sie immer gemacht, bevor sie fortging – egal, wohin. Sie war eine echte Lady und konnte mit Alkohol umgehen. Ist nie getaumelt oder gefallen oder sonst was.«

Markby blickte verzweifelt aus dem Fenster. Als er wieder sprechen konnte, sagte er: »Ich danke Ihnen, Mrs. Brissett. Sie haben uns sehr geholfen. Ich wäre Ihnen dankbar, wenn Sie über den Inhalt unseres Gesprächs mit niemandem reden würden – außer mit Mr. Brissett natürlich.«

»Wir können schweigen, Sir«, sagte Mrs. Brissett würdevoll. »Ich und Fred.«

»Das ist recht. Oh – nur aus reinem Interesse, was haben Miss Needham und ihr Gast gefrühstückt? Eier mit Speck?«

»Nein – Miss Needham war eine wunderbare Köchin. Sie hat einen von diesen Cordel-blue-Kursen mitgemacht, und dort haben sie ganz ausgefallene Sachen gekocht. Sie hatten dieses Fischzeug – Reis mit Fisch und harten Eiern – *Kedgeree* heißt es, glaub ich.«

»*Kedgeree*«, sagte Markby und blätterte in dem Kochbuch, das Meredith in der Küche gefunden hatte. »Schauen wir mal. O hurra, hurra! Gekochter Reis, getrockneter gekochter Schellfisch, gekochte Eier, aufgeschnitten,

Salz, Pfeffer, Cayenne, alles zu einem Kuddelmuddel zusammengerührt und siedendheiß serviert. Ich muß Paul fragen, aber wenn da jemand ein Dutzend winzige Tranquilizer hineingemixt hat, als sie ihm den Rücken kehrte, hätte sie das nie gemerkt und sie mit allem übrigen gegessen.«

»Und das ist Ihrer Ansicht nach passiert?« fragte Meredith sachlich.

Er klappte das Buch zu und schnitt eine Grimasse. »Ich weiß es nicht. Ich habe keinen Beweis. Aber er könnte es so gemacht haben. Eines haben wir ja so ganz nebenbei erfahren, Mrs. Brissett hat uns bestätigt, was uns Jack Pringle, der Harriets Arzt war, gesagt hat. Er konnte Harriet kaum behandeln, weil sie sich strikt weigerte, Medikamente einzunehmen. Er hat ihr keine Tranquilizer verschrieben, und das wird er bei der gerichtlichen Untersuchung auch sehr nachdrücklich erklären. Eines müssen wir unbedingt herausfinden – wer war dieses Phantom, ihr Frühstücksgast?«

»Wenn wir ihn finden«, wandte Meredith ein, »könnte er sagen, sie habe ihn um die Pillen gebeten und sie freiwillig mit einem Glas Wasser geschluckt.«

»Das ist möglich. Aber wo ist er? Warum hat er sich nicht gemeldet?«

»Angst vor einem Skandal. Vielleicht ist er verheiratet.«

»Sie sind sicher, daß derjenige, der am Abend vorher bei ihr war – der Mann, der sie geküßt hat und den Sie als Silhouette auf der Jalousie sahen –, Sie sind absolut sicher, daß er ging?«

»Ich habe einen Wagen wegfahren gehört. Vielleicht ist er später zurückgekommen, als ich schon schlief. Am Morgen war kein Wagen da, doch ich bin spät aufgestanden. Ebensogut kann er sehr früh weggefahren sein, und ich habe ihn verpaßt. Das ist möglich.«

»Oder er war zu Fuß da –«, sagte Markby vor sich hin.

Meredith wand sich voller Unbehagen. »Tom Fearon?«

»Warum Tom?« Er sah sie scharf an.

»Er wohnt nur ein Stück weiter unten an der Straße. Am Montag hatten sie in den Stallungen eine Auseinandersetzung, aber viel hab ich nicht davon gehört.« Sie wiederholte, was sie aufgeschnappt hatte. »Sie sagte ihm, er könne zu ihr kommen, wenn er sich beruhigt habe.«

»Nun, ich werde mit ihm sprechen. Aber sie hätte ihn sowieso gesehen, als sie am zweiten Weihnachtstag ihr Pferd zur Jagd abholte.« Er runzelte die Stirn. »Kein Mensch reitet heutzutage noch zu einem Jagdtreffen. Sie haben alle Pferdetransporter und bringen die Tiere mit dem Wagen hin. Was hatte Harriet vor?«

»Tom hat einen Transporter, einen kleinen, für zwei Pferde.«

»Hm...« Markby legte das Kochbuch weg. »Ich werde mir Tom vornehmen, heute oder morgen.«

»Ich habe nicht behauptet, daß es Tom war«, sagte Meredith hastig. »Nur daß sie sich gut kannten und ein bißchen gestritten haben.«

»Was für ihn kein Grund wäre, ihr Tranquilizer in den Frühstücksreis zu mixen. Das ist nicht Toms Stil. Tom packt immer den sprichwörtlichen Stier bei den Hörnern. Wir haben es mit einer vorsätzlichen Handlung zu tun. Jemand hat die Pillen mitgebracht, hat auf seine Gelegenheit gewartet. Aber warum? Und was wollte er damit erreichen?«

»Er wußte, daß sie zur Jagd wollte, und hoffte, daß sie vom Pferd fallen würde.«

»Ja – er wußte auch über den Bügeltrunk Bescheid und daß sie ein oder zwei Gläser trinken würde. Die Mischung aus Alkohol und Pillen würde sie benebeln.«

»Aber sie war schon benebelt, bevor der Bügeltrunk serviert wurde«, erklärte Meredith. »Wir haben sie beide gesehen und Dr. Pringle auch. Er hat ihr noch gesagt, sie soll nichts mehr trinken. Er dachte, sie hätte zuviel und zu lange gefeiert.«

»Vergessen Sie nicht, wir wissen von Mrs. Brissett, daß Harriet ein Glas oder zwei hatte, bevor sie von Pook's Common aufgebrochen ist. Das würde erklären, warum sie so schnell beschwipst war. Ich frage mich, ob er das wußte? Ob er wußte, daß sie anfangen würde zu trinken, bevor sie auf den Market Square kam? Nehmen wir einmal an, daß irgendein Mann – es könnte genausogut eine Frau gewesen sein –, jemand den wir nicht kennen, mit ihr zum Frühstück verabredet war, ihr die Pillen ins Essen gemischt hat und dann seiner Wege ging. Er hätte damit gerechnet, daß sie einen Bügeltrunk und vielleicht auch einen zweiten nehmen, nach einer Weile schwindelig werden und sehr wahrscheinlich beim ersten Hindernis, das sie erreichte, vom Pferd fallen würde.« Markby hielt inne. »Beim ersten Hindernis, das sie erreichte«, wiederholte er. »Verdammt, das habe ich auch zu Pearce gesagt. Aber sie ist nicht dort gefallen, sondern auf dem Market Square. Ob er das vorhergesehen hat, der Frühstücksgast? Das frage ich mich. Ob das seine Pläne nicht ein bißchen durcheinanderbrachte? Sie ist zu bald gefallen – zum Teil dank Simon Pardy und seiner närrischen Kapriolen.«

»Warum hat er es getan?« wollte Meredith wissen. »Angenommen, dieser Mann, den wir nicht kennen, hat es getan. Warum wollte er ihr überhaupt etwas antun?«

»Ah, jetzt sind wir wirklich in Schwierigkeiten. Was hatten Sie für einen Eindruck von Harriet? Hat sie sich gern Feinde gemacht?«

»Sie war nett. Ich hatte sie gern. Sie hat mich hier willkommen geheißen. Sie war gut zu den Brissetts. Aber auch geradeheraus. Sie ließ sich nicht über den Tisch ziehen. Ich glaube, wenn sie jemanden nicht mochte, konnte sie eine sehr unangenehme Gegnerin sein. Wie ein Terrier hätte sie nicht losgelassen.«

Sie dachte an Frances Needham-Burrell und ihre Drohung, mit ihrem Gesuch, ihre Cousine in Westerfield zu beerdigen, wenn nötig bis zur höchsten Instanz zu gehen. Eine Familieneigenschaft. Sie bekamen, was sie wollten, und taten, was und wie ihrer Meinung nach etwas getan werden sollte, und alle übrigen sollten sich zum Teufel scheren. Obwohl sie Harriet sympathisch gefunden hatte, mußte Meredith zugeben, daß beide, Harriet und Fran, diesen Eindruck machten.

»Die erste Person, die wir finden müssen«, sagte Markby, die Beine ausstreckend, »ist der Mann, der am Abend des ersten Weihnachtstages im Ivy Cottage war. Sie haben einen Wagen gehört, aber nicht gesehen. Sie wissen nicht mit Bestimmtheit, daß er abfuhr. Er könnte auch nur so getan haben. Mrs. Brissett war sehr diskret wegen des Bettes, dachte aber, es hätten nicht zwei Leute darin geschlafen. Nur ein Kissenstapel, hat sie gesagt.«

»Harriet hätte die Kissen wegtun können.«

»Ich vermute, Mrs. Brissett hat eigentlich gemeint, auf den Bettlaken seien keine Flecke gewesen, wollte es jedoch nicht erwähnen.«

»Oh«, sagte Meredith und wurde rot. »O ja, ich verstehe.«

»Entschuldigen Sie!« rief Markby verlegen und wurde

jetzt selbst feuerrot. »Ich hatte vergessen, daß ich nicht einfach laut daherreden und meine Gedanken an Pearce weitergeben kann.«

»Sie brauchen sich nicht zu entschuldigen«, sagte Meredith aufgebracht. »So naiv bin ich auch wieder nicht.«

»Okay. Nun, Mrs. B. glaubt, er hat nicht dort geschlafen. Aber vielleicht hat er's doch getan. Wer ist es, und wo ist er?«

»Wissen Sie«, sagte Meredith leise, »es war schon irgendwie komisch mit Harriet. Wenn sie mit ihrem Pferd Blazer sprach, war es, als spreche sie mit einem Freund. Einem richtigen menschlichen Freund, der nur zufällig vier Beine hatte. Sie kam mir heiter und kontaktfreudig vor. Aber ich frage mich, ob sie insgeheim nur Tieren vertraut hat? Nur mit ihnen zwanglos umgehen konnte. Irgendwie war sie ein trauriger Mensch. Ich glaube, sie hat sich für Gerechtigkeit eingesetzt. Ich glaube, ich fühle ein bißchen, wie sie empfunden hätte, hätte sie gedacht, daß jemand, den sie kannte, vor seiner Zeit sterben mußte. Sie wäre dem Verantwortlichen unbarmherzig auf den Fersen geblieben, und genau das werde ich auch tun, Alan.«

»Überlassen Sie die Polizeiarbeit den Profis.«

»Ja, aber wenn Sie die Lösung nicht finden, kommt der Fall zu den Akten und wird vergessen. Wie der häusliche Zwischenfall bei Mrs. Brissetts Tochter. Sie haben mich schließlich in diese Sache hineingezogen, und wenn Sie es nicht können, werde ich ihr auf den Grund gehen.« Sie sah ihn herausfordernd an.

Sie hat wunderschöne haselnußbraune Augen, dachte er mutlos. Ich denke nicht, daß wir miteinander jemals weiterkommen werden als bisher. Dazu verdammt, jeder auf seiner Seite zu bleiben, durch eine unsichtbare Barriere getrennt. Laut sagte er: »Ich weiß nicht, was Mrs.

Brissetts Tochter damit zu tun hat. Aber Sie haben trotzdem Zeit, heute abend mit mir ein Glas zu trinken, oder? Ins neue Jahr hineinzufeiern? Ich muß lange arbeiten und könnte mich um – sagen wir – halb neun in Bamford mit Ihnen treffen. Vielleicht finden wir ein Pub, in dem wir an der Bar etwas zu essen bekommen, aber sie schließen an Silvester gegen neun Uhr zu, um Randalierer auszusperren. Wenn man dann nicht drin ist, hat man Pech gehabt.«

»Ich bin um halb neun da, wenn Sie mir sagen, in welchem Pub.«

»Bunch of Grapes«, sagte Markby spontan. »In der Nähe der Polizeistation.«

Erst als er nach Bamford zurückfuhr, fiel ihm ein, daß das *Bunch of Grapes* das Pub war, in dem Simon Pardy angeblich am Weihnachtsabend gesessen und getrunken hatte.

Am Silvesterabend war in Bamford viel los. Alle Pubs waren überfüllt, und ein paar ließen nur Gäste ein, die im Vorverkauf Karten gelöst hatten. All dies hätte Balsam für die Seele eines Polizisten sein müssen, aber als Markby zum *Bunch of Grapes* kam, stellte er erschrocken fest, daß die Holztür fest verschlossen war und ein daran befestigtes Schild verkündete, daß keine Gäste mehr eingelassen würden. Von drinnen hörte er schwatzende Stimmen und Gelächter. Er vermutete, daß Meredith drin war. Und er stand draußen. Das war vermutlich typisch für ihre Beziehung. Er hob die Faust und hämmerte an die Tür.

Nach einer Weile wurde sie einen Spalt geöffnet, und hinter einer Sicherheitskette erschien das Gesicht des Wirtes und spähte mißtrauisch in die Nacht. »Wir haben schon geschlossen. Sie müssen woanders hingehen.«

»Erinnern Sie sich nicht an mich?« fragte Markby, stellte sich ins Licht einer Straßenlaterne und kramte in der Tasche nach seiner Kennkarte.

»Oh, Mr. Markby, nicht wahr? Hatte Sie nicht erkannt, Sir. Ich habe nicht nach der Polizei geschickt. Wir haben keine Schwierigkeiten. Jedenfalls nicht bisher. Deshalb habe ich das Schild an die Tür gehängt.«

»Ich bin nicht dienstlich hier. Bin nur gekommen, um einen Schluck zu trinken, und habe mich mit einer Freundin hier verabredet. Sie ist vielleicht drin.«

Die Sicherheitskette rasselte, und die Tür ging auf. »Machen Sie schnell!« befahl der Wirt. »Sonst will nach Ihnen noch jemand rein.«

Markby quetschte sich durch die Tür und fand sich in der überfüllten Bar wieder. Wenn Meredith hier war, konnte er sie nicht sehen. Er schaute über Köpfe hinweg und um Körper herum. Es war unvorstellbar heiß, man konnte kaum atmen, und es war ein kleines Wunder, daß irgend jemand sein Glas an die Lippen heben konnte.

»Ist Ihre Freundin ziemlich groß und hat braunes Haar?« fragte der Wirt.

»Das ist sie. Sie wird doch nicht hiergewesen und wieder gegangen sein?«

»Nein, sie sitzt hinten im Nebenzimmer. Sie hat gesagt, sie wartet auf jemanden.«

Das Nebenzimmer zu erreichen bedeutete Kampf, aber er schaffte es. Meredith saß eingekeilt in der Ecke, an einem Tisch, an dem auch noch eine Gruppe anderer Leute saß. Vor ihr stand ein Glas Apfelwein, daneben lag eine halbleere Tüte Chips. Als sie ihn entdeckte, sah sie erleichtert aus. Er nahm ihren gefalteten Anorak von der Bank und setzte sich neben sie.

»Ich habe Ihnen einen Platz freigehalten.«

»Tut mir leid, daß ich mich verspätet habe. Ich hole mir nur rasch was zu trinken – was ist mit Ihnen? Haben Sie Hunger?«

»Es gibt hier nur Sandwichs, aber das macht nichts, ich habe ja die Kartoffelchips.«

»Warten Sie«, sagte er. Er boxte sich zur Bar durch und kam mit einem Pint Bier, einem zweiten Apfelwein und einem Paket in Cellophan verpackter Schinkensandwichs auf einem Zinntablett wieder zurück. »Ein bißchen primitiv, aber besser als nichts. Ich weiß nicht, warum ich ausgerechnet dieses Pub vorgeschlagen habe. Aber sie sind alle so ziemlich gleich.«

»Haben Sie auf der Station viel zu tun?«

»Die dringendsten Sachen habe ich erledigt, doch auf der Station selbst ist viel Betrieb. An Silvester ist das immer so. Es ist noch früh, aber geben Sie uns ein bißchen Zeit, wir bekommen es schon noch mit den Betrunkenen, den Streithähnen und den Autounfällen zu tun. Im allgemeinen kümmert sich jemand anders darum.«

»Ach du meine Güte!«

»So ist das Leben. Sie sind heut abend problemlos mit dem Auto hergekommen?«

»Ja. Ich stehe ganz in der Nähe, vor einem Schuhgeschäft. Das Schaufenster ist beleuchtet und wirft Licht auf mein Auto, deshalb dachte ich, das sei ein guter Platz, und niemand würde versuchen, es aufzubrechen und damit davonzufahren.«

»Logisch gedacht. Nun – trinken wir auf ein glückliches und erfolgreiches neues Jahr.« Er hob sein Glas.

»Ich wünsche Ihnen das gleiche. Cheers.« Sie nippte an ihrem Apfelwein und stellte ihn wieder ab. »Eigentlich ist mir nicht sehr nach Feiern zumute. Ich weiß, ich sollte vergnügt sein, aber Silvester wirkt auf mich immer irgendwie deprimierend. Und diesmal noch mehr als sonst. Tut mir leid, daß ich Ihnen den Spaß verderbe.«

»Was geschehen ist, können Sie nicht ändern.« Markby riß das Sandwichpaket auf. »Möchten Sie eins?«

»Aber nur eins. Ist da Senf drin?«

Er klappte die oberste Brotscheibe auf. »Nein, nur irgendwas Saures.«

»Okay, nur dieses eine.«

»Entschuldigen Sie, wenn ich so reinhaue, ich habe keinen Lunch gehabt.«

»Oh, dann können Sie aber alle Sandwichs haben.«

»Nein ...« Er schob ihre Hand weg, die ihm das Sandwich reichen wollte, und sagte undeutlich: »Ist schon in Ordnung.«

Berühmte letzte Worte. Aus der Bar hörte man plötzlich Geschrei und das Splittern von Glas. Im Nebenzimmer blickten alle erschrocken und interessiert zugleich auf. Die Menge zwischen den beiden Lokalitäten wogte hin und her. Ein Mädchen schrie, und dann fiel ein Körper zu Boden und prallte dumpf auf. Das schwitzende purpurrote Gesicht des Wirtes erschien – »Mr. Markby!« – und verschwand wieder.

»Tut mir leid, ich werde gebraucht. Die fangen ja früh an.« Markby schluckte einen nur halb gekauten Bissen herunter, sprang auf und ließ Meredith allein. Er drängte sich zur Bar durch.

Dort bot sich seinem Blick ein unglaubliches Durcheinander. Die Gäste waren an die Wand zurückgewichen und bildeten einen Kreis. Mit einer Mischung aus Bestürzung und Vergnügen sahen sie dem turbulenten Handgemenge zu, das auf dem Fußboden stattfand. Zwar feuerten sie die Raufbolde ab und zu an, achteten jedoch darauf, sich herauszuhalten. Männer fluchten, keuchten, wanden sich, drehten sich, verteilten Fußtritte und boxten. Der Wirt packte Kleidungsstücke und zog vergeblich daran, bevor sie ihm wieder entrissen wurden. Es war schwierig, genau festzustellen, was geschah. Markby überlegte, ob er Verstärkung herbeirufen sollte.

Er sah jetzt, daß auf dem Fußboden zwei Männer kämpften. Zwei Mädchen in schwarzem Leder, mit Metallringen und kurzen Haaren schienen beide Männer anzugreifen. Colin Deanes, dem die Brille schief auf der Nase saß, versuchte eine der Beteiligten zu packen, und ein dritter Jugendlicher stürzte sich immer wieder ins Getümmel, wich ebensooft zurück und schrie: »Hör auf, du Idiot! Simon, hör auf!«

Anfangs – bevor er Deanes erkannte – glaubte Markby, es handle sich um eine der üblichen Silvesterraufereien, und bereitete sich darauf vor, dem Wirt zu helfen und die Streithähne zu trennen. Dann erhaschte er einen Blick auf das Gesicht eines der Raufbolde.

»Tom!« brüllte Markby und stürzte sich jetzt selbst ins Getümmel. »Was zum Teufel tun Sie da?«

»Lassen Sie mich los!« schrie Tom Fearon. »Ich bring ihn um!«

»Er hat den Jungen angegriffen!« heulte Deanes.

»Aus dem Weg!« kreischte Simon Pardy, stand auf und schwang wild die Faust gegen Tom. Weil Markby den Besitzer des Stalls festhielt, konnte er sich nicht schützen, und Simon Pardys Faust traf ihn unter dem linken Auge.

»Lassen Sie mich los, Alan, Sie Idiot!« Tom riß sich los, warf sich auf Pardy und packte ihn an der Kehle. Das ganze nicht überschaubare Knäuel ineinander verkeilter Körper landete wieder auf dem Fußboden. Eines der schwarzgekleideten Mädchen nahm ein Zinntablett und schlug es Tom auf den Kopf. Es prallte mit einem hallenden Echo ab, das sich anhörte wie der Anfang des Vorspanns zu einem Samurai-Film. Deanes hielt einen Moment inne, um sich die Brille zurechtzurücken, und warf sich mit dem löblichen Vorhaben, Simon Pardy herauszuholen, mitten ins Gewühl, richtete jedoch mehr Schaden an als Nutzen.

»Lassen Sie das, Tom!« Es gelang Markby, Fearons Arme zu packen, so daß er Pardys Hals loslassen mußte, und ihn aus dem Getümmel herauszuziehen. »Deanes! Halten Sie Pardy fest!«

Colin Deanes warf beide Arme um Pardy, der hustete und würgte, hielt ihn fest und zerrte ihn zurück. Die beiden schwarzgekleideten Mädchen hörten auf, hin und her zu tanzen. Das Mädchen, das mit dem Tablett zugeschlagen hatte – Markby hielt die schwarzumrandeten Augen zuerst für Spuren von Gewalttätigkeit, bis er merkte, daß es sich um Make-up handelte –, sagte aggressiv: »Er hat angefangen!« Sie zeigte auf Tom Fearon, der sich gegen Markbys eisernen Griff wehrte und fluchte. »Er hat Simon niedergeschlagen.«

»Weil er damit geprahlt hat!« brüllte Tom. »Das kleine Stinktier hat damit geprahlt, was es Harriet angetan hat!«

»Ich hab dir gesagt, du sollst den Mund halten«, sagte der dritte Jugendliche ärgerlich zu Pardy. »Jetzt schau, was du angerichtet hast.«

»Du!« bellte der Wirt und zeigte auf Pardy. »Raus mit dir!« Er wandte sich an Tom Fearon: »Und Sie auch. Ich bin Ihnen sehr dankbar, Mr. Markby«, fügte er höflich hinzu, drängte sich zur Eingangstür durch und öffnete sie. Markby, der Tom festhielt, Deanes, der Pardy umklammerte, und Meredith, die aus dem Nebenzimmer gekommen war, als Nachhut, stolperten ins Freie. Hinter ihnen fiel krachend die Tür des Bunch of Grapes zu.

»Deanes«, sagte Markby keuchend, der Tom Fearon nur mit größter Mühe festhalten konnte, als er in einem erneuten Wutausbruch wieder auf Pardy losgehen wollte. »Sie sind mir für diesen Jungen verantwortlich. Bringen Sie ihn nach Hause.«

»Es war nicht seine Schuld –«, begann Deanes.

»Es ist mir schnuppe, wessen Schuld es war. Wollen Sie, daß ich ihn einsperre? Nein? Dann bringen Sie ihn nach Hause. Sofort!«

Deanes ging und zerrte den laut protestierenden Simon Pardy die Straße entlang.

»Jetzt zu Ihnen, Tom.« Markby wandte sich an Fearon, der schwer atmend an der Tür des Bunch of Grapes lehnte. »Ich fahre Sie nach Hause.«

»Ich bin selbst mit dem Wagen hier.«

»Möglich. Aber Sie können nicht fahren.«

»Ich hab noch nicht zuviel!« schrie Tom wütend. »Ich bin nicht betrunken, verdammt! Das kleine Stinktier hat tatsächlich vor seinen gräßlichen Freunden damit angegeben, was er getan hat. Stand einfach an der Bar und behauptete, daß sie es verdient hat. Daß Harriet es verdient hat. Wollen Sie ihm das durchgehen lassen?«

»Ich weiß nicht – und es ist jetzt auch nicht wichtig –, ob Sie zuviel getrunken haben oder nicht. Ihr ganzer Zustand verbietet es mir, Sie jetzt ans Steuer eines Wagens zu lassen. Also, Tom, entweder fahre ich Sie zurück, und Sie versprechen mir, dortzubleiben, oder ich werde dienstlich und nehme Sie fest.«

»Mich festnehmen?« Tom schien drauf und dran, einen Schlaganfall zu bekommen. »Warum nehmen Sie nicht ihn fest? Warum sperren Sie nicht ihn hinter Gitter? Er hat Harriet getötet. Er ist einfach so davongekommen und weiß das auch ganz genau. Wenn diese beiden seltsam aussehenden Mädchen sich nicht eingemischt hätten und der andere Typ mit der Brille nicht aus dem Nichts aufgetaucht wäre, hätte ich aus Pardy Hackfleisch gemacht, das schwör ich Ihnen.«

»Dann danken Sie Ihrem Glücksstern, daß Deanes Sie daran gehindert hat. Seien Sie kein Esel, Tom, und kommen Sie mit – mein Wagen steht dort unten.«

Er schob Tom nicht ohne Schwierigkeiten den Gehsteig entlang zum Wagen, öffnete die Beifahrertür und schubste Tom hinein. Dann ging er auf die andere Seite und setzte sich ans Steuer.

Merediths Gesicht erschien neben Toms Fenster, und sie klopfte an die Scheibe. »Entschuldigen Sie.«

»O Jesus«, sagte Markby, »ich hatte Sie vergessen. Kurbeln Sie das Fenster runter, Tom.« Tom gehorchte. »Es tut mir furchtbar leid!« rief Markby Meredith über den Kopf seines Beifahrers hinweg zu. »Ich bring Tom nach Pook's Common und komm zurück!«

»Das hätte keinen Sinn. Wir sind aus dem Pub ausgesperrt. Alle Hooligans zusammen. Wenn Sie nach Pook's Common fahren, fahr ich hinter Ihnen her. Und wenn Sie später noch Zeit haben, kommen Sie bei mir vorbei.«

Sie verschwand. Markby drehte den Zündschlüssel um. »Tom«, sagte er mühsam beherrscht, »Sie haben mich am Weihnachtstag gestört, als Sie wegen der ausgebrochenen Pferde anriefen. Und jetzt haben Sie mir den Silvesterabend verdorben. Ich hoffe, das ist Ihnen klar?«

»Sie können mich –«, knurrte Tom, verschränkte die Arme vor der Brust und starrte finster durch die Windschutzscheibe. »Sie wissen, was Sie mich können, Alan«, schloß er versöhnlicher.

Langsam fuhr Markby zu den Stallungen zurück. Auf der Landstraße zwischen Bamford und Westerfield, mit den frostig weiß schimmernden Feldern zu beiden Seiten, sah er, wenn er in den Rückspiegel schaute, die Scheinwerfer von Merediths Wagen, die sich in die Dunkelheit bohrten. Tom schwieg nachdenklich, in einer Stimmung, die bösartiger war als normale Wut. Da hast du's, dachte Markby resigniert. Ein weiteres Tête-à-tête, das vielleicht zu Situationen geführt hätte, von denen er nur träumen konnte – verdorben. Die ganze Geschichte mit seiner und Merediths Freundschaft irgendwie verhext. Er selbst verhext.

»Ich weiß wirklich nicht, warum ich zur Polizei gegangen bin«, sagte er laut.

Tom knurrte.

Sie bogen bei Fenniwicks Garage ab, tauchten in die Dunkelheit ein und fuhren dann über die schmale Straße nach Pook's Common. Er sah Meredith vor ihrem Cottage anhalten, holperte jedoch weiter, bis er die Stallungen erreichte, wo er den mürrischen Tom auslud und ihm unmißverständlich klarmachte, daß er zu Hause zu bleiben hatte.

Toms Antwort war nur schwer zu verstehen, und das war vielleicht ganz gut so.

Als Markby ins Rose Cottage kam, hatte Meredith Tee aufgebrüht, den sie aus einem großen irdenen Becher trank; sie saß in der Küche.

»Es tut mir so schrecklich leid«, sagte Markby niedergeschlagen.

»Es war nicht Ihre Schuld. Möchten Sie eine Tasse Tee?«

»Ja, bitte. Es ist nur so, ich hätte die Kollegen zu Hilfe

rufen und Pardy und Tom in den Knast schicken können, aber wir haben in Bamford nur zwei Zellen, und die werden heute nacht gebraucht. Es war ja auch nicht die übliche Prügelei, eher …« Er hielt inne.

»Mehr in der Natur eines häuslichen Zwischenfalls?«

»Das war's«, sagte er dankbar. »Ich bin sehr froh, daß Sie es verstehen.«

»Nicht der Rede wert. Hat Tom sich beruhigt?«

»Das weniger, er ist eingeschnappt. Aber wenigstens kann er heut nacht nicht mehr in Schwierigkeiten geraten. Ich werde dafür sorgen, daß sein Wagen morgen auf den Abstellplatz der Polizei gebracht wird, dann muß er zu mir kommen, bevor er ihn zurückbekommt.«

»Er könnte ein Pferd satteln und im Galopp über die Felder und bei Mondlicht nach Bamford zurückreiten. Ich kann mir sehr gut vorstellen, daß er so was tut.«

»Können Sie sich auch vorstellen, daß Tom heimlich Tranquilizer in Harriets *Kedgeree* schmuggelt?« fragte Markby ruhig.

Nach einer Weile sagte Meredith ein bißchen reuig: »Nein, das nicht. Ich könnte mir vorstellen, daß er sich in einem Anfall von Jähzorn ein Gewehr schnappt und ein paarmal in die Luft schießt.«

»Tom handelt manchmal, als hätte man ihm das Gehirn amputiert, aber er ist ein impulsiver Mensch, er plant nicht. Und er würde nichts tun, wofür er ins Gefängnis müßte. Wegen der Pferde, wissen Sie? Was auch sonst geschieht, Toms Fürsorge gehört vor allem seinen Pferden. Jemand muß die Boxen ausmisten, ihnen mit einem Taschenmesser Steinchen aus den Hufen kratzen – oder was er eben sonst so den lieben langen Tag tut. Ich habe ihn ermahnt, den Rest der Nacht zu Hause zu bleiben, und ich denke, das wird er tun.«

»Hoffentlich haben Sie recht. Impulsive Menschen können sich sehr merkwürdig verhalten.«

»Allmählich habe ich den Eindruck, daß Sie Tom nicht so recht mögen«, sagte Markby.

»Um mir ein Urteil zu bilden, kenne ich ihn zuwenig«, sagte sie reserviert. »Nun, trinken wir auf ein glückliches neues Jahr.« Sie hob ihren Teebecher. »Es ist nach Mitternacht. Tatsächlich schon fünfzehn Minuten nach. Das neue Jahr hat begonnen.«

Markby schaute auf seine Uhr. »Tatsächlich. Frohes neues Jahr.«

KAPITEL 8

Neujahrstag. Ein klarer, frischer Morgen, und überall ungestörte Ruhe, da ganz Bamford nach seinen Feiern stets lange schlief. Alan Markby wanderte in seinen Hinterhof – der ortsansässige Immobilienmakler bezeichnete andere gleichartige in der Straße als »Patios« – und dachte über sein eingeschränktes Wahrnehmungsvermögen nach. Die Kaffeetasse in der Hand, warf er einen grüblerischen Blick auf Mauer und gefliesten Boden und überlegte, wo kommendes Frühjahr Hängekörbe und Pflanzenkübel mit Sträuchern ihren Platz haben sollten. Was hätte er für einen richtigen Garten gegeben! Oh, sich nur eine Zeitlang auf richtige Gartenarbeit konzentrieren zu können. Einmal hatte er mit dem Gedanken gespielt, sich um ein Grundstück zu bemühen, von Bohnen, Kartoffeln und Salat geträumt. Aber das mußte ein Luftschloß bleiben. Wann hatte er schon Zeit, den ganzen Tag in der Sonne zu buddeln, Unkraut zu harken und sorgfältig Setzlinge auszupflanzen. Worauf er jetzt bestenfalls hoffen konnte, war ein vorzeitiger Ruhestand, denn dann könnte er sich irgendwo auf dem Land ein hübsches Grundstück suchen.

Das führte seine Gedanken zurück nach Pook's Common. Was für ein abgeschiedener Ort. Er war wirklich nicht begeistert, daß Meredith dort draußen wohnte, obwohl Rose Cottage selbst sehr reizvoll war. Er war bestürzt gewesen, als er erfuhr, daß sie derzeit praktisch die einzige Bewohnerin war, abgesehen von Tom, der bei seinen Stallungen hauste, zu weit entfernt, um irgendwelche Hilfeschreie zu hören – obwohl er ziemlich schnell an Ort und Stelle sein konnte, wenn man ihn telefonisch herbeirief. Wenn man andererseits Toms Ruf als ländlicher Don Juan bedachte, entsprach er eigentlich nicht dem Beschützer, den Markby sich für Meredith vorstellte, besonders nicht, wenn er auf einem schäumenden Hengst im Galopp heranpreschte und aussah wie Jung-Lochinvar aus Sir Walter Scotts *Marmion*. Und da er gerade an Tom dachte – er mußte noch am Vormittag zu ihm hinausfahren. Frohes neues Jahr, ha!

Das schrille Klingeln des Telefons brach in seine Gedanken ein. In der heimlichen Hoffnung, daß es Meredith war, ging er schnell ins Haus und schnappte sich den Hörer. »Alan Markby.«

»Ah, Alan, Sie sind genau der Richtige. Ein gutes neues Jahr und so weiter.«

Colonel Stanley. Wieso in aller Welt rief er um – Markby schaute auf die Uhr – zehn Uhr morgens an, um ihm ein gutes neues Jahr zu wünschen? War der alte Junge besoffen?«

»Alan ...« Die Stimme des Masters klang dumpf und konspirativ. »Ich habe mich gefragt, ob Sie heute vormittag vielleicht auf einen Drink vorbeikommen könnten, um das neue Jahr zu begrüßen.«

»Das ist sehr freundlich von Ihnen, Sir, aber ich muß zu den Stallungen hinausfahren und mit Tom Fearon sprechen.«

»Wenn Sie doch kommen könnten ...« Der Master sprach fast unhörbar. »Ich habe wieder einen von diesen vermaledeiten Briefen bekommen.«

»Was?«

»Kann am Telefon nicht reden – will nicht, daß meine

Frau was davon erfährt. – Oh, hallo, meine Liebe, ich habe den jungen Alan eben gefragt, ob er Lust hat, auf ein Glas Sherry vorbeizuschauen …« Die Stimme des Masters klang so, als habe seine Frau ihn bei einem Telefonat mit einer Callgirl-Agentur ertappt, zu hoch, zu jovial und dazwischen ein närrisches, gackerndes Lachen, das er anscheinend nicht unterdrücken konnte.

Eine gedämpfte Frauenstimme ertönte im Hintergrund, die sehr praktisch und sachlich klang.

»Meine Frau fragt, ob Sie Lust hätten, mit uns zu lunchen?« sagte der Master in einem normaleren Ton.

»Das ist sehr liebenswürdig von Ihrer Frau, aber ich muß wirklich zu Tom und weiß nicht, wie lange es dort dauern wird. Aber auf einen Sherry komme ich gern vorbei. Kann es lieber früher sein als später? Denn wenn ich einmal bei Tom bin …«

»Kommen Sie jederzeit, jederzeit. – Was, Charlotte? Nun, woher soll ich das wissen? Ja, in Ordnung. – Meine Frau sagt, Sie brauchen sich nicht zu beeilen, wenn Sie noch nicht fertig sind. Sie denkt vielleicht, Sie haben das neue Jahr ein bißchen zu ausgiebig begrüßt.«

Ich habe, wenn Sie's genau wissen wollen, das neue Jahr in einer Küche bei einer Tasse Tee begrüßt, nachdem ich in einem Pub zwei Kampfhähne getrennt und für Tom Fearon das Taxi gespielt hatte. Laut sagte er: »Ich bin dann so gegen zehn vor elf bei Ihnen, wenn es Ihnen recht ist. Und bitte heben Sie den Briefumschlag auf.«

Colonel Stanley wohnte am Stadtrand. Früher hatte sein Haus auf dem Land gestanden, doch während der letzten fünfzehn Jahre hatte Bamford sich seitlich ausgedehnt und es umzingelt. Markby wehrte die begeisterte Begrüßung zweier Spaniels ab und wünschte Mrs. Stanley ein erfolgreiches und gesundes neues Jahr.

»Und das Allerbeste für Sie, Alan«, sagte sie, einen Gin Tonic in der linken Hand und mit der rechten seine Hand zermalmend. »Entschuldigen Sie – ich muß ein bißchen Holz hacken. Kommt mit, Jungs!«

Die »Jungs« – die beiden Spaniels – sprangen neben ihr her, als sie im Zickzack hinausging.

»Kann sie denn Holz hacken?« fragte Markby voller Unbehagen. »Oder soll lieber ich …«

»Oh, sie schafft das. Geht sehr geschickt mit dem Beil um, das tut Charlotte.« Der Master sah nicht nur erleichtert aus, als seine bessere Hälfte verschwand, man hörte ihm die Erleichterung auch an. »Setzen Sie sich, ich hole den verdammten Brief.«

Er war in Text und Aussehen dem sehr ähnlich, den Tom bekommen hatte. Aus Zeitungsschnipseln zusammengesetzt, ziemlich flüssig im Ausdruck und fehlerlos, was an sich schon interessant war. Wer auch immer dahintersteckte, er war gebildet. Pardy war gebildet.

»Ich nehme ihn mit, wenn ich darf.«

»Bitte, ja. Ich will ihn hier nicht haben.«

»Sie sagen, er ist heute morgen gekommen?« Markby legte die Stirn in Falten. Es war ein gesetzlicher Feiertag, an dem keine Post zugestellt wurde. Bin ich kein Mitglied der Öffentlichkeit? dachte er. Steht mir kein Feiertag zu? Nein, er war Polizist, und Feiertage gab es nicht für ihn.

»Ah, das ist jetzt interessant, und ich kann Ihnen auch ziemlich genau sagen, wann der Brief gebracht wurde.« Der Master nickte und fand nun, da er die Verantwortung für den Brief los war, zu seiner praktischen und sachlichen Art zurück. »Es ist so, Charlotte und ich haben bei Freunden ins neue Jahr hineingefeiert und kamen heute morgen erst gegen zwei nach Hause. Um diese Zeit lag ganz bestimmt kein Brief auf der Matte. Wir gingen zu Bett, aber –

oh, so gegen vier fingen die verdammten Hunde an zu bellen. Ich stand auf und sah aus dem Fenster, aber da war niemand. Also ging ich auf den Treppenabsatz und beugte mich über das Treppengeländer. Die beiden Hunde schlafen in der Halle, müssen Sie wissen. Ich rief, und sie hörten mit dem Radau auf, daher kam ich zu dem Schluß, daß niemand ins Haus eingedrungen war. Sie hatten nur draußen irgendein Geräusch gehört, wahrscheinlich ein paar Leute, die von einer Silvesterparty zurückkehrten. Früher einmal war das Haus nachts so still wie ein Grab, doch jetzt sind wir praktisch umbaut – haben diese neuen Häuser direkt hinter uns. Es ist die ganze Nacht laut und unruhig, Autotüren, Motorengeräusche, Scheinwerfer, die über die Fenster huschen... Und wenn ein Hund anfängt zu bellen, fallen die anderen natürlich ein. Ich war jedenfalls spät ins Bett gekommen und hatte nicht die Absicht, runterzulatschen und nachzusehen, also ging ich wieder schlafen.

Heute morgen bin ich um halb neun heruntergekommen, um die Hunde rauszulassen und mir eine Tasse Tee zu machen – und da lag der Brief, auf der Matte. Ich hätte ihn nicht übersehen können, wenn er schon früher dagewesen wäre. Nur gut, daß ich runtergekommen bin und nicht Charlotte. Ich möchte nicht, daß sie das liest. Widerwärtiges Zeug.«

Markby dachte, daß die Frau des Masters ihm ziemlich robust vorkam und bestimmt nicht schreckhaft war, doch er nickte verständnisvoll. »Es sieht demnach so aus, als sei er gegen vier Uhr morgens von jemandem gebracht worden.«

»Genau.«

Sorgfältig schob Markby Brief und Umschlag in einen größeren Umschlag. »Ich bringe ihn in meine Dienststelle, dann muß ich aber in den Mietstall. Muß Tom nach Bamford fahren, damit er seinen Wagen abholen kann.«

»Oh, hat er etwa einen Unfall gehabt?«

»Nein, klugerweise hat er seinen Wagen in Bamford stehenlassen, weil er getrunken hatte.«

Colonel Stanley brachte ihn zur Tür. »Schade, daß Sie nicht zum Lunch bleiben können. Frances Needham-Burrell kommt rüber.«

»Ach ja?« Markby unterdrückte seine Begeisterung. »O ja, ich habe sie kennengelernt.«

»Nettes Mädchen. Sieht auch gut aus.«

»Ja. Ich springe noch schnell nach hinten, um mich von Ihrer Frau zu verabschieden.«

Er folgte dem Geräusch der Beilhiebe und winkte der Frau des Hauses. Sie hielt, das Beil mit beiden Händen über dem Kopf schwingend, in der Arbeit inne. »Oh, Sie gehen schon? Schade, daß Sie nicht zum Lunch bleiben können. Fran Needham-Burrell kommt.«

»Das hab ich gehört. Aber ich muß wirklich weg.«

»Schade. Nettes Mädchen. Und bildhübsch.«

»Ja.«

Flucht.

Auf der Polizeistation bereitete er den Brief für die erkennungsdienstliche Untersuchung vor, obwohl er nicht glaubte, daß das ihnen viel verraten würde; dann griff er zum Telefon und wählte die Nummer von Colin Deanes.

»Ja?« Das klang verschlafen. Wahrscheinlich habe ich ihn aus dem Bett geholt, dachte Markby. Gut.

»Markby hier. Haben Sie es gestern nacht geschafft, den Burschen nach Hause zu bringen?«

»Habe ich.« Deanes Stimme wurde lebhafter. Es folgte eine Pause, und Markby stellte sich vor, daß er die Brille aufsetzte. Ohne sie fühlte sich Deanes vermutlich psychologisch im Nachteil. »An der kleinen Keilerei war nicht der Junge schuld. Wir haben Zeugen – drei sogar. Er hat nur mit seinen Freunden auf das neue Jahr angestoßen.«

»Und unverschämte Reden geschwungen, soviel ich gehört habe.«

»Hören Sie, Chefinspektor«, sagte Deanes vernünftig. »Es war Silvester, und vielleicht hatte der Junge ein paar Pints getrunken und redete idiotisch daher. Aber mehr als das war es nicht. Er war nicht bösartig. Nur ein bißchen albern. Und dieser andere Kerl ist über ihn hergefallen. Richtig gewalttätig.«

»Ich würde sagen, er wurde provoziert.«

»Der Angreifer ist ein Freund von Ihnen, hab ich gehört«, fauchte Deanes.

»Es ist der erste Tag eines neuen Jahres, und ich will Ihnen den Gefallen tun und die Anspielung in dieser Bemerkung ignorieren.«

»Ich wollte Sie nicht beleidigen«, sagte Deanes hastig. »Aber weder Sie noch ich wollen eine Staatsaffäre aus der Sache machen, schätze ich. Der Junge wird es nicht wieder tun.«

»Das hoffe ich. Sein Benehmen könnte sonst als versuchter Friedensbruchs angesehen werden. Und vom rechtlichen Standpunkt einmal abgesehen – es war äußerst geschmacklos.«

»Hinterher hat es ihm sehr leid getan.«

Na, und ob! dachte Markby grimmig. »Haben Sie ihn wirklich bis ins Haus begleitet?«

»Ja, hab ich. Ich setzte ihn in die Küche, kochte Kaffee und redete sehr ernst mit ihm. Er hat es bereut, wie ich schon sagte. Gegen – na – Viertel vor zwei bin ich dann gegangen.«

»Waren seine Freunde schon zu Hause?«

»Nein. Sie hatten vom Pub aus noch irgendwohin zu einer Party gehen wollen.«

»Und er? Wollte er nicht zu dieser Party?«

»Nein, ich nehme an, er war nicht eingeladen. Der Junge ist ein ziemlich trauriger Fall, wissen Sie. Er braucht Ermutigung, jemanden, der ein wohlwollendes Interesse an ihm nimmt.«

»Das stimmt wahrscheinlich, aber inzwischen muß er lernen, seinen Aggressionstrieb zu unterdrücken.«

»Ich denke, Sie sind unfair, wissen Sie das?«

»Ja, ich weiß, daß Sie das denken. Ich sehe Sie zweifellos demnächst. Meine besten Wünsche für das neue Jahr und so weiter.«

»O ja, ein frohes neues Jahr.«

Markby legte auf. Er hätte wetten können, daß Simon Pardy, sobald Deanes gegangen war, erneut Rache übte an der Welt, die gegen ihn war, und die Demütigung, die er erlitten hatte, damit zu beschwichtigen suchte, daß er einen weiteren unflätigen Brief zusammenklebte und durch den Briefschlitz in der Haustür des Masters warf. Er brauchte etwa eine halbe Stunde, vielleicht um diese frühe Morgenstunde noch weniger, um von der Jubilee Road zum Haus des Masters zu kommen. Deanes war gegen zwei gegangen, der Brief gegen vier Uhr gebracht worden. Massenhaft Zeit. Er würde noch einmal mit Pardy sprechen müssen. Doch zuallererst mußte er hinausfahren und Tom aufsuchen.

Auf dem Weg zu den Stallungen hielt er beim Rose Cottage an. Zuerst fragte er sich, ob er Meredith vielleicht aus dem Schlaf riß wie Deanes. Aber dann sah er, daß die Vorhänge geöffnet waren, und als er den Weg entlangblickte, der seitlich am Cottage vorüberführte, sah er etwas flattern. Er stieg aus dem Wagen und ging ums Haus herum in den Hintergarten.

Sie hängte Wäsche auf. Sie trug marineblaue Kordhosen, ein rotes Baumwollhemd und eine blaue Strickjacke. Der Wind zerzauste ihr das dunkelbraune, glänzende Haar, was er für sein Leben gern auch getan hätte, wozu er aber kaum jemals die Gelegenheit bekommen würde.

»Hallo«, sagte er. »Wildern Sie nicht in Mrs. Brissetts Revier?«

»Ich habe nur meine Handwäsche gewaschen. Hab ja sonst nichts zu tun. Bleiben Sie eine Sekunde – ich bin fast fertig. Wollen Sie in die Küche gehen? Dort ist es wärmer.«

»Wenn es Ihnen nichts ausmacht, wandere ich ein bißchen durch den Garten.« Die Hände in den Taschen, schlenderte er an ihr vorüber und inspizierte lässig den Hintergarten des Cottages. Wie viele Cottagegärten war er ursprünglich dazu bestimmt gewesen, einen Arbeiter und seine Familie zu ernähren. Er war überraschend lang, und obwohl jetzt der größte Teil nur noch aus Rasen bestand, konnte man unschwer feststellen, wo die Gemüsebeete gewesen waren. Beerensträucher gab es auch noch, jetzt jedoch zu kahlen Stümpfen zurückgeschnitten, eingesperrt in einen Drahtkäfig, um sie vor der Plünderung durch Amseln und Drosseln zu schützen. Man sah auch noch die Überreste eines Erdbeerbeetes, doch niemand hatte es für die kommende Jahreszeit vorbereitet.

Meredith gesellte sich zu ihm. »Hier würden Sie wohl gern Hand anlegen, wie?«

»Aber durchaus nicht.«

»Sie dürfen ruhig kommen und alles umgraben, solange ich hier wohne. Ich habe nichts dagegen, meine Erdbeeren und Schwarzen Johannisbeeren selbst zu pflücken, vorausgesetzt, jemand hat dafür gesorgt, daß sie wachsen.«

»Ich bezweifle, daß Sie von diesem Beet viele Erdbeeren ernten können, keine von guter Qualität jedenfalls. Sie bekämen allenfalls eine Sorte für Marmelade.«

»Wieso in aller Welt denken Sie, ich wüßte, wie man Marmelade macht?«

»Ich habe versucht, in einem dieser irdenen Spezialtöpfe Erdbeeren zu ziehen«, sagte er wehmütig. »Aber die Schnecken kamen zu dem Schluß, der Topf sei ein überaus erstrebenswertes Domizil, und zogen ein.«

»O Alan«, sagte sie plötzlich – und verstummte. Überrascht blickte er auf, und sie fügte hastig hinzu: »Kommen Sie auf eine Tasse Kaffee hinein?«

»So gern ich es tun würde, aber ich habe keine Zeit. Ich bin unterwegs zu Tom, und hinterher muß ich ihn nach Bamford bringen, damit er seinen Wagen abholen kann. Außerdem war ich schon auf einen Sherry beim Master.« Er zögerte. »Er hat einen Brief bekommen.«

»Einen anstößigen, nehme ich an. Und wie hat er ihn bekommen? Heute gibt es doch keine Post.«

»Der Brief wurde im Morgengrauen durch den Briefschlitz geworfen. Die Stanleys wohnen am Stadtrand.«

»So daß der Verfasser in der Stadt oder auf dem Land leben könnte?«

Er zuckte mit den Schultern. »Ich komme heut abend vorbei.«

»Das ist nett.«

Er fuhr ab, und sie stand, die Arme gegen den kalten Wind fest vor der Brust verschränkt, an der Gartenpforte und sah ihm nach. Am liebsten wäre er bei ihr geblieben und hätte mit ihr Kaffee getrunken. So aber stand ihm nur eine heftige Auseinandersetzung mit Tom bevor. Er hielt auf dem Grasstreifen unter dem Schild mit der Aufschrift *Pook's Stallungen*.

Er stieg aus und fragte sich, ob Tom den Motor oder das Zufallen der Wagentür gehört hatte. Der Hof schien verlassen. Er öffnete die Gattertür und ging hinein. Der Boden war zertrampelt und aufgeweicht, voller Pfützen, verstreutem Stroh und Hufspuren. Ein verzinkter Eimer, von einem heftigen Hufschlag zu einer merkwürdigen Metallskulptur verformt, lag neben der Tür einer Pferdebox. Aber der Misthaufen dampfte in der kalten Luft, ein Zeichen dafür, daß Tom schon aufgestanden und an der Arbeit gewesen war, und aus den Boxen, deren obere Türhälften offenstanden, hörte man Stampfen und Schnauben.

»Jemand zu Hause?« rief Markby.

Die Ohren fragend aufgestellt, erschienen zwei intelligente Pferdeköpfe über den Türen ihrer Boxen, um zu sehen, wer da gekommen war. In einer dritten Box hörte man einen Mann leise fluchen. Die Tür ging auf, und Tom erschien mit finsterer Miene in der Öffnung. Er trug alte Jeans und Gummistiefel, ein Hemd mit offenem Kragen, einen uralten Sweater mit Löchern in beiden Ellenbogen und eine karierte Mütze auf den schwarzen Locken. Seine linke Wange war geschwollen und gerötet.

»Guten Morgen, Tom«, sagte Markby. »Haben Sie Zeit für ein paar Worte?«

»Wollen Sie mich wegen nächtlicher Ruhestörung verhaften?«

»Sie haben Glück, daß ich's nicht getan habe. Sagen Sie mir einen guten Grund, warum Sie morgen früh nicht mit dem Rest der hiesigen Biersäufer vor dem Friedensrichter stehen sollten?«

Zornesröte fuhr Tom in das dunkle Gesicht. Dann zuckte er mit den Schultern. »Geschieht mir recht. Ich hab's herausgefordert. Aber ich habe rotgesehen, als dieser dürre, kleine Bastard damit prahlte, was er Harriet angetan hat.« Tom kam auf den Hof heraus und schloß die untere Hälfte der Boxentür hinter sich. Das Pferd folgte ihm bis zur Tür und streckte dann den Kopf heraus.

»Blazer«, sagte Markby, als er das Pferd erkannte.

Tom drehte sich um und streichelte die weiße Nase des Braunen. »Du armer alter Kerl. Er weiß, daß etwas nicht stimmt. Sie wissen es immer. Er wirft immer wieder den Kopf zurück und horcht, wartet auf…« Tom drehte sich zu Markby um. »Kommen Sie ins Haus.«

Toms Küche unordentlich zu nennen wäre die Untertreibung des Jahres gewesen. Selbst ein alleinstehender Mann, kannte Markby die Schwierigkeiten, aber Tom schien alle Versuche aufgegeben zu haben, in seinem Haushalt irgendwie Ordnung zu halten. Auf dem Abtropfbrett türmte sich schmutziges Geschirr. Der Abfalleimer quoll über. Über einer Sessellehne hing ein zerrissener Zügel, und auf dem Tisch lagen eine Spule Zwirn, eine Dose Lederfett, Futterrechnungen und andere Korrespondenz, eine Büchse mit seltsamen Reißnägeln und Nägeln, eine Schermaschine und ein einzelner Handschuh.

Tom ging zum Kühlschrank und nahm zwei Dosen Bier heraus. Er machte Platz, indem er sorglos etwas von dem Kleinkram beiseite fegte, und stellte eine Dose vor seinen Besucher. Dann setzte er sich ihm gegenüber und zog an dem Ringverschluß seiner Dose. Er hatte die schlammverkrusteten Gummistiefel vor der Tür abgestreift, und als er sich jetzt zurücklehnte und einen Fuß über das andere

Knie legte, kam an der Spitze seiner Socke ein großes Loch zum Vorschein.

»Haben Sie niemanden, der für Sie sorgt, Tom?« fragte Markby und hob seine Bierdose. »Gutes neues Jahr.«

»Nein, ich werde schon mit allem fertig. Ziehe meinen Schweinestall irgendeinem alten Weib vor, das hier mit dem Staubsauger hantiert und alles verräumt, so daß ich's nicht mehr finde. Cheers und zur Hölle mit dem neuen Jahr.«

Ein kurzes Schweigen, während sie tranken.

»Ich hoffe, Sie können mir helfen, Tom. Ich versuche mir ein Bild von Harriets letzten Tagen zu machen – den Weihnachtsfeiertagen. Wo war sie? Was hat sie gemacht?« Markby stellte die Dose weg und wischte sich mit dem Handrücken den Mund ab.

In Toms schwarzen Augen blitzte es humorvoll auf, als er seine Dose an die Lippen setzte. »O ja? Das könnte sich als interessant erweisen.«

»De mortuis nil nisi bene«, sagte Markby. »Ich bin nicht gekommen, um im Schmutz zu wühlen.«

»Ach, wirklich nicht?«

»Okay, ich geb's zu. Ich bin Polizist. Ich tu oft etwas, das meine Mutter nicht billigen würde.«

»Meine alte Dame«, sagte Tom, »war gewöhnlich zu betrunken, um etwas zu billigen oder zu mißbilligen, was ich tat.«

»Ich erinnere mich an Ihre Familie. Und ganz besonders an Ihre Großmutter mütterlicherseits. Sie lebte in einem Wohnwagen auf dem Gemeindeland, trug eine Männermütze, Stiefel und rauchte Pfeife. Als Kind traute ich mich nicht, über das Gemeindeland zu gehen, weil ich eine Todesangst davor hatte, ihr zu begegnen. Sie kam mir vor wie die alte Hexe im Lebkuchenhaus. Ich dachte, sie würde mich braten und essen.«

»Oh, Granny!« sagte Tom anerkennend. »Sie war eine echte Zigeunerin, auf der Straße geboren. Einem Kind hätte sie nie was getan. Wenn's bei mir zu Hause allzu schlimm wurde, bin ich zu ihr gelaufen und hab mich bei ihr versteckt. Sie war eine wunderbare Geschichtenerzählerin. Als sie starb, reisten fast hundert von ihren Verwandten von allen Britischen Inseln zur Beerdigung an. Es gab so viele Kränze und Blumen, daß es aussah wie auf der Blumenschau in Chelsea. Sie haben ihr einen richtigen Zigeunerabschied beschert, und als alles vorüber war, haben sie ihre gesamte Habe in ihrem Wohnwagen verstaut und ihn abgefackelt, Zigeunertradition. Und wissen Sie, was passiert ist? Irgendein übereifriger Mensch hat den Rauch gesehen und die Feuerwehr in Bamford angerufen, und die kam laut bimmelnd angeprescht und hat das Ganze gelöscht.« Tom streckte die Arme über den Kopf und grinste, die weißen Zähne in dem gebräunten Gesicht blitzten. »Jetzt, Alan, mein Bester, repräsentiere ich den respektablen Zweig unserer Familie.«

»Gott helfe uns!«

»So – und wieso denken Sie, daß ich Harriets dunkle Geheimnisse kenne?«

»Lassen Sie das, Tom«, sagte Markby nachsichtig. »Sie und Harriet waren ›sehr gute Freunde‹, wie die Sonntagszeitungen das nennen, und zwar von dem Tag an, an dem sie nach Pook's Common kam.«

»Möglich. Ich war nicht der einzige. Sie hatte eine ganze Reihe sehr guter Freunde.«

»Fangen wir am Weihnachtstag an«, sagte Markby. »Haben Sie sie da gesehen?«

»Nein.«

»Als Sie mich wegen der Pferde anriefen, haben Sie

mir gesagt, daß Sie zu spät zum Weihnachtslunch bei einer Frau kämen.«

»Ja. Doch die Frau, um die es ging, war nicht Harriet, wenn Sie darauf hinaus wollen.«

»Sie wissen doch, Tom«, sagte Markby und fand die ganze Sache plötzlich abscheulich, »daß mir unter normalen Umständen Ihr Wort genügen würde. Aber das ist eine polizeiliche Ermittlung. Ich muß Sie nach dem Namen der Frau fragen.«

»Fragen Sie nur«, erwiderte Tom grimmig. Es folgte eine Pause, und er gab nach. »Wenn Sie's unbedingt wissen müssen, es war meine Exfrau Julie. Sie können das nachprüfen. Ich verbringe das Weihnachtsfest gewöhnlich bei ihr, nicht etwa deshalb, weil ich einen Pfifferling drum gebe, ob ich sie wiedersehe oder nicht, sondern wegen meiner Kinder. Weihnachten will ich bei meinen Kindern sein.«

»Ich verstehe.« Markby rutschte auf dem Stuhl hin und her. »Ich verstehe. Wie alt sind sie?«

»Das Mädchen sieben und der Junge fast neun.«

»Ich bin auch geschieden«, sagte Markby. »Rachel und ich hatten keine Kinder, und das ist gut so. Es hat alles viel einfacher gemacht. Es war eine ganz glatte Trennung.«

Tom trank seinen letzten Rest Bier und saß schweigend da.

»Nun schön«, begann Markby energisch. »Sie haben Harriet auch nicht am Abend besucht?«

»Nein, und ich war auch nicht die Nacht über bei ihr. Um Ihnen die Mühe zu ersparen, beantworte ich Ihnen diese Frage, bevor Sie sie stellen.«

»Kommen wir zum zweiten Weihnachtstag. Die Pferde – wie haben Sie und wie hat Harriet ihr Pferd zum Treffen gebracht?«

»Ich habe beide Pferde in meinem Transporter hingefahren.«

»Ist Harriet mit Ihnen gefahren?«

»Nein. Sie kam früh in den Stall, gegen halb sieben, um mir bei der Vorbereitung der Pferde zu helfen.«

»Haben Sie gemeinsam gefrühstückt?« fragte Markby hinterhältig.

»Sie ist gegen halb oder dreiviertel acht nach Hause gegangen, wollte baden, sich umziehen und so weiter. Wollte auch frühstücken, nehme ich an. Ich hab im Hof alles fertig gemacht, bin hier reingegangen« – Tom wies mit einer umfassenden Handbewegung auf das kunterbunte Durcheinander seiner Küche –, »hab mir eine Pfanne Speck gebraten, mich gewaschen, umgezogen, die Pferde verladen und bin nach Bamford gefahren. Harriet hatte sich allein auf den Weg gemacht. Und in Bamford hab ich sie wieder getroffen.«

»Wie war sie am frühen Morgen beim Ausmisten? Ging's ihr gut? War sie vergnügt?«

»Ungefähr so vergnügt, wie man eben sein kann, wenn man an einem Wintermorgen um halb sieben Pferdeboxen ausmistet, in der eisigen Kälte und bei Dunkelheit versucht Mähnen und Schweife zu flechten, während die Biester einem ihre großen, dreckigen Hufe auf den Fuß plazieren und man sich gegen den Wind stellt, für den Fall, daß sie sich unanständig benehmen.«

»Unanständig?« fragte Markby gedankenlos.

»Das würden Sie auch, wenn sie von einer Grasdiät leben müßten.«

»Ach ja, natürlich.«

»Sie war nicht krank«, sagte Tom abrupt. »Sie war nicht so wie beim Treffen.«

»Sind Sie sicher?«

»Schwöre es auf einen ganzen Stapel Bibeln.«

Dann war's das Frühstück, das steht fest, dachte Markby. Jemand hat ihr die Tranquilizer heimlich ins Frühstück getan.

»Hat Sie am Morgen hier was getrunken? Alkohol, meine ich.«

»Nein – wir haben uns nur einen Tee aufgegossen. Ich würde sagen, sie hat was gekippt, bevor sie von zu Hause aufbrach, um nach Bamford zu fahren. Und da Ihr lüsterner Geist auf Sex versessen ist, möchte ich noch ergänzen, daß wir viel zuviel mit den Pferden zu tun hatten, um daran zu denken. Ich habe sie nicht einmal in den Hintern gekniffen. Wir haben beide gearbeitet.«

»Sie sagten, sie habe andere enge Freunde gehabt …«

»Ja«, unterbrach ihn Fearon, »aber ich werde Ihnen keine Namen nennen. Fragen Sie jemand anders. Von mir selbst wissen Sie jetzt alles. Ich bin kein Spitzel.«

Es war ihm ernst damit. Tom hatte gesagt, was er sagen wollte, und würde sich kein Wort mehr entlocken lassen. Ihm noch weitere Fragen zu stellen war sinnlos. Dennoch mußte Markby eine allerletzte Frage stellen.

»Okay, Tom – nur noch eins. Es handelt sich um etwas anderes. Haben Sie vielleicht gehört, daß noch jemand einen ähnlichen Brief wie den bekommen hat, den man Ihnen am Weihnachtsabend unter der Tür durchgeschoben hatte?«

Tom nahm seine karierte Mütze ab und betrachtete das Innenfutter. »Einer oder zwei, glaub ich. Erkundigen Sie sich bei den Jagdteilnehmern.«

»Es interessiert Sie vielleicht, daß der Master einen bekommen hat. Einen zweiten. Heute morgen. Und Sie?«

»Nein.« Tom fuhr sich mit der Hand durch seinen

lockigen Schopf. »Ich habe nur eine Beule am Hinterkopf. Jemand hat mir gestern nacht im Pub eins über den Schädel gezogen.«

»Eins von den Mädchen hat mit einem Zinntablett zugeschlagen.«

»Das also war's – merkwürdige Mädchen, diese beiden, oder? Nur schwarzes Leder und Ringe in Ohren und Nase und die Gesichter vollgekleistert.«

»Die Jugend, Thomas. Sie und ich werden alt.«

»Das trifft nur auf Sie zu. Ich hatte diesem Dreckskerl Pardy eins versetzt, und dann sind die beiden Frauenzimmer über mich hergefallen. Bin verdammt erschrocken. Dachte, ich würde von den Zombies angegriffen.«

»Es scheint Ihnen nicht geschadet zu haben. Kommen Sie, ich fahre Sie jetzt nach Bamford, und Sie können Ihren Mercedes abholen.«

»In Ordnung, warten Sie einen Moment, bis ich ein Paar Schuhe gefunden habe.« Tom setzte die karierte Mütze wieder auf und rückte sie zurecht. Er verschwand in einem anderen Zimmer und kam mit einem Paar Schuhe in der Hand zurück. Er setzte den Fuß auf einen Stuhl und band sich die Schnürsenkel, dann sagte er: »Etwas könnten Sie mir verraten. Frances – Harriets Cousine – wohnt sie noch in The Crossed Keys?«

»Soviel ich weiß, ja. Aber heute ist sie zum Lunch beim Master.«

»Gut – dann kriegt sie's am Telefon mit mir zu tun.«

»Tom«, sagte Markby vorwurfsvoll.

Er hatte einen Fehler gemacht und sah es sofort. Tom blickte rasch von seinem Schuh auf. Seine dunklen Züge waren hart geworden, und in seine Augen trat ein unfreundliches Glimmen. Einen Augenblick schienen sich seine fünfundsiebzig Prozent Nicht-Zigeunerblut in den fünfundzwanzig Prozent Zigeunerblut aufgelöst zu haben, die er von seiner Großmutter geerbt hatte.

Er sagte ruhig: »Soviel ich weiß, ist sie Harriets Testamentsvollstreckerin. Als solche wird sie Blazer wahrscheinlich verkaufen. Ich würde ihn gern kaufen. Er ist ein gutes Pferd, und ich habe das Gefühl, daß ich es Harriet schuldig bin, mich um ihn zu kümmern.«

»Tut mir leid, Tom«, sagte Markby aufrichtig. »Mein Fehler. Es war eine unpassende Bemerkung.«

Tom Fearon entspannte sich, stellte den Fuß auf den Boden und richtete sich auf. »Ich denke«, sagte er sanfter, »Harriet hätte sich gefreut zu wissen, daß der alte Blazer in seinem vertrauten Stall und bei Leuten bleiben kann, die er kennt.«

»Ja, davon bin ich überzeugt, Tom.«

Sie gingen hinaus, und Tom sperrte hinter sich ab. »Früher hab ich mir nie die Mühe gemacht, abzuschließen«, sagte er. »Keine Seele in Pook's Common. Doch jetzt bekomme sogar ich Nerven. Wissen Sie ...« Sie überquerten den Stallhof, und Tom zeigte auf die ihn umgebenden Gebäude. »Ich wollte, daß Harriet meine Partnerin wird, geschäftlich, wollte hier ausbauen, erweitern. Aber sie wollte nicht mitmachen.«

Markby sah ihn ironisch an. »Vielleicht hat sie Ihr Lebensstil abgeschreckt, Tom.«

»Vielleicht. Aber so wie alles gekommen ist, hätte sie es schlimmer treffen können, als bei mir einzusteigen, oder?«

Die Hand auf dem Griff der Wagentür, hielt Markby inne. »Wie meinen Sie das?« fragte er scharf.

»Ach, kommen Sie schon«, sagte Tom. »Sie schnüffeln doch nicht sinnlos hier herum. Stellen mir einen Haufen Fragen – wo ich war, sie war, irgendwer war, irgendwas war ... Sie denken, jemand hat Harriet diese Pillen heimlich gegeben, nicht wahr?«

»Ich weiß es nicht, Tom. Aber wir untersuchen die Sache.«

»Wenn das jemand getan hat«, erklärte Tom, »dann hoffe ich um seinet- und um Ihretwillen, daß Sie ihn vor mir finden.«

»Keine Drohungen, Tom«, warnte Markby. »Auch nicht vor mir. Ich muß davon Notiz nehmen.«

Tom grinste unangenehm. »Meine alte Granny wurde nicht auf dem Friedhof von Westerfield beerdigt, dort war nur der Gottesdienst. Sie liegt irgendwo da draußen auf dem Gemeindeland, niemand weiß, wo, außer den Leuten, die sie eingebettet haben. Wahrscheinlich wuchern längst Stechginster und Dornensträucher über dem Grab. Geboren auf dem Gemeindeland, begraben auf dem Gemeindeland. Dort ist noch viel Platz für ein zweites Grab. Sie würden es nie finden, Alan.«

Markby fuhr Tom nach Bamford, gab ihm seinen Wagenschlüssel und sah ihm nach, als er mit dem Mercedes davonpreschte. Auf der Station gab es eine Menge zu tun, aber keiner der Fälle ging ihn direkt etwas an, also verzog er sich leise wieder, bevor noch jemand merkte, daß er da war, und fuhr nach Hause.

Es war zwei Uhr. Beim Master würden sie eben mit dem Lunch fertig sein. Einem annehmbaren Lunch mit einem annehmbaren Wein und einem annehmbaren Port. Markby schaute in die Speisekammer, holte eine Dose mit in Tomatensoße gekochten Bohnen heraus und schob zwei Scheiben Brot in den Toaster. Er aß sein frugales Mahl, machte sich einen Becher Tee, ging ins Wohnzimmer und schaltete den Fernseher ein. Sport. Für Sport im

Fernsehen hatte er nicht viel übrig. Das gnadenlose Geschwätz der Kommentatoren machte ihn ebenso fertig wie die langweiligen Vorträge der Experten und der meist sprachgestörten »Stars«, die unterwürfigen Interviewern ihre Meinungen kundtaten. Er wechselte den Kanal. Wieder Sport. Pferderennen. Von Pferden hatte er für einen Tag genug, danke. Er schaltete den Apparat aus.

Im selben Moment klingelte es an der Haustür. Mit dem Teebecher in der Hand ging er vorsichtig darauf zu und öffnete.

»Hallo«, sagte Fran Needham-Burrell. »Hab Sie in Ihrem Bau aufgespürt. Störe ich?«

»Nein«, antwortete er einfältig.

»Darf ich also reinkommen?«

»Ja – ja, natürlich.« Markby riß sich zusammen und trat zurück, um sie hereinzulassen. »Geben Sie mir Ihren Mantel. Tut mir leid, daß ich so überrascht aussehe. Ich dachte, es sei meine Schwester Laura.«

Sie entledigte sich eines cremefarbenen Wollmantels. Er nahm ihn ihr ab, um ihn aufzuhängen, und bemerkte das noble Etikett im Futter. Kostete wahrscheinlich so viel, wie er im Monat verdiente. »Hier hinein«, sagte er und öffnete die Wohnzimmertür. »Ich trinke eben eine Tasse Tee ...«

»Nicht für mich, besten Dank. Ich habe zuviel gegessen und zuviel getrunken. War eben bei Bungy und Charlotte zum Lunch.«

Bungy? Der Master? O Gott!

»Das hat er mir erzählt. Ich war heute vormittag dort, um ihm ein gutes neues Jahr zu wünschen.«

»Und das haben sie mir beide erzählt. Sie haben ihre Luncheinladung abgelehnt – warum? Weil ich kommen wollte?«

»Nein«, sagte er etwas zu heftig. »Weil ich schon mit jemand anders verabredet war und nicht versprechen konnte, rechtzeitig zum Lunch zurück zu sein. Es war beruflich.«

»Ich verstehe.« Sie ließ sich auf dem Sofa nieder, kreuzte die Beine und klopfte mit einem Fuß, der in einem braunen Stiefel steckte, leicht auf den Boden. Sie trug eine Art Bauernrock, der gut zu den Stiefeln paßte, und das weizenblonde Haar war zu einem langen Zopf geflochten und wurde von einem orangefarbenen, zu einer Schleife gebundenen Tuch zusammengehalten. »Ich dachte, Sie lunchen vielleicht irgendwo *à deux*.«

»Zufällig habe ich hier in der Küche Bohnen auf Toast gegessen.«

Sie lachte ihr unglaublich wirkungsvolles kleines, kehliges Lachen. »Wir hatten Schweinebraten mit Apfelsoße, wunderbar knusprige Bratkartoffeln und einen herrlichen Pudding, wie ich ihn nicht mehr gegessen habe, seit ich ein Kind war.«

»Sind Sie hergekommen, um mir den Mund wäßrig zu machen?« fragte Markby.

Sie schüttelte den Kopf. »Natürlich nicht. Ich hab mir gedacht, wir sollten miteinander reden. Sie haben mich doch gefragt, ob Harriet anonyme Briefe bekommen hatte – nun, Bungy hat einen bekommen. Einen zweiten, meine ich.«

»Hat er Ihnen das erzählt?« fragte Markby vorsichtig.

»Natürlich nicht. Das hat Charlotte getan. Machen Sie kein so überraschtes Gesicht. Ich weiß, daß sie nichts davon wissen soll, aber er ist einfach hoffnungslos, wenn er etwas geheimhalten will. Er tut so auffällig verstohlen, daß sie immer weiß, wenn irgendwas vorgeht, und sie hat ihre eigenen Methoden, herauszufinden, was das ist. Sie hat auch von dem ersten Brief gewußt.«

Markby, der sich erinnerte, mit welcher Verschwörerstimme der Master am Telefon gesprochen hatte, seufzte. Die meisten Ehefrauen waren die geborenen Detektive. »Ja, aber er möchte nicht, daß offen darüber geredet wird. Er denkt – und damit hat er nicht unrecht, finde ich –, daß sich, wenn es sich herumspricht, jemand dazu animiert fühlen könnte, selbst ein paar Briefe zu schreiben. Wir würden davon erdrückt wie von einer Lawine.«

»Hat das«, fragte Fran kühl, »etwas mit Harriets Tod zu tun?«

Markby antwortete nicht sofort. »Das weiß ich nicht«, sagte er schließlich.

»Sie denken also tatsächlich, daß an der Art, wie Harriet starb, etwas verdächtig ist? Wegen dieser Pillen?«

»Ich denke, die Möglichkeit besteht, muß aber betonen, daß ich keinen Beweis habe und ganz bestimmt nichts, was ich einem Coroner oder meinen Vorgesetzten vorlegen könnte. Alles, was ich habe, sind die Aussagen der Leute, die Harriet kannten und zu denen auch Sie gehören, die übereinstimmend erklären, Harriet habe nie irgendwelche Pillen genommen. Wir können auch weder Fläschchen noch Packungen finden oder irgendeine Spur, woher sie das Zeug gehabt haben könnte. Ihr Hausarzt hat es ihr nicht verschrieben. Im Cottage ist nichts zu finden, und mein Sergeant hat den Hausmüll durchsucht und auch da keine weggeworfene Packung oder die Tüte eines Apothekers ausgegraben. Wir haben sogar in ihrem Wagen das Unterste zuoberst gekehrt – wieder Fehlanzeige. Es ist ein Rätsel, und ich mag keine Rätsel. Was die Briefe anbelangt – sie können überhaupt nichts damit zu tun haben. Und solange ich nicht mehr über das erfahre, was Harriet über Weihnachten unternommen und mit wem sie sich getroffen hat, werde ich nicht klüger sein.«

»Dann haben Sie ihren Freund noch nicht aufgespürt? Den, der am Weihnachtstag bei ihr war?«

»Nein. Wir haben jedoch eine Möglichkeit ausgeschlossen.«

»Sagen Sie nichts. Sie meinen den hübschen Zigeuner? Doch wer ihr die Pillen auch heimlich verabreicht hat – vorausgesetzt, jemand hat es getan, ich selbst bin nämlich geneigt zu glauben, sie hat sie freiwillig geschluckt –, er muß am Morgen des zweiten Weihnachtstages bei ihr gewesen sein, um es tun zu können.«

»Ja, sie hatte einen Frühstücksgast. Wir können auch ihn nicht finden.«

»War's nicht derselbe?«

»Nicht unbedingt. Der Gast vom ersten Weihnachtstag ist spät nachts weggefahren. Er könnte natürlich wiedergekommen sein.«

»Wie lange«, fragte Fran in ihrer direkten Art, »werden Sie sich mit dem Fall beschäftigen, bevor Sie ihn zu den Akten legen und vergessen?«

»Die gerichtliche Untersuchung wurde wegen der Feiertage verschoben. Sie ist für Freitag angesetzt. Wie die Dinge liegen, wird sie ziemlich routinemäßig ablaufen. Medizinischer Bericht. Augenzeugenberichte über den Unfallhergang. Ein Fragezeichen wegen der Pillen, aber nun, im Ivy Cottage gibt es einen offenen Kamin, sie könnte die Schachtel verbrannt haben. Und was den Zwischenfall auf dem Market Square anbelangt, ihr schlechter Gesundheitszustand hätte früher oder später zwangsläufig dazu geführt, daß sie vom Pferd fiel – und daß sie getrunken hat, ist bekannt. Ich fürchte, wir haben nicht genug, um das Urteil Tod durch Gewaltanwendung irgendwelcher Art zu erwirken. Um so weniger …« Er brach ab.

Fran beendete den Satz für ihn: »Mord durch eine

oder mehrere unbekannte Personen? Wir sprechen doch jetzt über Mord, nicht wahr?«

»Das ist möglich.«

Ihre seegrünen Augen blitzten ärgerlich. »Ihr Beamten seid immer so verdammt vorsichtig. Sehe ich das richtig, wenn ich sage, falls Sie bis zum Freitag keinen konkreten Beweis erbringen können, dann war's das? Dann wird Harriet begraben und vergessen.«

»Ich kann kein Haus bauen, wenn ich keine Steine habe, Frances.«

»Nein, das können Sie natürlich nicht.« Sie stampfte mit dem Stiefel heftig auf dem Teppich auf. »Es ist möglich, daß man mit einem Mord ungeschoren davonkommt, nicht wahr? Es passiert dauernd.«

Markby lächelte. »Das kann niemand sagen, oder? Wenn kein Verdacht besteht ...«

»Und selbst wenn einer besteht, wie jetzt? Ich weiß, daß es schon früher vorgekommen ist. Aber – das hat nichts mit diesem Fall zu tun ...« Fran zuckte mit den Schultern. »Ich bin nicht mit dem Auto da. Bin vom The Crossed Keys zum Master und hierher zu Fuß gegangen. Sie dürfen mir einen Drink anbieten.«

Markby blinzelte. »Aber gewiß. Mit Vergnügen.«

»Whisky, wenn Sie einen haben.«

Während sie an ihrem Glas nippte, fragte sie mit einem boshaften Funkeln in den grünen Augen: »Wo ist Meredith?«

»Zu Hause, nehme ich an.«

»Ganz allein? Sind Sie denn nicht besorgt – wegen Tom Fearon, meine ich? Ich an Ihrer Stelle wäre es.«

»Ich denke, sie mag den armen Tom nicht besonders. Keine Ahnung, was er ihr getan hat. Aber eigentlich sehe ich sie nicht gern allein dort draußen. Es ist sehr einsam.«

»Wieso sind Sie eigentlich miteinander befreundet? Ich meine, soviel ich weiß, hat sie immer im Ausland gearbeitet.«

»Wir haben uns anläßlich eines Falles kennengelernt – als sie das letzte Mal in England war.«

»Und sie wird weiterhin draußen in Pook's Common wohnen und Sie hier?« Fran machte eine umfassende Handbewegung. »Soll es nichts Dauerhafteres werden?«

Er fühlte, daß er rot wurde. »Wahrscheinlich bleibt alles so, wie es ist. Wir haben jedenfalls nicht vor, etwas zu ändern.«

»Fein. Ich weiß gern, wo die Grenzen sind, in jeder Situation. Dann hindert Sie also nichts daran, mich zum Dinner auszuführen?«

»Ich kann Sie mir nicht leisten«, sagte er und zahlte ihr mit gleicher Münze heim. »Bei meinem Gehalt? Sie scherzen wohl?«

»Ach, kommen Sie schon! Wenn's so schlimm um Sie steht, dann lade ich Sie ein.«

»Ich bin heute abend bereits zum Dinner verabredet.«

»Mit Meredith, nehme ich an. Nun, dann eben ein andermal. Ich bin noch bis Anfang nächster Woche im The Crossed Keys.« Sie kippte den Rest ihres Drinks und stand auf.

Als er ihr in den Mantel half, sagte sie ernst: »Sie wissen, ich verlasse mich auf Sie.«

»Ich tue mein Bestes. Aber im Moment haben wir nicht einmal ein Motiv. Das ist das Schlimmste.«

»Ich bin Harriets Haupterbin, abgesehen von ein paar Legaten an Tierschutzvereine. Ich wußte, ich würde erben, aber von mir hat sie die Pillen nicht bekommen – ich war in der Schweiz, beim Skifahren.« Ihre grünen Augen verspotteten ihn.

»Irgend etwas sagt mir, daß Sie gern gefährlich leben«, entgegnete er.

Sie brach in Gelächter aus. »Sie meinen, ich bin ein rechtes Miststück. Nun, danke für den Drink und die weisen Worte. Frohes neues Jahr.« Sie beugte sich vor. Eine Wolke teuren Parfums hüllte ihn ein, warme Lippen drückten ihm einen Kuß auf die Wange. »Vergessen Sie mich nicht. Tschüs.«

Erleichtert schloß er die Tür hinter ihr. Allmählich wurde das Leben kompliziert.

KAPITEL 9

Als Markby sie verlassen hatte, um zum Mietstall zu fahren, ging Meredith in die Küche und machte sich Kaffee. Sie nahm ihn mit ins Wohnzimmer, zündete das Gasfeuer an und griff zur Lokalzeitung, die sie am Tag vorher in Bamford gekauft, aber noch nicht gelesen hatte, weil sie nicht dazu gekommen war.

Sie war ruhelos, und das war nicht nur auf die unvorhergesehenen Ereignisse seit ihrer Ankunft in Pook's Common zurückzuführen. Mehr denn je war sie jetzt überzeugt, daß es ein Fehler gewesen war zurückzukommen. Sie hatte es befürchtet. Sie hätte es wissen müssen, als sie angekommen und Alans Willkommensgruß auf der Türmatte gefunden hatte. Alan hoffte natürlich, daß eines Tages – und das war nicht möglich.

Sie wollte ihn nicht verletzen. Sie wollte wirklich nicht, daß ihre Freundschaft zu Ende ging. Aber tief im Innern hatte sie Angst davor, es könnte etwas »Bedeutsameres« daraus werden, wie eine Briefkastentante sich wohl ausgedrückt hätte. Sie war einer weiteren Entwicklung nicht gewachsen. Aber nichts stand still, und ihre Freundschaft mit Alan konnte auch nicht viel länger stillstehen. Sie würde etwas dagegen tun müssen. Sie war fünfunddreißig, hatte immer allein gelebt, immer für sich selbst gesorgt. Es war zu spät, sie konnte sich nicht mehr ändern, nicht mehr binden. Aber sie wußte, daß das nicht stimmte. Natürlich konnte sie es. Leute heirateten noch viel später oder gingen dauerhafte Beziehungen ein und wurden glücklich. Doch es würde ihr Leben auf den Kopf stellen.

Die größte Sorge bereitete ihr die Frage, wie lange sie noch den schicksalhaften Augenblick aufschieben konnte, in dem er ihr erklären würde, sie müsse sich entscheiden. Manche Leute hätten gesagt, das habe sie bereits getan – doch das traf nicht zu. Sie konnte sich nicht entscheiden. Aber wenn sie fair sein wollte, durfte sie den armen Mann nicht länger an der Nase herumführen. Mit so wenigen engen Freunden und ohne Familie würde sie nur höchst ungern eine Freundschaft abbrechen. Sie war, um ehrlich zu sein, einsam. Er war es auch, doch was er wollte, war ihr allzu konventionell – ein Heim, einen Garten, das traditionelle Leben mit Pfeife und Hauspantoffeln. Vielleicht war ihm das selbst nicht bewußt, doch Meredith sah es sehr klar. Sie mochte ihn – sehr sogar. Sie respektierte ihn. »Aber ich bin nicht in ihn verliebt!« sagte sie laut.

Oder war das alles nur ein Haufen Unsinn? Einige der besten und dauerhaftesten Beziehungen waren auf Vernunft, gegenseitigem Respekt und gleichen Interessen begründet. Liebe kam später von selbst. Einige der leidenschaftlichsten Beziehungen, andererseits, verglühten schnell und ließen nur Bedauern zurück. Und einige, wie jene anderen, die ihr Leben und ihr Denken so viele Jahre beherrscht hatten, blieben unerfüllt, waren am Ende unerfüllbar, vielleicht nicht mehr als eine Vergeudung von Zeit, Gefühl und Mühsal. Das war zu Ende, war vergangen, und erstaunlicherweise dachte sie nur noch selten daran.

Blieb Alan. Sie mußte all das in den Griff kriegen, ehe es außer Kontrolle geriet. Heute abend – er kam heute abend und würde vermutlich irgendwohin essen gehen wollen – heute abend wollte sie es ihm sagen. Ihm unmißverständlich klarmachen, wo sie stand. Ihn von seinen Hoffnungen abbringen. Nachdem sie diesen Entschluß gefaßt hatte, war sie weit entfernt davon, sich wohler zu fühlen – sie fühlte sich wie ein Ungeheuer. Und auch so, als wolle sie etwas überstürzen.

Meredith seufzte und schlug die *Bamford Gazette* auf. Harriet – ein großes Foto in der Mitte der Seite unter der Schlagzeile: *Ortsansässige Reiterin fällt tragischem Unfall zum Opfer.* Der Artikel schilderte die Ereignisse auf dem Market Square und in Kurzfassung die Geschichte der Bamford-Jagd, die bisher ungewöhnlich ereignislos verlaufen war. Erst einmal hatte sie eine Schlagzeile geliefert, die sich auf ein tragisches Ereignis bezog, und das war, als sich anno 1904 einige Hunde auf die Eisenbahngleise verirrt hatten.

Meredith sah nach dem Datum der Zeitung. Die *Bamford Gazette* war ein Wochenblatt. Normalerweise erschien sie am Mittwoch, doch in diesem Jahr waren zwei gesetzliche Feiertage jeweils auf einen Mittwoch gefallen, daher war die *Gazette* schon am Dienstag herausgekommen. Der Unfall war am vergangenen Donnerstag passiert, deshalb wurde natürlich in dieser Ausgabe darüber berichtet, vom Standpunkt der *Gazette* aus war es noch immer eine heiße Nachricht.

Sie wandte sich wieder Harriets Bild zu und betrachtete es. Es schien vergrößert und aus einem Gruppenfoto herausgenommen worden zu sein, bei irgendeiner Pferdeschau fotografiert, vermutlich einem lokalen Geschicklichkeitswettbewerb. Harriet trug eine Reitkappe und einen Reitrock. Das Haar hatte sie sich im Nacken zu einer Mähne zusammengebunden. Sie lachte und streckte die Hände aus, als wolle sie etwas entgegennehmen – einen Pokal? Dieser Teil des Bildes war abgeschnitten worden. Sie schien glücklich zu sein. Vor ihrem geistigen Auge sah Meredith die Gestalt taumelnd vom Pferd stürzen und auf das Pflaster prallen. Sie sah das Blut unter dem roten Haar hervorquellen, das blasse, starre Gesicht, die gebrochenen Augen. Obszön. Es war obszön. Der Tod war obszön. In Harriet war so viel Leben gewesen – von einer Sekunde zur anderen einfach sinnlos ausgelöscht. Meredith begann sich die Gestalten im Hintergrund genauer anzusehen.

Ja, die *Gazette* hatte dieses Bild ihrem Archiv entnommen. Ein lokales Ereignis, jemand hatte irgendeine Trophäe überreicht, und die anderen Teilnehmer hatten sich versammelt, um zu applaudieren. Alle trugen Reitkleidung. Einen – Meredith hob die Zeitung dicht vor ihre Nase und kniff die Augen zusammen – kannte sie. Einen Mann, einen stämmigen Mann mit Reithut, der das oberste Drittel seines Gesichts abschnitt, und um die Sache noch schwieriger zu machen, verdeckte Harriet im Vordergrund die rechte Seite seiner Züge. Doch was sichtbar blieb, schien ihr bekannt, obwohl Meredith beim besten Willen nicht sagen konnte, wer es war. Jedenfalls war es nicht Tom Fearon. Toms dunkles, gutaussehendes Gesicht war auch in einer Menge nicht zu verkennen.

Meredith warf die Zeitung beiseite. Wenn sie hier sitzen bliebe, würde sie diese Sache, zusammen mit ihren anderen Sorgen, in eine tiefe Depression stürzen. Sie mußte unbedingt an die frische Luft. Sie holte den Anorak, schlüpfte in ein Paar Stiefel und ging ins Freie. An der Pforte zögerte sie einen Moment – wohin? Das Gemeindeland – so düster und furchteinflößend es zu sein schien, als sie sich kürzlich bis zum Rand vorgewagt hatte –

mußte noch erforscht werden. Also auf ins Gemeindeland.

Um dahin zu gelangen, mußte sie am Reitstall vorbei. Alan Markbys Wagen parkte noch unter dem Schild, aber im Hof war niemand. Wieder zögerte Meredith und horchte, ob sie im Zorn erhobene Männerstimmen hörte. Doch alles blieb still. Wahrscheinlich waren sie in Toms baufälligem Bungalow hinter dem Stallhof. Und da Männer gegenseitig zu größerer Toleranz bereit waren als manchmal Frauen untereinander, hatten sie vermutlich die Auseinandersetzung vom vergangenen Abend und Toms Benehmen im Bunch of Grapes bereits vergessen – ganz zu schweigen von ihrem und Markbys ruiniertem Silvesterabend – und saßen mit Bierdosen in Toms Wohnzimmer. Männer! Am Abend vorher wäre Alan um ein Haar weggefahren und hätte sie vor dem Pub stehenlassen. Er war völlig darauf konzentriert gewesen, Tom sicher nach Hause zu bringen, und sie war zu unter »ferner liefen« degradiert worden.

Sie nehmen uns für selbstverständlich, das ist es, dachte Meredith, jetzt ohne jeden vernünftigen Grund verärgert, obwohl sie es am Abend vorher recht gelassen hingenommen hatte. Harriet hatte recht gehabt, als sie sagte, man dürfe Tom nie die Oberhand lassen, nur hätte sie sagen müssen, man dürfe den Männern nie die Oberhand lassen. Man endete da, wo Geoffrey Haynes und die arme Lucy waren. Behalte deine Unabhängigkeit, Meredith.

In diese wortlose Schmährede versunken, hatte sie die Grenze des Gemeindelandes erreicht, ohne es zu merken, und blieb jetzt, die Hände in den Taschen, abrupt stehen.

Was für eine Wüstenei. Vielleicht war es hier im Sommer hübscher und einladender. Jetzt sah es aus wie die

Szenerie eines viktorianischen Melodrams, irgendwie unbestimmbar unheilvoll und finster. Vielleicht aber waren die Gefühle, die es weckte, viel älter, reichten tief hinunter in ein unbewußtes Erbe von Volksmärchen und Sagen. Geschichten von Hexensabbaten und Halloween-Nächten und Kadavern, die im Mondschein an Galgen ächzten.

»Hör auf damit!« schalt Meredith sich laut. Wenn sie sich erlaubte, weiter so zu denken, würde sie auf dem Absatz kehrtmachen und nach Hause rennen. Energisch ging sie weiter. Ungehindert pfiff der Wind über die flache Heide. Das Gras unter Merediths Füßen war bräunlichgrün, die Sträucher und Bäume fast unbelaubt und häßlich. Sie stellte fest, daß sie einem schmalen Reitweg folgte – einem richtigen Reitweg, denn im weichen Boden waren deutlich Hufabdrücke zu sehen. Tom Fearon ritt wohl häufig hier, nach der Anzahl der Spuren zu schließen. Auch Harriet mußte hier geritten sein, manchmal mit Tom, manchmal allein. Aber Harriet hätte sich nicht mit abergläubischen Phantasien selbst Angst eingejagt.

Meredith ging weiter. Allmählich verschwanden die Dächer von Pook's Common aus ihrem Blickfeld. Sie hätte auf dem Mond sein können, so einsam, so kahl, so unberührt war es hier. Ab und zu markierten kleine Fellstückchen oder Federn den Platz, an dem ein vierbeiniger Räuber sich seiner Beute bemächtigt hatte. Nach einer Weile wurde der Boden unter ihren Füßen matschig, und sie war froh, daß sie Stiefel trug. Dann hörte sie Wasser fließen und kam an einen schmalen, brackigen Bach, der das Gemeindeland in ostwestlicher Richtung teilte. Rechter Hand markierte eine Baumreihe den Anfang einer Koniferenpflanzung – Eindringlinge, die nicht hierhergehörten –, und an den matschigen Ufern des Baches selbst sah man mehrere kleine, scharf eingeprägte gespaltene Hufe. Keine Kobolde. Keine Geisterpferde, sondern Wild. Es lauerte wohl unter den Bäumen und kam am frühen Morgen heraus, um auf dem Gemeindeland Nahrung zu suchen, knabberte an den spärlichen Sträuchern und Bäumen und an dem rauhen, kargen Gras.

Weit genug für einen Tag, dachte Meredith. Sie fühlte sich jetzt besser. Sie hatte ihre Furcht vor dem Gemeindeland überwunden und für den Augenblick ihre Sorgen verjagt. Sie drehte sich um.

Hinter ihr stand ein Mann, und Meredith schrie unwillkürlich auf. Mit ausgestreckter Hand kam er auf sie zu und rief: »Es tut mir so leid! Bitte verzeihen Sie! Ich wollte Sie nicht erschrecken. Wollte Sie eben rufen, um Sie auf mich aufmerksam zu machen – aber Sie haben sich plötzlich umgedreht …«

Es war Colin Deanes in seinem pelzbesetzten Parka. In seiner Brille spiegelte sich das blasse Sonnenlicht, so daß sie seine Augen nicht sehen konnte. Er lächelte ängstlich, den Kopf vorgeneigt, als wolle er sich kurzsichtig überzeugen, daß sie akzeptierte, was er sagte.

»Oh, Mr. Deanes«, sagte sie, »ich hätte nicht gedacht, daß außer mir noch jemand hier draußen ist.«

Er lächelte. »Ja, es ist einsam hier. Wie ich sehe, wissen Sie, wer ich bin – und ich weiß, daß Sie eine Freundin von Inspektor Markby sind, doch Ihren Namen weiß ich leider nicht.«

»Meredith Mitchell.« Sie schüttelten sich förmlich die Hände. »Ich wohne dort drüben … In Pook's Common.«

»Ach, tatsächlich? Schon lange? Ich muß gestehen, daß ich's nicht kenne, außer dem Namen nach.«

»Es ist ein sehr kleiner Ort. Nur ein halbes Dutzend Cottages, eine Reparaturwerkstatt und einige Gemeindehäuser an der Hauptstraße. Oh, und der Stall. Ich bin noch nicht lange hier, seit zwei Wochen etwa.«

»Ich wohne da drüben …« Er zeigte an ihr vorbei, tiefer in das Gemeindeland hinein. »Das Haus ist verfallen, aber ich konnte es extrem billig mieten, um mein Buch zu schreiben.«

»Hier draußen wird man nicht gestört, stelle ich mir vor, es ist ein guter Ort«, sagte sie.

Er lachte leise. »Stimmt. Tatsächlich ist mein Haus aber nicht so abgelegen, wie es von hier aus den Anschein hat. Aus dieser Richtung hat man keinen direkten Zugang. Aber auf der anderen Seite gibt es eine unbefestigte Straße, die nach ungefähr einer halben Meile beim Black-Dog-Pub auf die Asphaltstraße stößt – da, wo ich Sie mit Markby gesehen habe.«

»O ja, ich verstehe. Ich hatte den Eindruck, daß Alan von Pook's Common einen Riesenumweg mit mir fuhr.«

»Ja, und das mußte er auch. Es gibt keine Straßen durch das Gemeindeland, und um auf die andere Seite zu kommen, muß man ganz drum herumfahren. Es ist ein uraltes Stück freien Landes. Und wegen seiner Fauna und Flora sehr bemerkenswert.«

»Das kann ich kaum glauben«, sagte sie und betrachtete die Wüstenei.

Deanes lachte wieder. »Sie müßten Dr. Krasny kennenlernen. Er hat irgend etwas mit der Universität zu tun, und letzten Sommer habe ich ihn ein paarmal zufällig hier draußen getroffen. Er schien den Namen eines jeden Grashalms zu kennen. Ich vermute, er kam hier raus, um Pflanzen und Informationen für seine Arbeit zu sammeln. Hab ihn immer nur gebückt herumkriechen sehen und konnte mir zuerst überhaupt nicht vorstellen, was er machte. Dann lernte ich ihn immer besser kennen, er besuchte mich ab und zu auf eine Tasse Tee und berichtete mir, was er auf seinen Streifzügen entdeckte. Gewöhnlich gehe ich nicht in diese Richtung – sondern in die andere und lande schließlich im Black Dog. Im Sommer ist es hier schöner, sehr hübsch sogar an sonnigen Tagen.«

»Wie kommen Sie mit Ihrem Buch voran?«

»Ach, das ist schon seit einiger Zeit fertig, das habe ich hinter mir. Schauen Sie sich in den Buchhandlungen danach um. Ich nehme jede Gelegenheit wahr, um für meine Bücher zu werben.« Wieder lächelte er nervös. »In einem gewissen Sinn lebe ich unter Vorspiegelung falscher Tatsachen hier, obwohl ich angefangen habe, mir Notizen zusammenzustellen, die ich, wie ich hoffe, in meinem nächsten Buch verwenden kann. Ich habe das Haus bis zum Frühjahr gemietet, also bin ich geblieben. Es gefällt mir hier unten. Und ich bin in ein oder zwei lokale Probleme verwickelt.« Er warf ihr einen Blick zu, in dem sich Herausforderung und Nervosität mischten. »Ich weiß, daß das, was ich versuche, nicht immer populär ist. Die Menschen verstehen mich oft nicht, und sehr oft – sosehr ich bedaure, das sagen zu müssen – versteht mich auch die Polizei nicht.«

»Ach …«, sagte Meredith verlegen.

»Es gibt Dinge, die populär und akzeptabel sind«, fuhr Deanes fort. »Andere sind es nicht. Manchmal wecken die weiter entfernten größere Teilnahme als die näheren, aus dem einfachen Grund, weil man die näheren unmittelbar vor Augen hat und die Unzulänglichkeiten nur allzu sichtbar sind. Sie waren gestern nacht auch im Bunch of Grapes, nicht wahr?«

»Ja, ich war da. Sie sprechen von diesem Pardy, nehme ich an.«

»Ja – kein anziehender junger Mann, das gebe ich zu.

Das sind sie nie. Sie haben Probleme, und eines davon ist die Tatsache, daß sie sich der Welt so unleidlich präsentieren. Wenn sie ein berechtigtes Anliegen haben, wissen sie nicht, wie sie es vorbringen sollen. Man ist ihnen gegenüber weder großzügig, noch verzeiht man ihnen. Sie verteidigen sich schlecht. Sind aggressiv, wenn sie verbindlich sein sollten. Sie beleidigen grundlos. Pardy ist da keine Ausnahme, sondern ziemlich typisch. Er steht auf dem Standpunkt, daß er damit leben kann, wenn die Welt ihn nicht mag. Aber er kann es natürlich nicht. Er ist so jung. Erst zwanzig.«

»Das ist jung, zugegeben. Doch er hat sich kriminell aufgeführt, oder? Ich spreche von dem Zwischenfall auf dem Market Square am zweiten Weihnachtstag. Ich war dort – ich habe gesehen, wie es passierte.«

»Ach ja?« Deanes schob, wie es seine Gewohnheit schien, die Brille ein Stückchen die Nase hinauf. »Ich war nicht dort. Dadurch bin ich Ihnen gegenüber im Nachteil – aber ich war einige Zeit mit Simon zusammen. Unter dem frechen Äußeren ist er ein trauriger, konfuser, einsamer Mensch.«

Wir alle sind traurig, konfus und einsam, dachte Meredith. Einige werden nur besser damit fertig als die anderen, das ist alles. »Er hätte nicht sagen dürfen, was er gestern nacht im Pub gesagt hat. Er hat den Ärger herausgefordert.«

»Das tut er – er fordert Schwierigkeiten heraus«, sagte Deanes lebhaft. »Genau das ist es! Er sucht die Schwierigkeiten geradezu, und er findet sie. Dann wird er noch introvertierter, noch mehr verbittert. Wir müssen ihn davon abbringen. Im Grunde ist er ein intelligenter junger Mann, und im Moment wirft er sein Leben weg.«

Meredith musterte ihn nachdenklich. Seine Wangen

waren gerötet. Die Augen hinter den Brillengläsern glänzten, und in seinem Gesicht, in seiner Stimme war eine Eindringlichkeit, die man nicht ignorieren konnte. Es liegt ihm daran, dachte sie. Ihm liegt wirklich etwas daran.

Sie sagte bedächtig: »Sie müssen wohl eine Menge Fehlschläge einstecken. Werden Sie dadurch nie entmutigt?«

Deanes schnitt eine Grimasse. »Ich würde lügen, wenn ich jetzt nein sagte. Natürlich verliere ich auch den Mut. Aber die Erfolge entschädigen mich mehr als genug. Man muß den Kreislauf unterbrechen. Das Schlimmste, das Pardy zustoßen könnte, wäre ein Haftstrafe, in welcher Form auch immer. Er käme dabei mit Menschen zusammen, die die schlimmsten Seiten aus ihm herausholen würden. Er wäre für immer verloren.«

»Es mag Leute geben, die nicht Ihrer Meinung sind.«

»Sie arbeiten nicht mit den Jugendlichen«, sagte Deanes leidenschaftlich. »Sie wissen nichts.« Er schien zu merken, wie heftig seine Stimme klang, und machte ein verlegenes Gesicht. »Verzeihen Sie mir, daß ich Sie mit meinen Ansichten langweile. Ich fürchte, ich kann nicht anders.«

»Das ist schon in Ordnung. Ich bin interessiert, und ich freue mich, daß wir uns getroffen haben«, sagte Meredith aufrichtig.

Deanes lächelte entspannter und sah plötzlich recht attraktiv aus. Es ist die Brille, dachte Meredith, zusammen mit der ernsten Miene und den nervösen Ticks, die ihn unscheinbar aussehen lassen. In Wirklichkeit sieht er gar nicht schlecht aus, und er ist auch nicht so alt. Jünger, als ich zuerst dachte. Neununddreißig? Vierzig? Älter bestimmt nicht.

»Ich muß zurück«, sagte sie. »Wir sehen uns bestimmt noch.«

»Ja, das hoffe ich.« Er zögerte. »Wenn Sie wieder in die Gegend kommen, gehen Sie einfach noch ein Stückchen weiter und besuchen Sie mich auf eine Tasse Kaffee. Tagsüber bin ich meistens zu Hause.«

»Ich komme gern, danke und – frohes neues Jahr.«

»Oh, das vergesse ich ständig ...« Wieder schnitt er eine Grimasse. »Frohes neues Jahr!«

Als sie auf dem Heimweg an den Stallungen vorüberkam, war Markbys Wagen nicht mehr da. Er hatte Tom nach Bamford mitgenommen. Meredith zögerte, stieß dann die Gattertür zum Stallhof auf und ging hinein. Blazer streckte den Kopf über die Boxentür und wieherte leise.

»Hallo, alter Junge«, sagte sie und streichelte ihm die Nüstern. Er stieß ihr den Kopf an die Brust und schnaubte. »Ich hab dir nichts mitgebracht, tut mir leid. Du vermißt sie, nicht wahr?« Blazer warf den Kopf zurück und schien heftig zu nicken. »Ich wünschte, du könntest sprechen«, sagte sie. »Wahrscheinlich könntest du uns eine Menge von dem sagen, was wir gern wüßten.« Sie klopfte ihm ein letztes Mal den Hals und setzte dann ihren Weg fort.

Als Alan am Abend kam, hatte sie sich noch immer nicht entschieden, was sie zu ihm sagen wollte, doch er kam ihr zuvor.

»Es ist so schwierig, heute ein Lokal zu finden – die meisten sind geschlossen, weil sie gestern so lange geöffnet hatten. Aber auf der Straße nach Cherton gibt es ein kleines italienisches Restaurant, das offen hat. Ich habe dort einen Tisch bestellt, ich hoffe, es ist Ihnen recht?«

»O ja«, sagte sie nachgiebig. Vielleicht war es ohnehin besser, auf neutralem Boden zu sagen, was zu sagen war.

Das Restaurant profitierte davon, daß es eines der wenigen war, die geöffnet hatten. Es war voll, und einen Tisch zu bestellen war ganz offensichtlich wirklich nötig gewesen.

»Wie geht es Tom?« fragte Meredith, als sie die Gabel in den dampfenden Teller mit *Tagliatelle al forno* versenkte.

»Er wird keine Schwierigkeiten mehr machen.«

»Sie scheinen ja sehr überzeugt.«

Markby verzog das Gesicht. »Sagen wir so, ich bin ziemlich zuversichtlich, daß er keine mehr machen wird.«

Meredith nippte an ihrem Wein und spähte über den Rand des Glases zu ihrem Begleiter hinüber. Sie hatte das Gefühl, dieses Gesicht schon so gut zu kennen, all die kleinen Fältchen und Runzeln, den widerspenstigen blonden Schopf. Es würde nicht leicht sein. Es würde der reinste Mord sein. Ein unglückliches Wort. Sie suchte nach einem richtigen Anfang, gab das Thema im letzten Moment auf und sagte statt dessen: »Ich habe heute Colin Deanes auf dem Gemeindeland getroffen.«

»Ach, wirklich?« Er sah überrascht und wenig erfreut aus.

»Ja, gucken Sie nicht so finster. Er ist wirklich ein sehr netter Mann. Er hat einen Tick, aber mehr nicht. Vieles von dem, was er sagt, ist sehr vernünftig.«

»Ich habe nie behauptet, daß es das nicht ist. Nur – wie er es sagt, regt mich auf. Aber wollen wir wirklich über ihn reden?«

»Nein – das wollen wir nicht.« Zeit, das Problem mutig anzupacken. Meredith legte die Gabel aus der Hand. Sie stützte die Ellenbogen auf den Tisch und legte die Fingerspitzen wie im Gebet aneinander, wobei sie ihn eindringlich ansah. »Alan, es gibt da etwas, das ich Ihnen sagen muß. Es ist sehr kompliziert, und ich bin sicher, ich werde es nicht richtig sagen. Wie Deanes werde ich es falsch formulieren, und Sie werden gekränkt sein. Die Sache ist – ich – wir – ich denke nicht, daß unsere Beziehung sich zu etwas anderem entwickeln kann, sie muß bleiben, wie sie jetzt ist.« Sie wartete ab, was er sagen würde, hoffte, er werde verständnisvoll nicken. Er tat es nicht.

»Sprechen Sie weiter«, sagte er ausdruckslos.

»Ich schätze Ihre Freundschaft, wirklich. Ich bin gern mit Ihnen zusammen. Ich mag Sie – oh, das ist schrecklich. Alan, vielleicht irre ich mich, aber ich habe das Gefühl, daß Sie hoffen, wir – nun ja, wir könnten uns eines Tages viel näherkommen.«

»Angenommen, Sie haben recht. Ist das so furchtbar? Hören Sie, Meredith« – er beugte sich vor –, »ich habe Ihnen schon am Anfang gesagt – als Sie das letzte Mal in England waren –, daß ich bereit bin, zu warten ...«

»Ja, das weiß ich, und gewartet haben Sie. Doch niemand wartet ewig. Sie werden es nicht tun – Sie werden des Wartens überdrüssig werden.«

»Erlauben Sie mir bitte zu entscheiden, wann es soweit ist«, sagte er verärgert.

»Wissen Sie, ich glaube, Sie brauchen eine richtige Ehefrau«, stürzte Meredith sich auf den Kern der Sache. Was hatte es denn für einen Sinn, wie die Katze um den heißen Brei herumzuschleichen? »Und die kann ich nicht sein. Das schaffe ich ganz einfach nicht.«

»Ich war verheiratet«, fauchte er. »Es war eine absolute Katastrophe.«

»Wahrscheinlich, weil sie die falsche Frau geheiratet hatten, und wenn Sie sich mit mir auf Dauer zusammentäten – egal, in welcher Form –, würden Sie Ihren Fehler nur wiederholen. Ich bin die falsche Frau.«

»Hören Sie«, flüsterte er zischend und warf einen Blick zum Nebentisch, »hier ist nicht der richtige Ort …«

»Wo ist er dann?«

»Na schön. In dem, was Sie gesagt haben, gibt es zwei Punkte, die beantwortet werden müssen. Erstens, es war nicht Rachels Schuld, daß unsere Ehe in die Brüche ging. Ich war's, der sie zum Wahnsinn getrieben hat. Mit einem Polizisten verheiratet zu sein ist schwierig, und sie hat es einfach nicht ertragen, sie war auch nicht die erste. Viele Polizistenehen scheitern.«

Und sie hat sich ein anderes Leben gewünscht, erinnerte er sich. Partys, ihre Freunde, einen Terminkalender voller gesellschaftlicher Verpflichtungen. Und er hatte sich immer gedrückt, Arbeit vorgeschützt, seine Freizeit mit Gartenarbeit verbringen wollen, hatte sie blamiert, wenn sie Freunde eingeladen hatte und er in alten Sachen hereingeplatzt war. Er verdrängte die Erinnerungen.

»Zweitens, ich weiß, was für eine Frau ich will. Ich will Sie.«

»Sehen Sie? Da haben wir's. Jetzt haben Sie's gesagt. O Alan, es schmeichelt mir natürlich …«

»Es ist nicht als Schmeichelei gedacht«, knurrte er wütend. Die Frau am Nebentisch warf ihm einen erschrockenen Blick zu. Sie beugte sich vor und flüsterte mit ihrem Begleiter, der Meredith jetzt auch verstohlen von der Seite her ansah.

»Sie wissen, was ich meine. Ich wünschte, ich hätte nicht damit angefangen.«

»Warum haben Sie's dann getan?«

»Weil ich versuche, fair zu Ihnen zu sein.« Der Mann am Nebentisch begegnete ihrem Blick. Es war kein freundlicher Blick. Er schlug sich auf die Seite des angegriffenen männlichen Wesens am Nebentisch. »Kümmern Sie sich um Ihre eigenen Angelegenheiten«, sagte Meredith böse.

»Wie bitte?« rief die Begleiterin des Mannes entrüstet. Mit ihrem Verständnis für die Mitschwester war es vorbei, der Instinkt, ihrem Mann beizuspringen, überwog.

»Meredith«, sagte Markby gepeinigt, »es ist ja gut.« Er lächelte dem anderen Paar beschwichtigend zu.

Von einem unbehaglichen Schweigen umgeben, aßen sie entschlossen weiter, wußten das ausgezeichnete Essen aber nicht zu würdigen. Meredith betrachtete Markby unauffällig. Er sah unglücklich aus. Das war ihre Schuld.

»Ich wollte keine Szene machen –«, begann sie flüsternd. »Ich habe nur versucht, Ihnen zu sagen, was ich denke.«

»Das haben Sie nicht.«

»Was?« Sie starrte ihn verblüfft an.

Markby legte Messer und Gabel aus der Hand und sah sie mit grimmiger Miene sehr direkt an. »Sie haben mir gesagt, was Harriet dachte. Ich sehe Sie, aber ich höre Harriet Needham. Vor ein paar Tagen waren Sie ganz durcheinander, weil Sie nicht kochen können wie sie. Jetzt haben Sie das Gefühl, ihren Lebensstil imitieren zu müssen.«

»Das ist nicht wahr!« Fassungslos schnappte sie nach Luft.

»Wirklich?«

Der Kellner kam auf sie zu. Wird er uns auffordern, das Lokal zu verlassen? dachte Meredith. Er beugte sich über Markbys Schulter. »Ein Anruf für Sie, Sir.«

Markby stöhnte und warf die Serviette auf den Tisch. »Ich habe für dringende Notfälle diese Nummer hinterlassen. Entschuldigen Sie, Meredith, ich muß mich melden.«

Vielleicht waren sie jedoch beide froh über die Störung. Allein am Tisch zurückgeblieben, sah Meredith sich den forschenden Blicken des Paares vom Nebentisch ausgesetzt. Die Frau sah beleidigt aus, der Mann streitsüchtig. Ich habe uns den Abend verdorben und ihnen auch, dachte Meredith. Sobald sie draußen sind, werden sie wegen nichts und wieder nichts wütend aufeinander losfahren.

Markby kam zurück. Er sah nicht mehr verärgert, sondern sachlich aus, und man merkte ihm an, daß er kaum noch an ihr Gespräch von vorhin dachte. Er bückte sich und sagte ihr ins Ohr: »Ich muß sofort ins Hotel The Crossed Keys. Fran Needham-Burrell ist überfallen worden.«

»Was?« Erschrocken blickte Meredith zu ihm auf, und alles andere war vergessen. »Ist sie verletzt?« Sie sprang auf und griff nach ihrer Umhängetasche. »Ich komme mit.«

Im Crossed Keys herrschte ein heilloses Durcheinander. Vor dem Hoteleingang stand ein uniformierter Polizist. Leute, die in die Bar wollten, schoben sich vorsichtig an ihm vorbei. Ein flott gekleideter Sergeant Pearce lehnte schlaff und untröstlich am Empfangspult, offensichtlich von einer Neujahrsfete weggezerrt, und der Manager stand händeringend in der Mitte der Lobby. Nie zuvor hatte Meredith das jemanden tun sehen – nur davon gelesen –, doch er tat es – er rang die Hände. Er kam ihr unnatürlich blaß vor – aber das war vermutlich der Streß. Ein doppelter Streß. Einerseits wollte er die Wogen glätten, und andererseits sollten die Gäste der öffentlichen Bar und des Hotels nicht erfahren, was geschehen war.

Als Pearce Markby erblickte, straffte er sich und sagte

lebhaft: »Guten Abend, Sir. Tut mir leid, daß ich Ihnen den Abend verderben mußte, aber ich dachte, daß Sie gern Bescheid wissen würden.« Er entdeckte Meredith und fügte hinzu: »Guten Abend, Ma'am«, was ihr sehr förmlich vorkam und ihr das Gefühl gab, die Gattin des Colonels zu sein. »Tut mir leid.«

»Schon gut, Sergeant Pearce«, sagte sie und bemühte sich, nicht von oben herab zu sprechen. »So was kommt schon mal vor.« Blöde Bemerkung. Aber bei einem Polizisten kam so etwas schon mal vor. Auch bei Konsulatsbeamten. Dadurch wurde der Streß nicht geringer.

»Wo ist sie?« fragte Markby.

Der Manager stürzte vorwärts. »Die Lady ist mit Dr. Pringle oben. Ich wollte einen Krankenwagen kommen lassen, aber davon wollte sie nichts hören. Sie wollte nur Dr. Pringle sehen. Die Lady hat einen sehr starken Willen. Doch ich weiß natürlich, daß ich eigentlich hätte um einen Krankenwagen schicken müssen, wegen der Versicherung. Wir müssen uns selbst auch absichern und …«

Grob unterbrach Markby die Schilderung seines Dilemmas. »Mit Ihnen spreche ich später.«

Pearce und Meredith dicht auf den Fersen, rannte er die Personaltreppe hinauf. Die Tür von Nummer 20 stand offen. Vom Türrahmen eingerahmt, sahen sie wie auf einem jener alten viktorianischen Bilder, die eine Geschichte erzählen, Fran auf einem Stuhl sitzen und Jack Pringle über sie gebeugt. Vorsichtig befestigte er mit Heftpflaster einen Gazebausch auf ihrer Stirn, und sie sagte ziemlich schroff: »Passen Sie auf mein Haar auf, Jack.«

Meredith war erleichtert. Sie war nicht schwer verletzt.

Fran blickte auf und sah sie. Sie warf ihnen ein schiefes Lächeln zu und sagte: »Ah, Besuch! Tut mir leid, daß ich so in Ihren Abend reingeplatzt bin. Ich hoffe, ich habe nichts Vielversprechendes ruiniert.«

»Haben Sie nicht«, sagte Markby mit – wie Meredith fand – unnötiger Offenheit. Er ging zu Fran, beugte sich über sie, und Meredith schaute sich neugierig im Raum um.

Die Birne in der Deckenlampe war schwach, so daß alles wie hinter einem orangefarbenen Nebel lag. Das Zimmer stellte etwas ganz anderes dar als das, woran Fran gewöhnt sein mußte. Sie war aus dem Luxus von Klosters ins Crossed Keys gekommen, und einen größeren Unterschied konnte es kaum geben. Zimmer 20 war ausreichend, aber mehr auch nicht. Es hätte dringend renoviert werden müssen. Die Tapete war ausgebleicht, und die Möbel sahen aus wie jene, die nach dem Krieg gegen Bezugscheine verkauft worden waren. Auf einem Toilettentisch lag offen ein Dokumentenkoffer, dessen Inhalt herausgerissen und wie Kraut und Rüben verstreut war. An der Wand hing ein ziemlich scheußliches Bild, das eine Reihe von Kindern zeigte, die alle in einem Bett schliefen, mit Gesichtern, von denen eins grotesker war als das andere, und vor Merediths Füßen lag eine häßliche Glasvase. Automatisch bückte sie sich, um sie aufzuheben.

Markbys Stimme hinderte sie daran. »Liegenlassen!« befahl er scharf.

Sie wurde rot und richtete sich auf. »Entschuldigung.« Wie dämlich – offensichtlich war das die Tatwaffe.

Pringle sagte verärgert: »Sie hat einen heftigen Schlag auf den Kopf bekommen und braucht niemanden, der ihr noch zusetzt. Hat das nicht bis morgen Zeit?«

»Es geht schon, Jack, machen Sie kein Theater«, sagte Fran. Daß sie ahnungslos die Worte ihrer Cousine wiederholte, erschreckte Meredith. Auch Pringle sah zuerst bestürzt und dann erregt aus.

Markby hatte sich einen Stuhl herangezogen. »Los, Fran, erzählen Sie.«

»Nun, da ich niemanden hatte, der mir beim Abendessen Gesellschaft leistete«, sagte Fran auf eine Merediths Meinung nach irgendwie zweideutige Weise, deren tieferen Sinn sie jedoch nicht sofort verstand, »dachte ich mir, daß ich wohl am besten unten im Restaurant essen sollte. Sehr hungrig war ich nicht, weil Charlotte einen so riesigen Lunch gekocht hatte. Ich ging hinunter …«

»Haben Sie die Tür abgesperrt?«

»Ja – ja, habe ich. Obwohl ich weder Schmuck oder andere Wertsachen bei mir habe. Ich ging also hinunter und fing an zu essen, aber das Essen war nicht sehr gut, und wie ich schon gesagt habe, war ich nicht besonders hungrig. Ich hab es mir also mitten im Essen anders überlegt, sagte ihnen, sie sollten abräumen, und bin wieder heraufgegangen.«

»Über welche Treppe?«

»Die Haupttreppe natürlich. Sie ist der Tür zum Speisesaal am nächsten. Ich hab an dies und das gedacht und eigentlich auf gar nichts geachtet. Die Flurbeleuchtung ist ziemlich armselig. Mir ist nichts aufgefallen, bis ich die Hand auf die Türklinke legte. Die Tür ging nämlich auf. Das ist aber komisch, dachte ich – machte einen Schritt ins Zimmer und streckte die Hand nach dem Lichtschalter aus – und da hat er mich aus dem Nichts angesprungen. Nun, natürlich nicht aus dem Nichts, sondern von irgendwoher – er muß sich flach an die Wand gedrückt haben, als er mich kommen hörte. Dann schlug er mit etwas Hartem zu. Ich fiel der Länge nach auf den Teppich, und er war weg – verschwunden. Sein

Gesicht habe ich nicht gesehen. Ich kann Ihnen nichts über ihn sagen. Und ich bin nicht verletzt, trotz des Riesenstücks Gaze, das Jack mir auf den Kopf gepappt hat. Ich bin nur überrascht und sehr wütend.«

»Ich verstehe.« Markby stand auf. »Wahrscheinlich ein kleiner Dieb. Konnten Sie schon nachsehen, ob irgend etwas fehlt?«

»Ich habe nichts. Die Handtasche mit meinem ganzen Geld und allen Kreditkarten hatte ich mit hinuntergenommen. Hier oben waren nur meine Nachtsachen und mein Dokumentenkoffer mit allen Papieren, Harriets Besitz betreffend. Dort drüben …« Fran drehte sich zu schnell um und schnitt eine Grimasse.

»Langsam«, warnte Pringle und legte ihr die Hand auf die Schulter.

»Auf dem Toilettentisch. Er hatte sich ihn gerade vorgenommen, wie Sie sehen. Aber es ist nichts drin, was einen Dieb auch nur annähernd interessieren könnte. Keine Wertsachen. Nur Harriets Papiere und meine gesamte Korrespondenz, die, wie Sie selbst wissen, bei einem Todesfall beträchtlich ist.«

Markby wandte sich zu Pearce um. »Nehmen Sie die Vase in Verwahrung. Passen Sie beim Aufheben auf, es könnten Fingerabdrücke drauf sein – obwohl heutzutage alle schon Handschuhe tragen. Trotzdem – vielleicht haben wir Glück. Doch wahrscheinlich war es nur irgendein Rowdy aus der öffentlichen Bar, der Miss Needham-Burrell zum Abendessen gehen sah und dachte, das wäre möglicherweise eine Chance für ihn.«

»Woher wußte er, daß das mein Zimmer ist?« fragte Fran logisch.

»Stimmt. Vielleicht hat er es auch bei anderen Türen versucht und nur diese aufbekommen.« Markby ging zur

Tür hinüber. Dort stand er unmittelbar neben Meredith, nahm jedoch keine Notiz von ihr. Süßsauer lächelnd stellte sie fest, daß sie, wie bei der Sache mit Tom im Bunch of Grapes, für ihn unsichtbar geworden war. Das zeigt mir, wohin ich gehöre, dachte sie. Und sie hatte sich eingebildet, daß er an unerwiderter Liebe zu ihr litt. Was für ein Irrtum. Seine Arbeit war seine große Liebe. Und ein Haufen Pflanzen waren seine zweite. Kein Wunder, daß seine Frau sich von ihm hatte scheiden lassen.

Markby studierte die Tür und ihre Umgebung. »Alt«, sagte er zu Pearce. »Verzogen. Die Tür paßt nicht mehr in den Rahmen, stellenweise muß es Lücken von einem halben Zoll geben. Selbst wenn sie abgesperrt war, hätte der Riegel nicht einrasten können. Ein heftiger Stoß, und das Schloß springt auf. Es gäbe nicht einmal einen lauten Krach. Nur ein Knacken. In diesem alten Gebäude knackt und ächzt das Holz ununterbrochen. Schauen Sie, hier sehen Sie ganz genau, wo um die Verzapfung der Rahmen gesplittert ist.«

»Ich habe mich kurz mit dem Manager unterhalten, bevor Sie kamen, Sir«, sagte Pearce. »Anscheinend war der Empfang nicht besetzt. Am Abend ist es nicht nötig, finden sie. Außerdem ist heute Feiertag, und kein Angestellter wollte arbeiten. Jeder konnte von der Straße hereinkommen und sich über die Hintertreppe beim Empfangspult hinaufstehlen. In der Bar würde das keiner merken. Im Speisesaal auch nicht. Das einzige Risiko für ihn war, daß im selben Moment jemand aus dem Speisesaal in die Lobby hätte kommen können. Heute sind nur wenige Übernachtungsgäste da, und ich glaube nicht, daß jemand ihn gesehen hat.«

»Sie werden trotzdem alle fragen müssen. Ich hoffe, daß der Constable die Dinnergäste aufhält?«

»Ja, Sir. Und er fragt jeden, ob er etwas Ungewöhnliches beobachtet hat. Aber das ist unwahrscheinlich.«

Meredith ging zu Fran hinüber. »Wollen Sie zu mir ins Rose Cottage kommen, Fran? Ich habe ein Gästezimmer und möchte nicht, daß Sie hierbleiben, nicht nachdem das passiert ist.«

Fran lächelte. »Ich bin okay, wirklich. Nur mein Stolz ist angekratzt, mehr nicht. Danke für Ihr Angebot, doch ich bleibe in der Stadt, man erreicht die Leute leichter, die man erreichen will.«

Meredith ging zu Markby. Als er sie erblickte, sah er leicht überrascht aus. Am liebsten hätte sie schnippisch gesagt: »Ja, ich bin es.« Statt dessen sagte sie: »Ich möchte, daß sie zu mir kommt, aber sie will nicht. Sprechen Sie mit ihr.«

»Wenn sie bleiben will, wird sie bleiben«, sagte er gelassen. »Sie muß ohnehin in ein anderes Zimmer umziehen, bei dem das Schloß in Ordnung ist. Dieses werden wir bis morgen versiegeln, dann können wir es uns bei Tageslicht gründlich ansehen.« Er zögerte. »Ich muß mit dem Manager reden und einen Blick auf die Treppe werfen. Nehmen Sie es mir sehr übel, wenn ich Pearce bitte, Sie zum Taxistand zu bringen?«

»Natürlich kann ich mir ein Taxi nehmen, und Pearce muß mich nicht begleiten. Sie brauchen ihn hier.«

»Ich rufe Sie an«, sagte er ein wenig verlegen.

»Ich komme morgen ohnehin in die Stadt, um zu sehen, wie es Fran geht.«

»Fein. Dann gute Nacht …«

Sie verabschiedete sich von Fran und Pringle, versprach, am nächsten Tag zu kommen, und ging zum Taxistand. In der Lobby sagte der Manager gerade zu dem Constable: »So einen Zwischenfall hat es noch nie gegeben. Noch nie! Wir sind kein großes Hotel. Bei uns steigen keine Gäste ab, die für Hoteldiebe interessant sind.«

Auf der Fahrt nach Pook's Common dachte Meredith über den Zwischenfall nach. Was, wenn der Eindringling kein kleiner Zufallsdieb gewesen war? Was, wenn er auf eine Gelegenheit gewartet hätte, um an Frans Dokumentenkoffer heranzukommen, um – was zu suchen? Eine Kopie des Testaments? Warum? Den Obduktionsbericht? Die gerichtliche Untersuchung sollte am Freitag stattfinden. Er brauchte nur hinzugehen, sich in die hinterste Reihe zu setzen und zuzuhören. Was dann?

Sie rutschte auf dem Sitz herum und schaute aus dem Fenster auf die von der Nacht verschleierten Felder und Hecken. Da war noch etwas anderes – etwas, das an ihrem Unterbewußtsein nagte. Was war es? Als sie das Hotelzimmer betrat, war es beinahe an die Oberfläche gedrungen, doch in ihrer Sorge um Fran hatte sie es wieder verdrängt. Es war – Meredith versuchte sich die Szene vorzustellen. Fran, die dasaß, Pringle, über sie gebeugt…

»Dr. Pringle«, sagte sie plötzlich laut.

»Was ist los?« fragte der Taxifahrer.

»Entschuldigung, ich habe nur laut gedacht.«

»Da unten muß ich irgendwo abbiegen, nicht wahr?«

»Was? O ja, bei der Autowerkstatt. Noch ein Stückchen weiter vorn – hier.«

Sie holperten den schmalen Weg entlang zum Rose Cottage. Sie stieg aus und bezahlte ihn.

»Bißchen einsam hier, nicht?« fragte er und besah sich die dunklen Fenster der anderen Häuser; es klang besorgt.

»Ja, ein bißchen.«

»Gehen Sie ins Haus, Miss. Ich warte, bis ich sehe, daß Sie Licht gemacht haben.«

»Danke.«

Sie ging hinein, knipste das Licht in der Diele an und winkte dem Fahrer durch die offene Haustür. Er wendete den Wagen, wie Markby es getan hatte, indem er ein Stückchen weiterfuhr und dann das Bankett hinter dem Cottage der Haynes' benutzte. Für Geoffrey ein Grund mehr, sich zu ärgern, wenn die Haynes für immer herziehen, dachte sie. Das Taxi fuhr vorbei, der Fahrer hupte. Meredith lief ins Wohnzimmer und griff nach der *Bamford Gazette*.

Wo war das Bild von Harriet? Ja – es war kein Irrtum möglich. Die Hälfte seines Gesichts war verdeckt, aber seine stämmige Gestalt war unverkennbar und das, was man von seinen Zügen sah, klar genug. Jack Pringle. Und hatte er auf dem Market Square nicht gesagt, er sei die Jagd früher mitgeritten? Dr. Pringle. Dr. Pringle?

KAPITEL 10

Als Markby am Donnerstagvormittag ins Crossed Keys kam, waren der Manager und die Empfangsdame mit den scharlachroten Krallen in einen heftigen Streit verwickelt.

»Ich bitte Sie ja nur darum, ein bißchen zu kooperieren, Lisa«, sagte der Manager gekränkt.

»Ich bleibe spät abends nicht an der Rezeption, Mr. Perkins, es ist nicht sicher. Ich kann Diebe und Räuber nicht daran hindern, in die oberen Etagen zu gehen. Dann bekomme ich genauso eins übergezogen wie die Frau in Nummer 20.«

»Wie wäre es mit einem – sagen wir mit – oh, einem Pfund mehr für jede Überstunde nach sieben Uhr. Nehmen wir an, Sie kommen von sieben bis zehn, das sind drei Pfund täglich zu Ihrem festen Gehalt, Lisa. Fünfzehn Pfund pro Woche mehr, Lisa, überlegen Sie doch.« Er überlegte selbst und fügte hastig hinzu: »Nur für eine begrenzte Zeit, bis Ende Januar.«

»Mein Freund«, sagte Lisa vernichtend, »würde nichts davon hören wollen. Und damit hat es sich.«

»Guten Morgen, Inspektor.« Mr. Perkins hatte Markby entdeckt und eilte ihm entgegen. »Der Lady geht es heute morgen viel besser. Dr. Pringle war schon bei ihr. Sie ist jetzt in Nummer 28 am Ende des Korridors. Ich vermute«, er sah Markby traurig an, »Sie haben nichts gehört – nicht herausgefunden, wer es war?«

»Leider noch nicht.«

»Es ist einfach ungerecht, wissen Sie«, sagte der Manager quengelig. »Bei uns ist so etwas noch nie geschehen, aber das will keiner mehr wissen. Man erinnert sich nur noch an diesen einen Zwischenfall. Die *Bamford Gazette* bringt es bestimmt auf der Titelseite. Firmenrepräsentanten, die seit Jahren regelmäßig bei uns abgestiegen sind, werden ins Royal Oak gehen, einfach so, aus keinem anderen Grund.«

Markby ließ ihn weiterjammern und Lisa anflehen und ging durch den trüben, knarrenden Korridor zu Nummer 28. Er klopfte.

»Herein«, rief Frans melodische Stimme.

»Guten Morgen«, sagte er und setzte, sofort nachdem er die Tür geöffnet hatte, hinzu: »O Gott!«

Fran Needham-Burrell saß in einem Karateanzug aus türkisfarbener Seide auf dem Bett. Das große Pflaster auf ihrer Stirn war gegen ein kleineres ausgetauscht worden – Beweis für Dr. Pringles frühe Fürsorge –, und sie war perfekt geschminkt und frisiert. Das weizenblonde Haar lag ihr wie ein strahlender Heiligenschein um den Kopf, und der Duft eines, seiner Überzeugung nach, sündteuren Parfums hing in der Luft. Das Zimmer war so ähnlich wie Nummer 20, aber noch schäbiger, wenn möglich. Sie sah darin völlig fehl am Platz aus, wie eine Göttin aus einer uralten griechischen Sage, die zu arglosen Bauern herabgestiegen war.

»Oh, gut«, sagte sie und streckte ihm beide Hände entgegen. »Gesellschaft. Ich langweile mich entsetzlich. Jack Pringle hat gesagt, ich muß den ganzen Tag im Bett bleiben. So ein Unsinn. Ich wäre nicht einverstanden gewesen, wenn Charlotte nicht von der Sache erfahren, mich angerufen und vorgeschlagen hätte, daß ich zu ihr und Bungy rauskommen soll. Es ist nett gemeint, und ich liebe sie beide, aber ich liebe meine Unabhängigkeit mehr, also habe ich beschlossen, Jacks Rat anzunehmen und in diesem sehr unbequemen Bett zu bleiben.« Sie machte eine Pause; dann fügte sie mit einem kaum merklichen Flattern der Lider hinzu: »Sie sollten es ausprobieren.«

»Ich freue mich, daß es Ihnen besser geht«, sagte Markby höflich und fühlte sich wie ein Beutestück. Ich bin nur hier, um Sie zu fragen, ob Sie sich vielleicht heute an Ihren Angreifer erinnern oder inzwischen festgestellt haben, ob etwas fehlt.« Seine Stimme klang, wie er selbst fand, wie die eines gestrengen altmodischen Richters vom Obersten Gerichtshof.

»Setzen Sie sich«, sagte sie und klopfte auf die Bettdecke. »Ich erzähle alles.«

Ziemlich demonstrativ zog Markby sich einen Stuhl heran. Es hätte ihm nicht soviel ausgemacht, aber sie lachte ihn wegen seines gespreizten Benehmens aus; in den Tiefen der grünen Augen blitzte es vor Übermut.

»Um ehrlich zu sein, ich kann Ihnen nicht mehr über ihn sagen, Alan. Tut mir leid. Ich habe versucht, mich zu erinnern. Aber es ging alles so schnell. Er war ganz einfach da, schlug zu und war verschwunden.«

»War er groß – größer als Sie? Stämmig?«

»Ungefähr so groß wie ich – ich bin einssiebenundsiebzig. Nicht besonders kräftig, denke ich, aber das ist schwer zu sagen. Er hatte einen Wintermantel an.«

»Er trug einen Mantel?«

Sie starrte ihn mit unverhohlenem Erstaunen an. »Ein Punkt für Sie. Ja, ich glaube ja. Ich wußte etwas, das ich Ihnen nicht gesagt hatte, nicht wahr? Aber ich hatte keine Ahnung, daß ich es wußte.«

»Das kommt oft vor. Warum war es Ihrer Meinung

nach ein Wintermantel und kein – Regenmantel, zum Beispiel?«

»Weil ich ihn berührt habe, als ich stürzte, und er sich irgendwie wie Tweed anfühlte.«

»Nicht viele junge Männer tragen einen Wintermantel aus Tweed, nicht wahr? Sie tragen Lederjacken, auch bei kaltem Wetter. Das läßt darauf schließen, daß er schon älter war, oder?«

Sie nickte, aber widerstrebend. »Es war mal eine richtige Mode, alte Wintermäntel auf Trödelmärkten zu kaufen. Viele Jugendliche, die ich kenne, haben sie getragen, knöchellang und mit viel zu langen Ärmeln. Eine meiner Patentöchter ist, als ich sie das letzte Mal sah, in einem Wintermantel rumgelaufen, den ihr Großvater längst abgelegt hatte. Es war so eine Art Sherlock-Holmes-Mantel mit einem Cape über die Schultern.«

»Sie meinen also, es könnte auch ein exzentrisch gekleideter jüngerer Mann gewesen sein?«

»Möglich. Ich weiß es nicht.« Fran faltete die Hände auf dem Schoß und kuschelte sich in die aufgeschüttelten Kissen. Der seidene Karateanzug klaffte einladend auf. »Ich habe in meinem Dokumentenkoffer nachgesehen und nichts fehlt. Das überrascht mich nicht – es sind nur Papiere, die mit Harriets Besitz zusammenhängen, und ein paar Privatbriefe. Ich habe vielen Leuten geschrieben, was passiert ist.«

»Das haben Sie?« Markby runzelte die Stirn. »Und diese Briefe waren in dem Koffer? Und waren sie durchwühlt?«

»Alles war durchwühlt.«

Markby schwieg. Unser Eindringling wollte vielleicht erfahren, ob sie den Tod ihrer Cousine irgendwie verdächtig findet, dachte er. Vielleicht wollte er wissen, was sie an andere geschrieben – oder ob Harriet ihr etwas Bestimmtes geschrieben hat, etwas, über das die Polizei noch nicht Bescheid weiß.

»Woran denken Sie gerade?« sagte sie.

»Ach, nur dies und das – an nichts Konkretes. Und gefehlt hat also nichts?«

»Rein gar nichts.«

»Um auf den Mantel zurückzukommen – haben Sie, als Sie stürzten, zufällig etwas gerochen?«

»Gerochen?« fragte sie überrascht.

»Ja – ich denke mir, daß er vielleicht ein bißchen miefig gerochen haben könnte, wenn er von einem Trödelmarkt stammte.«

Sie runzelte die Stirn, vergaß das Pflaster, sagte »Au!« und drückte die Hand auf den Verband. »Jetzt, da Sie's erwähnen, er hatte einen komischen Geruch. Ich konnte ihn nicht recht einordnen. Ein bißchen feucht vielleicht … Sie wissen, wie Sachen riechen, die in einem alten Haus waren.«

Jubilee Road, dachte Markby. Pardy trug einen alten Armeemantel.

»Okay, Fran, ich werde Sie jetzt nicht mehr damit nerven. Aber wenn Ihnen noch etwas einfällt – geben Sie mir Bescheid.«

»Sicher.« Sie verzog das Gesicht. »Ich habe Ihnen Ihren romantischen Abend verdorben, nicht wahr?«

»Nein – ganz ehrlich, das haben Sie nicht.«

»Oh!« Die grünen Augen musterten ihn nachdenklich. »Krach unter Liebenden?«

»Nicht einmal das. Nur eine übellaunige Auseinandersetzung.« Er war überrascht, daß er ihr so viel anvertraute.

»Tut mir leid, aber so ist die Liebe nun mal, wie man

mir gesagt hat. Es war doch nicht etwa meinetwegen?« Ihre Lider flatterten.

»Nein – es ging in gewisser Weise um Harriet.«

»Harriet? Heißt das etwa, daß Sie zu Harriets fröhlichem Kreis von Bewunderern zählten?« Fran war wirklich überrascht und neugierig.

»Nein, das heißt es nicht, denn es war nicht der Fall«, sagte Markby ärgerlich. »Ich habe damit gemeint, daß Meredith nur noch Harriet im Kopf zu haben scheint.«

»So hat Harriet nun einmal auf Menschen gewirkt.«

»Was für ein Kreis von Bewunderern?« wollte Markby plötzlich wissen.

Fran rekelte sich wieder in den Kissen, und der Karateanzug klaffte ein bißchen mehr auf. Und sie weiß es, dachte er, jetzt unempfänglich dagegen, und tut es absichtlich. Sie mußte ihn für eine ziemlich leichte Beute halten, wußte, wie sie ihn mit einem Schulterzucken ablenken konnte. Ihn, einen Bullen mit jahrelanger Erfahrung?

»Hören Sie auf damit«, sagte er streng.

»Spielverderber.« Sie versuchte nicht einmal, es zu leugnen.

Das brachte ihn zum Lachen. »Kommen Sie, Frances«, sagte er und wurde wieder ernst. »Wenn Sie einige ihrer Freunde kennen …«

»Viele, aber nicht aus dieser Gegend. Ich könnte Ihnen den Sie-wissen-schon-wen aus dem Stall nennen, aber über den wissen Sie ja schon Bescheid.«

Doch er war wirklich ein Bulle mit jahrelanger Erfahrung. »Keine *derzeitigen*, okay. Nennen Sie mir einen ehemaligen Bewunderer, der hier lebt und den ich kennen könnte.«

Zum erstenmal wirkte sie ein wenig unglücklich. »Ich komme mir wie eine Petze vor.«

»Wenn er nichts damit zu tun hat, ist es unwichtig.«

»Nein, das ist es nicht. Sie werden zu ihm gehen und ihm zusetzen und ihn aufregen. Er ist ein netter Mann und regt sich schnell auf.«

»Wer, Frances?« Er brüllte beinahe.

»Na ja – Jack, Jack Pringle – er wollte sie mal heiraten, aber sie hat ihm einen Korb gegeben.«

»Was?« Markby sah sie finster an. »Ich wünschte, Sie hätten mir das früher gesagt.«

»Warum? Außerdem hätte er es Ihnen ja sagen können, wenn er gewollt hätte.« Die grünen Augen bettelten. »Gehen Sie jetzt nur nicht los und beschuldigen den armen alten Jack der schrecklichsten Dinge.«

»Was für Dinge meinen Sie?«

»Woher soll ich das wissen? Irgendwelcher Dinge.« Sie schob die mit einem perlmuttfarbenen Lippenstift nachgezogene Unterlippe vor. »Ich wünschte jetzt, ich hätte es Ihnen nicht gesagt.«

»Ihre Mutter hätte Sie über Männer aufklären müssen«, sagte er herzlos.

»Oh, das hat sie – hat mir viele gute Ratschläge gegeben. Ich wünschte auch, ich könnte mich noch an ein paar erinnern.« Mit beiden Händen schob sie den blonden Glorienschein ihrer Haare zurück. »Ich hab's ernst gemeint, als ich sagte, Sie sollten rausfinden, wer Harriet gedopt hat. Aber der arme alte Jack war's nicht, davon bin ich überzeugt.«

»Falls jemand sie gedopt hat.«

»Ja ...« Plötzlich war sie widerspenstig und hart. »Ja, jemand hat es getan, verdammt!«

»Wenn es jemand getan hat, hoffe ich, ihn zu finden. Doch die Chancen sind gering. Morgen ist die gerichtliche Untersuchung. Ich habe nichts, was ich dem Coroner vorlegen könnte. Um eine Vertagung zu erreichen, brauche ich einen Beweis.«

»Ich werde ihm schon Bescheid sagen, Ihrem Coroner.«

»Ja, dessen bin ich sicher. Aber jagen Sie seinen Blutdruck nicht in schwindelnde Höhen, während Sie es tun.«

Sie senkte die Arme. »Mögen Sie mich denn gar nicht, Alan?«

»Was in aller Welt soll ich denn darauf sagen? Was erwarten Sie?«

»Ja oder nein würde mir vollauf genügen.«

»Wahrscheinlich würde jeder Mann Sie mögen. Aber ich bin im öffentlichen Dienst, ein Arm des Gesetzes – und habe eine vorrangige Verpflichtung.«

»Sie weiß Sie nicht richtig zu schätzen.«

»Also das klären wir später einmal, ja?« sagte er sanft.

»Okay, das war deutlich. Ich werde Meredith nicht kritisieren. Ich finde nur, sie hat sie nicht alle.« Sie streckte die Hand aus. »Pax.«

»In Ordnung.« Er nahm die Hand. »Lassen wir die Sache auf sich beruhen.«

Es klopfte an der Tür.

»Der Vormittagskaffee«, sagte Fran. »Schmeckt wie gekochter Seetang. Das Crossed Keys sorgt für mich. Ich denke, man versucht zu vollenden, was unser Mann gestern abend begonnen hat. Aber sie haben mir gesagt, sie werden meine Rechnung heruntersetzen. Herein!«

Die Tür ging auf. Noch immer geistesabwesend Frans Hand haltend, drehte Markby sich um.

»Oh«, sagte Meredith, die in der Tür stand. »Guten Morgen. Störe ich?«

»Sie vermuten doch hoffentlich keine heimlichen Leidenschaften?« fragte Fran, nachdem Markby sich ein bißchen überhastet verabschiedet hatte. »Der Mann ist unbestechlich, und ich hab's versucht, glauben Sie mir. Es hat nichts genützt. Er ist Ihnen absolut treu.«

»Davon will ich nichts hören«, sagte Meredith steif.

»Warum nicht? Ich würde es wollen. Außerdem haben Sie's gehört. Ich hab's Ihnen gesagt.«

»Ich bin gekommen, um zu sehen, wie es Ihnen heute geht, Fran«, sagte Meredith energisch. »Nicht, um mein Privatleben mit Ihnen zu diskutieren.«

Fran seufzte und breitete die in türkisfarbene Seide gehüllten Arme aus. »Ich gehe heute morgen auf Zehenspitzen. Metaphorisch gesprochen. An dieses Bett gefesselt, kann ich verdammt alles tun – allein, auf jeden Fall.«

»Sie sind unmöglich«, sagte Meredith ärgerlich und bemühte sich, nicht zu lächeln.

»Aber Sie sind fröhlicher geworden«, sagte Fran triumphierend. »Gott sei Dank. Ich hab schon gedacht, ich müßte Ihretwegen ein schlechtes Gewissen haben. Danke, daß Sie vorbeigekommen sind. Ich bin wirklich okay. Im Bett liege ich nur, weil Jack Pringle es befohlen hat. Aber morgen stehe ich auf. Das heißt, ich habe die Absicht, schon heut abend aufzustehen.«

»Oh, Jack Pringle...« Meredith unterbrach sich. »Er hat die Jagden früher mitgeritten, nicht wahr? Warum hat er damit aufgehört?«

»Na ja.« Frans Blick verschleierte sich. »Er ist dauernd vom Pferd gefallen, glaub ich, und konnte seine Patienten nicht behandeln, weil er eingegipst war. Entweder das, oder er konnte sich kein Pferd mehr leisten und auch nicht die anderen Ausgaben. Jack hat kein Geld. Ein netter Kerl.« Sie drehte sich auf die Seite und begann in ihrer Umhängetasche zu kramen, die auf dem Nachttisch lag. »Hören Sie, Meredith, Sie haben angeboten, mir beim

Ausräumen von Ivy Cottage zu helfen. Gilt das Angebot noch?«

»Ja, natürlich.«

»Weil ich möchte, daß Sie die Zweitschlüssel nehmen.« Fran zog einen Schlüsselbund heraus und reichte ihn Meredith. »Ich liege hier auf der Nase, und morgen ist die gerichtliche Untersuchung, und Montag muß ich nach London zurück. Zur Beerdigung bin ich dann wieder hier. Ich hoffe, sie für Ende nächster Woche ansetzen zu können, wenn der Coroner morgen die Leiche freigibt. Ich darf Harriet nun doch in Westerfield begraben, auf der Parzelle der Markbys. Werden Sie kommen können?«

»Ich käme natürlich gern. Aber ab Montag arbeite ich in London und müßte praktisch gleich um einen freien Tag bitten. Vielleicht sind sie in dieser Beziehung ein bißchen heikel.«

»Versuchen Sie's auf jeden Fall. Und wenn Sie abends Ivy Cottage im Auge behalten würden – mir ist klar, daß Sie's dann tagsüber nicht können. Und da gibt es noch eine Kleinigkeit, die Sie für mich tun könnten, wenn Sie einmal ein bißchen Zeit haben. Es ist nicht eilig. Ich habe mir ein paar von Harriets Büchern genommen, die ich behalten möchte. Den Rest kann die Liga der Freunde des Cottage Hospitals bekommen. Wenn Sie also rübergehen und alle Bücher, die Sie finden, in eine Kiste packen und sie einfach ins Medizinische Zentrum bringen könnten, dann wird Jack Pringle sich darum kümmern.«

»Aber gewiß doch.«

Fran beugte sich vor und streckte die Arme aus. »Dieses Bett hat der Teufel erfunden. Zum Kuckuck mit Jack Pringle. Ich stehe auf. Bleiben Sie, und leisten Sie mir bei einem Crossed-Key-Lunch Gesellschaft, Meredith. Sie haben solche Angst, daß ich sie verklagen werde, daß sie mir auf alles Ermäßigung geben, und das werde ich ausnutzen. Geschieht ihnen recht – lassen es zu, daß ich eins auf den Kopf kriege!«

Als sie Fran nach dem Lunch verließ, ging Meredith gemächlich zurück in die Hauptgeschäftsstraße der Stadt. Obwohl fest entschlossen, ihr Krankenbett zu verlassen, hatte Fran gegen Ende der Mahlzeit sehr blaß ausgesehen und sich ein paarmal an die Stirn gegriffen. Meredith hatte sie überredet, hinaufzugehen und sich am Nachmittag auszuruhen. Daran, daß Fran ohne Widerrede einverstanden war, konnte man ermessen, wie schlecht sie sich fühlte. Obwohl, dachte Meredith, sie wieder aufspringen und herumflitzen wird, sobald die Kopfschmerzen nachgelassen haben.

Es wäre sinnlos gewesen zu leugnen, daß ihr ziemlich scheußlich zumute gewesen war, als sie die Tür geöffnet und Alan Markby dabei überrascht hatte, wie er Frans Hand in der seinen hielt. Der Schlag, den ihr der Anblick versetzte, war schlimm gewesen, schlimmer als sie sich vorgestellt hätte. Natürlich hätte sie es erwarten müssen. Hatte sie ihm doch am Abend vorher unmißverständlich erklärt, daß er sich von ihrer Beziehung nichts erhoffen durfte. Dennoch hatte er keine Zeit verloren und sich schnell nach einem Ersatz umgeschaut. Das tat ihrem Selbstwertgefühl nicht besonders gut. Aber sie durfte nicht murren, weil der Mann sie beim Wort genommen hatte. Sie hielt in ihren Gedanken inne. Es machte ihr doch nichts aus, oder? Oder doch? Ja, es machte ihr etwas aus. Es machte ihr verdammt viel aus. Sie litt an einem schlimmen Anfall guter, altmodischer Eifersucht.

Vor einer Buchhandlung angekommen, blieb sie wie üblich stehen, um sich das Schaufenster anzusehen. Es schien eine ernstzunehmende, gut sortierte Buchhandlung zu sein, die vom Sachbuch über alle nur erdenkliche Themen bis zum Roman alles führte. Von der tröstlichen Wärme im Innern angezogen, gab sie einem Impuls nach und trat ein.

»Kann ich Ihnen helfen?« fragte der junge Mann an der Kasse und kam hinter dem Tresen hervor.

Ihr kam ein Gedanke. »Haben Sie das neueste Buch von Colin Deanes auf Lager? Ich glaube, es heißt *Revolutionäre Jugend.*« Das hatte ihr Alan gesagt. Es wäre interessant, mehr über Deanes' Theorien zu erfahren.

»Oh, Mr. Deanes!« sagte der junge Mann begeistert. »Er hat das Buch geschrieben, als er in der Nähe von Bamford wohnte, haben Sie das gewußt? Er kommt von Zeit zu Zeit zu uns herein. Aber Sie können das Buch leider noch nicht kaufen. Es erscheint erst im Februar. Ich habe mich beim Verlag erkundigt, weil Mr. Deanes hier im Laden eine Art Buchpräsentation veranstalten wollte. Er wollte über sein Werk sprechen und vielleicht ein paar Bücher signieren. Doch wir bekommen die Bücher erst im Lauf des Monats. Wenn Sie wollen, reserviere ich Ihnen ein Exemplar.«

»Aber ja«, sagte sie und nannte ihm Namen und Adresse.

»Wir schicken Ihnen eine Karte, sobald wir das Buch hereinbekommen haben, Miss Mitchell.«

»Danke.« Meredith wollte gehen und stieß, als sie sich umdrehte, mit Lucy Haynes zusammen. »Oh, guten Tag, Mrs. Haynes. Erinnern Sie sich an mich?«

»Aber natürlich. Miss Mitchell, nicht wahr. Wie nett ...« Nervös blickte Lucy zu ihr auf. »Wie geht es Ihnen. Ich habe an Sie gedacht und freue mich wirklich, Sie zu sehen und zu wissen, daß Sie gesund sind. Es muß jetzt alles andere als angenehm sein, in Pook's Common zu leben, und noch dazu direkt gegenüber vom Cottage der armen Miss Needham. Ich könnte es nicht. Offen gesagt, ich mag Pook's Common nicht, hab es nie gemocht. Nur Geoffrey wollte es. Nun ja, er hat schon immer davon geträumt, irgendwo zu wohnen, wo möglichst wenig Menschen sind. Ich wollte das Cottage nie kaufen. Ich wäre gern nach Bournemouth gezogen. Das Klima ist gut, und ich liebe das Meer. Es gibt dort so hübsche Geschäfte, und unsere Tochter wohnt in der Nähe. Pook's Common kommt mir immer irgendwie unheimlich vor. Aber vielleicht bilde ich mir das nur ein.«

»Nein, das glaube ich nicht«, gestand Meredith. »Ich finde es auch ein bißchen gruselig.«

»Wirklich?« Lucy freute sich geradezu rührend, weil sie ihren Eindruck bestätigt bekam. »Geoffrey behauptet, ich rede Unsinn. Aber seit Miss Needhams Unfall – Gott, war das schrecklich – ist für mich die Vorstellung, da draußen leben zu müssen, schlimmer denn je.«

»Es ist einsam, das ist wahr.«

Lucy rückte vertraulich näher und flüsterte: »Es ist das Gemeindeland. Es ist so düster, und unser Cottage ist das letzte in der Häuserreihe, und zwischen uns und dem Gemeindeland ist nur dieser Stall. Manchmal nachts ...«

»Ja?« drängte Meredith.

»Wieder meine Phantasie, wie Geoffrey sagt, da bin ich sicher. Aber wenn wir übers Wochenende hier waren, konnte ich kaum ein Auge zutun. Ich liege wach und horche, und manchmal könnte ich schwören, daß ich Schritte gehört habe.«

»Nachts? Sie haben nicht zufällig die Pferde gehört, die in ihren Boxen stampfen? Vor kurzem sind sie nachts auch ausgebrochen.«

»Nein, das glaube ich nicht. Schritte, gehende Schritte.

Geoffrey sagt, was für ein Unsinn, denn wohin sollte da unten schon jemand gehen. Wenn nicht der Mensch vom Stall Miss Needham besuchte. Er war mit ihr befreundet.«

Lucy überlegte. »Ja, er könnte es gewesen sein. Oder einfach der Wind, der ein paar Blätter vor sich herwirbelte. Ich bilde mir oft Dinge ein. Geoffrey schimpft deshalb oft mit mir.«

Nachdenklich verabschiedete Meredith sich von ihr und ging weiter. Ein Stückchen vom Buchladen entfernt parkte am Bordstein ein großer, glänzend schwarzer Granada. Als sie ihn erreichte, blieb sie stehen. Als sie das erste Mal einen Wagen vor Harriets Haus gesehen hatte, hatte sie den Eindruck gehabt, es sei möglicherweise ein Granada. Aber bei Dunkelheit war es schwierig gewesen, das sicher sagen zu können. Dennoch, hier war einer und fiel in diesem Landstädtchen durch seine Großstadteleganz auf. Bisher hatte sie in Bamford jedenfalls noch kein solches Auto gesehen. Wie viele Granadas gab es hier wohl? Konnte das mehr als Zufall sein? Meredith trat an das Schaufenster eines Fleischers und tat so, als betrachte sie interessiert Schweinekoteletts und Hackfleisch, behielt in Wahrheit jedoch verstohlen den Wagen im Auge. Eine an einem Metallpfosten angebrachte Tafel verkündete, die Parkzeit für Autos sei hier auf zwanzig Minuten beschränkt. Der Fahrer mußte bald zurückkommen.

Beinahe hatte sie schon aufgegeben, und der Fleischer hatte durch die Glasscheibe schon ein paar unfreundliche Blicke in ihre Richtung geworfen, als ein Mann erschien, der flotten Schrittes näher kam. Er blieb bei dem Granada stehen und steckte den Schlüssel ins Schloß. Es gab für Zufälle eine Grenze, und sie war eben erreicht.

Meredith ging auf ihn zu und sah ihn über das Wagendach hinweg an. »Guten Tag, Mr. Green.«

Rupert Green hielt mitten in der Bewegung inne. Seine dunklen Augen musterten sie mißtrauisch, er versuchte sie einzuordnen, doch es gelang ihm nicht. »Tut mir leid«, sagte er kühl. »Sie kennen mich wohl besser als ich Sie.«

»Mein Name ist Meredith Mitchell. Ich habe ein Cottage in Pook's Common gemietet.«

Etwas flackerte in den Tiefen seiner dunklen Augen. Er schien noch mehr auf der Hut als vorher. Doch Meredith spürte die Erregung nahen Triumphs. Sie hatte ins Schwarze getroffen. Wußte es, und das ermutigte sie, sich auf das Wagnis einzulassen.

»Ich habe Ihren Wagen gesehen – er war vor dem Ivy Cottage geparkt.«

Langsam zog Green den Schlüssel wieder aus dem Schlüsselloch der Wagentür. »Ich unterhalte mich nicht gern auf einem öffentlichen Gehsteig über ein Autodach hinweg. Hinter uns ist ein Café. Vielleicht könnten wir hineingehen?«

Meredith ging ihm in den Cosy Corner Coffee Shop voraus. Green sah sich um und zeigte dann stumm auf einen hinter einer Säule versteckten Tisch. Als die Kellnerin kam, bestellte er schroff: »Zwei Kaffee«, ohne Meredith zu fragen, was sie wollte. Die Kellnerin ging, und er legte die Unterarme auf den Tisch und verschränkte locker die Hände. Es waren breite Hände mit spatelförmigen Fingern, derbe Hände. Obwohl ein gutaussehender Mann, wirkte sein gutes Aussehen beinahe schwülstig, aber Meredith mußte an eine Malerleinwand denken, auf die der Künstler die Farbe mit einem Messer aufgetragen hatte. »Was wollen Sie?« fragte er.

Meredith spürte, daß sie rot wurde. »Ich will nichts, nur ein paar Worte über Harriet mit Ihnen reden. Sie sind bestimmt erschüttert über ihren Tod, und ich möchte Ihnen natürlich nicht noch mehr Kummer zufügen.«

Green dachte über die Antwort auf diese Feststellung nach, seine Augen blieben unfreundlich, und er wirkte nervös und angespannt. Am liebsten wäre er sofort weggefahren, dachte sie. Das konnte er nicht, also versuchte er sich herauszureden. »Das ist sehr rücksichtsvoll von Ihnen«, sagte er endlich. »Natürlich bin ich über Harriets Tod betroffen und vor allem über die Art, wie sie starb. Es war ein großer Schock und ein schändliches Bubenstück von diesem jungen Menschen. Ich habe jedoch angenommen, daß die zuständige Behörde im Hinblick auf künftige Zwischenfälle alles im Griff hat. Wollen Sie mir sagen, daß das nicht zutrifft?«

»Nein, nein, das ist soweit in Ordnung. Aber alles ist nun doch ein bißchen komplizierter, als es ursprünglich den Anschein hatte.« Greens Augen wurden schmal. Er preßte die Hände, die auf dem Tischtuch lagen, fester zusammen, senkte den Kopf und beobachtete sie unter kräftigen Brauen hervor. Sitzungssaalgehabe, dachte Meredith. Sie fuhr fort: »Wie Sie vielleicht wissen, wurden bei der Obduktion Tranquilizer in Harriets Blut nachgewiesen.«

»Und?« Er hob die kräftigen Brauen. Entweder war er ein guter Schauspieler, oder er wußte wirklich nicht, worauf sie hinauswollte. »Alle, mit denen ich gesprochen habe und die Harriet kannten, können das nicht verstehen. Sie hat diese Pillen nicht genommen. Sie hat überhaupt keine Pillen genommen. Soweit bekannt, hatte sie keine Depressionen. Wir können keine leeren Pillenpackungen und auch die restlichen Pillen nicht finden.«

»Wer«, erkundigte sich Green und musterte sie scharf, »ist ›wir‹?«

»Ich, die Familie – die Polizei.« Meredith warf das letzte Wort erst nach einer merklichen Pause ein.

»Und das hat etwas mit mir zu tun?«

»Sie könnten uns möglicherweise helfen, eine Erklärung zu finden. Haben Sie Pillen dieser Art im Cottage gesehen?«

»Die Antwort auf alle Fragen lautet nein.«

Die Kellnerin brachte den Kaffee. Green warf zwei Pfundnoten auf das Tischtuch und scheuchte das freudig überraschte Mädchen weg. Die Gefühle gehen mit ihm durch, dachte Meredith hochzufrieden. Er gehörte zu den Leuten, die sonst das Kleingeld nachzählten, wenn sie eine Schachtel Streichhölzer kauften. Er ist unsicher.

»Ich muß Ihnen sagen, Miss – äh – Miss Mitchell, daß mir die Art, wie Sie mir diese Fragen stellen, nicht gefällt. Ich hoffe, Sie haben einen überzeugenden Grund.« Stimme und Benehmen waren dazu gedacht, weniger standfeste Sterbliche zu entmutigen, und früher bestimmt schon sehr erfolgreich eingesetzt worden. Aber nicht jetzt.

Oh, nicht mit mir! dachte Meredith fast vergnügt. Sie war nicht der Bürolehrling. Sie hatte mit viel Schlimmeren als ihm zu tun gehabt. Sie würde er nicht einschüchtern.

»Ich dachte«, sagte sie zurückhaltend, »Sie wüßten gern genau, wie Harriet gestorben ist, da Sie so eng mit ihr befreundet waren.«

»Ich dachte, daß es schon klar auf der Hand liegt, wie sie gestorben ist, und vielleicht legen Sie dieser Freundschaft eine übertriebene Bedeutung bei.«

»Sie waren am Weihnachtstag bei ihr. Auf jeden Fall waren Sie abends da. Ich finde, das weist auf eine gewisse Nähe hin.« Meredith nippte an ihrem Kaffee, um ihm zu zeigen, daß ihre Hand nicht zitterte.

»Abgesehen davon, daß Sie Harriets Nachbarin waren, wer sind Sie?« fragte er schroff.

Meredith sagte es ihm, und sein Blick wurde vorsichtiger. Er hob die ineinanderverschlungenen Hände, stützte das Kinn darauf und die Ellenbogen auf den Tisch. Auf seinem noch unberührten Kaffee hatte sich ein Film gebildet. Er war nicht bereit, sich dem gleichen Test zu unterziehen wie sie. »Hören Sie«, sagte er leise. »Ich will Ihnen haargenau sagen, was diese Freundschaft war. Dann werden Sie mich vielleicht in Ruhe lassen. Wenn Sie das nicht tun, werde ich rechtliche Schritte gegen Sie unternehmen, damit Sie aufhören, mir zuzusetzen. Ich habe nicht die Absicht, Einzelheiten meines Privatlebens und meiner Geschäftsangelegenheiten vor einer Fremden auszubreiten, aber ich sage Ihnen so viel: Meine Frau und ich sind wie zivilisierte Menschen übereingekommen, getrennte Wege zu gehen. Sie ist Partnerin in einigen meiner Unternehmen, und ihr Vater ist ebenfalls an einigen meiner Unternehmen beteiligt. Es wäre also weder in Felicitys noch in meinem Interesse, wenn wir uns scheiden ließen.«

Meredith stellte abrupt die Kaffeetasse ab. Sie hatte Tante Lou völlig mißverstanden. Keine grüne Politik, aber der Familienname Green. Dieser grüne Mann. Dieser Green.

»Doch wenn es einen Skandal gäbe – und Harriets Unfall hat unglücklicherweise einen zwielichtigen Aspekt, was Sie zugeben werden –, wenn die nationale Presse davon Wind kriegt – und ich spreche jetzt von den sensationslüsternen Boulevardzeitungen –, wenn sie von meiner Freundschaft mit Harriett erfahren würden, dann können Sie sich die Story vorstellen, die sie daraus machen würden: *Geliebte von Top-Manager nach dramatischem Sturz vom Pferd gestorben* – und der Himmel weiß, was sonst noch. Das würde Felicity nicht mitmachen – und ihr Vater ebensowenig. Sie würde die Scheidung einreichen, und der alte Mann würde sein ganzes Geld aus meinen Firmen ziehen. Felicity würde dafür sorgen, daß sie die Hälfte von allem bekommt, was ich besitze. Ich wäre vielleicht sogar gezwungen, Konkurs anzumelden, wäre ruiniert, und das kann ich natürlich nicht zulassen. Weder Ihnen noch der Polizei kann ich etwas sagen, das irgendein Licht auf Harriets Tod werfen würde. Und da ich weiß, was die Massenblätter für solche Leckerbissen bezahlen, rate ich Ihnen, nicht in Versuchung zu geraten und sich mit ihnen in Verbindung zu setzen. Weiden Sie sich, wenn Sie wollen, an dem, was Sie erfahren haben, aber behalten Sie es für sich.«

Meredith wurde feuerrot und öffnete den Mund, um heftig zu widersprechen.

Green kam ihr zuvor, beugte sich über den kleinen Tisch und hielt ihren Blick fest. »Wenn Sie Ihr Wissen irgendwie dazu benutzen sollten, mich, egal wie, in Verlegenheit zu bringen, Miss Mitchell, dann werden Sie es bereuen. Und ich bin sicher, Sie sind viel zu intelligent, um an Erpressung zu denken.«

»Harriet war meine Freundin«, sagte sie erstickt.

»Und für mich eine Geliebte«, sagte Green gelassen. »Nichts sonst. Nur das. Eine Geliebte.«

Du Ratte, dachte Meredith. Du jämmerlicher Wicht. Verrotten sollst du in deinem jämmerlichen kleinen Grab.

»Hat sie die Beziehung auch so gesehen?« fauchte sie.

»Aber natürlich. Benehmen Sie sich bitte nicht wie eine gekränkte Romantikerin, Miss Mitchell. Harriet hatte einen außerordentlich klaren Kopf. Hätte sie die vorgegebenen Regeln umstoßen wollen, wäre unsere Affäre sofort zu Ende gewesen, das wußte sie genau.«

»Wie praktisch für Sie! Ich wünschte, ich könnte glauben, daß alles so festgelegt und klar umrissen war.«

Greens Lippen verzogen sich zu einem kurzen, freudlosen Lächeln. »Alle Liebespaare streiten hin und wieder, Miss Mitchell. Das gibt einer Beziehung die Würze, verändert sie aber nicht gleich. Doch falls Sie einen zusätzlichen Rat brauchen, schlage ich vor, daß Sie an eine Briefkasten-Tante schreiben. Ich kann nicht behaupten, daß es mir ein Vergnügen war ...« Er machte eine Bewegung, als wolle er aufstehen.

»Ich glaube«, sagte Meredith sanft, »meine alte Tante ist eine gute Freundin Ihres Schwiegervaters Mr. Ballantyne. Denn das ist er doch? Wohnt in der Nähe von Newbury.«

Es ist nicht viel, Harriet, dachte sie. Es war nur eine kleine Rache, doch mehr konnte sie nicht tun.

Green blieb, halbgebückt, wie erstarrt stehen. Das Blut wich ihm aus dem Gesicht, seine Haut wurde aschfahl. »Das hätten Sie mir von Anfang an sagen müssen. Dieses Gespräch hat unter völlig falschen Voraussetzungen stattgefunden. Ich nahm an, Sie wüßten über mich nicht viel mehr als ich über Sie. Wieviel wissen Sie überhaupt über meine Angelegenheiten?«

»Mr. Green«, sagte Meredith und erhob sich mit Würde, »Ihre Angelegenheiten interessieren mich nicht die Bohne – und Ihre Affären noch weniger. Ich bin einzig und allein daran interessiert zu erfahren, woher Harriet die Tranquilizer hatte. Es gibt aber eine Frage, die Sie mir beantworten können, wenn Sie wollen.«

»Ja?« sagte er heiser.

»Haben Sie mit Harriet am zweiten Weihnachtstag gefrühstückt?«

»Nein«, bellte er wütend. »Ich bin am ersten Weihnachtstag gegen Mitternacht gegangen.«

»Und sind nicht zurückgekommen?«

»Nein! Warum sollte ich? Am nächsten Tag war das Jagdtreffen. Ich mußte mich darauf vorbereiten. Außerdem sollten wir uns dort ohnehin sehen.«

»Fein. Schön, vielen Dank, Mr. Green. Und danke für den Kaffee.« Sie lächelte eisig und ließ ihn schweigend, zornig und, davon war sie überzeugt, in Todesängsten zurück.

Aber als sie nach Pook's Common zurückfuhr, überkam Meredith tiefe Niedergeschlagenheit. Das hatte nichts mit Harriets Tod, aber sehr viel mit Harriet selbst zu tun. Welchen Preis hast du für deine Unabhängigkeit wirklich bezahlt, Harriet? fragte sie sich trübsinnig. Sie war so eifrig darauf bedacht gewesen, sich von niemandem über den Tisch ziehen zu lassen. Sie, die Tom Fearon so fest im Griff gehabt hatte. Doch dann war dieser Miesling Green gekommen, und sie war auf seinen Charme hereingefallen – was immer das war. Und er hatte jetzt nichts anderes im Sinn, als so zu tun, als habe er sie nie gekannt. Er war es gewesen, für den sie am Weihnachtstag das Festessen gekocht hatte. Und er sagte jetzt, sie sei seine Geliebte gewesen und mehr nicht. Nach einiger Zeit hätte er sie gegen ein neueres Modell eingetauscht wie eines Tages seinen Granada. Wie hatte Harriet sich nur in einen solchen Typ verlieben können? Oder hatte sie es gewußt? Hatte sie es gewußt, und es war ihr egal gewesen? Sie wünschte, sie wüßte es. O Harriet, ich wünschte, ich wüßte es.

Doch angenommen... Meredith schaltete, daß das Getriebe krachte, und nahm an der Abzweigung nach Pook's Common bei Fenniwicks Garage das Gas weg. Im Hof stand ein Mann, und die Werkstatt schien wieder geöffnet. Angenommen, Harriet hatte es etwas ausgemacht? Angenommen, sie hatte erwartet, Green werde sich von Felicity scheiden lassen und sie heiraten? Oder angenommen, sie hatte diese Heimlichtuerei satt gehabt? »Benimm dich nicht so, als ob du dich für mich schämst. Geh mit mir aus, und stell mich deinen Freunden vor«, hatte sie vielleicht gefordert. Green hätte das weder gekonnt noch gewollt. Er hätte sich geweigert. Vielleicht war sie wütend gewesen, als ihr klar wurde, wie wenig sie ihm in Wahrheit bedeutete. Vielleicht hatte sie ihm gedroht. Für ihn ein starkes Motiv, sie zum Schweigen zu bringen – für immer.

Markby war, nachdem er das Hotel verlassen hatte, ins ärztliche Zentrum gefahren. Wie idiotisch, sich beim Händchenhalten mit Fran erwischen zu lassen. Meredith mußte ja denken – oder nicht?

»Ich möchte mit Dr. Pringle sprechen – privat«, erklärte er der Sprechstundenhilfe. »Wann kommt heute vormittag sein letzter Patient?«

Sie sah ihn mißtrauisch an. »Dr. Pringles Sprechstunde ist heute vormittag randvoll. Er kann niemanden außer der Reihe empfangen. Sie müssen sich einen Termin für die Sprechstunde um siebzehn Uhr geben lassen.«

»Ich will ihn nicht konsultieren. Ich bin Chefinspektor Markby.« Er zeigte ihr seine Karte. »Es handelt sich um einen Fall.«

»Oh«, sie wurde zugänglicher. »Nun, er hat vor dem Lunch nur noch einen Patienten. Ich rufe ihn, wenn Sie wollen …«

Sie streckte die Hand nach dem Telefon aus, doch er hielt sie zurück. »Nein, ich warte vor seinem Sprechzimmer auf ihn.«

Er ging den Korridor entlang, in dem es nach Desinfektionsmitteln roch, und setzte sich vor der Tür mit der Aufschrift *Dr. J. Pringle* auf einen Stuhl. Das Medizinische Zentrum war erst vor zwei Jahren eröffnet worden. Der Wandanstrich war noch schön und frisch, die Teppiche waren fleckenlos, die Plastikstühle jedoch schon ziemlich abgenutzt. Markby setzte sich anders zurecht, und der Stuhl unter ihm ächzte. Die Neonleuchte über seinem Kopf machte ein leises, singendes Geräusch und flackerte ab und zu.

Hinter der Tür von Pringles Sprechzimmer hörte er Stimmen, die des Arztes und einer Frau. Nach einer Weile ging die Tür auf. Eine Frau, die sehr bedrückt wirkte, kam heraus und huschte den Korridor entlang davon. Pringle, dessen stämmige Gestalt den ganzen Türrahmen ausfüllte, sah Markby und rief überrascht: »Hallo, Alan! Sind Sie krank?«

»Nein, ich bin nur vorbeigekommen, um mit Ihnen zu reden, falls Sie einen Moment Zeit haben.«

»Kommen Sie rein. Ich habe Mittagspause. Dann Hausbesuche, schnell eine Tasse Tee und die Sprechstunde um siebzehn Uhr. Wer möchte praktischer Arzt sein!« Er zeigte auf einen Stuhl und ließ sich wieder in den Sessel sinken, aus dem er eben aufgestanden war. »Geht es um die gerichtliche Untersuchung morgen?«

»Ja – Sie sind der medizinische Gutachter, soviel ich weiß.«

»Das ist richtig.«

»Jack ...« Markby zögerte. »Ich will nicht schnüffeln, aber ich weiß, daß Sie und Harriet sich einmal ziemlich nahegestanden haben, vor zwei Jahren etwa.«

»Man könnte es so nennen, ja.« Mit Pringles Freundlichkeit war es vorbei. »Das wird mich nicht daran hindern, eine objektive medizinische Meinung zu äußern.«

»Das wollte ich auch nicht unterstellen. Es gibt keine andere Möglichkeit, ich muß Sie das rundheraus fragen, Jack. Haben Sie sie am Weihnachtstag – am Abend – in Pook's Common besucht?«

»Nein.« Pringle sah ihn durchdringend an. »Zufällig wurde ich am Weihnachtstag zu einem Notfall außerhalb gerufen. Das können Sie nachprüfen.«

»Und am Morgen des zweiten Weihnachtstags, bevor ich Sie auf dem Marktplatz traf? Sie waren vorher nicht bei ihr und haben mit ihr gefrühstückt?«

»Nein.« Es folgte eine Pause, und dann fragte Pringle ruhig: »Aber jemand war da, nicht wahr? Sie wissen nicht, wer, und wüßten es gern. Sie hatte am Weihnachtstag einen Freund bei sich – und am Morgen des zweiten Weihnachtsfeiertags?«

»Tut mir leid, Jack«, sagte Markby zerknirscht. »Es gefällt mir nicht, daß ich darauf zu sprechen kommen muß, wenn es schmerzt...«

»Das ist nicht Ihre Schuld. Sie müssen Ihren Job erledigen. Nein, ich war nicht dort – weder abends noch morgens. Wer es auch war, ich war's nicht. Ich gestehe aber gern, ich wünschte, ich wär's gewesen.«

»Sicher, Jack, ich verstehe.«

»Und Sie haben recht, es schmerzt. Es ist jetzt zwei Jahre her, daß Harriet und ich befreundet waren, wie Sie es nennen. Doch es hört nie auf zu schmerzen, Alan.«

»Sie haben nicht etwa beschlossen, etwas dagegen zu tun, Jack?« Markby betete darum, daß Jack nicht mit Ja antwortete.

»Nein. Ich bin nicht zu ihr rausgefahren und habe sie mit Tranquilizern gefüttert. Ich komme natürlich an die Dinger ran...« Pringle zeigte mit der Hand auf die Regale rundum. »Aber ich hab's nicht getan. Und mir gefällt der Gedanke nicht sehr, daß ein anderer es getan hat.« Nach einer Pause fuhr er fort: »Sie war wie die Verkörperung des Lebens selbst. Ich hätte nie etwas getan, um das auszulöschen.«

Frauen, Frauen, Frauen, dachte Markby, als er zur Polizeistation zurückging. Nun, sie schienen in dieser Beziehung alle ziemlich durcheinander. Morgen war die gerichtliche Untersuchung. Wahrscheinlich konnte er aufgrund noch nicht abgeschlossener polizeilicher Ermittlungen einen Aufschub erwirken – wobei er die Ermittlungen gegen Pardy wegen gesetzwidriger Fahrlässigkeit meinte. Aber diese verdammten Pillen – jeder gute Verteidiger würde vor Gericht die Vorwürfe gegen Pardy mit links abschmettern. Harriet Needham machte ihnen eine Menge Schwierigkeiten.

Zwischen mir und Alan herrscht jetzt eine ziemliche Verlegenheit, dachte Meredith, und sie mußte sich eingestehen, daß sie allein daran schuld war. Daß sie ihn dabei ertappt hatte, wie er zärtlich Frans Hand hielt, war ihrer Beziehung zwar nicht unbedingt förderlich gewesen, doch die Grundsituation hatte sie geschaffen. Das machte es schwierig, zum Telefon zu greifen und ihn anzurufen, doch sie mußte es tun.

»Meredith!«

Sie hörte den Eifer in seiner Stimme und schnitt ihm das Wort ab, ehe er noch mehr sagen konnte. »Ich wollte Ihnen nur mitteilen, daß ich herausgefunden habe, wer am Weihnachtstag Harriets Gast war. Rupert Green. Ich habe mit ihm gesprochen, und er gibt es zu.«

»Ach, tatsächlich?« Er stieß einen leisen Pfiff aus.

»Er hat gesagt, er sei spät nachts weggefahren – um die Zeit, um die ich den Wagen gehört habe – und sei nicht zurückgekommen. Er weiß nichts von den Pillen, oder behauptet es zumindest. Er sagt, Harriet habe sie nie erwähnt oder gesagt, sie sei deprimiert, und er möchte aus der Sache herausgehalten werden. Wenn seine Frau davon erfährt, wird sie sich von ihm scheiden lassen, und sein Schwiegervater wird ihm den Geldhahn zudrehen. Alles in allem ist er sehr nervös, unser Mr. Green.«

»Dann werde ich wohl mit ihm sprechen müssen.«

»Seien Sie vorsichtig. Er wird Ihnen mit seinen Anwälten drohen.«

»Hat er das bei Ihnen auch getan?«

»Mehr oder weniger.«

»Passen Sie auf sich auf«, sagte er übertrieben heftig. »Er könnte ein sehr hinterhältiger Kunde sein.«

»Das ist nur Theaterdonner. Er plustert sich auf. Meiner Erfahrung nach verbergen diese Leute etwas und suchen nach einem Fluchtweg.«

»Solange er nur seine außerehelichen Affären verbirgt, soll es mir egal sein. Danke, daß Sie's herausgefunden haben – aber hätten Sie es mir nicht sagen und das Ausfragen mir überlassen können?«

»Ich wußte es bis heute nachmittag ja selbst nicht«, entgegnete Meredith pikiert. »Zufällig hab ich zuerst seinen Wagen und dann ihn selbst in der High Street gesehen und hatte ganz einfach irgendwie das Gefühl … Ich hab's aufs Geratewohl probiert, wenn Sie so wollen, und ich hatte recht. Außerdem hätten Sie gar nicht sehen können, was ich gesehen habe. Ihre Tante wohnt nicht Tür an Tür mit Rupert Greens Schwiegervater.«

»Ich verstehe gar nichts mehr.«

Es folgte eine peinliche Pause, da beiden der Doppelsinn seiner Worte bewußt wurde.

Er fing hastig von neuem an: »Ich meine, ich …«

»Schon gut, Alan. Ich weiß, was Sie meinen.« Meredith legte auf.

Markby legte ebenfalls auf, als das bekannte Summen ihm sagte, daß die Leitung unterbrochen war. Meredith dachte ganz offensichtlich, er habe sein Herz für Frances Needham-Burrell entdeckt. Ach was, zum Teufel! dachte er verärgert und griff nach einem Papierstapel in seinem Eingangskorb. Für ihre Gedanken war er nicht verantwortlich. Er würde nicht ins Rose Cottage stürzen, um sich zu rechtfertigen. Sie wollte keine engere Beziehung, fein. Dann würde es auch keine geben.

»Gehen Sie nach Hause«, sagte er mürrisch zu Pearce, der es wagte, den Kopf durch den Türspalt zu stecken. »Ich mache Überstunden.«

»Der Alte ist schlecht drauf«, warnte Pearce unten im Hinausgehen.

Der »Alte«, dessen Laune nicht besser geworden wäre, hätte er das gehört, war entschlossen zu arbeiten, und das tat er auch konzentriert, nur mit zwei kurzen Kaffeepausen, bis spät abends. Daher war er auch noch im Polizeigebäude, als der Anruf über 110 hereinkam.

Für Simon Pardy war es schon ein Problem, daß man ihn ablehnte. Er war es natürlich gewohnt, aber es machte das Leben noch ein bißchen schwieriger, als es ohnehin war. Inzwischen hatte er in fast jeder Kneipe in Bamford Hausverbot. Simon war von Natur aus nicht gesellig, doch sogar er war überrascht, wie unangenehm die neuen Einschränkungen seines gesellschaftlichen Lebens für ihn waren.

Das erste Lokal, das ihn nicht mehr einließ, war nach der Prügelei in der Silvesternacht das Bunch of Grapes gewesen. Das fand Simon absolut unfair, denn schließlich war der Idiot vom Mietstall über ihn hergefallen, nicht umgekehrt, also war es nicht seine Schuld gewesen, oder? Er hatte sich nur verteidigt. Colin Deanes war seiner Meinung. Und recht hatte er. Aber ins Bunch of Grapes durfte Simon trotzdem nicht mehr. Micky, Tracy und Cheryl hatten ihm andererseits unmißverständlich erklärt, daß sie weiterhin in ihre Stammkneipe gehen würden. Daß sie so unloyal waren, überraschte Simon nicht – er war, im Gegenteil, sogar überrascht gewesen, daß die Mädchen ihm zu Hilfe gekommen waren, als Fearon ihn angriff, obwohl ihm klar war, daß es sich um eine Sache des Prinzips gehandelt hatte, denn er hatte an dem Abend zu ihrer Party gehört. Doch ihre derzeitige Haltung erbitterte ihn. Zu einem Kumpel sollte man schließlich immer halten, oder? Zu jemandem, der mit ihnen im selben Haus wohnte? Wäre die Situation umgekehrt gewesen, hätte Simon nicht im Traum daran gedacht, zu ihnen zu stehen, doch daran verschwendete er keinen Gedanken.

Die ungerechte Diskriminierung hatte jedoch schon früher begonnen; nach dem zweiten Weihnachtstag. Seit dieser Sache auf dem Market Square; seit die blöde Kuh vom Pferd gefallen und ihr der Schädel aufgeplatzt war, schien er ein Kainsmal zu tragen. Keiner wollte ihn um sich haben. Sie schienen zu glauben, sie könnten nicht in Ruhe ihr Bier trinken, wenn er da war, mit einem bösen Omen behaftet, verflucht. Hinzu kam, daß Harriet Needham eine erstaunliche Anzahl von Freunden und Bewunderern gehabt hatte, denn man hatte ihm schon mehrfach feindliche Blicke zugeworfen und ihn mit Worten bedroht. Es war nicht nur der Kerl vom Mietstall, der ihm Sorgen machte. Ja, es hatte sich herumgesprochen. Eine verrottete, dekadente Gesellschaft hatte sich gegen ihn, den Reformer, verschworen. Er gehörte nicht mehr dazu.

Am Ende sah Simon sich gezwungen, allein in der miesesten Taverne von Bamford zu trinken. Der Wirt war ein alter, bärbeißiger Kerl, der schon froh sein mußte, an einem guten Abend in seinem Ausschank ein halbes Dutzend Gäste zu sehen, diese wenigen unerschütterlichen Seelen jedoch mit größter Geringschätzung behandelte. Er hatte nichts dagegen, daß Simon bei ihm trank. Ihm war auch egal, wenn keiner bei ihm trank. Er war an keine Brauerei gebunden, konnte daher tun, was er wollte, und tat es auch.

An diesem Donnerstagabend, eine Woche nach dem Unfall, saß Simon in einer düsteren Ecke des oben erwähnten Pubs, die er zu der seinen gemacht hatte. Nicht, daß jemand dagewesen wäre, der ihm dieses Recht streitig gemacht hätte. Der misanthropische Wirt lehnte an der Bar und las die Zeitung. Zwei alte Männer mit Mützen hockten in der entgegengesetzten Ecke und tranken, und bei der Tür saß eine Wasserstoffblondine, die wie Simon zu ihrer Zeit aus mehreren guten Bars hinausgeworfen worden war, heute abend jedoch Glück gehabt hatte. Es war ihr gelungen, sich einen einsamen, gelangweilten Geschäftsmann auf Verkaufsreise zu angeln, und jetzt kippte sie so schnell wie möglich einen Cinzano mit Zitrone nach dem anderen, während ihr neuer Freund bezahlte.

Bedrückung und Bitterkeit legten sich Simon schwer aufs Gemüt, verstärkt durch das unangenehme, bitter schmeckende, wie dünner Tee aussehende Gebräu – vom Wirt »Lager« genannt –, das er trank. Der Misanthrop spülte die Bierpumpen nur selten aus. Morgen war Freitag, und Simon mußte die gerichtliche Untersuchung durchstehen. Man würde ihn auffordern, auszusagen, zu erklären, warum er was gemacht hatte. Der Coroner würde es auf ihn abgesehen haben, ihn fragen, was er bezweckt hatte. Würde versuchen, ihn so weit zu bringen, daß er sich in der Falle seiner eigenen Worte fing; würde versuchen, ihn durch Tricks zu verleiten, daß er sagte, er habe die Absicht gehabt, sie zu verletzen. Er würde ihnen gar nichts sagen. Colin hatte ihn ermahnt, sich auf die grundlegenden Fakten zu beschränken. »Denk dran, sie haben den Unfall gesehen, also kannst du nicht abstreiten, was du getan hast, aber du kannst leugnen, daß du ihr schaden wolltest. Sprich klar und deutlich, sei offen und schau sie direkt an. Verwickle dich nicht in Widersprüche. Entschuldige dich.« Die Entschuldigung würde ihm im Hals steckenbleiben, aber Colin bestand darauf. »Sag, wie leid es dir tut. Dir sei nicht klar gewesen, daß sie vom Pferd fallen könnte.«

Eine Welle von Selbstmitleid schlug über Simon zusammen. Nach allem, was er morgen durchmachen mußte, hätte Micky sich wirklich heute abend aufraffen und ein Glas mit ihm trinken können. Selbst die Gesellschaft der Mädchen hätte ihm genügt. Sie hatten ihn im Stich gelassen. Nicht, daß er Besseres von ihnen erwartet hätte. Sie wollten ihn loswerden. Er verzog das Gesicht, setzte das noch halbvolle Glas Lager ab und stand auf. Er hatte genug. Er wollte in die Jubilee Road zurück, wo er ganz allein sein würde. Die anderen waren inzwischen bestimmt nicht mehr da. Ein Bild, wie sie sich im Bunch of Grapes amüsierten, schoß ihm durch den Kopf, es stieß ihm sauer auf, und sein Magen verkrampfte sich. In diesem Moment haßte er alle Welt. Und zu Hause wartete Arbeit auf ihn. Er latschte zur Tür und drängte sich im Hinausgehen grob an der Wasserstoffblonden und ihrem Begleiter vorbei.

»Schau dir den an!« sagte die Blonde entrüstet und klopfte sich den Ärmel ab, wo Simon ihn gestreift hatte.

»Keine Manieren, und ausgesehen hat er wie etwas, das die Katze ins Haus geschleppt hat.«

»Ich habe zwei von der Sorte zu Hause«, sagte der Geschäftsmann düster. »Ihre Privatschulen, Klavierstunden, Auslandsreisen haben mich ein Vermögen gekostet – jetzt kann keiner der beiden sich in einer Stellung halten, und nie hört man ein anständiges Wort von ihnen. Lungern den ganzen Tag im Haus herum – rühren keine Hand, um ihrer Mutter zu helfen. Ich weiß nicht, warum.«

»Du brauchst mir nichts zu erzählen, mein Lieber«, sagte die Blonde und tätschelte ihm die Hand. Echtes Mitgefühl zeigte sich in ihren mit Mascara verschmierten Augen und ersetzte das rein berufliche Interesse, mit dem sie vorher seinen Klagen zugehört hatte. »Ich kenne das. Ich habe eine Tochter – sie ist neunzehn. Ist nach London abgehauen und schreibt nie, greift nie zum Telefon. Ist natürlich mit 'nem Kerl gegangen. Er taugt nichts, hab ich sie gewarnt, aber sie hat nicht auf mich gehört. Jetzt weiß ich nicht, wo sie ist oder was sie macht. Und doch hat ihr, als sie ein kleines Mädchen war, nie etwas gefehlt. Ich habe dem Kind alles gekauft, was es wollte. Um ihre Ballettstunden bezahlen zu können, ihre Strumpfhosen, die Tutus und Ballettschuhe und weiß Gott was, habe ich auf alles verzichten müssen. Schau mal ...«

Sie kramte in ihrer Plastikhandtasche und zog eine Mappe heraus. Fotografien flatterten auf den schmierigen, bierfleckigen Tisch. »Das ist meine Cindy mit sechs. Ich hab immer dafür gesorgt, daß sie wie eine kleine Prinzessin aussah.«

Der Geschäftsmann präsentierte ebenfalls eine Fotomappe. »Das sind meine beiden Jungs, aufgenommen bei einem Familienurlaub auf Mallorca. Wenn ich überlege, was ich für diese Familienurlaube ausgegeben habe ...

Hätte ich damals gewußt, was ich heute weiß, hätte ich das Geld behalten und mir einen Sportwagen gekauft.«

Ihre über das Durcheinander von Fotografien gebeugten Köpfe berührten sich – Fotografien, die ihr vergangenes Leben verkörperten, ihre zunichte gewordenen Hoffnungen, ihre zurückgewiesene Liebe, für wenigstens eine Viertelstunde vereint in ihrem Kummer über Verlorenes.

Simon war in die Jubilee Road zurückgegangen. Das Haus war dunkel. Er öffnete die Haustür, und schale Luft schlug ihm entgegen. Das Haus war die reinste Müllkippe. Er streckte die Hand nach dem Schalter aus, um Licht zu machen, aber nichts geschah. Die Glühbirne war schon wieder kaputt. Die elektrischen Leitungen waren in einem so schlechten Zustand, daß Glühbirnen bestenfalls zwei Minuten hielten. Im Dunkeln tastete er sich die ächzende Treppe hinauf und hielt sich an dem wackeligen Geländer fest, das sich unter seinem Griff bewegte. Er stieß die Tür seines Zimmers auf, das ganz oben der Treppe gegenüber lag. Im selben Moment hörte er im Nebenzimmer – Mickys Zimmer – ein leises Knarren. »Mick?« rief er mit einem leisen Unterton von Hoffnung.

Niemand antwortete. Es war niemand da. Das kurze Aufflackern der Erwartung, daß er vielleicht doch noch mit Gesellschaft rechnen konnte, wurde grausam erstickt – wieder eine ausgebrannte Hoffnung mehr. Simon riß seine Tür auf und knipste das Licht an. Das Zimmer war so, wie er es verlassen hatte, ein Chaos, das Bett nicht gemacht, die Laken schmutzig. In einer Ecke stapelte sich dreckige Wäsche, und auf dem Tisch verstreut lag seine Arbeit. Simon betrachtete sie lächelnd. Ja, heute abend wollte er eine ganze Menge schaffen. Ein bißchen Kaffee würde ihm dabei helfen.

Er trat hinaus in den düsteren Flur und zögerte an der

Treppe, versuchte in dem schwachen Licht, das hinter ihm durch die offene Tür seines Zimmers fiel, die Stufen auszumachen, die in schwarzes Nichts hinunterführten. Und dann ging das Licht in seinem Zimmer plötzlich aus, und um ihn herum war völlige Dunkelheit.

»Verdammt!« stieß er hervor. »Jetzt ist auch noch die Glühbirne kaputt …«

Und das war sein letzter klarer Gedanke.

KAPITEL 11

Als der Anruf hereinkam, wurde Markby umgehend davon informiert. Er ordnete an, daß Pearce sofort verständigt werden mußte und ihn am Tatort treffen sollte. Von Gefühlen beherrscht, wie er sie seit Jahren nicht mehr empfunden hatte, brach er in die Jubilee Road auf.

Kein Polizist gewöhnt sich je an den plötzlichen gewaltsamen Tod. Wenn seine Laufbahn ihn zwingt, sich ziemlich häufig mit ihm zu befassen, umgibt er sich mit einem schützenden Panzer, der ihn gegen die Schrecken des Todes abschirmt. Manchmal mag er äußerlich hart und gefühllos wirken, doch innerlich sind das nur wenige. Die meisten hassen Mord, jedesmal aufs neue.

Markby haßte den gewaltsamen Tod am allermeisten, wenn er die sehr Alten und die Jungen traf. Er hatte Pardy nicht gemocht, aber es war ein junges Leben, das ausgelöscht worden war. Ein junges, vielleicht vergeudetes Leben, doch eines Tages hätte der Junge möglicherweise doch noch seinen Weg gefunden, wenn er genug Zeit gehabt hätte. Aber diese Zeit war zu knapp bemessen gewesen. Markby fühlte einen dumpfen Zorn in sich.

Vor dem Haus in der Jubilee Road parkte ein Streifenwagen, und in einem Erkerfenster im Erdgeschoß war Licht. Die Haustür stand, von einem uniformierten Mann bewacht, offen, aber der Flur hinter ihm war finster. In den benachbarten Häusern wurden in den Schlafzimmerfenstern vorsichtig die Vorhänge ein Stückchen zurückgezogen. Die Nachbarn beobachteten, neugierig, furchtsam, entsetzt, frohlockend. Viele Leute genossen eine saftige Katastrophe, vorausgesetzt, sie traf sie nicht selbst und sie konnten sich von ihr distanzieren oder die Zeitung zuklappen, wenn sie genug gelesen hatten.

»Guten Abend, Sir«, sagte der Uniformierte. »Dort drin brauchen Sie eine Taschenlampe. In der Diele ist keine Glühbirne. Wir haben im Wohnzimmer Licht gemacht und die Tür geöffnet, aber es reicht nicht bis zur Leiche.«

»Überhaupt keine Glühbirne?« fragte Markby.

»Nein, Sir, sieht so aus, als habe jemand sie herausgeschraubt. Vielleicht war sie kaputt, und sie wollten sie ersetzen. Sie sind alle mit Constable Jones in der Küche. Sie kann mit solchen Situationen sehr gut umgehen.«

»Wer sind ›sie‹?«

»Die anderen jungen Leute. Drei. Sie wohnen alle hier im Haus. Sie wissen doch, wie das ist – sie tun sich zusammen, um die Miete bezahlen zu können. Aber sehen Sie sich nur mal das Haus an, ich bin erstaunt, daß der Hauswirt jemanden gefunden hat, der darin wohnen wollte.«

»Wer hat ihn gefunden?« fragte Markby und schnitt den Bericht über den Zustand des Hauses ab. »Wer hat die Tat gemeldet?«

»Eines der Mädchen. Sie sind gemeinsam nach Hause gekommen und haben ihn alle zusammen gefunden.«

Markby nickte, nahm die Taschenlampe, die der Constable ihm anbot, und betrat die muffig riechende Diele. Da war aber auch noch ein anderer Geruch. Schwach, doch er kannte ihn. Blut. Und Tod.

Simon Pardy lag ausgestreckt auf dem Boden, am Fuß und seitlich der Treppe. Er war auf das Gesicht gefallen.

Das Blut war ihm aus der zerschmetterten Nase geströmt und sickerte immer noch aus dem Ohr. Der Kopf saß ihm verdreht auf den Schultern. Augen und Mund waren geöffnet. Er sah überrascht aus. Das Geländer war auf halber Höhe der Treppe durchgebrochen. »Ist von oben heruntergestürzt«, sagte Markby vor sich hin. »Hat das Geländer gepackt oder ist dagegengefallen, aber es hat nachgegeben, und er ist gestürzt. Das Holz war durchgefault.«

Er streckte die Hand aus und berührte vorsichtig das noch intakte Geländer. Es wackelte. Das ganze Gefüge war so wacklig, als sei es aus Streichhölzern gebaut. Die Treppe selbst war mit einem Teppich belegt, doch der war so alt und abgetreten, daß er mehr nach einem Stück löchriger und verstaubter Sackleinwand aussah und eher gefährlich als nützlich war. Wandanstrich und Tapeten waren in einem jämmerlichen Zustand, und die Bewohner machten nicht den Eindruck, als legten sie Wert auf ein gepflegtes Heim. Daß sie in einem solchen Haus leben mußten, mochte als Entschuldigung gelten. Obwohl sie hier noch besser dran waren als einige ihrer Altersgenossen, die in Hauseingängen schliefen. Markby ließ den Strahl der Taschenlampe durch den Eingangsbereich wandern. Das Licht aus dem Wohnzimmer, das der Constable erwähnt hatte, warf nicht viel mehr als einen düsteren Schatten. Die Küchentür am Ende des Flurs war geschlossen, doch der Lichtstreifen darunter war heller, und hinter der Tür war Stimmengemurmel zu hören.

Draußen fuhr ein Wagen vor, und ihm folgte sehr schnell ein anderer. Markby hörte die Stimme des Constables, dann die von Pearce und dann noch andere. Pearce erschien, vom Licht der Straßenlaterne umgeben, als dunkle Silhouette in der Haustür. Er spähte in die Dunkelheit und fragte, als sei er außer Atem: »Mr. Markby?«

»Guten Abend, Pearce«, sagte Markby höflich. »Wenn das der Fotograf ist, muß er selbst für Beleuchtung sorgen.«

Pearce schob sich an der Leiche vorbei und schaute auf sie hinunter. »Was für eine Überraschung«, sagte er. Er blickte zum Treppengeländer auf. »Das ist vielleicht ein Schrotthaufen. Denken Sie, es war ein Unfall, Sir?«

»Bis jetzt denke ich noch gar nichts. Wenn es einer war, konnte er in keinem ungünstigeren und unglücklicheren Moment passieren – Pardy war der Hauptzeuge bei der morgigen gerichtlichen Untersuchung.«

»Die ist heute«, sagte Pearce.

»Was?« Markby warf einen Blick auf seine Uhr. Fünf Minuten nach Mitternacht. »Wenigstens habe ich jetzt einen Grund, den Coroner um eine Vertagung zu bitten. Gehn Sie rauf, und sehen Sie sich ein bißchen um, aber passen Sie auf, wohin Sie treten. Achten Sie darauf, ob es Anzeichen dafür gibt, daß ein Kampf stattgefunden hat oder daß Pardy gestoßen wurde. Ich will mich mit seinen Freunden in der Küche unterhalten.«

Als er die Küchentür öffnete, fand er sich plötzlich in grelles gelbes Licht getaucht und mußte blinzeln. Constable Jane Jones baute sich vor ihm auf und verstellte ihm den Weg. Dann sah sie, wer es war, und sagte: »Oh, guten Abend, Sir.«

»Alles ruhig?« fragte er.

»Ein bißchen aufgeregt, Sir.« Sie senkte die Stimme noch mehr. »Vor allem der Junge. Eines der Mädchen scheint ein bißchen schwer von Begriff, die andere ist ein hartgesottenes kleines Biest.«

»Die weibliche Form dieser besonderen Spezies«, sagte Markby. »Okay, Jones. Verschonen Sie mich mit diesem bösen Feministinnenblick, laufen Sie raus, und sehen

Sie zu, was Sie tun können. Gehen Sie zu den unmittelbaren Nachbarn links und rechts und auf der anderen Straßenseite. Es kann ein bißchen dauern, bis sie an die Tür kommen, aber im Bett ist keiner mehr, lauern alle hinterm Vorhang mit Augen wie Teetassen und Ohren wie Toreinfahrten. Die Stores sind ständig in Bewegung. Klatsch, Jones. Ich will den Klatsch genauso wie Zeugen, die ihn gesehen haben, als er nach Hause kam – er oder sonst jemand. Sie wissen ja, wie's geht.«

»Klatsch«, murmelte Jane Jones vor sich hin und machte sich auf den Weg. »Wenn ich die Nachbarn dazu animiere, über dieses Völkchen zu reden, bin ich die ganze Nacht hier.«

»Dieses Völkchen« musterte Markby über den Küchentisch hinweg. Er erkannte in ihnen die jungen Leute, die an Silvester im Bunch of Grapes an der Prügelei beteiligt gewesen waren. Das war der Junge, der versucht hatte, Simon aus dem Gedränge wegzuzerren, aber nicht besonders freundlich zu ihm gewesen war. Er war ungefähr ein- oder zweiundzwanzig Jahre alt, schlank, blaß, nervös. Auf seinen Knien lag eine gehässig und durchtrieben dreinschauende Tigerkatze, der er wiederholt schnell über das kurze, widerspenstige Fell strich.

»Okay, Sohn«, sagte Markby. »Immer mit der Ruhe.«

Er zog sich einen Stuhl an den Tisch und setzte sich zu ihnen. Die Küche war offensichtlich der bevorzugte Aufenthaltsraum. Sie war verhältnismäßig sauber, verhältnismäßig warm, nicht ungemütlich. Die Wärme kam, wie er feststellte, von einem tragbaren Elektroofen. Er sah neu aus. Sie hatten ihn offenbar selbst gekauft.

Die beiden Mädchen saßen nebeneinander und beobachteten ihn mißtrauisch. Eine hatte den Mund offen. Die andere starrte ihn aus schwarzumrandeten Augen finster an. Es war diejenige, die Tom das Tablett auf den Kopf geschlagen hatte. Ein richtige kleine Streitaxt. Sie hatten sich beide stadtfein gemacht, trugen ihre besten Sachen: schwarze Lederjacken, schwarze T-Shirts mit grellbuntem Aufdruck, viele Ketten und Nieten und an den Ohrläppchen einen Haufen Eisenwaren. Er öffnete den Mund, doch bevor er etwas sagen konnte, beugte sich die Streitaxt vor. Ihre Ketten klirrten, und der einem Hahnenkamm ähnliche rostschwarze Haarschopf schien vor Empörung zu zittern. Sie sah wie ein kleiner kampflustiger Gockel aus.

»Keiner von uns hat was damit zu tun. Wir haben ihn gefunden, das ist alles. Es tut uns allen leid und so – aber mit uns hat es nichts zu tun.«

»Ich verstehe«, sagte Markby. »Vielleicht könntet ihr mir sagen, wie ihr heißt?«

Sie wurde Tracy genannt, das andere Mädchen Cheryl und der Junge Micky.

»Deine Katze?« erkundigte Markby sich bei Micky.

»Nein – nun ja, in gewisser Weise. Es sind zwei. Keine Ahnung, wo die andere ist. Sie lungern hier rum. Leben gewissermaßen hier.« Er hatte einen leichten Belfaster Akzent.

»Wie wir«, sagte Tracy trocken. »Haben keinen besseren Platz.« Markby hatte unvorsichtig die Hand nach der Katze ausgestreckt, und Tracy sagte warnend: »Er beißt!«

»Oh, dann streichle ich ihn lieber nicht.«

»Uns beißt er nicht«, verteidigte Micky seinen Liebling.

»Simon hat er gebissen.« Endlich meldete sich auch Cheryl zu Wort.

»Wußte er's denn?« sagte Markby vor sich hin. »Hat Simon keine Katzen gemocht?«

»Der hat nichts gemocht, der hat keine Menschen gemocht und keine Tiere. Komischer Kerl.«

»Aber er hat doch gegen die Fuchsjagd demonstriert, nicht wahr? Vielleicht mochte er Füchse.«

»Da wissen wir nix drüber«, sagte Cheryl vage. »Hat immer irgendwas gelabert. Hab nie richtig zugehört. Er konnte einen fertigmachen, wissen Sie, regte sich dauernd über irgendwas auf.«

»Diese Sache mit der Fuchsjagd war nicht seine Idee«, sagte Tracy verächtlich. »Simon hat nie eigene Ideen gehabt. Plapperte immer nur nach, was andere Leute gesagt hatten. Hörte irgend etwas und quatschte es nach. Wiederholte immer, was Deanes gesagt hatte.«

Markby hob die Brauen. »Colin Deanes, der Autor?«

»Ja – ich nehme an, man kann es Schreiben nennen, was er macht. Er schreibt keine Geschichten oder Zeug fürs Fernsehen. Nur lauter trockenes Zeug. Keine Ahnung, wer das liest. Keiner, nehme ich an. Simon hat Deanes für Batman gehalten.«

»Hören Sie«, mischte der junge Ire sich ins Gespräch, »wir wissen ehrlich nichts. Waren den ganzen Abend aus.«

»Pardy war nicht mit euch zusammen?«

»Nein, nun, man hatte ihn ja aus dem Bunch of Grapes rausgeschmissen. Nach der Prügelei an Silvester. Sie erinnern sich bestimmt. Sie waren doch dort. Aber wir sind noch immer hingegangen. Wir haben kein Hausverbot.«

»Und wo hat Simon jetzt getrunken?«

Sie sahen sich gegenseitig unsicher an. »Keine Ahnung«, antworteten sie im Chor.

»So – und wer hat ihn gefunden?«

»Wir alle«, sagte Tracy, die Sprecherin. »Wir sind alle zusammen nach Hause gekommen.«

»Ihr seid direkt vom Bunch of Grapes hierhergegangen?«

»Ja – nun, mehr oder weniger. Sie schließen um halb elf, aber wir haben unterwegs noch einmal Halt gemacht und uns beim Imbißwagen, der am Abend gegenüber von der Bibliothek steht, einen Hamburger gekauft.«

»Okay, und weiter. Ihr seid nach Hause gekommen und ...«

»Haben die Tür aufgemacht und sind über ihn gefallen«, sagte Tracy knapp.

»Habt ihr ihn angefaßt?«

Sie antworteten nicht sofort und sahen sich verstohlen an. »Ich hab mich niedergekniet und ihm die Hand auf die Schulter gelegt«, sagte Micky endlich widerstrebend. »Ich hab ihn nicht bewegt. Irgendwie hab ich sein Gesicht berührt ...« Er sah plötzlich aufgeregt aus und fing an, um den Mund herum zu schwitzen. »Meine Finger wurden ganz klebrig, ich wußte, daß es Blut war ... Ich bekam Angst – bin zurückgesprungen. Dann hab ich es wieder versucht, wollte seinen Puls finden. Hab sein Handgelenk umfaßt ... Mußte mich aber beinahe übergeben.«

»Das war mutig von dir«, sagte Markby und meinte es ernst. »Es noch einmal zu versuchen, meine ich. Aber ihr seid ganz sicher, daß ihr ihn nicht bewegt – nicht versucht habt, ihn umzudrehen?«

»Ihn bewegen! Umdrehen! Ich hab die größte Mühe gehabt, ihn überhaupt anzufassen, zu mehr war ich wirklich nicht imstande.« Micky unterbrach sich; dann: »Ich wollte sicher sein, denn ...« Er brach ab und schaute auf das Tier auf seinen Knien hinunter. Seine Finger gruben sich in die lose Hautfalte am Nacken der Katze.

»Denn? Es ist in Ordnung, sag einfach, was du denkst«, ermutigte ihn Markby.

»Ich hab mir gedacht, wenn er noch lebt, aber im Sterben liegt – ich hab gedacht, dann sollte einer von uns vielleicht einen Priester holen ...« Die Worte waren kaum hörbar. Er sah nicht auf. Die beiden Mädchen starrten ihn an.

»Wozu?« fragte Tracy.

»Ich hab's einfach nur gedacht«, sagte Micky unglücklich.

»In Ordnung«, unterbrach Markby freundlich. »Aber dann hast du gemerkt, daß es dafür zu spät war.«

»Ja. Ich hab den Mädchen gesagt, sie sollten ihn nicht anfassen. Ich hatte gespürt, daß er tot war. Tracy ging die Polizei anrufen.«

»Von wo aus? Von hier?«

»Nein, wir haben kein Telefon. Aber gleich um die Ecke ist eine Zelle.«

Die Zeit, um die der Anruf bei der Polizei eingegangen war, konnte man nachprüfen, der Hamburger-Verkäufer würde sich vielleicht an sie erinnern, wahrscheinlich waren sie Stammkunden bei ihm, ebenso der Wirt vom Bunch of Grapes. Es sollte nicht schwierig sein, den Verlauf ihres Abends nachzuvollziehen. Das war eine erfreuliche Abwechslung. Gewöhnlich war es komplizierter. Draußen im Flur hörte man Metall klappern. Der Fotograf stellte seine Lampen auf. Eine neue Stimme erklang, der Polizeiarzt war eingetroffen.

»Ihr habt ihn nicht besonders gemocht?«

»Das heißt nicht, daß wir ihn die Treppe runtergestoßen haben oder sonst was«, sagte Tracy aufmüpfig.

»Das habe ich auch nicht behauptet. Ich hatte nur den Eindruck, daß ihr ihn nicht mochtet.«

»Er hat gesponnen«, sagte Cheryl plötzlich. »Hatte sie nicht alle. Und sein stinkvornehmes Gerede ist mir echt auf den Geist gegangen. Er war ein Blender, das war er.«

Markby sah sie ebenso erstaunt an wie ihre beiden Freunde. Das war für sie nicht nur eine lange Rede gewesen, sie war auch überraschend scharfsinnig.

»Warum ein Blender, Cheryl?« fragte Markby.

»Hab ich doch schon gesagt, diese vornehme Stimme. Und er war auf so 'ner vornehmen Schule. Aber hier mit uns zu wohnen und sich so anzuziehen, wie er's getan hat – als wär er einer von uns, doch das war er nicht. Bei ihm war alles nur Mache. Deshalb hat Deanes auch ein solches Getue um ihn gemacht. Er war einer von denen, keiner von uns.«

O du meine Güte, dachte Markby bedauernd, armer Colin Deanes. Die Leute, denen er am allermeisten helfen wollte, sahen in ihm also nur einen sich in alles einmischenden Wohltäter der Mittelschicht, dessen Loyalität vor allem seinesgleichen galt. Armer Deanes.

»Im Flur fehlt die Glühbirne in der Lampe«, sagte er. »War schon länger keine da?«

Sie sahen sich wieder gegenseitig an. »Gestern war sie noch in Ordnung«, sagte Micky. »Ich habe erst vorige Woche eine neue eingeschraubt. Dauernd gehen die Birnen hier kaputt. Das liegt an den Leitungen.«

»Aber gewöhnlich halten sie länger?«

»O ja, länger schon. Und es war ganz bestimmt eine da.«

Endlich, dachte Markby, und der dumpfe Ärger in ihm wich einem Gefühl der Zufriedenheit. Endlich hat er einen Fehler gemacht. Er hätte die Birne wieder einschrauben müssen, bevor er ging. Er hat gehofft, wir würden glauben, Simon sei über den zerrissenen Treppenläufer gestolpert, ein vorhersehbarer Unfall. Unfall! Der Teufel soll mich holen, wenn ... Jemand hatte Pardy gestoßen, und jetzt begann dieser Jemand, gedankenlose Fehler zu machen. Wenn man ihm Zeit ließ ... Dann habe ich ihn, dachte Markby grimmig.

»Denkt jetzt nach«, sagte er zu ihnen. »Als ihr nach Hause kamt – wer war als erster an der Haustür und hat sie aufgemacht?«

»Ich«, sagte Cheryl nach einer Pause.

»Bist du sicher?«

»Nein, du warst es nicht«, sagte Tracy lebhaft. »Es war Micky.«

»Nein, ich war's. Micky ist stehengeblieben und hat Boots gerufen.«

»Boots?« fragte Markby.

»Ihn«, sagte Cheryl und zeigte auf die Katze. »Micky ist stehengeblieben, um ihn zu rufen, und ich habe die Tür aufgemacht, ehrlich, Tracy.«

»Jetzt streitet euch nicht deswegen«, sagte Markby hastig. »Was denkst du, Micky?«

»Ich denke, eins von den Mädchen muß sie aufgemacht haben«, antwortete Micky vorsichtig. »Ich habe Boots aufgenommen, hatte ihn auf dem Arm und habe mich nach der anderen Katze umgeschaut, konnte sie aber nicht sehen.«

»Hätte die andere Katze nicht in dem leeren Haus eingesperrt sein können?« fragte Markby schnell. Es war immerhin möglich, daß Simon über die andere Katze gestolpert und dann gefallen war – obwohl das die fehlende Glühbirne nicht erklärte.

»Nein, ist er nicht – war er nicht. Er verschwindet oft tagelang. Wir denken, er läuft meilenweit. Wenn er nämlich nach Hause kommt, ist er ganz staubig und sieht aus, als ob er ein paar Raufereien hinter sich hätte.«

Der König der ortsansässigen Kater, dachte Markby, einen Moment lang belustigt. Verteidigt seine Grenzen. »Du hast also Boots getragen, als ihr ins Haus kamt?«

»Ja, zuerst. Dann hat Tracy oder Cheryl, eine von den

beiden, irgendwie gekreischt und ist gestolpert. Und eine hat geschrien, daß Simon auf dem Boden liegt. Da hab ich Boots fallen lassen und hab nachgeschaut.«

»In Ordnung, und jetzt zu dir, Cheryl... War die Haustür abgeschlossen? Mußtest du den Schlüssel benutzen?«

»Ja.«

»Bist du sicher?«

»Natürlich bin ich sicher.«

Markby schaute sich langsam in der Küche um. Es gab eine Hintertür, die nicht sehr stabil aussah, und ein Fenster... Er stand auf, ging zu dem Fenster und bückte sich, um es sich genau anzusehen. »Hat jemand von euch dieses Fenster berührt, seit ihr nach Hause gekommen seid?«

»Nein«, sagten sie im Chor.

»Es ist nicht richtig geschlossen, ist das normal?«

»Ja, wir lassen es immer so«, sagte Mick. »Für den Fall, daß jemand den Schlüssel vergessen hat. Ich meine, hier bricht doch bestimmt keiner ein, oder?«

Oder doch? dachte Markby. »Was ist hier hinten? Ich meine, hinter dem Haus. Ein Garten?«

»Ja, es ist aber nichts Großartiges. Keiner von uns mag Gartenarbeit. Es ist ein einziger Morast.«

Morast. Immer besser. Wenn er Glück hatte, fand er Fußspuren. »Grenzt er an einen anderen Garten oder was?«

»Nein«, sagte Micky. »Er reicht bis zu einer schmalen Seitenstraße. Das tun alle Gärten hier, die auf unserer Seite.«

So ist er also gekommen und gegangen, dachte Markby. Sogar noch besser. So passierte es oft. Man tastete blindlings herum, ohne Anhaltspunkte, nur auf seinen

Instinkt angewiesen, und plötzlich hatte man Glück. »Ich möchte, daß niemand dieses Fenster oder die Hintertür berührt und niemand in den Garten geht, verstanden?«

»Verstanden«, sagten sie folgsam.

Auf einmal stellte Markby fest, daß er sie alle mochte. Es waren wirklich recht nette Kids. Es war ein Jammer wegen der Ketten und der Metallnieten, aber daraus würden sie hinauswachsen. Er fand die Art, wie sie zusammenhielten, irgendwie rührend. Von ihren Familien getrennt, bildeten sie eine eigene Familie, hausten in diesem katastrophalen Gemäuer, adoptierten die beiden streunenden Katzen und gingen am Abend gemeinsam aus. Und in diese Umgebung war Simon gekommen, der Außenseiter, der Eindringling, der nie akzeptiert worden war.

»Wieso hat Simon hier gewohnt?« fragte er.

»Micky hat ihn in einem Pub kennengelernt«, sagte Tracy.

»Wir haben einen vierten gebraucht«, erklärte Micky nervös. »Er suchte eine Wohnung, und er hat seinen Mietanteil immer pünktlich bezahlt. Wir wissen überhaupt nichts von ihm. Er hat nie was erzählt – von sich selbst, wissen Sie?«

»Wißt ihr, wo er vorher gewohnt hat?«

Micky schüttelte den Kopf.

»Jedenfalls nicht hier in der Nähe«, sagte Tracy plötzlich auf ihre aggressive Weise. »Wir haben ihn vorher nie gesehen. Er ist einfach eines Abends im Bunch of Grapes aufgetaucht, wie Micky schon gesagt hat.«

Markby lächelte ihnen zu. »Ihr werdet eure Aussagen später unterschreiben müssen, aber das kann ein paar Minuten warten. Macht euch eine Tasse Tee, nichts dagegen einzuwenden – aber berührt mir diesen Fensterrahmen nicht.«

Er ging hinaus, wo der Arzt eben dabei war, seine Tasche einzupacken. »Hallo, Alan«, sagte er griesgrämig. »Ohne Obduktion möchte ich sagen, Schädelbruch und gebrochenes Genick, beides kann die Todesursache gewesen sein. Haben Sie was dagegen, wenn ich jetzt nach Hause gehe? Ich schicke Ihnen morgen früh einen genauen Bericht, nachdem ich ihn mir genauer angesehen habe.«

»Fein, danke für Ihre Hilfe.«

Der Arzt ging. Markby ordnete an, Küchenfenster und Tür auf Fingerabdrücke zu untersuchen. Die Ambulanz war eingetroffen, als er in der Küche mit den jungen Leuten gesprochen hatte, und wartete draußen mit blinkenden Lichtern. Pearce kam sehr vorsichtig die wacklige Treppe herunter.

»Jagd frei!« sagte Markby vergnügt zu ihm. »Ausreichend verdächtige Umstände. Was haben Sie gefunden?«

»Ein oder zwei Dinge, die Sie interessieren werden, Sir.« Pearce ging ihm die Treppe hinauf voran. In allen Schlafzimmern war jetzt Licht und der Flur einigermaßen hell. »Zuallererst« – Pearce zeigte auf den Treppenpfosten bei der obersten Stufe – »Fasern. Irgendein Stoff hat sich da verfangen. Könnte natürlich von ihren Sachen stammen. Andererseits – der Schaden im Holz sieht neu aus.«

Markby bückte sich und schaute genau hin. In einem Holzsplitter des Pfostens hingen ein paar Wollfasern. Wie Pearce gesagt hatte, war das Holz hinter dem Splitter hell und sauber. Der Schaden war erst vor kurzem passiert. »Passen Sie gut auf die Fasern auf. Bringen Sie sie ins kriminaltechnische Labor. Lassen Sie alle ihre Sachen prüfen, auch die von Pardy. Pardy hatte einen langen Mantel – aber für mich haben die Fasern nicht die richtige Farbe. Überprüfen Sie das trotzdem. Was haben Sie sonst noch gefunden?«

Pearce grinste. »Es wird Ihnen gefallen, Sir.« Er trat zur Seite und zeigte mit einer schwungvollen Geste in Pardys Zimmer.

Mit angeekelter Miene trat Markby ein. Was für ein Saustall. »Hallo«, sagte er. Er ging zum Tisch hinüber, auf dem verstreut Simon Pardys »Arbeit« lag. Zeitungen, Schere, Klebstoff... Zerschnittene Wörter, einzelne Druckbuchstaben... Billiges Papier und Briefumschläge.

»Er war es«, sagte Pearce. »Er hat diese Briefe geschickt.«

»Sieht ganz danach aus, nicht wahr? Wir werden das Papier mit Tom Fearons Brief und dem Brief vergleichen, den der Master bekommen hat. Und den Druck und auch den Klebstoff.« Markbys Augen glitten durch den unordentlichen Raum. »Durchsuchen Sie dieses Prunkzimmer sorgfältig.«

Er stieg die Treppe wieder hinunter und blieb auf der untersten Stufe stehen, denn eben wurde Pardys Leiche auf einer Bahre hinausgetragen. Ein Unfall zuviel. Jetzt wußte er, daß er einen Mörder suchte. Und einen, der in seinen Methoden nachlässig wurde, nervös – es wuchs ihm alles über den Kopf. Panik setzte ein. Markby starrte auf den dunklen Fleck auf dem Fußboden. Wenn sie ihn nicht fanden, würde er wieder töten.

Als Meredith am späteren Vormittag zur gerichtlichen Untersuchung von Harriet Needham eintraf, nieselte es. Sie parkte den Wagen im Vorhof des Gebäudes und wagte sich dann in den feinen Sprühnebel hinaus, der verstohlen, aber unbarmherzig ihr Haar durchnäßte und durch die Kleider drang. Sie trug einen gefütterten Regenmantel, um nicht zu frieren, weil der Anorak für den ernsten Anlaß kaum angemessen erschien – doch für das feuchtkalte Wetter reichte der Mantel nicht aus, und sie fröstelte.

Irgend etwas stimmte mit der Heizung in dem Raum nicht, in dem die gerichtliche Untersuchung abgehalten werden sollte. Die Heizkörper waren kaum warm. Als die Leute eintrafen, drängten sie sich mit spitzen, verfrorenen Gesichtern aneinander und murrten über Kälte und Regen. Hinter all ihren Klagen konnte man in den Augen die Angst vor dem Verfahren lesen, das bald beginnen würde.

Frances Needham-Burrell, einfach prachtvoll ganz in Schwarz, das weizenblonde Haar zu einem Zopf geflochten, sagte heftig: »Wenn dieser Coroner versuchen sollte, mich mit irgendeinem idiotischen Urteil abzuspeisen, indem er von einem Mißgeschick oder Unfall quatscht, dann soll er mich kennenlernen!«

Jack Pringle war gekommen, trübsinnig in seinem Dufflecoat, und Tom Fearon, unnatürlich herausgeputzt und respektabel in einem knielangen dunkelblauen Mantel, in der Hand einen Herrenhut, wie er ihn auf Pferderennbahnen gesehen hatte. Er grüßte mürrisch und kehrte dann allen den Rücken.

»Tom in einer seiner Launen«, sagte Pringle. Er schneuzte sich in ein großes blaues Taschentuch. »Mir macht das feuchte Wetter Beschwerden. Es wirkt sich verheerend auf meine Nebenhöhlen aus.«

»Sie sind Arzt«, sagte Frances mitleidlos.

»Aber für meine Nebenhöhlen kann ich trotzdem nichts.«

Mrs. Brissett und Fred kamen und sahen nervös aus. Fred hatte sich eine Unmenge Pomade ins Haar geschmiert und beim Rasieren geschnitten; Mrs. Brissett die

Bommelmütze gegen einen Jerseyturban vertauscht und ihre Reißverschlußstiefel gegen Pumps, in denen sie unsicher schwankte und die offensichtlich qualvoll unbequem waren.

Colonel Stanley erschien in Begleitung seiner Frau und in einem Anzug, den er vermutlich nur zu Beerdigungen trug; sie, einen Regenschirm schwenkend, absolut unerschütterlich in Tweed, festen Wanderschuhen und dicken Strümpfen.

»Ich hoffe, die Sache dauert nicht zu lange«, sagte sie. »Wir haben die Burschen im Fond des Wagens gelassen. Wenn sie sich langweilen, fressen sie alles mögliche an.«

Pringle machte ein leicht verwirrtes Gesicht, und der Master erklärte: »Die Hunde ...«

»Oh«, sagte Pringle und schneuzte sich wieder.

»Sind Sie erkältet, Jack?« fragte Charlotte. »Versuchen Sie's mit einem Tropfen Whisky im Tee. Ich halte nichts von Medikamenten gegen Erkältungen.«

Meredith sah sich nach Markby um, doch bisher war er nicht erschienen. Aber jemand anders war da, wie sie überrascht feststellte. Rupert Green war hinter den zuletzt Eingetroffenen in den Raum geschlüpft; er trug einen Kamelhaarmantel und stand allein im Hintergrund, die in Schweinslederhandschuhen steckenden Hände auf eine Sessellehne gestützt. Er begegnete Merediths Blick und nickte leicht. Meredith nahm den Gruß mit einem frostigen Nicken zur Kenntnis. Demnächst werden wir einander unsere Sekundanten schicken, um die Wahl der Waffen zu bestimmen, dachte sie ironisch und fragte sich dann, wo Alan steckte.

In diesem Augenblick hastete er zur Tür herein; er sah ziemlich zerzaust aus, als sei er die ganze Nacht wach gewesen. »Guten Morgen, guten Morgen«, murmelte er nach allen Seiten und verschwand dann wieder durch eine Seitentür. In einem weiter entfernten Korridor waren Stimmen zu hören, wurden abwechselnd lauter und leiser.

Ein Frösteln lief Meredith das Rückgrat hinunter. Es ist etwas schiefgegangen, dachte sie. Etwas ist passiert – etwas Wichtiges, Entscheidendes.

In dem Raum, in dem sie warteten, hatte sich die Atmosphäre unmerklich verändert. »Was ist los?« sagte Fran leise. »Sie fangen spät an?«

»Wir könnten uns genausogut setzen, Charlotte«, sagte der Master. »Ich schätze, wir werden eine Weile bleiben müssen.«

»O Lieber, ich hoffe nur, die Burschen zerkauen nicht wieder die Armstützen.«

»Das hoffe ich auch – verdammte Flegel.«

»Das Leder macht sie krank. Du hättest Zeitungspapier in den Wagen legen sollen, Bungy.«

»Oh, verflixt«, sagte der Master. »Mir ist eben eingefallen, ich habe meine *Times* auf dem Beifahrersitz liegenlassen.«

Im vorderen Teil des Raums wurde es lebendig. Der Coroner war eingetreten, begleitet von einem blassen Mann in einem blankgewetzten dunklen Anzug, und Markby, der vergeblich versuchte, sich das Haar glattzustreichen und seine Erscheinung in Ordnung zu bringen. Alle nahmen hastig Platz. Die gerichtliche Untersuchung wurde mit der üblichen Einleitung eröffnet, und Meredith wartete gespannt darauf, daß der erste Zeuge aufgerufen wurde.

Das war der Moment, in dem sie bemerkte, daß Simon Pardy nicht anwesend war. Aber er war doch gewiß der Hauptzeuge und mußte aussagen? Sie sah sich um und begegnete Rupert Greens Augen. Er warf ihr einen stählernen Blick zu.

Der Coroner beugte sich vor. »Inspektor Markby, ich glaube, daß Sie diesem Gericht ein Ansuchen vortragen wollen.«

»Ja, Sir ...« Markby erhob sich. »Ich möchte um Vertagung dieser Anhörung bitten.« Ein Seufzer zitterte durch den Gerichtsraum, gefolgt von absoluter Stille.

»Aus welchem Grund?«

»Wir wurden heute nacht zu einem Toten gerufen, der unter verdächtigen Umständen gestorben ist, und es handelt sich um jemanden, der bei dem heutigen Verfahren eine wesentliche Rolle gespielt hätte. Möglicherweise besteht ein Zusammenhang mit seinem und dem Tod von Miss Needham. Die Polizei ermittelt, und es ist möglich, daß wir es mit einem Verbrechen zu tun haben.«

»In Ordnung«, sagte der Coroner. »Im Hinblick auf ein späteres gerichtliches Verfahren wird diese gerichtliche Untersuchung bis auf weiteres vertagt, um der Polizei die erforderliche Zeit zu geben, ihre Ermittlungen fortzusetzen. Dieses Gericht wird zu einem späteren Zeitpunkt wieder zusammentreten, und man wird die beteiligten Personen informieren.«

Ein kleines Chaos brach aus, als der Coroner sich zurückgezogen hatte, und Markby sah sich von allen Seiten bedrängt.

»Wo ist Pardy?« fragte Meredith. »Was ist mit ihm passiert?«

»Was heißt das, er ist tot?« Fran redete nicht lange um den Brei herum. »Wer hat ihn getötet?«

»Tut mir leid, darüber kann ich nicht sprechen.« Markby versuchte sich aus der Menge zu lösen, die ihn umgab.

»Sie müssen mit mir darüber sprechen, ich bin Harriets nächste Verwandte«, sagte Frances hartnäckig.

»Ich komme zu Ihnen ins Hotel, aber wahrscheinlich noch nicht heute. Heute habe ich sehr viel zu tun. Ich komme morgen.« Markby erzwang sich einen Weg durch die Menge, fing Merediths Blick auf, öffnete den Mund, um etwas zu sagen, schloß ihn wieder und sah sie mit einem bedeutsamen Blick an, mit dem er ihr vermutlich sagen wollte, daß er sie später anrufen würde. Das dachte sie jedenfalls. Oder hoffte sie es? Sie sah ihn durch den Haupteingang verschwinden.

Irgendwie drängten alle in einem tumultartigen Chaos hinter ihm hinaus. Green entfernte sich hastig im Regen. Langsam zerstreuten sich die anderen, nachdem sie sich gegenseitig ein paarmal nutzlos gefragt hatten, was geschehen sein mochte, und wild herumspekulierten, was wohl der Grund für die Vertagung gewesen war.

Meredith ging langsam zu ihrem Wagen. In dem Kombiwagen, der hinter ihr parkte, bellten Charlottes Hunde wie verrückt, als sie Leute aus dem Gebäude kommen sahen. Das Innere des Wagens war übersät mit zu Konfetti verarbeiteten Zeitungsseiten. Die Burschen hatten sich selig mit der *Times* die Zeit vertrieben. Sie kam zu ihrem Wagen, steckte die Schlüssel ins Türschloß und merkte plötzlich, daß Pringles Wagen neben dem ihren stand und der Doktor, die Hände am Steuer, reglos auf dem Fahrersitz saß und auf das Armaturenbrett starrte. Erschrocken bückte sich Meredith und klopfte ans Fenster. »Dr. Pringle? Geht es Ihnen gut?«

Pringle fuhr zusammen und blickte auf. Der glasige Ausdruck verschwand aus seinen Augen, und er kurbelte das Fenster herunter. »Ja – tut mir leid, Miss Mitchell. Ich habe nur nachgedacht …« Er verstummte wieder.

»Geht es Ihnen auch wirklich gut?« fragte sie zweifelnd.

»Ja – ja. Es ist nur – ich war innerlich so angespannt und darauf eingestellt, auszusagen – wegen Harriet … Und dann war es gar nicht nötig.« Er sah sie beinahe schüchtern an. »Um ehrlich zu sein, ich hatte Angst davor. Ich – ich hatte sie sehr gern.«

»Das wußte ich nicht«, gab Meredith zu. »Aber ich kann es verstehen. Ich kannte sie nicht sehr lange, habe sie aber auch sehr gemocht.«

»Ich habe sie geliebt«, sagte Pringle schlicht. »Ich wollte sie heiraten. Nur ein alberner Traum von mir. Ich meine, ich hatte nichts zu bieten. Einmal habe ich sie gefragt – sie hat mich abgewiesen. War nicht anders zu erwarten. Sie hatte natürlich völlig recht. Trotzdem hat es mich damals ganz schön gebeutelt. Ich habe früher die Jagden mitgeritten, aber danach hab ich's aufgegeben, hab mein Pferd und alles übrige verkauft. Ich ertrug es nicht zu sein, wo sie war, in Gesellschaft, auf Jagdbällen, bei Kirchturmrennen, solchen Sachen eben. Sie mit anderen zu sehen … Entschuldigen Sie, Miss Mitchell, ich rede und finde kein Ende.« Er lächelte mühsam.

»Schon gut, Dr. Pringle. Es tut mir leid, wirklich.« Mit hilfloser Verzweiflung sah Meredith ihn an. Nichts, was sie sagen konnte, würde etwas ändern. Pringle hatte geliebt und verloren. Auf der ganzen Welt gab es keine Situation, in der man einsamer war. Sie streckte die Hand aus und berührte die regennasse Schulter seines Dufflecoats. »Es tut mir wirklich aufrichtig leid.«

Auf der Heimfahrt ließ der Regen nach, und als sie von der Hauptstraße abbog, stellte sie die Scheibenwischer ab. Ein Blick in den Rückspiegel zeigte ihr, daß hinter ihr ein anderer Wagen auf die Landstraße einbog, in dem sie unschwer Tom Fearons Mercedes erkannte. Sie fuhr seitlich heran, damit er überholen konnte, doch er schien es zufrieden, ihr weiterhin in einem gleichbleibenden Abstand zu folgen. Vielleicht, dachte sie, will er bei Fennicks Garage anhalten und tanken. Aber auch da bog er hinter ihr in die schmale Straße nach Pook's Common ein. Vor ihrem Cottage hielt Meredith an und stieg aus. Der Mercedes fuhr vorbei, doch sie war nicht überrascht, als er ein paar Meter weiter ebenfalls hielt, Tom ausstieg und auf sie zukam. Sie wartete auf ihn.

»Wissen Sie irgend etwas über das Ganze – dort?« fragte er ohne Einleitung und wies mit dem Kopf ganz allgemein in die Richtung von Bamford.

»Nein, sollte ich?« fragte sie ärgerlich.

»Sie sind doch Alans Freundin, oder?«

»Aber nur Freundin im üblichen Sinn ...« Sie sah den ironischen Ausdruck in Fearons dunklen Augen, und ihr Ärger nahm zu. »Er redet mit mir nicht über seine Arbeit, und außerdem hatte ich seit vorgestern keine Gelegenheit, richtig mit ihm zu sprechen.«

Hab ich wirklich nicht, dachte Meredith mürrisch. Wir haben uns im Moment nicht viel zu sagen. Aber das ging Tom Fearon nichts an.

Fearon murmelte etwas und schob die Hände in die Taschen seines blauen Mantels. »Wenn jemand Pardy umgebracht hat, wundert mich das nicht, aber ich war es nicht. Ich nehme an, die Vertagung bedeutet, daß Alan herumgehen und uns alle fragen wird, wo wir jede Minute an jedem verdammten Tag und in jeder verdammten Nacht waren!« Er starrte Meredith aufsässig an. »Ich habe auf das gewartet, was sie alle zu Harriet zu sagen haben würden – diese Leute, die sich einbilden, sie gekannt zu haben«, sagte er unvermittelt.

»Die es sich einbilden?« Meredith hob die Brauen.

»Sie denken also, sie hätten Harriet nicht richtig gekannt?«

»Nein«, sagte Fearon leicht empört. »Hören Sie, ich habe sie fünf Jahre lang mehr oder weniger jeden Tag gesehen. Ich habe Harriet gekannt. Sie hat auf alle den Eindruck gemacht, als wäre sie selbstbewußt, unabhängig, schwierig – aber es war nicht Selbstbewußtsein, es war Abwehr, das Bedürfnis, sich zu schützen.«

»Es kam mir so vor«, sagte Meredith langsam, »als sei sie im Grunde sehr scheu.«

»Ach, tatsächlich?« Das brachte ihr einen anerkennenden Blick von Fearon ein. »Da waren Sie der Wahrheit näher als die meisten. Harriet mußte immer etwas beweisen – nicht anderen, obwohl ich das am Anfang dachte, nein, sich selbst.«

»Wie kommen Sie darauf?« Meredith dachte daran, ihn auf eine Tasse Kaffee ins Haus zu bitten, doch ihre Besonnenheit sagte ihr, daß sie ihn später vielleicht nicht so leicht loswerden würde. Es regnete nicht mehr; sie konnten genausogut hier draußen reden.

»Durch ihr Verhalten. Als sie herkam, tauchte sie eines Vormittags im Stall auf und erkundigte sich, was es kostet, ein Pferd bei mir einzustellen. Sie wollte sich eins kaufen und brauchte einen Stall in der Nähe. Wir besprachen die Bedingungen, und sie fragte mich, ob ich ein Tier wüßte, das zum Verkauf stand. Sie wollte ein leichtes Jagdpferd. Ich wußte keins, sagte ihr aber, daß demnächst ein paar Pferdeversteigerungen stattfinden sollten. Ich schlug ihr vor, sie zu begleiten, falls sie nicht wüßte, wie hoch sie bieten sollte. Sie sagte, daß sie damit schon allein fertig werden könnte – sagte es sogar ziemlich scharf. Also dachte ich mir, na schön, mach nur, aber beschwer dich hinterher nicht, wenn sie dir irgendeinen x-beinigen alten

Klepper andrehen, der auf einem Auge blind ist und einen schlechten Charakter hat. Aber sie ist mit Blazer zurückgekommen, einem netten, gesunden Pferd mit einem guten Temperament – zwar ein bißchen außer Form, weil er vernachlässigt worden war, aber es fehlte ihm nichts, was man nicht durch gutes Futter und allgemeine Fürsorge wiedergutmachen konnte. Da war mir klar, daß sie ein gutes Pferd erkannte, wenn sie eins sah.«

Meredith unterdrückte ein Lächeln. Fearon schätzte die Menschen offenbar danach ein, ob sie ein gutes Pferd von einem schlechten unterscheiden konnten.

»Aber sie hatte es selbst tun müssen, verstehen Sie? Und es war immer dasselbe – nehmen Sie nur diese vornehme Kocherei. Warum konnte sie nicht Fleisch und zweierlei Gemüse auf den Tisch bringen wie jede andere Frau? Mir persönlich ist das jedenfalls lieber. Ich mag diese Saucen nicht – man weiß nie, was drin ist. Mein Essen muß durchschaubar sein. Aber nein, Harriet mußte die beste Köchin weit und breit sein. Sie haßte es, wenn etwas mißlang. Sie haßte es, einen Fehler zu machen. Deshalb vermutete ich, daß sie irgendwann einmal einen schlimmen Fehler begangen hat und noch immer versuchte, damit fertig zu werden.« Tom zuckte mit den Schultern. »Ich schätze, sie hätte jemanden gebraucht, der sich um sie kümmert.«

»Also ganz gewiß nicht Sie«, sagte Meredith grob. Doch da Tom bestimmt immer behauptete, er wisse ein offenes Wort zu schätzen, nun, dann sollte er es auch zu hören bekommen.

»Ich habe nicht von mir gesprochen«, entgegnete er grollend. »Andererseits – was stimmt nicht mit mir? Wahrscheinlich habe ich dreckige Stiefel und rieche nach Pferd. Ich entschuldige mich dafür.«

»Das war's nicht, was ich gemeint habe.«

»O doch, genau das war es. Aber es beruht auf Gegenseitigkeit, Schätzchen – Sie sind die Sorte Frau, die ich höchst ärgerlich finde und die keinerlei ausgleichende Eigenschaften hat. Harriet konnte einen Mann zum Wahnsinn treiben – aber sie entschädigte ihn auf andere Weise.«

»Sie machen mich krank!« sagte Meredith wütend. »Sie alle. Sie meinen, sie wäre nur gut fürs Bett gewesen. Das ist das einzige, was für Sie zählt, nicht wahr?«

»Versuchen Sie's, bevor Sie's verdammen.« Seine Augen funkelten spöttisch. »Sie wissen, wo ich zu finden bin.« Er machte kehrt und ging zu seinem Mercedes zurück.

Meredith stürmte ins Haus, sah das Telefon an und sagte beschwörend: »Ruf mich jetzt nicht an. Ruf mich jetzt bitte nicht an, Alan! Ich würde ein Dutzend Dinge sagen, die ich hinterher bitter bereuen müßte.« Gnädigerweise blieb das Telefon stumm. Nach einer Weile, als sich ihr im Zusammenhang mit Pardy Fragen aufzudrängen begannen, schien das kein solcher Segen mehr zu sein.

Doch Markby hatte andere Sorgen. Als er in die Polizeistation zurückkam, wartete Pearce im Korridor auf ihn.

»Mrs. Turner ist hier, Sir. Möchte mit Ihnen sprechen. Sie ist Pardys Mutter. Mit Pardys Vater war sie in erster Ehe verheiratet. Jane ist im Augenblick bei ihr.«

»Das ging aber rasch!« rief Markby. »Wie hat sie so schnell davon erfahren?«

»Ich habe unter Pardys Sachen einen Brief von ihr gefunden, das dortige Polizeirevier angerufen und denen gesagt, sie sollten jemanden zu ihr schicken«, sagte Pearce.

Markby nickte. »Gute Arbeit. Wie ist sie?«

»Nette Frau – nicht, was ich eigentlich erwartet hätte.«

Markby öffnete die Tür seines Büros. Constable Jones redete mit einer kleinen, blassen, ordentlich gekleideten Frau in den Vierzigern. Auf dem Schreibtisch stand eine halbleere Tasse Tee. Mrs. Jones sprang auf, als Markby eintrat, und er entließ sie mit einem Nicken. Er zog sich einen Stuhl heran und setzte sich Mrs. Turner gegenüber, die ihn aus verwirrten und vom Weinen rotgeränderten Augen fassungslos ansah.

»Es tut mir sehr leid, Mrs. Turner«, sagte er. »Ein schrecklicher Schock für Sie.«

»Reg – mein Mann – ist in Schottland«, flüsterte sie. Sie räusperte sich und bemühte sich, lauter zu sprechen. »Sonst wäre er auch gekommen. Ich hatte keine Zeit, mich mit ihm in Verbindung zu setzen – er ist auf einer Geschäftsreise, und es ist schwierig, ihn tagsüber zu erreichen. Deshalb bin ich mit dem Zug heruntergekommen. Ich wollte nicht selbst fahren – war zu aufgeregt, unmöglich, mich zu konzentrieren, und wir wohnen in der Nähe des Bahnhofs. Mein Nachbar war so nett, die British Rail Information anzurufen, und da hat man ihm gesagt, daß es eine gute Verbindung gibt.« Nervös spielte sie mit der Handtasche, die sie auf dem Schoß liegen hatte. Ihre Finger mußten mit den Jahren dünner geworden sein, denn der Verlobungsring mit dem Solitär und der Ehering saßen sehr locker. »Ich bin Lehrerin – unterrichte aber nur als Vertretung. Zum Glück braucht man mich im Moment nicht an der Schule, deshalb konnte ich auch sofort kommen, ohne etwas regeln zu müssen.«

»Ich verstehe. Hatten Sie – verzeihen Sie, wenn ich das frage – hatten Sie engen Kontakt mit Ihrem Sohn?«

Unglücklich schüttelte sie den Kopf. »Nein, er war immer ein Problem. Aber das war nicht ausschließlich seine Schuld.« Sie fügte die letzten Worte hastig hinzu, als müsse sie sich und ihren Sohn verteidigen, und warf Markby einen nervösen Blick zu. »Sehen Sie, sein Vater starb, als er drei war, und ich mußte allein zurechtkommen. Er war ein sehr verschlossenes Kind. Ich mußte ihn in einer Kindertagesstätte und bei Tagesmüttern lassen, während ich arbeiten ging. Manche Kinder werden dadurch unabhängig, andere kapseln sich einfach ab. Das hat auch Simon getan. Später, als er in die Schule ging, hatte er nie richtige Freunde. Es war ziemlich peinlich, wenn er Geburtstag hatte. Ich richtete immer eine kleine Party für ihn aus, aber es war schwierig, Kinder zu finden, die ich einladen konnte. Am Schluß lud ich die Kinder der Nachbarn ein – doch selbst auf seiner eigenen Party schien er nie mit ihnen zu spielen.«

Sie verstummte und griff mit zitternder Hand nach ihrer Teetasse. Markby wartete geduldig. Doch die Geschichte begann allmählich vertraut zu klingen.

»Ich machte mir Sorgen um ihn, dachte, daß er möglicherweise eine männliche Bezugsperson brauchte. Ein Junge, der von der Mutter großgezogen wurde – das war vielleicht doch nicht das beste, und am Ende würde eine andere Umgebung ihm mehr zusagen. Also schickte ich ihn auf eine Internatsschule. Sie kostete eine Menge Geld, aber wegen meiner besonderen Situation – ich hätte erwähnen sollen, daß ich eine Armeewitwe war. Mein Mann wurde bei Natomanövern in Deutschland bei einem Unfall getötet... Jedenfalls gab die Schule Simon ein kleines Stipendium, das mir sehr geholfen hat, und seit er dort war, konnte ich ganztags arbeiten und verdiente mehr. Die Schule war nicht sehr weit entfernt. Er konnte übers Wochenende nach Hause kommen, wenn er wollte. Ich dachte, er werde endlich aus sich herausgehen. Es war ein Wagnis, aber ich fand, man müsse es versuchen. Ich hatte auch mehr Freizeit und konnte ein bißchen ausgehen, ein paar örtlichen Vereinen beitreten. Dort habe ich Reg kennengelernt, meinen zweiten Mann. Er war Witwer und ebenfalls Mitglied des Historischen Vereins. Wir verstanden uns gut, hatten viele gemeinsame Interessen. Wir heirateten.«

»Wie alt war Simon damals?«

»Oh, vierzehn – alt genug, um zu verstehen, dachte ich. Und Reg hat sich ehrlich für ihn interessiert, versucht, ihm ein Vater zu sein – aber Simon hat ihn immer nur zurückgewiesen.«

Das überrascht nicht, dachte Markby. Der Junge hatte in seinem ganzen Leben nie eine Vaterfigur gehabt, und mit vierzehn plötzlich eine präsentiert zu bekommen – das konnte nur schiefgehen.

»Mit sechzehn hat er die Schule ganz hingeworfen – bei allen Prüfungen versagt. Nicht, weil er nicht intelligent gewesen wäre –, aber er – nun ja, ich muß es sagen, ich denke, er hat absichtlich nicht bestanden. Aus Bosheit – um uns zu bestrafen – es klingt schrecklich ...« Ihre Stimme erstarb. »Ich denke, er hat uns gehaßt.«

»Wahrscheinlich war das eine Phase, durch die er durch mußte«, sagte Markby. »Viele junge Leute rebellieren gegen ihre Eltern.«

»Ja ...« Ihr Gesicht hellte sich auf. »Ja, das tun sie. Ich weiß. Nun, Simon hat die Schule verlassen und ist nach London durchgebrannt. Zum Glück haben wir ihn gefunden und nach Hause geholt. Er war noch nicht volljährig. Die Polizei in London hat gesagt, wir hätten großes Glück. So viele Halbwüchsige, die nach London durchbrennen, verschwinden einfach, und die Eltern finden sie nie mehr. Simon blieb ungefähr sechs Monate zu Hause, dann lief er wieder weg. Diesmal konnten wir ihn nicht aufspüren. Mit achtzehn tauchte er eines Tages wieder auf. Ich denke, er hatte im Freien geschlafen, hatte kein Geld mehr und war nicht so recht gesund… Wir haben ihn aufgenommen, natürlich. Wir hofften…« Sie holte tief Atem. »Es ging nicht. Er wollte sich keine Arbeit suchen, lungerte nur im Haus herum. Reg fing an, an ihm herumzunörgeln. Es gab einen furchtbaren Krach, Simon packte seine Sachen und ging. Einfach so. Danach lebte er mal hier und mal dort, an allen möglichen Orten. Manchmal hat er mich besucht – gewöhnlich, wenn er Geld wollte.« Sie sah Markby sehr offen an. »Mir ist klar, warum er gekommen ist. Ich habe es Reg erzählt, wenn er dagewesen war, aber ich habe ihm nie gesagt, daß ich Simon Geld gegeben habe. Reg hätte es nicht verstanden.«

»Ich verstehe«, sagte Markby. Er hatte schon Hunderte ähnlicher Geschichten gehört, aber sie waren immer wieder herzzerreißend.

»Ich habe mir immer Gedanken über die Leute gemacht, mit denen Simon zusammen war«, sagte Mrs. Turner.

»Wenn es für Sie ein Trost ist, Mrs. Turner, die drei jungen Leute, mit denen er hier in Bamford gewohnt hat, sind wirklich nett – wenn auch sehr seltsam angezogen und so weiter. Ich glaube nicht, daß sie jemandem etwas zuleide tun würden.«

»Es ist schön, das zu wissen«, sagte sie dankbar. »Wann – wann wird seine Leiche freigegeben? Wann können wir Simon begraben?«

»Noch nicht, leider. Aber ziemlich bald, hoffe ich. Es wird eine gerichtliche Untersuchung anberaumt.«

»Ja – natürlich. Es ist merkwürdig, man macht sich wegen so vieler Dinge Sorgen. Wegen Drogen, zum Beispiel. Ich hatte Angst, Simon könnte drogenabhängig werde. Ich hätte nie gedacht – Ihr Sergeant hat gesagt, es gebe bei Simons Tod verdächtige Umstände. Das bedeutet Mord, nicht wahr? Ich meine, an Mord denkt man einfach nie, nicht wahr?«

Unglücklich rutschte Markby in seinem Sessel hin und her. »In meinem Beruf muß man das leider oft, Mrs. Turner.«

»Ja, natürlich. Nur eins verstehe ich nicht: Warum sollte jemand Simon töten wollen? Ich weiß, er war schwierig – aber er hat niemanden bedroht, und ich wüßte nicht, was er getan haben könnte, daß jemand so zornig auf ihn werden konnte. Wissen Sie es?«

»Noch nicht, Mrs. Turner«, sagte er. »Aber ich versuche es herauszufinden.«

Als sie gegangen war, saß Markby eine Zeitlang in Gedanken versunken an seinem Schreibtisch und malte Gänseblümchen in Blumentöpfen auf einen Zettel. Als er am Ende der dritten Reihe angelangt war, klingelte das Telefon neben ihm. Es war der Pathologe.

»Hallo, Alan, ich bin mit Ihrem jungen Opfer fertig und schicke Ihnen den Bericht, sobald ich jemanden gefunden habe, der ihn mir tippt, aber ich dachte mir, daß Sie vielleicht sofort wissen wollen, daß er hinter dem rechten Ohr eine Quetschung hat.«

»Die nicht von dem Sturz herrührt?« fragte Markby scharf. Er ließ den Kugelschreiber fallen und das letzte Gänseblümchen ohne Topf in der Luft hängen.

»Theoretisch könnte es mit dem Sturz zusammenhängen, aber ich bin der Meinung, daß es unwahrscheinlich ist. Von dem Winkel und der Art der Verletzung würde ich sagen, daß wir es hier mit einem gemeinsamen alten Freund zu tun haben – dem berühmten stumpfen Gegenstand.«

»Haben noch keinen gefunden.« Verdammt, das hieß, zurück in die Jubilee Road und noch einmal den Garten und die Seitengasse durchsuchen.

»Wie ich es sehe«, fuhr die Stimme an seinem Ohr fort, »ist von hinten ein Rechtshänder gekommen und hat ihm eins hinters Ohr versetzt. Er ist dann einen Augenblick benommen gewesen und wie ein Kartoffelsack die Treppe hinuntergestürzt.«

Markby legte auf. Es gibt Worte, die uns in der Erinnerung verfolgen. Simons Worte begannen den Mann zu verfolgen, dessen Aufgabe es war, den Mörder zu finden. »Sie ist runtergefallen wie ein Sack Kartoffeln.«

»Wer behauptet da, das Schicksal sei blind?« sagte Markby laut.

KAPITEL 12 Am selben Freitagvormittag schob sich der Müllwagen langsam und mit großer Verspätung um die Ecke der Jubilee Road. Es war nach einem großen gesetzlichen Feiertag immer das gleiche und nach Weihnachten und Neujahr am schlimmsten. Die regelmäßige Entsorgung des Haushaltsmülls war unterbrochen, die Leute mit schwarzen Plastiksäcken für den zusätzlich anfallenden Müll ausgestattet worden, der nach den Feiertagen die doppelte Menge ausmachte.

Sie fingen in der Jubilee Road wie in jeder anderen Straße an. Zwei Müllarbeiter in ihren städtischen gelben Overalls gingen rasch auf beiden Seiten die Straße entlang und sammelten Plastiksäcke und andere Behälter ein und stapelten sie in Abständen ordentlich auf. Dann begann der Müllwagen seine würdevolle Fahrt, hielt bei jedem Stapel an, und die gelb gewandeten Müllarbeiter nahmen Säcke und Schachteln und warfen sie ihm in den Rachen, wo ein Satz metallener Zähne sie ins Innere des Wagens beförderte.

Dieser vom Fest übriggebliebene Abfall hatte etwas Wehmütiges. Fröhlich buntes Geschenkpapier, mit Rentieren und Weihnachtsmännern bedruckt, schaute zusammengeknüllt aus den Plastiksäcken heraus, die geplatzt oder von Katzen aufgerissen worden waren. Eine leere Sektflasche, mit der ein weiteres Jahr begrüßt worden war, steckte zwischen den abgenagten Resten eines Truthahns, eine Kette Weihnachtsbaumlichter, die nicht funktioniert hatte, ein Spielzeug, teuer, aber schon zerbrochen und nicht mehr zu reparieren ...

Zwischen den durchweichten Teebeuteln und Kartoffelschalen sah man Fragmente von Weihnachtskarten, auf denen Leute zu sehen waren, die durch Schneewehen in die Kirche stapften, obwohl Bamford schon seit Jahren keine weiße Weihnacht mehr gesehen hatte. Und viele Kirchgänger gab es in der Jubilee Road auch nicht.

Vor Nummer dreiundvierzig blieb der Müllarbeiter, der die Säcke einsammelte, stehen und tauschte abschätzende Blicke mit einem uniformierten Constable, der den Eingang versperrte. Eine Tigerkatze schlich um den zerrissenen Müllsack herum, der vor der Pforte des Nebenhauses stand, aber im Eingang von Nummer dreiundvierzig fehlte er.

»Was haben Sie damit gemacht?« erkundigte sich der Müllarbeiter mit einer ruckartigen Kopfbewegung in Richtung von Nummer dreiundvierzig bei dem Polizisten.

»Zerbrechen Sie sich nicht den Kopf darüber«, sagte der Constable.

»Wo ist der Sack? Wenn die Leute ihn nicht rausstellen, kann ich ihn nicht mitnehmen. Ich habe keine Zeit, an die Tür zu klopfen und danach zu fragen. Das dürfen wir nicht. Anweisung der Bezirksverwaltung. Zeitverschwendung.«

»Sie können ihn nicht haben«, sagte der Constable.

Das gab dem Müllarbeiter zu denken. »Warum? Habt ihr die Kronjuwelen drin versteckt?«

»Er wird durchsucht«, sagte der Constable von oben herab. »Ihr Kumpel wartet mit dem Wagen auf Sie.«

»In Ordnung«, sagte der Müllarbeiter und ging widerstrebend zum nächsten Sack. »Verpiß dich!« Er trat nach dem Tigerkater, der ihm auswich und mit einem Stück zerkauter Hühnerbrust, das er aus dem Sack herausgezerrt hatte, über die Mauer sprang. »Diese Katzen!« sagte der Müllarbeiter empört. »Jede Woche reißen sie die Säcke auf.« Er nahm den Sack und warf ihn in den Wagen. Dann kam er zu dem Constable zurück. »Was sucht ihr denn?«

Der Constable war ein kluger junger Mann, der seine Versetzung zur Kriminalpolizei anstrebte. Er hätte dem Müllmann sagen können, er solle machen, daß er weiterkam, aber eine innere Stimme hinderte ihn daran. »Etwas Schweres, Hartes – eine Waffe«, sagte er mit neutraler Stimme.

»Und weiter?« Der Müllmann war fasziniert. »Jemand ermordet worden?«

»Schon möglich«, sagte der Constable.

Aus dem Müllaster, der langsam weiterfuhr, kamen ein schriller Pfiff und dann ein unverständlicher Schrei.

»Schon gut!« bellte der Müllarbeiter zurück und ging hinter dem Wagen her.

Im Hintergarten von Nummer dreiundvierzig war vor einiger Zeit fliegenden Fußes Sergeant Pearce eingetroffen, abgesandt von seinem Vorgesetzten, nachdem der das Telefongespräch mit dem Pathologen beendet hatte. »Finden Sie ihn!« hatte Markby unmißverständlich befohlen und damit den stumpfen Gegenstand gemeint. Pearce war mit zwei Leuten in die Jubilee Road gerast und hatte begonnen, Garten und Seitengasse zu durchkämmen. Jetzt half er einem unglücklichen Constable, den Inhalt des zu Nummer dreiundvierzig gehörenden Müllsacks zu sortieren. »Riecht nicht besonders, was?« knurrte der Constable vor sich hin. »Ja – was'n das?«

»Reispudding«, sagte Pearce, nachdem er die Hand inspiziert hatte, die der Constable ihm entgegenstreckte. »Aus der Büchse. Eß ich selber gern.«

Der Constable brummte wieder etwas und wischte sich die Hand mit einem Lappen ab. Sie schütteten den restlichen Inhalt aus dem Sack. Bier- und Coladosen rollten in alle Richtungen. Zigarettenstummel fielen auf die schlammigen Steinplatten von etwas, das früher einmal ein Patio gewesen war, und versanken dort. Aus einer Dose, die Bohnen in Tomatensauce enthalten hatte, sickerte blutroter Saft.

»Nichts«, sagte Pearce angeekelt. »Nichts, was man ihm hätte über den Schädel schlagen können.«

»Wir haben in diesem sogenannten Garten gesucht«, sagte der Constable halsstarrig. »Es ist nichts da. Wir haben jedes einzelne dieser überwucherten Beete durchkämmt. Und diese Seitengasse, sie ist sauber und alles.«

Sie hörten Schritte und blickten auf. »Oh, hallo, Sir«, sagte Pearce und schaute auf seine Armbanduhr. Es war fast eins. »Kein Glück, leider. Überhaupt nichts. Wir haben im Garten gesucht, in der Seitenstraße, und das hier war der Müllbeutel. Wir haben ihn vor der Abholung gerettet. Die Müllabfuhr war heute hier.«

»Sie meinen«, sagte Markby bedächtig, »alle anderen Müllsäcke von dieser Straßenseite wurden eingesammelt – abtransportiert?«

Ein unbehagliches Schweigen entstand. »Hm, ja, Sir«, sagte Pearce und wurde feuerrot.

»Die Waffe könnte«, sagte Markby mit wachsendem Zorn, »in jedem gewesen sein. Alle Gärten haben Türen zur Seitenstraße. Er hätte das Ding nicht unbedingt hier wegwerfen müssen. Tatsächlich ist es viel wahrscheinlicher, daß er es irgendwo hineingeschmissen hätte.«

»Tut mir leid, Sir«, sagte der unglückliche Pearce. »Ich hätte daran denken müssen.«

Markby knurrte etwas, ging ins Haus zurück und durch die Haustür ins Freie.

»Müllwagen?« fauchte er den Constable an, der dort Wache stand.

»War eben hier, Sir.«

Markby fluchte und schaute den Gehsteig entlang. Kein einziger Plastiksack mehr, aber eine zerrissene Weihnachtskarte, ein Hühnerknochen und ein Stück Lametta markierten die Stelle, wo nebenan der Müllsack gestanden hatte. Ähnliche Abfallreste lagen in Abständen auf dem Gehsteig.

»Die Katzen haben die Säcke aufgerissen, bevor der Müllwagen kam«, erklärte der Constable. Er hoffte, man würde nicht ihm die Schuld dafür in die Schuhe schieben.

»Weg«, sagte Markby. »Wenn das Ding in einem dieser Säcke war. Mit dem übrigen Abfall zum städtischen Müllabladeplatz transportiert. Verdammt, verdammt, verdammt ...« Er ging zu seinem Wagen. Pearce war normalerweise nicht unfähig, aber heute hatte er einen schlimmen Fehler begangen – zum Teil wegen des Zeitfaktors. Sie hatten bis zu Markbys Rückkehr von der vertagten gerichtlichen Untersuchung nicht gewußt, daß Pardy eins auf den Schädel bekommen hatte. Wäre Pearce nur eine Stunde früher in der Jubilee Road gewesen ... Sinnlos, er, Markby, trug die Verantwortung.

Eine Gestalt im gelben Overall war an der Straßenecke aufgetaucht und kam schnell auf sie zu.

»Hier, Kumpel!« rief der Müllmann dem Constable zu. »Wissen Sie noch, Sie haben gesagt, daß Sie nach so was Ähnlichem wie einer Waffe suchen ...«

»Ja?« Der Constable warf einen nervösen Blick auf den Chefinspektor. Wenn der Alte das hörte, würde er ihm einen Streifen abreißen, weil er über die Suche mit einem Außenstehenden gequatscht hatte.

»Na ja, unten am Eckhaus war noch ein Sack aufgerissen«, sagte der Müllmann, »und als ich ihn hochhob, ist das hier rausgefallen ... Ich hab meinen Kumpels erzählt, was Sie gesagt haben, und Baz, das ist der Fahrer, hat gemeint, wir sollten es Ihnen auf jeden Fall bringen.« Er hielt dem Constable einen kleinen Holzhammer entgegen.

»Passen Sie auf, wie Sie damit umgehen!« rief der Constable. »Mr. Markby, Sir, warten Sie eine Minute!«

Freitagabend begann es wieder zu nieseln, und Meredith zündete den Gasofen an und schaltete den Fernseher ein. Von Zeit zu Zeit warf sie einen Blick auf das Telefon, aber es klingelte einfach nicht, und aus Prinzip wollte nicht sie diejenige sein, die zum Hörer griff. Sie war eigentlich keine begeisterte Fernseherin, weil sie fand, daß es sie am Denken hinderte. Jetzt schien es ihr jedoch wünschenswert, nicht denken zu müssen. Sie schaltete den Apparat in der Ecke des Wohnzimmers ein, saß, die Füße unter sich gezogen, auf dem Sofa und wurde von der Folge flimmernder farbiger Bilder und den merkwürdig näselnd synchronisierten Stimmen auf Kanal vier hypnotisiert, in dem ein unverständlicher, surrealistischer spanischer Film lief. Daß der Plot, von Traumsequenzen unterbrochen, ohne Zusammenhang schien, machte ihr kaum etwas aus. Das meiste zog ungehört an ihrem Ohr vorbei.

Hier saß sie, in einem fremden Zuhause, auf einem Sofa, das ihr ebensowenig gehörte wie der Fernsehapparat. Und das nur, weil sie mit Mitte Dreißig nichts eigenes besaß, außer einem alternden Wagen und ein paar Koffern mit Kleidern. Richtig, eine Kiste mit Haushaltsgeräten und Bettwäsche hatte sie auch noch, irgendwo zwischen Osteuropa und den Kanalhäfen; eine Kiste, die sie, wenn sie endlich ankam, nicht öffnen würde, weil sie hier ohnehin alles hatte; und sollte sie die Kiste eines Tages öffnen, würde sie sich fragen, warum in aller Welt sie sich die Mühe gemacht hatte, das ganze Zeug per Schiff nach Hause zu schicken. Aber sie wußte, warum sie sich diese Mühe gemacht hatte. Sie hatte es nach Hause geschickt, um sich zu beweisen, daß sie ein Zuhause hatte. Sie trug es wie eine Schnecke oder eine Schildkröte auf dem Rücken. Eine Kiste per Schiff nach Hause zu schicken, auch wenn sie nichts anderes enthielt als Kram, demonstrierte, daß ihr Leben Substanz hatte. Sie lächerlicherweise auch noch zu versichern, betonte diese Tatsache zusätzlich. Aber wenn alles irgendwo auf der Autobahn vom Laster fiele, würde es ihr überhaupt nichts ausmachen. Doch schließlich hatte sie es so gewollt, so und nicht anders, oder? Als sie England verlassen hatte (aus England floh, war wohl zutreffender), hatte sie gesagt, sie wolle keine Bindungen. Sie wollte keine Erinnerungen. Sie wollte einen Koffer nehmen und alles hinter sich lassen können, was die Oberfläche ihres kleinen Teiches kräuselte.

Zweierlei hatte sie inzwischen gelernt. Erstens, daß man seinen Erinnerungen nicht entkommen kann. Zweitens, daß das Entkommen allmählich zu einem übermäßig lange dauernden und dadurch sehr anstrengenden Alleingang wird. Keine Wurzeln und keine Bindungen – mit der Zeit macht das keinen Spaß mehr, wird lästig, langweilig. Aber wie jeder, der lange Zeit nur eine Straße befahren hat, bekommt man Angst, kehrtzumachen und sich nach einer anderen Straße, einer anderen Richtung umzusehen.

Doch sich auf diese Weise selbst zu beobachten war denkbar ungesund. Auf dem Bildschirm wurde Werbung angekündigt. Meredith stand auf, ging zum Fenster und schaute hinaus in die neblige Dunkelheit. Ein gelbes Licht auf der anderen Straßenseite und ein zweites rechter Hand und ein Stückchen weiter unten zeigte ihr, daß jemand in das Cottage mit dem Wunschbrunnen zurückgekehrt war. Die Fenniwicks, vermutlich. Wenigstens war sie jetzt nicht mehr ganz allein in Pook's Common. Der gelbe Glanz war tröstlich. Natürlich war da noch Tom, unten in den Stallungen. Ob wohl morgen, am Samstag, die Haynes wie üblich übers Wochenende kommen würden? Arme Lucy.

Meredith schaute auf ihre Uhr. Es wurde allmählich spät. Aber es war eine scheußliche Nacht, und sie wollte ungern hinauf ins Bett gehen. Sie sah sich den Film bis zu seinem verwirrenden Ende und auch noch das Folgeprogramm an, kochte Kakao und blieb bis spät die Nacht bei einem älteren Horrorfilm sitzen, den sie hemmungslos genoß. Als sie um zwei ins Bett ging, war das Licht im Cottage der Fenniwicks gelöscht. Es regnete noch immer, stärker jetzt. Keine Nacht, um unterwegs zu sein. Eine Nacht, um sich unter dem Federbett zusammenzurollen und sich vorzustellen, sich zu wünschen, daß man, wenn man den Fuß hinausstreckte, einen anderen Körper berührte.

Am nächsten Morgen schien die Sonne, aber Meredith stieg müde und gereizt aus dem Bett. Zum Teil, sagte sie sich, weil Alan nicht angerufen hatte, zum Teil, weil sie so spät ins Bett gegangen war und soviel ferngesehen hatte, zum Teil aber auch, weil sie nicht wußte, wie es jetzt weitergehen würde, nachdem die gerichtliche Untersuchung vertagt worden war. Außerdem hatte sie nur noch dieses Wochenende Urlaub. Am Montag begann die tägliche Pendelfahrt nach London und zurück. In Pook's Common gab es heute nichts zu tun. Meredith zog den Anorak an, ging hinaus, stieg in den Wagen und drehte mit der vagen Idee, nach Bamford oder vielleicht sogar nach Oxford zu fahren, den Zündschlüssel um.

Die Zündung hustete, stotterte und verstummte ganz. Panik erfüllte sie. Ihr Wagen war in Ordnung gewesen. Am Montag würde sie ihn brauchen, um zum Bahnhof nach Bamford zu kommen. Sie versuchte es noch einmal. Nichts. Tot. Meredith stieg aus und öffnete die Motorhaube, betrachtete zweifelnd den Motor. Sie war keine Mechanikerin, aber es bestand die Möglichkeit, daß sich ein sichtbares Kabel gelockert hatte oder ein anderer Grund für eine Panne ihr in die Augen springen würde. Das war nicht der Fall, aber eine mögliche Erklärung war die Feuchtigkeit. Der arme Wagen hatte die ganze Nacht bei strömendem Regen im Freien gestanden, und die Nässe konnte irgendeinen Schaden angerichtet haben. Meredith schloß die Motorhaube, wischte sich die Hände ab und seufzte. Es war jedoch Hilfe in Sicht – Fenniwicks Garage an der Landstraße. Sie machte sich zu Fuß auf den Weg.

Joe Fenniwick lag unter einem Wagen. Zumindest vermutete sie, daß die Füße, die darunter hervorragten, ihm gehörten.

»Mr. Fenniwick?«

»Ja, das bin ich«, sagte eine gedämpfte Stimme. Er schlängelte sich heraus und setzte sich auf, ein kleiner Mann mit schmalem Gesicht und einem widerspenstigen rötlichen Haarschopf. »Oh, ah«, sagte er und winkte zur Begrüßung mit dem Schraubenschlüssel. »Was gibt's? Wollen Sie tanken?«

»Nein, mein Wagen springt nicht an. Mit der Zündung stimmt was nicht. Entweder das, oder die Batterie ist leer. Er steht in Pook's Common vor dem Rose Cottage.«

Mr. Fenniwick rappelte sich auf. »Dann sind Sie die Dame, die das Haus von Dr. Russell gemietet hat? Freut mich, Sie kennenzulernen.« Er streckte die ölverschmierte Hand aus, überlegte es sich und zog sie wieder zurück. »Meine Frau wäre hinübergekommen, um Sie zu begrüßen, aber wir waren über die Feiertage verreist. Bei der Schwester meiner Frau. Sie hatte sich das Bein verletzt, die Schwester meiner Frau, also ist meine Frau hingefahren, um zu helfen, und ich und der Junge sind mitgefahren und haben dort Weihnachten gefeiert. Die Frau und der Junge kommen morgen heim, aber ich mußte früher zurück, wegen dem Geschäft.« Mr. Fenniwick sah sich zerstreut um. »Die Zündung, eh. Aber ich sag Ihnen, das hört sich mehr nach der Batterie an. Haben dort unten keinen Schutz, nicht wahr? Der Wagen steht im Freien, richtig?«

»Ja, leider.«

»Könnte die Elektrik sein. Ich sag Ihnen was, ich komm später mit meinem Abschleppwagen zu Ihnen raus und bringe den Wagen hierher, um ihn mir anzusehen. Leider kann ich ihn nicht bei Ihnen reparieren, weil ich hier allein bin.«

»Ja, das verstehe ich, Mr. Fenniwick, doch ich brauche den Wagen Montag schon sehr früh, da ich nach Bamford muß, um den Frühzug nach London zu erreichen.«

»Ich habe einen Taxidienst«, sagte Mr. Fenniwick, »Sie brauchen also nicht zu verzweifeln. Aber wahrscheinlich kann ich Ihren Wagen schon vorher reparieren.« Sie bedankte sich, und er sagte: »Sie hatten keine

Gelegenheit, die Dame kennenzulernen, die Ihnen gegenüber gewohnt hat, oder? Die, die den Unfall hatte?«

»Miss Needham. Aber ja, ich habe sie gekannt. Eine schreckliche Sache.«

»Ah … Pook's Common, wissen Sie«, sagte Mr. Fenniwick. »Ein Unglücksort. Alle alten Leute aus der Gegend werden Ihnen das sagen. Ein paar sind überrascht, daß meine Frau und ich hier leben wollen. Trotzdem, ich muß auf Holz klopfen.« Mr. Fenniwick klopfte sich mit großem Ernst auf die Stirn. »Uns ist noch nichts passiert.«

Meredith marschierte zum Rose Cottage zurück. Bald darauf kam Mr. Fenniwick mit einem schicken, kleinen Abschleppwagen und nahm ihren Wagen mit, nachdem er versprochen hatte, sich ihn sofort anzusehen. Meredith saß in Pook's Common fest und hatte überhaupt nichts zu tun. Sie schaute über die Straße zum Ivy Cottage hinüber. Es war nicht erstaunlich, daß Harriet ihre Zeit in den Stallungen verbracht hatte. Andere Möglichkeiten hatte man hier kaum. Harriet – Fran – die Schlüssel – die Bücher für das Dorfkrankenhaus. Es gab etwas, das sie tun konnte.

Meredith holte die Schlüssel aus dem Haus, die Fran ihr gegeben hatte. Sie ging hinüber, sperrte auf und schloß die Haustür hinter sich. Die Tür zum Salon stand offen, sie trat ein und betrachtete mit schwerem Herzen die trostlose Szenerie um sich herum. Ivy Cottage wirkte jetzt merkwürdig vernachlässigt, als wisse es, daß seine Besitzerin für immer fortgegangen war. Die Möbel waren staubig, da keine Mrs. Brissett mehr kam, um sie zu polieren. Fran hatte alle Fotografien eingesammelt und in einen Karton getan, der auf dem Boden stand. Meredith bückte sich und nahm den obersten Rahmen heraus. Drei kleine Mädchen. Fran hatte sich sehr verändert. Sie war kein besonders hübsches Kind gewesen, ziemlich mager, aber wie war sie aufgeblüht. Harriet mit dem roten Haar. Und das andere Kind – Caroline Henderson, die unglückliche kleine reiche Erbin. Von den drei kleinen Mädchen lebten zwei nicht mehr. Meredith fröstelte und legte das Foto zurück.

Die meisten Bücher waren in einem verglasten Bücherschrank. Meredith machte sich auf die Suche nach einem Karton und fand einen im Schlafzimmer. Fran war da oben fleißig gewesen. Die gesamte Bettwäsche war in Säcke verpackt und mit Etiketten versehen worden, auf denen WRVS stand, was die Abkürzung für einen freiwilligen Frauenhilfsdienst war. Sie trug den Karton hinunter und begann sorgfältig die Bücher hineinzulegen. Während sie es tat, sah sie sich die Titel an, ob das eine oder andere Buch dabei war, das sie noch nicht gelesen hatte. Es war auch ein Exemplar von *Briony Rides at the Horse of the Year Show* dabei. Meredith legte es zur Seite, sie wollte Fran fragen, ob sie es behalten durfte. Sie nahm das nächste Buch in die Hand …

Im Cottage war es sehr still. Pook's Common war verlassen. Als sie das Buch aufschlug, raschelten die Seiten, und das Geräusch schien übertrieben laut in der Stille. Meredith setzte sich auf den nächstbesten Stuhl und fing, ab und zu ein paar Seiten überspringend, zu lesen an. Die Bindung war noch ganz fest. Dieses Buch hatte noch nie jemand aufgeschlagen. Sie mußte die Seiten fast gewaltsam öffnen, so starr war der Rücken, und sie rochen neu, wie eben ein funkelnagelneues Buch riecht. Meredith kehrte zum Anfang zurück und las das Impressum, die Namen von Verlag und Druckerei, Datum, Copyright, ISBN …

Ein lautes Knacken in der Küche. Merediths Herzschlag setzte aus, und sie erstarrte, das Buch in der Hand. »Mrs. Brissett?« rief sie. Es folgten ein leises Schnaufen und ein gedämpfter Ausruf. Ein Moment Stille und dann ein Knarren und schlurfende Schritte. Wer auch in der Küche war, es war nicht Mrs. Brissett, sondern ein Eindringling, der die Hintertür aufgebrochen hatte, weil er nicht wußte, daß Meredith hier war. Jetzt wußte er es. Meredith wartete und beobachtete die Tür zum Salon. Schritte im Flur. Dann ging langsam die Tür auf.

»Guten Morgen, Mr. Deanes«, sagte Meredith, nicht mehr sehr überrascht, nicht jetzt. »Ich nehme an, Sie wollten das hier holen.« Und sie hielt das Exemplar von *Revolutionäre Jugend* in die Höhe, in dem sie gelesen hatte. Auch heute trug er seinen pelzbesetzten Parka. Er schob sich die Brille höher auf die Nase und sah sie verblüfft an. »Miss Mitchell? Was machen Sie hier? Ich dachte, Sie seien nach Bamford gefahren... Ihr Wagen ist nicht da.« Das klang leicht verärgert, als habe sie in einem Spiel einen falschen Zug gemacht.

»Er ist kaputt. Mr. Fenniwick bringt ihn mir heute irgendwann zurück. Bald, wie ich hoffe.«

Je früher, um so besser, dachte sie plötzlich. Sie war hier allein mit ihm, niemand würde sie hören, wenn sie rief – und Tom war unten in seinen Stallungen ... Harriets Telefon war im Flur, aber Deanes stand noch immer in der Tür.

Deanes betrachtete das Buch in ihrer Hand. »Ja – das gehört mir. Ich war besorgt, daß es jemand wegwerfen könnte... Ich wollte es holen, wie Sie sagten. Ich mußte den Riegel an der Hintertür gewaltsam öffnen, hatte aber die Absicht, ihn wieder in Ordnung zu bringen, bevor ich gehe.« Er streckte die Hand aus.

Meredith hielt das Buch fest. »Ich würde es gern lesen, hab schon angefangen – sehen Sie. Hätten Sie was dagegen, wenn ich es noch ein bißchen behielte?«

»Ja, das hätte ich. Sie können es nicht behalten, ich muß es wiederhaben.« Das klang ziemlich aufgeregt. Seine blassen Wangen röteten sich.

»Es ist ein Vorausexemplar, nicht wahr?« sagte Meredith. »In der Buchhandlung in Bamford hat man mir gesagt, es sei noch nicht erschienen. Harriet muß es von Ihnen bekommen haben.«

Deanes setzte sich auf den Stuhl neben der Flurtür. Seine Brillengläser glänzten, und wie damals auf dem Gemeindeland konnte sie seine Augen nicht sehen.

»Ich kann es erklären, Miss Mitchell.«

»Davon bin ich überzeugt, Mr. Deanes.«

Er zögerte, beugte sich plötzlich vor. »Ich bin sicher, Sie werden es verstehen, Miss Mitchell, Sie sind eine vernünftige Frau. Sie hatten ein offenes Ohr für mich, als ich Ihnen von meiner Arbeit erzählte. Sie begreifen, wie wichtig meine Arbeit ist. Diese jungen Menschen verlassen sich auf mich. Was auch geschieht, meine Arbeit muß weitergehen. Wenn Sie mich anhören, werden Sie sehen, daß das Ganze ein schrecklicher ...« Er brach ab.

»Fehler war?«

»Nein – nur ein wirklich schreckliches Pech. Alles, was nachher kam, hatte darin seinen Ursprung. Diese Frau hat mir alles aufgezwungen. Alles ging so gut, und dann ... Sie ist dahintergekommen. Sie hat mich gehetzt.« Deanes hob die Hand und umfaßte mit einer weit ausholenden Geste das ganze Cottage. »Sie war eine furchtbare Frau.«

»Bitte erzählen Sie, Mr. Deanes«, drängte sie.

Sein Blick fiel auf die Schachtel mit den gerahmten Fotos. Dann geschah etwas, doch Meredith wußte nicht recht, was es war. Er zuckte zusammen. Sein Verhalten änderte sich. Er sah nicht mehr erregt aus, schien nicht mehr ängstlich darauf bedacht, ihr etwas zu erklären. Sein Verstand schien völlig klar – obwohl, wer wußte schon, wie dieser Verstand arbeitete –, und er sah zornig aus. Sehr zornig. Er sprang auf, packte das oberste Foto, das die drei kleinen Mädchen zeigte, und fuchtelte Meredith damit vor der Nase herum.

»Das!« schrie er. »Das ist die Ursache für alles. Drei Frauen, die mein Leben ruiniert haben. Sie!« Er stieß mit dem Finger gegen das Bild der kleinen Harriet. »Die Dämonin! Sie hat mich verfolgt. Die hier ...« – der Finger zeigte jetzt auf Fran – »... genauso. Ich habe mir die eine vom Hals geschafft, und die andere taucht auf. Ich hätte es wissen müssen.«

»Und das dritte Kind«, flüsterte Meredith.

Deanes' Finger wanderte weiter und blieb auf dem Abbild von Caroline Henderson liegen. »O Caro«, sagte er traurig. »Caroline, meine Frau.«

Alan Markby saß mit Fran Needham-Burrell in dem düsteren Gesellschaftsraum des Hotels. Sie waren allein. Auf dem niedrigen Tisch zwischen ihnen standen Kaffeetassen und eine Kanne. Der Raum war sauber und ordentlich, aber die Möbel waren zu dunkel, der Teppich abgetreten, die Topfpflanzen staubig. Das ärgerte Markby besonders. Wenn man schon die Möbel abstaubte, sollte es doch nicht allzu mühsam sein, die Blätter des Gummibaums neben ihm abzuwischen.

»Warum schauen Sie die Pflanze so finster an?« fragte Fran. »Möchten Sie noch etwas von diesem Kaffee?« Ihre Hand schwebte über der Kaffeekanne.

»Nein, vielen Dank.«

»Ich nehme es Ihnen nicht übel.«

»Er ist nicht schlecht – ich habe einfach nicht viel Zeit.«

»Ich verstehe.« Die grünen Augen betrachteten ihn forschend. »Ich bin dankbar, daß Sie sich wenigstens die Zeit genommen haben, herzukommen und mit mir zu sprechen.«

»Sie haben gesagt, Sie wollten am Montag abreisen. Ich hatte keine Gelegenheit, mit Ihnen oder Meredith zu sprechen ...« Er zögerte leicht und fuhr dann rasch fort: »Bei der gerichtlichen Untersuchung. Es scheint mir ein zu großer Zufall, daß Pardy ausgerechnet am Vorabend der gerichtlichen Untersuchung ums Leben gekommen ist. Warum sollte ihn jemand umbringen? Ich könnte mir nur einen Grund vorstellen – der Mörder hatte Angst, Pardy könnte vor Gericht etwas herausposaunen. Junge Leute wie Pardy sind unzuverlässig – wenn der Coroner sie ins Kreuzverhör nimmt, finden sie kein Ende, reden und reden ... Das Problem ist, daß wir nicht wissen, was er vielleicht gesagt hätte. Es ist frustrierend. Aber wir machen Fortschritte. Wir haben, davon sind wir überzeugt, die Mordwaffe – der forensische Beweis ist schlüssig, und der Besitzer des Hauses, in dessen Müllsack sie gefunden wurde, behauptet, sie nie vorher gesehen zu haben. Wir haben den jungen Mick Leary, der schwört, die Glühbirne im Flur erst am Tag vorher erneuert zu haben. Wir haben weitere schlüssige forensische Beweise aus dem Haus ... Im Augenblick verfolge ich jeden Schritt zurück, den Pardy an dem Tag getan hat. Oder vielmehr, Pearce tut es. Er versucht auch alle Kontakte aufzuspüren, die Pardy hatte. Ich bin verhalten optimistisch, daß wir unseren Mann fassen, und wenn wir ihn haben, können wir auch Harriets Unfall aufklären.«

»Sind Sie sicher, daß es da eine Verbindung gibt?«

»Es muß eine geben!« sagte Markby heftig. Er lächelte leicht verlegen. »Nun, möglicherweise gibt es keine, aber ich bin mir ziemlich sicher.«

»Wie wollen Sie Pardys Kontakte herausfinden? Abgesehen von dem, was die drei jungen Leute aus dem Haus Ihnen sagen können.«

»Ich hoffe, ein gewisser Deanes wird mir helfen. Ich habe schon versucht, ihn zu erreichen. Habe heute vormittag bei ihm angerufen, aber er war nicht da. Deanes ist Soziologe und Schriftsteller, der Interesse gezeigt hat an ...«

Fran beugte sich vor, ihre seegrünen Augen funkelten. »Colin Deanes? Sie meinen Colin Deanes, nicht wahr? Sie brauchen mir nicht zu erklären, wer er ist. Ich kenne Colin sehr gut. Was macht er hier unten?«

Markby sah sie überrascht an. Sie hatte die Hände auf den Knien geballt, und ihr Gesicht war gerötet. Weizenblondes Haar fiel ihr ungebändigt in die Stirn.

»Er hat ein Haus auf dem Gemeindeland gemietet – auf Pook's Common selbst, nicht im Weiler Pook's Common. Er lebt seit fast einem Jahr dort.«

»Also da will ich doch verdammt sein«, sagte Fran, lehnte sich im Sessel zurück und warf mit einer Geste des Unglaubens die Hände in die Luft. »Ich wette, er wußte, als er das Haus mietete, nicht, daß Harriet in der Nähe lebte.«

»Warum?« fragte Markby scharf. Er spürte ein Kribbeln im Rückgrat. »Was hatte Deanes mit Harriet zu tun? Ich wußte nicht einmal, daß sie sich kannten.«

»Sich kannten? Sie können drauf wetten, daß sie sich kannten! Er wäre Harriet bestimmt aus dem Weg gegangen. Und mir auch.«

»Ihnen?« Markby runzelte die Brauen, ihm war etwas

eingefallen. »Er war gestern nicht bei der Eröffnung der gerichtlichen Untersuchung. Warum nicht? Pardy war sein Protegé. Er war Pardys Anwalt.«

»Er ist mir aus dem Weg gegangen, darauf könnte ich wetten«, sagte Fran energisch. »Er hat erfahren, daß ich dort sein würde.«

Oder hat er es gewußt? fragte sich Markby. War das zu absurd? Wußte er, daß Pardy ihn nicht mehr brauchte, seine Unterstützung nicht mehr brauchte?

»Also schön, Frances«, sagte er energisch. »Fangen Sie ganz von vorn an, und erzählen Sie mir, was Sie über Deanes und Harriet wissen.«

»Sie glauben doch nicht …« Sie unterbrach sich. »Sie glauben doch nicht, er hat es wieder getan?«

»Was getan, Frances?«

»Ich erzähle Ihnen die ganze Sache, aber sie reicht weit zurück, mehrere Jahre«, warnte sie ihn. »Tatsächlich reicht es in die Zeit zurück, bevor Deanes auf der Bildfläche erschien. Es fing an, als Harriet und ich noch in die Schule gingen und wir eine Freundin namens Caroline Henderson hatten. Wir drei waren so ziemlich unzertrennlich, manche Leute haben uns ›Die drei Musketiere‹ genannt. Caro war ein hübsches Kind, aber ein bißchen kränklich – hatte Diabetes. Sie war auch reich, hatte den Besitz ihres Großvaters geerbt. Ich will damit sagen, daß sie nicht nur wohlhabend war, sondern richtig stinkreich. Aber sie hatte keine Familie, nur einen Vormund und ein paar Treuhänder für ihr Geld. Es war bis zu ihrem einundzwanzigsten Geburtstag als Treuhandvermögen festgelegt.«

Fran unterbrach sich. »Ich kann das alles nicht mit einer trockenen Kehle erzählen, und von diesem Kaffee bring ich nichts mehr runter … Ich hätte gern einen Gin Tonic.«

»Ich hole uns etwas aus der Bar«, sagte Markby und stand auf. »Hier dauert es mit dem Service bestimmt länger. Es ist fast elf, da dürften sie schon offen haben.«

Er war schnell wieder da, mit einem Glas Bier für sich und einem Gin Tonic. »Erzählen Sie weiter, Fran.«

»Gut.« Genießerisch nippte sie an ihrem Drink. »Wir sind von der Schule abgegangen und haben getan, was junge Mädchen wie wir eben tun. Ich kam in ein Schweizer Internat, wo man mir gesellschaftlichen Schliff beibringen sollte, aber am Ende des ersten Semesters baten sie mich zu gehen – die Geschichte erzähle ich Ihnen auch noch eines Tages, aber nicht jetzt und nicht hier –, und danach bin ich ein bißchen rumgereist. Harriet widmete sich der Wohltätigkeit und arbeitete bei einer Organisation, die sich um Strafgefangene kümmerte. Dort hat sie Colin kennengelernt. Er war ein frischgebackener Rechtsanwalt und arbeitete kostenlos für die Wohlfahrt. Harriet war ehrlich beeindruckt von ihm. Ich will damit sagen« – Fran erklärte das mit allem Nachdruck –, »daß es nie eine Liebesbeziehung zwischen ihnen gab. Sie kannte ihn einfach, arbeitete mit ihm und bewunderte ihn. Sie nahm ihn auf ein paar Partys mit und stellte ihn ihren Freunden vor. Sie machte ihn auch mit Caro bekannt. Das war der größte Fehler, den sie je gemacht hat, und sie hat sich ihn nie verziehen. Wäre ich damals in England gewesen, hätte ich Harriet warnen können. Sie war in mancher Beziehung ziemlich naiv. Ihr war nicht klar, daß Deanes auf diesen Partys eine reiche Frau suchte. Er hatte kein Geld, aber er brauchte welches. Nicht für sich – er war da wirklich altruistisch. Er wollte das Geld für seine Arbeit, für die Jugendlichen, denen er half. Er hatte alle möglichen Projekte, aber ohne soliden finanziellen Hintergrund hatte er keine Chance, sie verwirklichen zu können. Bei den Partys, zu denen Harriet ihn mitnahm, sah er eine Menge wohlhabender Mädchen und begriff, daß hier das Geld war, das er brauchte. Ich bin sicher, er hatte das Gefühl – und wer will behaupten, daß er unrecht hatte? –, das Geld, das sie leichtfertig ausgaben, könnte an anderer Stelle nutzbringender eingesetzt werden. Sie verschwendeten es, er konnte Gutes damit tun. Der Haken war nur, daß die meisten dieser Mädchen Familien hatten, die die Augen offenhielten, um Mitgiftjäger von vornherein abzuschrecken. Hätte er Interesse gezeigt, wären die Mädchen sofort vor ihm gewarnt worden. Caroline Henderson war Waise und hatte überhaupt keine Verwandten. Sie war einundzwanzig und in den Genuß ihres Geldes gekommen. Sie war, könnte man sagen, eine leichte Beute. Es gab eine stürmische Romanze, und sie und Deanes heirateten.«

Langsam trank Frances den Rest ihres Gin Tonic. Ihre grünen Augen waren verschleiert, unergründlich. Sie erinnerte sich, und die Erinnerung war schmerzlich. »Sie waren unglücklich«, sagte sie schroff. »Vielmehr – Caroline war es. Deanes schwebte im siebten Himmel, denn endlich hatte er das Geld, das er wollte. Natürlich gehörte es nicht ihm. Aber er konnte Caroline überreden, die Schecks zu unterschreiben. Es war nicht schwierig. Caroline wurde klar, daß er in ihr so etwas wie einen Goldesel sah, keine Ehefrau. Er liebte sie nicht, er mochte sie nicht einmal besonders. Ich denke, er sah sie kaum – auch dann nicht, wenn er sie direkt anschaute, wenn Sie verstehen, was ich meine. Sie war die Frau, die seine Projekte finanzierte, nichts sonst. Caro wurde depressiv. Sie wurde auch ein paarmal krank, was mit ihrer Diabetes zusammenhing. Es lief nicht gut für sie. Ungefähr um diese Zeit kam ich nach Hause und erfuhr, was los war.

Harriet war todunglücklich. Sie hatte Deanes mit ihrem Kreis bekannt gemacht, hatte sich für ihn verbürgt, und das war das Resultat.

Eines Tages kam Caroline zu Harriet. Harriet hatte ihre Wohltätigkeitsarbeit aufgegeben. Sie war im Grunde nicht dafür geschaffen, und sie hatte sich mit Deanes gestritten, weil er Caroline so schlecht behandelte. Daher war es am besten, sie gingen sich aus dem Weg. Wie gesagt, an diesem speziellen Tag erschien Caroline unerwartet bei Harriet und schien – wie Harriet mir später erzählte – sehr aufgeregt. Sie sagte, sie habe endlich einen Entschluß gefaßt. Sie werde sich von Deanes scheiden lassen. Sie hätte es schon längst tun sollen, sagte sie, habe aber Angst gehabt, es ihm vorzuschlagen. Er war jähzornig und verlor oft die Beherrschung. Sie fürchtete sich ein bißchen vor ihm. Doch jetzt hatte sie sich entschlossen und beim Frühstück mit ihm darüber gesprochen. Er hatte es gelassen aufgenommen, besser als erwartet. Sie hatte ihm angeboten, eine finanzielle Regelung zu treffen, so daß er seine Arbeit eine Zeitlang fortsetzen konnte, bis er eine andere Geldquelle fand. Er hatte akzeptiert. Sie war so glücklich, sagte Harriet. Es war das letzte Mal, daß Harriet sie sah. Das letzte Mal, daß irgend jemand sie sah. Am selben Abend nahm Caroline eine Überdosis. Sie war allein zu Hause. Deanes war mit der Familie eines seiner Schützlinge unterwegs und gab gute Ratschläge. Das konnte er beweisen, konnte die betreffende Familie vorweisen. Aber wenn Sie diese Leute gesehen hätten, Alan! Sie hätten ihnen kein Wort geglaubt. Die Mutter war einfältig, der Vater ein Gauner und der Junge ein pathologischer Lügner. Sie hätten alles gesagt, was Deanes von ihnen verlangte. Harriet hat immer geglaubt, daß Deanes zu Hause war, als er angeblich die Problemfamilie beraten hatte. Daß er Mittel und Wege gefunden hatte, Caro die Überdosis einzuflößen. Daß er sie umgebracht hatte. Die Schwierigkeit war nur, daß Caro mit niemandem über ihren Entschluß, sich von Deanes scheiden zu lassen, gesprochen hatte. Sie war auch noch nicht bei ihrem Anwalt gewesen. Als Deanes befragt wurde, leugnete er, sagte, von Scheidung sei nie die Rede gewesen. Harriet schleuderte ihm ins Gesicht, daß er log. Sie sagte ihm, Caro sei an ihrem Todestag bei ihr gewesen und habe ihr von ihren Scheidungsplänen erzählt. Aber Deanes sagte nur, Harriet müsse etwas mißverstanden haben, Caro sei depressiv gewesen und habe oft wilde Sachen behauptet. Da Caroline früher wegen einer Depression in Behandlung gewesen war, gab es für niemanden einen Grund, Deanes' Geschichte anzuzweifeln. Nur für Harriet. Und für mich. Ich habe ihm nie geglaubt, denn ich glaubte Harriet – und ich habe Deanes nie gemocht. Harriet ist über Carolines Tod nie hinweggekommen, fühlte sich immer dafür verantwortlich. Sie verkaufte ihren Familiensitz, den sie geerbt hatte, und zog in das Cottage in Pook's Common, fort von allem, was sie an Caro erinnerte – und von allen, die sie kannte … Nur ist ihr das nicht gelungen, wie es scheint. Deanes ist aufgetaucht. Ausgerechnet der Mensch, der die Garantie dafür war, daß die Erinnerungen sie wieder überschwemmten wie eine Flut. Sie war der Meinung, daß er alle übertölpelt und seinen Hals aus der Schlinge gezogen hatte. Ich denke, sie hat immer geglaubt, sie sei es Caros Andenken schuldig, dafür zu sorgen, daß er seine gerechte Strafe bekam. Ich frage mich … Ich frage mich, ob sie ihm hier begegnet ist? Er kann nicht so weit weg wohnen, draußen auf diesem Gemeindeland. Guter Gott, es ist ja nur einen Steinwurf entfernt.« Wieder ballte sie die Hände zusammen.

»Hat Sie Ihnen nie geschrieben, daß sie Deanes wieder begegnet war?«

»Nein – daran hätte ich mich erinnert. Aber dann ...« Fran zögerte. »Sehen Sie, ich habe ihr gesagt, sie soll versuchen zu vergessen, soll alles aus ihrem Gedächtnis streichen. Vielleicht dachte sie, wenn sie es erwähnte, würde ich nur herkommen und ihr wieder eine Predigt halten. Obwohl ...« Fran unterbrach sich und krauste die Stirn. »Ein Brief hatte ein rätselhaftes Postskriptum. Vor ein paar Monaten. Es lautete etwa so – sie habe eine überraschende Neuigkeit für mich, werde sie mir aber erst sagen, wenn sie mich sehe. ›Die Welt ist doch klein‹, das war's, was sie geschrieben hatte, jetzt fällt es mir wieder ein. Eine kleine Welt. Vielleicht hat sie – oh, es macht mich so wütend!«

Aber Deanes wußte nicht, ob Harriet an Frances geschrieben hatte oder nicht, dachte Markby, der seine Erregung zu unterdrücken versuchte. Und der Gedanke, daß Frans private Korrespondenz unbeaufsichtigt in ihrem Hotelzimmer lag, während sie unten zu Abend aß, mag eine verlockende Versuchung gewesen sein, nachzusehen, ob darin auch von ihm die Rede war.

»Sie haben einmal erwähnt, daß Sie jemanden kennen, der mit einem Mord davongekommen war«, sagte Markby lebhaft. »Haben Sie Deanes gemeint?«

»Ja.« Sie nickte. »Und wenn ich gewußt hätte, daß er hier in der Nähe ist, hätte ich es Ihnen schon viel früher erzählt. Er hat etwas mit Harriets Tod zu tun. Je länger ich darüber nachdenke, desto sicherer bin ich.«

»Ich denke, daß ich sehr bald ein paar Worte mit Mr. Deanes sprechen muß.« Markby machte ein finsteres Gesicht. »Entschuldigen Sie mich einen Augenblick, Fran.«

Rasch ging er ans Telefon in die Hotelhalle und wählte Deanes' Nummer. Es meldete sich niemand. Deanes war noch immer nicht zu Hause – oder hatte er sich abgesetzt?

Markby kehrte in den Gesellschaftsraum zurück. »Er ist nicht zu Hause. Oder er geht nicht an den Apparat. Ich fahre jetzt hinaus. Es gibt einen Weg über das Gemeindeland, der zu seinem Haus führt. Er fängt bei einem Pub namens The Black Dog an.«

»Was ist mit Meredith?« fragte Fran und stand auf. »Man sollte ihr wegen Deanes Bescheid sagen.«

»Ja …« Markby sah besorgt aus. »Sie hat ihn einmal auf dem Gemeindeland getroffen. Ich fahre noch kurz am Rose Cottage vorbei und erzähle ihr, was ich von Ihnen erfahren habe. Dann fahre ich zu Deanes. Das bedeutet, daß ich um das ganze Heideland herumfahren muß – von Pook's Common aus führt keine Straße zu seinem Haus.«

»Ich begleite Sie«, sagte Fran entschlossen. »Sie können mich bei Meredith lassen, während Sie zu Deanes weiterfahren.«

KAPITEL 13

»Ihre Frau«, sagte Meredith langsam. »Ich verstehe.« Tatsächlich verstand sie noch nicht ganz, doch der Nebel fing an, sich zu lichten. Wie bei einem Puzzle fügten sich einzelne Teile zu einem Ganzen zusammen.

»Sie«, sagte Deanes leidenschaftlich, »diese Frau Harriet Needham, hat bösartige, grausame Lügen über mich und Caroline erzählt. Sie war ein böser und boshafter Mensch.«

»Was hat sie denn erzählt?« fragte Meredith so ruhig sie konnte. Sie blickte wieder zum Fenster und horchte angestrengt auf das Geräusch eines Automotors, aber Pook's Common war still wie ein Grab. Ein unwillkommener Vergleich. Obwohl im Ivy Cottage Friedhofskälte herrschte. Die Heizung war nach Harriets Tod abgestellt worden. Es war klamm und kalt, und sie spürte, wie ihre Nase und ihre Finger rot wurden vor Kälte. Verstohlen rieb sie sich die Hände, fürchtete fast, sich zu bewegen, damit er, was sie tat, nicht als Aggression gegen ihn auslegte.

»Sie hat gesagt, ich hätte Caro getötet«, sagte Deanes mürrisch. »Sie hat behauptet, ich hätte gelogen, als ich sagte, wo ich an dem Abend war, an dem Caroline an einer Überdosis starb. Ich habe meine Frau nicht umgebracht!« Seine Stimme hob sich gekränkt. »Ich habe Caro nicht ermordet!«

»Schon gut«, beschwichtigte Meredith. »Erzählen Sie mir, was passiert ist?«

»Sie hat eine Überdosis an Barbituraten genommen.« Deanes zwinkerte heftig. »Sie litt an Depressionen. Von Anfang an. Sie war Diabetikerin und immer kränklich. Und dieses Needham-Frauenzimmer hat alles noch schlimmer gemacht, hat Caroline bearbeitet, ihr Lügen über mich erzählt, Dinge behauptet ...«

»Dinge, Mr. Deanes?«

»Ja. Sie hat gesagt, ich hätte Caroline nur geheiratet, um das Geld für meine Arbeit zu bekommen. Das Geld war für mich bestimmt, Miss Mitchell. Das Schicksal hat mich zu Caro geführt. Wofür hätte sie ihr Geld denn sonst verwenden sollen?« Er breitete die Hände aus. »Für nichts und wieder nichts. Es wäre vergeudet worden. Nein, dieses Geld war für mich bestimmt. Caroline hat das auch verstanden. Ich hatte es ihr erklärt. Sie hat es verstanden – aber diese Frau hat sich dauernd eingemischt.«

Deanes stand auf und begann im Zimmer hin und her zu gehen. Jedesmal wenn er an der Schachtel mit den Fotografien vorüberkam, warf er einen finsteren Blick auf das oberste Bild. Meredith wünschte, die Hand ausstrecken zu können und die Schachtel wegzuschieben, damit er sie nicht mehr sah. Einmal versuchte sie, sich vorzubeugen und danach zu greifen, doch er sagte scharf: »Lassen Sie das!«

»Soll ich uns eine Tasse Tee machen, Mr. Deanes?«

»Nein! Bleiben Sie, wo Sie sind, wo ich Sie sehen kann. Ich möchte Ihnen erzählen, was hier passiert ist. Wie ich gelitten habe! Sie haben keine Ahnung ...« Er kam auf sie zu, den Kopf gesenkt, das Gesicht verzerrt. »Sie haben keine Ahnung, wie sie mich gequält hat.« Zu ihrer Erleichterung setzte er sich wieder, das Hin und Her hatte sie schwindlig gemacht; nervös faltete er die Hände.

»Sehen Sie, ich hatte keine Ahnung, daß sie hier lebte. Nachdem es ihr nicht gelungen war, die Leute zu überzeugen, daß ich Caroline umgebracht hatte, ist sie weggezogen. Die Leute haben ihr ihre Lügen nämlich nicht geglaubt!« Er nickte triumphierend. »Sie wußten, wieviel Gutes ich getan hatte, und haben mir geglaubt. Sie war nichts, nur eine reiche, verwöhnte Frau, ich aber konnte meine Arbeit vorweisen. Meine Arbeit hat für mich gesprochen.«

»Ja, Mr. Deanes, davon bin ich überzeugt.«

Er sah besänftigt aus. »Ich wußte, Sie würden mich verstehen. Ich bin hierhergekommen, weil man mir das alte Farmhaus auf dem Gemeindeland angeboten hat. Es war ruhig, und ich konnte hier schreiben. Ich wußte wirklich nichts von ihr. Hätte ich gewußt, daß sie hier lebt, so nah bei mir, ich wäre nicht gekommen. Wir haben ziemlich lange nichts voneinander gehört. Aber dann hatte ich dieses verflixte Pech, von dem ich Ihnen schon erzählt habe. Es kam aus heiterem Himmel. Ich saß in meiner Küche und trank Kaffee und unterhielt mich mit jemandem.«

»Dr. Krasny!« platzte Meredith heraus.

Deanes schob seine Brille auf die Nase zurück und starrte sie an. »Das war sehr scharfsinnig von Ihnen, Miss Mitchell.« Mißtrauen schlich sich in seine Stimme. »Woher wissen Sie das?«

»Ich habe es erraten. Sie haben mir einmal erzählt, daß Dr. Krasny auf dem Gemeindeland nach Wildblumen suchte und ab und zu zum Kaffee zu Ihnen kam. Und – und Harriet hat mir von den anderen Leuten erzählt, die zeitweise die Cottages in Pook's Common benutzen. Krasny hat auch sie besucht.«

»Ja. Ein sehr angenehmer Mann. Er hatte keine Ahnung, was er angerichtet hatte. Ich nehme es ihm nicht übel«, sagte Deanes ernsthaft. »Wir saßen also in meiner Küche und sprachen über Pook's Common – und da erwähnte er sie plötzlich. Ich habe gedacht, das müsse ein Irrtum sein. Ich bin an mehreren Abenden über das Gemeindeland zu den Cottages gewandert, habe mich in der Nähe dieses Hauses versteckt und versucht, einen Blick auf sie zu erhaschen. Sie hatte sehr spät noch Männerbesuche. Alle möglichen Männer. Sie war eine Hure.«

Meredith erinnerte sich, daß Lucy Haynes ihr erzählt hatte, sie habe sehr spät abends jemanden an ihrem Cottage vorbeigehen hören. Das mußte Deanes gewesen sein, der nach Hause ging, nachdem er um Ivy Cottage herumgeschlichen war.

»Ich habe sie gesehen. Sie war da. Es war kein Irrtum. Es war dieselbe Harriet Needham, die mich schon früher verfolgt hatte. Ein Alptraum war Wirklichkeit geworden. Aber schlimmer, Dr. Krasny erzählte ihr von mir und meinem Haus auf dem Gemeindeland, sie wußte also über mich Bescheid, und eines Tages ist sie gekommen.«

Deanes schwieg einen Augenblick, seine letzten Worte blieben in der frostigen Luft hängen. An ihrer Einfachheit und der Art, wie er sie aussprach, erkannte Meredith, wie groß das Entsetzen für ihn gewesen sein mußte, als Harriet plötzlich auf seiner Schwelle stand. Eine Gestalt aus der Vergangenheit hatte sich aus dem Moor materialisiert, um ihn zu verfolgen.

»Ich arbeitete«, sagte er leise. »Ich hörte Hufgeklapper, und dann klopfte es an der Tür. Ich öffnete, und da war sie.« Während Deanes sprach, fiel die Ruhe von ihm ab, und er geriet in immer heftigere Erregung, rieb sich die Hände, sprang auf, setzte sich wieder, und sein Gesicht begann zu zucken. »Sie wurde ausfallend! Sie sagte, sie würde einen Skandal machen, wenn ich das neue Buch auf den Markt bringen würde. Ich versuchte vernünftig mit ihr zu sprechen, sie hörte nicht zu. Danach kam sie immer wieder. Nicht bis zum Haus, nur in die Nähe, blieb draußen auf dem Gemeindeland … Ich arbeitete, und dann hörte ich den Hufschlag. Ich schaute aus dem Fenster, und da war sie, ungefähr dreißig Meter entfernt auf ihrem goldroten Pferd, das rote Haar hing ihr über den Rücken, und beide glänzten in der Sonne. Sie war wie eine Furie, die sich auf meine Spuren gesetzt hatte. Sie verfolgte mich, vernichtete mich, jeden Tag ein bißchen mehr, zerstörte meinen Seelenfrieden, bis ich nicht mehr essen, nicht mehr schlafen, nicht mehr schreiben konnte. Und alles ohne ein Wort. Sie saß nur da und wartete, beobachtete, Tag für Tag, manchmal zwanzig Minuten lang. Dann ritt sie weiter. Aber sie kam wieder, sie kam immer wieder. Es war ein Wunder, daß ich fähig war, das Buch zu beenden … Ich lauschte ununterbrochen, bildete mir ein, Hufgeklapper zu hören, auch wenn sie nicht da war. Manchmal hörte ich sie, stürzte ans Fenster, doch es war nur dieser Fearon, der vorbeiritt. Er war auch mit von der Partie, wissen Sie? Wenn sie nicht kam, kam er. Ich mußte etwas dagegen unternehmen. Gemeinsam trieben sie mich langsam zum Wahnsinn. Doch ich bin kein gewalttätiger Mensch, Miss Mitchell. Ich hatte versucht, vernünftig mit ihr zu reden, aber das nützte nichts, also versuchte ich es mit Ablenkung. Ich dachte, wenn sie andere Sorgen hat, wird sie mich vergessen.«

Unglücklich verzog Deanes das Gesicht. »Ich dachte mir einen Plan aus, bei dem ich Simon Pardy einsetzen wollte. Sie müssen mir glauben, um nichts in der Welt hätte ich ihm schaden wollen. Ich wollte ihm helfen.

Aber ich dachte, er könne auch mir helfen. Wie viele dieser traurigen jungen Menschen von heute hat auch er nach etwas gesucht, wofür er sich einsetzen konnte. Ich schlug ihm eine Kampagne gegen die Fuchsjagd vor, eine lohnende Aufgabe für ihn. Ich wußte, daß diese Frau jagte. Sie jagte mich. Und schlau wie der Fuchs mußte ich auch sein, wenn ich davonkommen wollte. Ich schlug ihm vor, er solle versuchen, eine Eingabe gegen die Jagd auf dem kreiseigenen Gemeindeland einzubringen – das hätte die Jagd von vornherein unmöglich gemacht. Ich schlug ihm auch vor, ein paar anonyme Briefe zu schreiben, nur um sie abzulenken, verstehen Sie? Aber es hat nichts genützt.«

Deanes seufzte. »Sie war unversöhnlich, hatte sich auf meine Fährte gesetzt wie ein Bluthund. Ich konnte sie einfach nicht abschütteln. Was sollte ich tun? Als ich die Vorausexemplare meines Buches bekam, versuchte ich ein letztes Mal, an ihre Vernunft zu appellieren. Ich habe ihr eins mit der Post geschickt, das, in dem Sie vorhin gelesen haben. Ich bat sie, es zu lesen. Ich wollte, daß sie verstand, was ich versuchte zu tun. Ich hoffte, sie würde einsehen, welchen Schaden sie anrichtete. Ihre einzige Antwort war ein gemeiner Brief. Ich rief sie an, um sie wieder zu bitten, sie solle das Buch lesen, aber sie brüllte mich nur an und legte auf. Ich war verzweifelt, Miss Mitchell. Am Morgen des zweiten Weihnachtstags rief ich sie noch einmal an, bat sie, da wir doch Weihnachten hätten, sich wenigstens mit mir zu treffen, damit wir darüber reden konnten. Sie war gut gelaunt. Sie sagte, ich solle zu ihr kommen und mit ihr frühstücken. Ich habe wirklich gedacht, sie sei bereit, mir zuzuhören.

Ich ging zu Fuß hierher. Sie machte gerade das Frühstück, ein sehr kräftiges Frühstück, da sie den ganzen Tag im Freien bleiben wollte. Ich fing an, ihr alles darzulegen, ruhig und vernünftig, und sie schien mir zuzuhören. Sie schlug vor, wir sollten schon mal mit dem Frühstück beginnen.

Aber es war ein grausames Spiel. Sie hatte sich nicht verändert. Als ich mit meinen Erklärungen zu Ende war, sagte sie, sie habe mich eingeladen, weil sie neugierig gewesen sei – neugierig, hat sie wortwörtlich gesagt – zu hören, was ich ihr vorschwafeln würde. Sie hat gesagt, ich sei ein Narr, wenn ich glaubte, ich könnte sie mit einem Haufen Lügen einwickeln. Sie sagte, ich sei verrückt. Sie sagte, meine Arbeit habe mein Gehirn aufgeweicht. Dreckiges Miststück! Doch ich war bereit. Ich habe ihr nie getraut, also war ich gut vorbereitet gekommen. Ich hatte die Pillen mitgebracht. Sie hatten Caroline gehört. Ich wußte im tiefsten Innern, daß Harriet mich nie in Ruhe lassen würde, und wohin ich auch ging, sie würde dort auftauchen, wie sie hier aufgetaucht war. Ich hatte gedacht, wenn sie mich nicht anhört und nicht zugibt, daß es unrecht von ihr ist, mich zu verfolgen, dann habe ich vielleicht beim Frühstück Gelegenheit, ihr die Pillen ins Essen zu schmuggeln. Es war nicht schwierig, weil sie sich für die Jagd fertig machte, und obwohl sie mich noch immer beschimpfte und mir ihre widerlichen Vorwürfe zuschrie, war sie unaufmerksam und nur halb bei der Sache. Sie ging dauernd hin und her und hinauf, um Sachen zu holen. Sie stellte zwei Teller mit dem Kedgeree auf den Tisch und ging dann auf die hintere Veranda, um ihre Reitstiefel hereinzuholen, die sie abgewaschen hatte, nachdem sie am frühen Morgen unten bei Fearon gewesen war. Ich hatte viel Zeit, und es war so einfach. Die Pillen waren so winzig. Ich mischte sie mit der Gabel unter ihr Essen, und dann konnte nicht einmal ich sie mehr sehen. Sie kam zurück, schlang das Essen runter, trank ihren Kaffee, beleidigte mich noch ein bißchen und warf mich dann hinaus; sie habe keine Zeit mehr für mich, sagte sie. Finden Sie es nicht passend, daß ich ihr Caros Pillen eingegeben habe?« Deanes sah lächerlich selbstzufrieden aus.

»Es ist schrecklich«, flüsterte Meredith entsetzt.

»Ich wußte, daß sie, bevor sie ging, noch ein Glas Alkohol trinken würde. Aber die Dinger wirkten schneller, als ich erwartet hatte. Und ich hatte nicht geahnt, was Simon Pardy vorhatte. Ich dachte, sie werde irgendwo auf dem Land vom Pferd fallen, und alle würden denken, es sei ein Jagdunfall gewesen. Ich hoffte, sie würde sich den Hals brechen«, fügte Deanes giftig hinzu. »Doch ein Schädelbruch war genausogut. Er brachte sie zum Schweigen. Brachte sie endlich zum Schweigen.«

Deanes richtete seine funkelnden Augen auf Meredith. »Aber ich hätte es nicht getan, wenn sie mich nicht dazu getrieben hätte, Miss Mitchell. Es war ganz allein ihre Schuld, nicht die meine. Sie allein hatte es zu verantworten. Ich dachte, es würde zu Ende sein, wenn sie tot war, doch das war es nicht. Die Leute fingen an, Fragen zu stellen. Alle haben sich eingemischt. Pardy sollte bei der gerichtlichen Untersuchung aussagen und hätte ihnen dort vielleicht erzählt, es sei meine Idee gewesen, daß er gegen die Jagd demonstrieren und die Briefe schreiben sollte. Junge Leute wie er sind so unzuverlässig. In der Aufregung sagen sie alles mögliche. Und inzwischen war auch die andere aufgetaucht, Frances, ihre Cousine. Die ist genauso schlimm. Ich wußte nicht, wieviel Frances wußte, ging nach Bamford und wartete, bis sie beim Abendessen war. Dann habe ich die Tür zu ihrem Zimmer aufgebrochen, um zu sehen, ob es Briefe gab, in denen etwas über mich stand... Aber sie ist zu bald zurückgekommen.« Wieder sah Deanes so bekümmert aus, als habe Frances in einem Spiel einen falschen Zug gemacht und die Spielregeln gebrochen. »Sie ist hereingekommen, während ich noch da war, doch zum Glück konnte ich sie niederschlagen und entkommen. Aber ich hatte Angst. Dachte immerzu an Pardy und die gerichtliche Untersuchung am nächsten Tag. Was würde er sagen? Ich mußte ihn daran hindern, daß er aussagte. Das mit ihm tut mir wirklich leid. Der Junge war so arglos. Sein Blut klebt an meinen Händen. Doch die Ursache war sie. Mit ihr hat alles angefangen.«

Er hatte einen Moment lang traurig ausgesehen, doch die Trauer verschwand, und der bösartige Ausdruck kehrte zurück. »Ich mußte aber trotzdem zur gerichtlichen Untersuchung gehen. Markby wußte, daß ich Pardys Anwalt war. Die Leute würden fragen, wo ich steckte. Ich kam an die Tür des Gerichtssaals – ein bißchen zu spät. Und als ich hineinschaute, sah ich Sie alle warten. Mir war klar, daß sich die Untersuchung verzögerte, weil man Pardys Leiche gefunden hatte. Dann habe ich Frances gesehen. Sie stand direkt in meiner Blickrichtung und sprach mit dem Doktor. Sie war ganz in Schwarz, wie eine große Schwarze Witwe – womit ich die Spinne meine. Ich konnte ihr nicht gegenübertreten. Ich wußte, sie würde mich erkennen, würde anfangen mich zu beschimpfen, mich mit Beschuldigungen wegen Caroline überhäufen. Markby ist kein Narr. Er kann zwei und zwei zusammenzählen. Er hat mich nie gemocht. Ich konnte es nicht riskieren, daß F-Frances mich sah...« In seiner Aufregung begann Deanes zu stottern. »Ich m-machte kehrt und lief weg, bevor sie mich gesehen hatte. Ich wußte, es würde merkwürdig aussehen, daß ich nicht dort war, um Pardy zu vertreten. Ich dachte, ich könnte anrufen und sagen, ich sei krank oder so …«

»Hatten Sie dies hier vergessen?« fragte Meredith und hob das Buch.

»O ja, das hatte ich. Als ich sah, daß sie die Pillen mit dem Essen geschluckt hatte, vergaß ich glatt, ihr zu sagen, sie solle mir das Buch zurückgeben. Es war eine direkte Verbindung zwischen uns. Mir war klar, wenn eine intelligente Frau wie Sie oder Frances – oder Markby – es sah, würden Sie alle sofort wissen, daß sie es nur direkt von mir haben konnte. Doch ohne das Buch würde Markby nie wissen, daß wir uns je gekannt hatten. Ich mußte es also holen. Ich war gestern abend auch hier.« Deanes machte ein finsteres Gesicht. »Aber Sie sind so lange wachgeblieben. Sie hatten Licht. Ich dachte, wenn ich anfinge, hier drin zu suchen, würden Sie vielleicht zufällig aus dem Fenster schauen und meine Taschenlampe sehen. Ich stand draußen im Regen, durch und durch naß, und wartete darauf, daß Sie das Licht löschten, und am Ende bin ich nach Hause gegangen.«

»Es tut mir leid«, entschuldigte sich Meredith. »Ich wußte nicht, daß Sie draußen im Regen standen.« So absurd die Entschuldigung auch war, sie schien unter diesen ungewöhnlichen Umständen absolut logisch.

»Also bin ich heute morgen noch einmal herübergekommen. Ich sah, daß Ihr Wagen nicht da war, und freute mich, weil ich dachte, Sie seien nach Bamford gefahren. Ich habe gedacht, niemand würde mich stören, aber Sie waren hier, haben auf mich gewartet. Es war eine Falle.«

»Nein!« rief Meredith. »Es war einfach nur Pech, wie bei Ihnen. Mein Wagen hatte eine Panne, sonst wäre ich weggefahren und den ganzen Tag ausgeblieben. Ich bin herübergekommen, um die Bücher fürs Dorfkrankenhaus einzupacken. Frances hatte mich darum gebeten.«

»Einmischen«, sagte Deanes verdrießlich. »Frauen mischen sich ständig ein, alle. Tut mir leid, daß Sie hineingezogen wurden, Miss Mitchell, denn Sie sind eine nette Frau. Aber Sie sind unter ihren Einfluß geraten – unter den Einfluß dieses Needham-Frauenzimmers. Es war immer das gleiche. Sie war eine bösartige Frau und hat die Ohren aller anderen vergiftet.«

»Sie hat nie mit mir über Sie gesprochen, Mr. Deanes, ich schwöre es.«

»Das ändert nichts«, sagte er. »Sie haben das Buch gefunden. Sie haben verstanden. Ich muß Sie töten, Miss Mitchell.« Das klang entschuldigend, aber sehr entschlossen. »Es ist ein Jammer, Pardy war ein Jammer. All das wurde mir aufgezwungen. Verstehen Sie?«

Sie mußte entkommen – irgendwie. Sie hatte keine andere Wahl. Sie packte das Buch fester, nahm ihre ganze Kraft zusammen und schleuderte es ihm ins Gesicht. Es schlug ihm die Brille von der Nase, und er hob die Hände, um sich zu schützen. Meredith sprang auf und war wie der Blitz an ihm vorbei.

Sie erreichte die Haustür, es gelang ihr sogar, sie aufzureißen, dann hatte er sie eingeholt. Seine Hände umklammerten ihren Hals. Sie hatte nicht geahnt, daß er so stark war. Sie versuchte ihn wegzudrücken, stieß ihm gegen die Brust, zerkratzte ihm das Gesicht und trat ihn schließlich mit Füßen. Doch der Druck auf ihre Luftröhre wurde immer stärker. Das Blut dröhnte ihr in den Ohren. Sie sah nichts mehr, konnte sich nicht mehr orientieren. Sie würgte, die Zunge schwoll ihr im Mund und drückte gegen die Zähne. Sterne funkelten und explodierten vor ihr, dann kam wogende Schwärze und verschlang sie.

»Verdammter Deanes!« murmelte Markby vor sich hin, als sie mit hoher Geschwindigkeit die Landstraße entlang zur Abzweigung nach Pook's Common fuhren. »Wissen Sie, als Sie den Mantel erwähnten, den der Mann getragen hat – der Mann, der Sie überfallen hatte –, sagten Sie, er habe feucht und alt gerochen. Zuerst fiel mir Pardy ein, aber nach Pardys Tod dachte ich noch einmal nach. Ich zog sogar Deanes in Betracht und verwarf den Gedanken wieder, weil er immer diesen pelzbesetzten Parka zu tragen schien. Doch das alte Haus, in dem er draußen auf dem Gemeindeland wohnt, ist bestimmt feucht. Alles, was dort in einem Schrank hängt, muß ziemlich muffig riechen. Ich konnte mir aber nicht vorstellen, warum Deanes seinem Schützling Pardy etwas antun sollte, und strich ihn von der Liste, die ich im Kopf hatte. Da sieht man's mal wieder!«

Er knallte den Fuß auf die Bremse, und Fran umklammerte den Rand des Armaturenbretts. »Passen Sie auf, Alan. Ich bin ja auch dafür, daß man rasant fährt, aber wir wollen doch heil dort ankommen.«

»Merediths Wagen!« lautete die knappe Antwort. Sie waren bei Fenniwicks Garage angekommen. Markby fuhr mit Schwung in den Hof und stieg aus

Merediths Wagen stand mit geöffneter Motorhaube etwas weiter hinten, und ein drahtiger Mann mit rötlichem Haar und blauem Overall betrachtete nachdenklich den Motor.

»Hallo«, sagte er freundlich, als Markby näher kam, und wischte sich die Hände an einem Lappen ab.

»Wo ist die Lady, der dieser Wagen gehört?« fragte Markby schroff.

»Wahrscheinlich wartet sie in Pook's Common darauf, daß ich ihn zurückbringe«, sagte Mr. Fenniwick. »Wollte ihn so schnell wie möglich wiederhaben. Man braucht ja auch einen fahrbaren Untersatz, wenn man hier unten wohnt. Die Batterie ist feucht geworden, und eigentlich müßte sie eine neue haben. Vorläufig habe ich es mit einem Starthilfekabel versucht ...«

»Danke«, sagte Markby hastig und ging zu seinem Wagen zurück. »Sie muß zu Hause sein«, sagte er zu Frances. »Hoffentlich, hoffentlich ist es ihr nicht eingefallen, einen Spaziergang über das Gemeindeland zu machen.«

»Unwahrscheinlich, der Boden ist nach dem nächtlichen Regen noch zu naß«, meinte Fran praktisch, als sie in die schmale Straße einbogen, die zu den Cottages führte.

Sie fuhren sie langsam entlang. »Hier sind wir«, sagte Markby. Sie stiegen vor dem Rose Cottage aus, und er trat beiseite, um Fran zur Tür vorausgehen zu lassen. In diesem Moment brach, wie er es hinterher Pearce schilderte, die Hölle aus.

Die Tür vom Ivy Cottage flog auf. Meredith erschien kurz im Rahmen und wurde dann zurückgerissen. Als sie wieder erschien, war sie einer von zwei ineinander verschlungenen, sich windenden und krümmenden Körpern. Das Gesicht verquollen, die Augen aus den Höhlen getreten, starrte sie blind zu ihm herüber.

»Meredith!« schrie Markby und stürmte über die Straße auf das Cottage zu. Fran lief ihm nach, und auch zwischen ihnen gab es ein kurzes Gerangel, als sie an der schmalen Gartenpforte zusammenstießen. Zu spät bemerkte Deanes, daß jemand gekommen war. Er ließ Meredith plötzlich los, die gegen den Türrahmen fiel, groteske Gurgeltöne von sich gab und sich an die schmerzende Kehle griff. Deanes starrte die beiden Neuankömmlinge wild an und rannte dann an der Hausfront entlang davon.

Fran beugte sich zu Meredith hinunter, und Markby lief hinter Deanes her. Mit einer Gewandtheit, die seine äußere Erscheinung Lügen strafte, sprang Deanes über die niedrige Steinmauer in den Nachbarsgarten, rannte durch den Vorgarten, vorbei am Wunschbrunnen, übersprang eine zweite niedrige Mauer und erreichte die Straße. Er rannte zu Markbys Wagen, dem zu spät einfiel, daß er den Schlüssel steckengelassen hatte. Mit verzweifelter Entschlossenheit jagte er hinter Deanes her. Dem Fliehenden war es gelungen, sich auf den Fahrersitz zu schieben, und er fummelte noch mit dem Zündschlüssel herum, als Markby den Wagen erreichte. Er riß die Tür auf, packte Deanes an der Schulter und schleuderte ihn auf die Straße. »Nein, Sie entkommen mir nicht!« stieß er keuchend hervor.

Deanes quiekte wie ein Tier und krümmte sich unter Markbys Griff. Er schlüpfte aus dem Parka und rannte die Straße entlang auf das Gemeindeland zu. Fluchend stand Markby mit dem Kleidungsstück in der Hand da, warf es weg und begann die Verfolgung von neuem.

Wohin Deanes eigentlich wollte, war unklar. Ein tierischer Instinkt ließ ihn dahin fliehen, wo er sich auskannte und zu Hause fühlte, und es wäre durchaus möglich gewesen, daß Markby auf dem Gemeindeland mit seinen unzähligen Gräben und Sträuchern das Nachsehen gehabt hätte. Aber Deanes sollte gar nicht so weit kommen.

Vor ihnen, hinter einer Kurve der Straße, tauchte ein Reiter auf einem grauen Pferd auf. Tom Fearon. »Tom!« brüllte Markby.

Doch Tom hatte schon gesehen und verstanden. Markby las es in den dunklen Zügen. Aber er las auch noch etwas anderes darin. Wieder schrie er: »Tom!« Und fügte verzeifelt hinzu: »Tom, nein! Tun Sie's nicht, Tom!«

Der Graue stellte sich Deanes in den Weg, der sich nicht rechtzeitig bremsen konnte. Das Pferd stieg, und Deanes geriet unter die fliegenden Hufe. Ein unheimlicher Schrei zerriß die feuchte, kalte Luft von Pook's Common.

»Es war ein scheußlicher Moment«, sagte Markby erschüttert. »Na ja, der scheußlichste war der, mit anzusehen, wie Deanes Sie würgte, Meredith. Doch ich dachte, Tom wolle Deanes buchstäblich in Grund und Boden reiten.« Er stand auf und machte sich gehorsam am Gasofen zu schaffen.

»Sie hätten ihn nicht daran hindern sollen«, sagte Fran aggressiv. »Ich hätte ihm nicht zugerufen, daß er aufhören soll.«

»Besten Dank, Miss Needham-Burrell, mir reichen die Todesfälle, die ich im Zusammenhang mit diesem Fall aufklären muß. Glücklicherweise hat Tom den Kopf seines Grauen im letzten Moment herumgerissen und Deanes verfehlt. Aber Deanes hat geglaubt, sein letztes Stündlein sei gekommen. Das hat ihn um den letzten Rest seines Verstandes gebracht. Nach dem, was er in Toms Augen gelesen hatte, bettelte er geradezu darum, ihn zu seinem eigenen Schutz in Haft zu nehmen. Wir werden Toms Verhalten als lobenswerten Beitrag eines ehrbaren Bürgers darstellen, der die Flucht eines Kriminellen vereitelt hat. Das Gericht wird ihm vermutlich danken und ihn mit fünfzig Pfund belohnen.«

»Ha!« sagte Fran düster, und Meredith kicherte.

Markby musterte die beiden verwirrt und ein wenig gereizt. Es war Sonntagnachmittag, und sie saßen zu dritt im Wohnzimmer vom Rose Cottage am Feuer und hatten sich eben Tee mit getoasteten Muffins zu Gemüte geführt. Vielmehr, das hatten nur die beiden Gäste getan. Meredith fiel es noch immer schwer, den Tee zu schlucken, und sie hatte sich damit abgefunden, eine Zeitlang von Joghurt und Rühreiern zu leben.

»Ich weiß nicht, was Sie beide gegen den armen Tom haben«, fuhr Markby fort. »Was in aller Welt hat er getan, um Sie zu beleidigen? Er ist ziemlich ungeschliffen, das will ich gern zugeben, aber auf seine Art ein ritterlicher Bursche. Deanes war für die Weiblichkeit eine größere Bedrohung als Tom.«

»Das verstehen Sie nicht«, sagte Fran eisig. Meredith gab ein bekräftigendes Krächzen von sich.

»Auf jeden Fall war er Harriet ein treuer Freund«, sagte Markby eigensinnig. »Denn er wußte natürlich von ihrer Affäre mit Green. Das hat er mir inzwischen gesagt. Vorher wollte er keine Namen nennen. Das meine ich, wenn ich sage, Tom ist treu. Er hat seine eigene Vorstellung von Ehre. Er hat Harriet vor Green gewarnt, aber sie hat weder von ihm noch von sonst jemandem einen Rat angenommen. Sie hatten oft Streit deswegen. Sie haben einmal ein paar Bruchstücke eines solchen Streits gehört, Meredith. Als sie nach Pook's Common kam, hatte Tom selbst eine Affäre mit Harriet, damit war es zwar aus und vorbei, doch sie waren Freunde geblieben. Hatten viele gemeinsame Interessen, Pferde und so weiter. Nicht weil für ihn selbst die Trauben zu hoch hingen, hat Tom versucht, sie zu überreden, mit Green Schluß zu machen. Er befürchtete aufrichtig, daß sie verletzt werden könnte. Er versuchte sie zu schützen.

Er hatte einmal sogar selbst einen Krach mit Green, aber der Master hat sich eingemischt und ihn gebeten, unter den Mitgliedern der Jagdgesellschaft keinen Unfrieden zu stiften.«

Meredith sagte heiser: »Also haben alle mehr gewußt, als sie sagten.«

»Das ist meistens so«, sagte Markby düster. »Davon kann Ihnen jeder Polizist ein Lied singen.« Er betrachtete Meredith leicht besorgt. »Ich finde, Sie sind verrückt, daß Sie auch nur daran denken, morgen nach London zu fahren.«

»Sie sind verletzt, um Himmels willen!« sagte Fran energisch. »Sie können nicht arbeiten. Jack Pringle ist absolut dagegen.«

»Man erwartet mich ...« Krächz.

»Lechzt das Foreign Office vielleicht nach Ihrem Blut? Lassen Sie mich anrufen und ihnen sagen, was geschehen ist.«

»Ich muß hinauffahren und alles erklären, dann hab ich Zeit, krank zu sein. Ich verspreche es.«

»Hat Jack Sie arbeitsunfähig geschrieben?« fragte Markby. »Ich gebe Ihnen zusätzlich einen Polizeibericht, daß den Leuten in London die Haare zu Berge stehen. Schließlich sind Sie das Opfer eines Mordversuchs.«

Meredith streckte die Hand nach einem eng beschriebenen Blatt Papier aus. »Pringles ärztlicher Bericht«, keuchte sie.

»Jack schreibt hier«, stellt Fran fest, »daß Sie Glück hatten, keinen bleibenden Schaden davonzutragen. Deanes hat Sie in letzter Sekunde losgelassen.« Sie seufzte. »Der arme alte Jack. Er ist total runter.«

»Nun, wenigstens haben wir Deanes«, tröstete Markby sie. »Schlau von Deanes, daß er sich überlegt hat, wie bekannt hier herum sein pelzbesetzter Parka war, und er statt dessen einen alten Mantel anzog, bevor er aufbrach, um in Ihr Hotelzimmer einzubrechen. Wir haben den Mantel übrigens in seinem Haus gefunden und mit den Fäden verglichen, die wir in der Jubilee Road entdeckt hatten. Aber Beweise zu bekommen ist immer schwierig. Deanes hat den Mord an Pardy gestanden, ihn uns geradezu gespenstisch genau geschildert. Er belastet sein Gewissen, und deshalb kann er nicht aufhören, darüber zu reden. Was die Pillen anbelangt, die er Harriet ins Essen gemischt hat – da will er nicht so recht mit der Sprache heraus. Er wollte nur, daß sie verunglückte, sagt er jetzt, töten habe er sie nicht wollen. Aber die Mordanklage wegen Pardy ist hieb- und stichfest.«

»Glauben Sie, er hat damals auch seine Frau Caroline umgebracht? Was ist Ihre Meinung als Fachmann? Harriet und ich waren immer der Meinung, daß er's getan hat.«

Markby zuckte mit den Schultern. »Wer kann das jetzt noch sagen? Zugeben wird er es nie. Auf jeden Fall hat er geglaubt, er habe ein Recht auf ihr Geld – für seine Arbeit. Hätte sie sich scheiden lassen und ihr Testament geändert, wäre die kleine Überbrückung, die sie ihm zugestehen wollte, bis er einen anderen Sponsor fand, nichts gewesen, verglichen mit dem, was er verloren hätte. Es gibt Ähnlichkeiten zwischen ihrem und Harriets Tod. Beide Frauen waren eine Bedrohung für seine Arbeit. Die Todesursache – Medikamentenmißbrauch – war bei beiden die gleiche. In beiden Fällen ist es Deanes gelungen, in dem Moment, in dem das Opfer starb, weit weg zu sein oder Zeugen zu haben, die schworen, daß er weit weg gewesen war. Mörder neigen dazu, eine einmal erfolgreiche Methode zu wiederholen. Und trotz seines sanften Äußeren ist Deanes ein gewalttätiger Mann.

Seine Frau hatte Harriet und Ihnen, Fran, gesagt, daß sie sich vor ihm fürchtete. Er ließ sich auch von Zuneigung nicht daran hindern zu töten. Er wollte Pardys Freund sein. Hat ihm aber trotzdem den Schädel eingeschlagen und ihn die Treppe hinuntergestoßen, und er hat versucht, Meredith zu erwürgen, obwohl er sie mochte.«

»Ja, er war sehr stark«, sagte Meredith heiser.

»Und ich bin mir gar nicht so sicher, daß Sie es sind, mein Mädchen«, meinte Markby.

»Es geht mir gut. Sagen Sie, wer hat am Weihnachtsabend – beziehungsweise in der Nacht – Toms Pferde rausgelassen?«

»Deanes. Er hat sich eingeredet, daß Fearon und Harriet ein Komplott gegen ihn geschmiedet hätten und ihn verfolgten. Tom sagt nein, er habe nichts davon gewußt. Jedenfalls ist Deanes bei Nacht und Nebel mit dem Brief, den Pardy zusammengekleistert hatte, über das Gemeindeland marschiert, hat ihn unter Toms Tür durchgeschoben und dann die Pferde hinausgejagt. Stellen Sie sich vor, das wäre bei der gerichtlichen Untersuchung herausgekommen. Um sich zu schützen, mußte Deanes leider Pardy opfern.«

»Ich muß los.« Fran stand auf. »Ich komme nächste Woche wieder, um alles für die Beerdigung vorzubereiten. Sie kommen doch beide, nicht wahr? Und ich hoffe, ich kann Ivy Cottage verkaufen, aber in Pook's Common stehen jetzt gleich drei Häuser zum Verkauf.«

»Drei?« fragte Markby.

»Ja, das neben Harriets war schon vorher auf dem Markt, aber jetzt wollen auch die Haynes verkaufen, wußten Sie das nicht? Lucy wird sich freuen, doch natürlich war es Geoffrey, der es bestimmt hat, wie immer. Es hat nichts mit den Wünschen der armen Lucy zu tun. Wie es scheint, hat Geoffrey nicht gewußt, wie hoch die Kriminalität auf dem Land ist. Sie suchen jetzt einen Bungalow an der Südküste.«

»Dann hat das Ganze doch etwas Gutes gehabt«, murmelte Meredith vor sich hin.

»Begleiten Sie mich nicht zur Tür!« befahl Fran. »Zu kalt. Alan bringt mich hinaus, ja?«

Er folgte ihr in die winzige Diele und half ihr in den Mantel. »Wir sehen uns dann nächste Woche. Ich komme zur Beerdigung, wenn ich kann. Einem Polizisten kann immer etwas Dienstliches dazwischenkommen, leider. Doch ich will mein Bestes tun.«

»Klar.« Sie zog die Hand aus der Manteltasche. »Hier ist meine Karte mit meiner Londoner Telefonnummer. Besuchen Sie mich, wenn Sie in die Stadt kommen. Wir können essen gehen – oder so.« Sie zwinkerte herausfordernd.

»Äh – ja«, sagte er hastig, schob das kleine Rechteck in die Tasche seines grünen Regenmantels, der in der Diele hing, und warf einen schuldbewußten Blick zur Wohnzimmertür.

Fran grinste und ging. Als er ins Wohnzimmer zurückkam, stand Meredith mit dem Rücken zu ihm am Fenster.

»Sie – ist weg«, sagte er lahm.

»Ich muß mit Blindheit geschlagen sein«, sagte Meredith krächzend. »Ich habe nicht gemerkt ...«

»Hören Sie, da ist nichts«, platzte er heraus. »Sie albert nur rum. Meint es nicht ernst. Nächste Woche um diese Zeit weiß sie nicht mehr, daß es mich gibt.«

»Was?« Meredith drehte sich um, und die braunen Augen sahen ihn verblüfft an. »Was reden Sie da?«

Bestürzt merkte er, daß sie aneinander vorbeigeredet

hatten. »Tut mir leid – ich hatte Sie mißverstanden – was haben Sie gemeint?«

»Die Pflanze ...« Sie zeigte auf den Fenstersims. »Der Weihnachtskaktus, den Sie mir geschenkt haben, ist aufgeblüht. Ich habe es bei dem ganzen Hin und Her und der Aufregung überhaupt nicht gemerkt.«

»Er blüht tatsächlich.« Markby durchquerte den Raum, sah zuerst die Pflanze und dann Meredith an. »Ist das nicht ein Omen?«

Sie schüttelte den Kopf. »Nicht, Alan.«

»Das neue Jahr ist die Zeit für gute Vorsätze, oder?«

»Die gibt es bei mir nicht. Ich halte sie sowieso nicht. Mein Vorsatz ist, keinen Vorsatz zu fassen. Lassen wir alles, wie es ist, Alan. Geht das nicht?«

»Es geht schon, nehme ich an«, sagte er nach einer Pause. »Ich melde mich. Passen Sie auf sich auf. Besonders wenn Sie sich entschließen, nach London zu fahren.«

»Ich muß. Muß mich dort zeigen.«

»Sie können doch Jacks und meinen Bericht mit der Post schicken.«

»Die würden nur irgendwo zwischen den Akten verschwinden. Ich fahre hin und krächze die Leute an.«

»Lächerlich«, brummte er. »Wenn Sie denen zeigen, daß Sie ohne Begleitung dort aufkreuzen können, werden sie sagen, daß Sie arbeitsfähig sind, egal wie sehr Sie krächzen. Sie sind eine dickköpfige Frau.«

»Ja, aber dafür kann ich nichts.«

»Ihr Job bedeutet Ihnen sehr viel, nicht wahr?«

»Ja. Geht es Ihnen nicht genauso?«

»Ja, schon gut. Ich rufe morgen abend an.« Er warf sich den Regenmantel über, suchte in der Tasche nach den Wagenschlüsseln, und seine Finger berührten den scharfen Rand von Frans Visitenkarte.

Trotz seiner Einwände brachte Meredith ihn hinaus und sah ihm nach, als er abfuhr.

Er war weg. Er würde wiederkommen, doch jetzt war er fort. Vielleicht würde er eines Tages abfahren und nie wiederkommen. Würde es satt haben und für immer gehen. Manche Leute scheinen überhaupt keine Schwierigkeiten mit Beziehungen zu haben. Bei ihr schienen sie nie zu funktionieren. Harriet hatte auch Probleme, dachte sie. Vielleicht hatte sie sich deshalb so zu ihr hingezogen gefühlt. Sie fragte sich jetzt, wie die Menschen sie sahen. Die Männer in Harriets Leben hatten Harriet sehr unterschiedlich gesehen, jeder anders. Für Green war sie die Geliebte gewesen, die er abschieben konnte, wenn sie lästig wurde. Jack Pringle wollte sie heiraten und hätte wahrscheinlich alles für sie getan. Tom war ihr guter Freund, komme, was da wolle. Deanes sah in ihr eine rachsüchtige Harpyie, entschlossen, ihn zu vernichten, was vermutlich zutraf. Vier verschiedene Frauen in einer. Meredith hatte Harriet wirklich nicht sehr gut gekannt. Tom hatte recht gehabt. Keiner hatte sie gekannt.

Sie blickte die Reihe der Cottages entlang. In gewisser Weise war wieder das alltägliche Leben in Pook's Common eingekehrt. Mrs. Sowerby, die im Nebenhaus wohnte, war von ihrem Weihnachtsbesuch bei Verwandten zurückgekehrt. Sie war vorbeigekommen und hatte Meredith ehrlich und mitfühlend bedauert.

»Ihr armer Hals! Es macht einen ganz nervös, hier draußen zu wohnen, nicht wahr? Wer hätte gedacht … Meine Tochter möchte, daß ich nach Bamford in eine sichere Wohnung ziehe, aber ich habe so gar keine Lust. Doch ich bin von meiner Tochter abhängig. Sie bringt mir einmal pro Woche die Einkäufe. Wenn sie jetzt, nach alldem, ein Machtwort spricht, werde ich umziehen müssen. Hoffentlich geht es Ihnen bald besser? Soll ich Ihnen einen Reispudding machen?«

Mrs. Fenniwick war auch herübergekommen. »Nennen Sie mich Sonia. Was für ein Aufruhr! Sie hätten mich umpusten können, als Joe es mir erzählt hat. Da sieht man's wieder. Die arme Harriet! Aber wissen Sie, ich hab ja immer gedacht, daß sie mit dem Feuer spielt. Man kann den Männern nicht trauen, keinem. Sagen Sie Bescheid, wenn Sie was brauchen. Ich habe einen Mixer, falls Sie keinen haben. Macht alle Speisen zu Brei. Sieht gräßlich aus, aber Sie können es schlucken.«

Meredith fröstelte und zog sich in die Wärme des Hauses zurück. Dann hörte sie Hufgetrappel. Sie wartete.

Tom Fearon, phantastisch und wenig vertrauenswürdig zugleich aussehend, kam, diesmal auf Blazer, vor das Cottage geritten und hielt das Pferd draußen an. »Hallo!«

»Hallo.«

Er grinste. Blazer sah wunderbar aus, sein Fell glänzte wie ein frisch polierter Kupferkessel, und sogar Tom wirkte heute verhältnismäßig ordentlich. Er hatte sich rasiert, seine schwarzen Reitstiefel glänzten, und seine Reithose war sauber. Nur die alte Mütze war dieselbe und das schäbige Harris-Tweed-Jackett, das über dem Pullover, den er auch nicht gewechselt hatte, seine Schultern umspannte. Und sein Besitzer war bestimmt auch noch derselbe, vermutete sie. Sie dachte an Deanes, der aus seinem isoliert stehenden Haus ängstlich nach Blazer mit der rachsüchtigen Harriet im Sattel Ausschau gehalten und den Anblick des Pferdes genauso gehaßt und gefürchtet hatte wie seine Reiterin.

Tom klopfte Blazer den Hals. »Der alte Junge sieht gut aus, finden Sie nicht? Ich wollte ihn Frances abkaufen, doch sie hat darauf bestanden, ihn mir unter der Bedingung zu schenken, daß ich ihn nie verkaufe.« Er sah Meredith abschätzend an. »Ich bin gekommen, weil ich sehen wollte, wie es Ihnen heute geht.«

»Danke, ganz gut«, sagte sie heiser.

Blazer wurde ungeduldig, warf den Kopf zurück, kaute geräuschvoll an der Gebißstange. Er blies laut durch die Nüstern und scharrte mit den Hufen. Tom beugte sich vor und kreuzte die Unterarme über dem Sattelknopf, locker lagen die Zügel in seinen gutgeformten, wettergegerbten Händen. »Kann ich irgendwas für Sie tun?«

Fest begegnete Meredith seinem fragenden Blick, und es gelang ihr, mit klarer Stimme zu sagen: »Nein, danke.«

»Scheußliches Erlebnis«, sagte er mitfühlend. »Jetzt tut es mir leid, daß ich den Schleimer nicht in Grund und Boden geritten habe. Aber ich nehme an, es war besser, ihn Alan zu überlassen.«

Meredith nickte heftig.

»Ich hoffe«, sagte Tom, wahrscheinlich mit der Absicht, höflich zu sein, doch es hörte sich leicht aggressiv an, »daß unsere früheren Unstimmigkeiten unsere künftige Beziehung nicht trüben werden. Ein kleiner Ort, dieses Pook's Common. Falls wir Nachbarn werden sollten …«

»Falls«, krächzte Meredith energisch.

Tom hob eine schwarze Braue, und Blazer stampfte zornig. »Wollen Sie wegziehen?«

»Vielleicht«, sagte sie heiser. »Ich denke daran.«

Einen schrecklichen Moment fürchtete sie, er werde nach Alan fragen. In seinen Augen war ein merkwürdiger Ausdruck, als könne er ihre Gedanken lesen. »Kann man verstehen«, sagte er endlich. Mit einer Grimasse nahm er die Zügel auf.

Blazer zuckte mit den Ohren, als Tom mit der Zunge schnalzte, und rollte mit den großen, glänzenden Augen, als wolle er sagen: Wird langsam Zeit! Immer dieses Menschengeschwätz!

»Halten Sie sich aus Schwierigkeiten raus«, sagte Tom mit einem unbeschreiblich anzüglichen Grinsen. Er salutierte mit der Reitgerte und trabte rasch die Straße entlang davon.

Originalverlag: Headline Book Publishing PLC, London
Titel der Originalausgabe: A Season for Murder

Aus dem Englischen von Edith Walter

Umschlag- und Einbandgestaltung: Guido Klütsch, Köln,
unter Verwendung eines Bildmotivs von David Hopkins
Satz: Siebel, Lindlar
Gesetzt aus der Berkeley Oldstyle medium von Linotype-Hell
Druck und Einband: Friedrich Pustet, Regensburg

Printed in Germany
ISBN 3-7857-0889-X

1 3 5 4 2